DARK Rose

LYNA REYS

DARK ROSE

ROMAN

&H

HARPERCOLLINS FRANCE
83-85, boulevard Vincent-Auriol, 75646 PARIS CEDEX 13.

www.harlequin.fr

ISBN 978-2-2804-7564-8 — ISSN 2271-0256

« Un jour, je serai Hokage.
Et tout le monde me reconnaîtra à ma juste valeur. »

Masashi Kishimoto, dans Naruto, tome 28 : Le retour au pays

Je dédie ce livre à toutes les personnes dont on s'est moqué des rêves et des espoirs. Croyez en vous jusqu'au bout, même si parfois cela semble difficile, voire impossible. Si vous ne le faites pas, qui le fera ?

1. Le début de la fin

Jayde

Arctic Monkeys – I Wanna Be Yours

— Pourquoi tu as une carte du monde accrochée au plafond ? susurre Iris, allongée sur mon lit, les lèvres proches de mon torse nu.

Une émotion inouïe se décuple dans mon sang dès que sa douce voix s'élève dans le silence de ma chambre. Je n'ai jamais fait attention à ce petit accent qui dévie son élocution, à vrai dire tous les détails de sa personnalité ont commencé à me frapper à l'usure.

Son souffle atteint mon corps, et une ribambelle de frissons court sur ma peau. Iris pointe son index vers ma mappemonde.

Je l'ai rencontrée alors que mon groupe, Madness, était dans la tourmente. Mon producteur l'a embauchée pour qu'elle m'aide à composer un album qui serait plus susceptible d'avoir les faveurs du public après mes dérives. Au début, j'ai refusé tout net sa présence, je lui ai même fait les pires crasses pour qu'elle parte. Mais Iris n'est pas du genre à abandonner, elle est tenace. Elle est comme moi. J'ai fini par succomber à tout ce qu'elle est. Je suis accro. Littéralement accro, à son corps, à son âme, à son cœur. Moi qui me contentais avant de coups d'un soir, je n'aurais jamais cru qu'une femme puisse éveiller en moi les sentiments intenses que j'éprouve aujourd'hui pour elle.

Je penche la tête pour pouvoir mieux l'observer. Le bleu vif de ses prunelles m'absorbe un peu plus vers son océan de secrets, là où se croisent ses espoirs et ses rêves. Je me noie constamment dans son regard, prisonnier d'elle, pourtant je ne me suis jamais senti aussi libre.

Donne-moi tout, ma rose noire.

Dis-moi…
Ce que tu aimes,
Ce qui te fait vivre,
Ce qui te plaît,
Ce qui te fait crever.
Ta tourmente sera la mienne,
Parce que…
Tu m'as piqué avec tes échardes et ta peine.

Pour moi, Iris est une source d'inspiration sans fin. Mes démons, à défaut de me détruire, me permettent de noircir les pages blanches en paroles de chanson. Iris est ma muse, à travers tout ce qu'elle provoque en moi. Rien ne me briserait plus que de la voir s'étioler devant moi.

— Depuis que je suis enfant, je souhaite parcourir le monde, confié-je doucement en me tournant vers elle.

Elle tire une moue adorable, sans me contempler.

— Les endroits colorés, c'est tous les endroits que tu as visités ?

Un sourire danse sur ses lèvres, tandis que ses yeux se perdent sur ma carte, son index en indique des zones aléatoires.

— Oui et la plupart j'y suis allé avec Cody.

Cody est mon meilleur ami et aussi le guitariste de Madness.

— Ça te manque de ne plus avoir autant de temps pour voyager ?

— Un peu. Mais je me dis qu'une fois que la situation s'arrangera j'irai visiter de nouveaux endroits, admets-je en enfermant sa main dans la mienne. Il me reste encore tellement de choses à voir.

— Boston est mon premier voyage, dit-elle en fixant nos doigts entrelacés comme si ce contact était surréaliste.

Ce contact me consume de l'intérieur.

Avant d'atterrir à Boston, Iris habitait dans un trou paumé du Tennessee. Elle a fui les coups d'un passé impitoyable afin de vivre pleinement ses rêves. Maintenant, elle étudie à l'école de musique Berklee, aspirant à devenir compositrice.

— Ce n'est que le début, murmuré-je près de sa nuque avant de lui mordiller la peau.

— Hmm, peut-être bien mais… je souhaiterais avoir mon chez-moi avant, déclare-t-elle difficilement en retenant un gémissement.

La courbe de son cou est ma cible, je la mords, la lèche, lui chuchote toutes ces choses que j'aimerais lui faire. Je veux que tout le monde sache qu'elle est à moi.

Je l'entends rire faiblement face à mon assaut et je lâche sa main pour l'attraper par la taille et la tourner vers moi, réduisant encore la distance entre nous, comme si nous n'étions pas suffisamment proches.

Cette nécessité d'obtenir davantage d'elle me terrifie. Tout ce que je peux faire c'est laisser mes instincts primaires la posséder. Peut-être qu'ainsi elle comprendra que j'ai besoin d'elle plus qu'elle ne le croit.

— Un chez-toi, tu peux l'avoir partout, lui dis-je en empoignant ses fesses fermement.

Elle roule les yeux face à mon contact avant de taper ma main qui la caresse effrontément. Je réprime un rire et continue d'étudier les traits délicats de son visage d'ange.

— Non, pas vraiment, chuchote-t-elle, incertaine.

Ses cheveux sont humides et s'étalent sur un de mes oreillers, leur couleur violette sur le blanc leur donne l'aspect d'une toile d'aquarelle dégradée de mauve. Ses joues sont encore un peu rouges après notre baise torride sous la douche, et ses taches de rousseur accentuent ce contraste avec sa peau laiteuse.

Putain… elle est si belle…

— Qu'est-ce que tu veux dire par un « chez-soi » ?

— Une sorte de point d'ancrage, tu vois ? Je me suis toujours dit que, quand je trouverais ma place quelque part, j'irais visiter ce qu'il y a autour de moi.

Ces mots m'intriguent, ils laissent planer la douleur des galères auxquelles elle a dû faire face toute sa vie. Un chagrin perceptible miroite dans ses pupilles et l'émotion se discerne dans sa voix quand elle évoque ce sentiment d'appartenance qu'elle recherche secrètement.

— Tu n'es pas à ta place à Boston ? demandé-je en passant ma main dans ses cheveux améthyste.

— Je ne sais pas encore, j'ai tellement de choses à prouver. Une fille agressive de Memphis débarque et casse tout à Boston, elle ne trouve pas sa place en un claquement de doigts, lâche-t-elle ironiquement avec un rire jaune.

— Tu es plus douce que tu ne le crois.

Ses yeux s'arrondissent de surprise, comme si ce que je disais n'était que le fruit de son imagination. Ma rose noire est délicate, mais ses épines entravent tous ceux qui osent la toucher... J'aimerais être son exception, mais je parcourrais sans mal son champ de ronces rien que pour l'effleurer.

— Ah oui ? chuchote-t-elle, toute timide, en me dévisageant.

Oui... aussi douce que des pétales de velours. Aussi douce qu'un véritable iris.

— Ouais, surtout quand t'es au bord de l'extase avec moi, fais-je d'un air lubrique pour museler toutes ces réflexions... romantiques dans mon esprit.

Une grimace de lassitude tord son joli minois.

— Tu ne penses qu'à ça, il est temps de consulter pour tes problèmes.

Je monte sur elle, la coinçant sous mon poids, et j'emprisonne son visage avec mes doigts.

— Interne-moi en toi alors, bébé, dis-je d'une voix suave avant d'insérer fiévreusement ma langue entre ses lèvres.

Une myriade de gémissements sort de sa bouche. La tension est palpable, mon sang s'enflamme dans mes veines. Tout ce que j'éprouve à présent devrait être interdit par la loi des relations, je suis à deux doigts de vriller dans la débauche et de devenir le pire des détraqués parce que la seule chose que je souhaite... c'est la garder rien que pour moi.

Son petit corps sous le mien est à ma merci, je voudrais la mordre comme un loup marque sa louve pour démontrer qu'elle est mienne. Avec ou sans sexe, Iris est à moi, parce que nous le savons tous les deux... la luxure n'est présente que pour combler ce manque et cette difficulté d'avouer ce qu'on ressent réellement.

Lèvres entrouvertes, elle halète sous mes coups de langue. Je lèche sa poitrine que je viens de dénuder en relevant le pull qu'elle porte, *le mien*. Les pointes sombres de ses seins se dressent et je les lape comme un affamé. Ses ongles se plantent dans mon dos, et elle s'arc-boute davantage.

— T'es la plus bandante des femmes, lâché-je, prenant en coupe son sein pour l'embrasser tendrement et lascivement.

Les tatouages sur son corps dansent suavement alors qu'elle bouge.

C'est une œuvre d'art. La signification de chaque dessin se renforce chaque jour que je passe à ses côtés, des serpents ornent sa peau, mêlés à la douceur de roses et d'iris. Ma vipère est pleine de contradictions, elle révèle peu à peu qui elle est vraiment. Et c'est ce paradoxe qui fait d'elle une œuvre d'art.

Ma vipère. Ce surnom la représente bien. Son franc-parler est un venin de vérité, mais contient aussi des insultes acerbes.

Ses jambes nues se resserrent autour de moi et ma queue se dresse derrière le tissu de mon jogging pour sentir son mont de Vénus.

— Hmm, Jayde, souffle-t-elle, presque comme un ordre, je t'en prie…

J'aime quand elle me le demande comme ça. Entre l'exigence et le supplice. Elle ne veut jamais montrer totalement qu'elle perd le contrôle, qu'elle est à ma merci, alors qu'elle ignore que je suis tout autant manipulé par ce martyre émotionnel que m'infligent mes sentiments.

Son regard m'implore, elle le niera. Sa voix m'implore, elle ne l'avouera pas. Ses hanches m'implorent encore, elle fera l'indifférente.

Ma rose noire… tu me rends fou…

— Supplie-moi à nouveau comme ça et je finirai par t'attacher au pieu pour que tu ne partes plus jamais, déclaré-je en mordillant sa lèvre inférieure.

— C'est moi qui t'attacherai, rétorque-t-elle, presque d'un ton menaçant.

Je pince son téton, elle pousse un cri de surprise tandis que je réprime un rire.

— Toi, Miss Prude, tu ferais ça ?

— Toujours se méfier de l'eau qui dort, Rocky, lâche-t-elle en relevant les mains au-dessus de sa tête.

— L'idée que tu m'attaches fait monter davantage mon excitation mais, vois-tu, c'est toi que je vais emprisonner ici, ricané-je en agrippant ses poignets délicats.

— Tu n'as pas encore compris que je suis plus forte que toi, me défie-t-elle en enserrant davantage ma taille et accentuant mon érection.

— T'es un danger pour moi, la vipère. Ce que tu me fais… c'est trop bon, lui murmuré-je au creux de l'oreille tout en baissant mon bas.

— Et toi, qu'est-ce que tu comptes faire ? souffle-t-elle en léchant mon lobe sensuellement.

— Te baiser au point que tu ne pourras plus jamais te lasser tellement tu seras folle de moi.

Si au début elle semble vouloir rire, un gémissement lui échappe lorsque ma paume presse faiblement sa fente foutrement humide…

— T'aimes ça, ma rose noire ?

— Oh mon Dieu…, lance-t-elle en arquant son corps sous moi.

Totalement à ma merci…

Je recommence mon mouvement en insistant davantage, et la zone devient de plus en plus mouillée.

— Dis-moi que t'aimes ça, ordonné-je en insérant mon doigt dans son intimité trempée à souhait.

Iris convulse de plaisir, elle jette la tête en arrière et ses mains resserrent mes draps comme s'ils étaient l'ancre de la réalité, qui l'empêcherait de sombrer davantage.

— Lâche-toi, bébé, y a que nous, rien que nous…

Alors qu'elle est prise d'une multitude de soubresauts, je la pénètre lentement, à son rythme.

— J'aime ça…, souffle-t-elle près de mes lèvres en tenant mon visage en coupe.

— Ah ouais ? T'aimes quand je suis en toi ? dis-je en gémissant alors que mes va-et-vient commencent.

— J'aime qu'il y ait un *nous*… mmm.

— Moi aussi, j'aime ça, acquiescé-je en la prenant profondément.

Je m'imprègne de cette image. Sexy et carrément incroyable. Iris est insaisissable, et j'apprécie tellement de l'avoir sous moi, près de moi, avec moi. Nous. Rien que nous. Mes coups de boutoir s'intensifient et ses cris aussi, je la contemple et l'admire en même temps. Putain… le sexe avant elle, c'était si fade.

Je perds ma santé mentale dès qu'elle est près de moi, je m'engouffre dans une folie impossible à atténuer. C'est un rêve en demi-teinte, rouge comme la luxure et sombre comme le précipice dans lequel je risque de me briser les os.

Son lâcher-prise me comble, je sens ses parois se resserrer autour de moi, ce qui me propulse directement au septième ciel. Je suis le premier homme qui a pu lui offrir ce laisser-aller physique, elle me fait suffisamment confiance pour que j'accorde son corps comme un instrument et lui fasse chanter la mélodie de mon effet sur elle.

— Jayde… tu me rends dingue…

Sa peau rougit à cause de la chaleur de nos émois et je la vois réprimer de plus en plus ses gémissements, pour ne pas qu'on l'entende à travers les murs. Ses dents mordillent sa lèvre et ma bouche capture la sienne.

Mon excitation me fait perdre pied, la tempête de notre désir éclate. J'extériorise mon plaisir. La brume de notre débauche nous entoure, tandis que mon front est contre le sien et que nos souffles erratiques se mêlent dans un orage silencieux.

— C'était incroyable, lâche-t-elle, exténuée.

Mon plus beau voyage… c'est celui qu'elle me fait découvrir.

Je vais me casser la gueule.

Son corps s'arrime à la perfection au mien, nous sommes comme deux pièces de puzzle imbriquées. Je me consume davantage, exactement comme une feuille embrasée par un briquet. Je plonge dans mes souvenirs pour trouver la dernière fois où j'ai éprouvé ça et ma mémoire m'indique en lettres majuscules un « jamais » poignant qui me fait vriller les tripes.

Une de ses jambes s'étale sur les miennes, et sa tête se dissimule au creux de mon cou, elle me flatte avec des baisers mignons et candides. Leur saveur me plaît, ils sont à son image, exquis et innocents.

— Iris ? fais-je en mêlant mes doigts à sa chevelure.

Elle arrête de m'embrasser et redresse le visage vers moi.

— C'est quand que tu comptes refaire ta coloration ? m'enquiers-je dans le seul but de la taquiner.

— Pourquoi tu dis ça ? dit-elle en fronçant les sourcils.

— Parce qu'on les voit, tes racines blondes ! m'exclamé-je sournoisement avec un rictus narquois.

— Oh non ! lance-t-elle en se levant sur-le-champ pour aller observer son reflet dans le miroir.

Je la mate dans sa précipitation. Elle porte *uniquement* mon pull des Pink Floyd, qui lui arrive à mi-cuisse, elle n'a rien en dessous.

— Alors comme ça la vipère était blonde, énoncé-je en la suivant.

— Agh ! rouspète-t-elle en contemplant ses cheveux mouillés. C'est pas si voyant que ça, fallait que tu en rajoutes !

— J'ai beau avoir une oreille infirme, j'ai une vue supérieure.

— Quel crâneur !

Dans la glace, je nous observe tous les deux. Avec elle, c'est comme si je marchais sur un fil suspendu dans le vide, je deviens le plus maladroit des funambules, ma conscience me hurle que tôt ou tard je vais tout gâcher. Mon reflet près du sien a ce quelque chose de lénifiant. J'aime être près d'elle, c'est presque comme un soulagement. Elle me voit tel que je suis et surtout m'accepte comme je suis. Mais mon bonheur est connu pour être éphémère. Un jour son reflet se brisera et les morceaux de verre me blesseront jusqu'à ce que je saigne. La douleur ne sera rien comparée à celle de mes illusions perdues.

Je vais me casser la gueule.

Un mince sourire étire ses lèvres, ses yeux brillent pour moi dès qu'elle m'aperçoit. Cette étincelle dans son regard réchauffe mon être dans une étreinte rassurante.

Le bruit de la porte m'extirpe de cette transe magique, je l'ouvre et trouve un Cody inquiet. Il m'observe avec désarroi, ses cheveux couleur cobalt sont trempés, il doit être probablement sorti de la douche en trombe pour me retrouver.

— Dustin et Bryce ont eu un problème avec la voiture, tu viens avec moi pour les récupérer ?

Le premier est le batteur de notre groupe, Bryce est notre bassiste.

— Qu'est-ce qu'ils ont eu ?

— Un accident, mais rien de grave, Bryce était au volant et il a dérapé. Tu m'accompagnes ?

— Tate est là ? demandé-je, soucieux qu'il se retrouve seul avec Iris.

Tate est mon frère aîné. À cause de ses problèmes psychiatriques, je ne sais jamais comment il va réagir. Son comportement récent envers Iris me laisse dubitatif, il a tout fait pour semer le trouble sur leur relation et me rendre jaloux. Je le connais. Il se servirait d'Iris pour m'énerver et me provoquer.

— Il est sorti faire un tour.

— Tu peux partir, intervient Iris en s'approchant de nous. Je vous attends là.

— T'es sûre ? répliqué-je en la regardant.

Elle me sourit tendrement.

— Oui, mais quand tu rentres tu me feras écouter cette fameuse chanson.

Avec tout ce qui s'est passé entre nous aujourd'hui, j'en ai presque oublié que la raison première pour laquelle je voulais qu'elle soit là : la chanson que j'ai écrite pour elle pour notre nouvel album.

Compte sur moi, ma rose noire.

Par chance, Dustin et Bryce n'ont rien, mis à part quelques égratignures. Nous sommes sur le chemin du retour, Cody conduit notre 4-4 et nos deux amis se trouvent derrière.

— Bryce, t'es privé de volant, le réprimandé-je en regardant Boston à travers la vitre.

— Mais j'ai cru avoir vu un chat sur la route !

— Ce n'est pas une raison pour foncer sur un panneau de la route ! le grondé-je. Tu imagines si c'était quelqu'un à la place ?

— C'est bon, Jayde, intervient Dustin. J'étais là, j'aurais aussi dû le prévenir.

Tous deux sont très différents. Avec ses cheveux noirs attachés en courte queue-de-cheval, son expression dure et sa carrure imposante, Dustin a l'air du parfait taulard, mais il est doté d'une patience imperturbable. Quant à Bryce, que j'aime appeler « le nabot », c'est un grand blond tatoué totalement déjanté.

Avant que je ne puisse les sermonner davantage, le téléphone de Cody sonne et il connecte le Bluetooth pour pouvoir répondre dans la voiture. C'est le gardien de l'accueil du building où on vit en colocation.

— Monsieur Norton, dit-il à travers le fil. La police est chez vous.

Tous les quatre, nous échangeons des regards ahuris.

— La police ? Quoi ? Mais pourquoi ? demande Cody, désemparé.

— Ils sont en train d'arrêter Tate Black.

Mon cœur cesse de battre un instant. Je suis figé dans le temps.

— Pourquoi ? l'interroge Dustin, inquiet.

— Il a agressé Mlle Lance, elle est à l'hôpital.

2. Démence

Iris

Raphael Lake – Prisoner

Assise sur le canapé, je réponds aux messages que mes amis Darren et Amber m'envoient sur notre groupe de discussion. Je leur raconte mes péripéties de ces dernières vingt-quatre heures avec Jayde. Ils sont tout contents et le font bien savoir avec une pluie d'émojis joyeux, me dérobant un rire sonore.

L'odeur mentholée que dégage le pull de Jayde m'enveloppe dans une étreinte presque amoureuse. J'ai remis mon pantalon, et mes jambes sont étalées sur la table face à moi, près de la bouteille de bière que je viens de finir.

Je suis bien, vraiment bien, un peu groggy après nos ébats intenses dans sa chambre, mais rien ne peut affecter cette sensation de bien-être qui me galvanise.

Je me suis sentie défaillir dans ses bras, prise au piège de notre désir implacable. J'étais bouleversée, rien n'avait d'importance, sauf lui.

Ce que j'éprouve pour Jayde est… indomptable et me consume terriblement. J'ai peur qu'à force de l'aimer cette flamme incandescente entre nous me rappelle durement que le feu brûle et laisse parfois des cicatrices indélébiles.

La porte d'entrée s'ouvre, et je tourne la tête pour voir si ce sont les garçons qui sont là, mais ce n'est que Tate. Le frère de Jayde est l'une des premières personnes que j'ai rencontrées à mon arrivée ici, au Dream Club, le bar où je travaille presque tous les soirs. Nous avons passé une nuit à marcher dans les rues de Boston et à discuter de tout et de rien. C'était reposant d'être à ses côtés, l'écouter parler de sa famille, de ses envies. Il avait une façon de considérer les choses qui me fascinait, Tate vivait comme si demain ne lui importait pas. Après ça, je ne l'ai plus jamais revu. Cela a été un choc de découvrir que Jayde et lui avaient un lien de parenté. Mais si on les observe bien c'est vrai qu'ils ont un air de famille. Ils ont tous les deux les cheveux noirs et le même regard sombre. Tate est un peu plus massif et dépasse légèrement Jayde en taille.

— Tate, ça va ?

Il erre dans le hall comme un revenant des enfers. Ses pas foulent le sol, lentement et… dangereusement.

— Tate ? l'interpellé-je en le voyant se diriger vers moi, les poings serrés.

Il dégage une réelle froideur, et un silence pesant s'installe dans la pièce. Mon pouls s'accélère, et un mauvais pressentiment m'étreint la gorge. Je me redresse en continuant de le fixer. L'aura qu'il déploie est si différente… et son regard noir m'incrimine lourdement.

— J'ai compris ton petit jeu ! s'exclame-t-il.

Je recule alors qu'il ajoute :

— Tu veux me voler mon frère !

L'appréhension est comme une bile acide qui coule dans ma gorge, mes craintes les plus sombres se manifestent.

— Quoi ? Mais qu'est-ce qui t'arrive ?

Il me dévisage comme un prédateur, je suis sa proie. Le canapé est le rempart qui me protège, mais j'ai l'impression qu'il peut bondir à tout instant pour me capturer.

— Je ne te laisserai pas me prendre mon frère. Ma mère n'est plus là ! Je ne parle plus à mon père. Jayde est tout ce qu'il me reste ! hurle-t-il comme un fou en me pointant du doigt avec véhémence.

— Tate, calme-toi, on peut en discuter…

Je ne le reconnais plus, il est comme possédé. Une myriade d'émotions nocives se succède dans son regard. La rage, la colère, la haine.

Il contourne le canapé, la mâchoire serrée et les mains si crispées que ses jointures sont blanches.

— Je ne veux pas discuter. J'en ai marre de discuter ! Personne ne me comprend dans ce monde. Il n'y a que Jayde qui me comprend !

— Laisse-moi essayer de te comprendre alors, dis-je doucement en continuant de reculer.

Je ne lui montre pas que j'ai peur, mais dans le fond je suis terrifiée de le voir aussi… instable. Je discerne en lui de la démence.

— Tate…

Mais trop tard.

Il se jette sur moi !

J'esquive et tente de le distancer, mais il m'agrippe le bras. Je lui donne un coup de poing dans la figure pour contre-attaquer, sa tête a un mouvement de recul et il me lâche. Le cœur battant la chamade, je m'enfuis vers l'entrée, mais encore une fois il me rattrape. Il est trop rapide pour moi et surtout plus imposant.

Je me bats contre lui, pour survivre !

Il me frappe au visage, je suis sonnée et mes tempes bourdonnent, une douleur atroce se diffuse dans mon crâne. Il me plaque brutalement contre le mur, si fort que j'ai l'impression d'avoir une côte fêlée.

Je cogne sur son torse et Tate m'entraîne au sol, m'écrasant de son poids. Ma vision est mouchetée de points noirs, je commence à voir flou.

Il vise ma bouche, je crache du sang.

Un coup, deux coups… je ne les compte plus.

Ma peur s'accroît. Je ne bouge plus et ma respiration devient saccadée, chaque battement de mon cœur fait vibrer mes organes comme une alarme.

Le danger décuple mes sens, la crainte de mourir me submerge et c'est la fureur de vivre qui me frappe de plein fouet.

Je dresse mes genoux et lui assène une multitude de coups sur le dos en poussant un cri. Le cri de la douleur. Le cri de la survie.

Je ne cherche plus à comprendre, seule ma propre vie compte.

Je. Dois. Me. Battre.

Je bouge dans tous les sens, le frappe de tous les côtés, ne voyant même pas où je vise. Je sanglote, je hurle, les pleurs inondent mon visage. Le goût du sang mêlé au sel de mes larmes envahit mon palais.

Cette terrible saveur inspire la mort, alors que moi je ne demande qu'à vivre encore.

L'horreur défile devant mes yeux, je suis prisonnière d'un cauchemar insoutenable.

Bats-toi. Relève-toi.

Mes dents s'accrochent à la peau de son bras, je mords de toutes mes forces cette zone jusqu'à ce qu'il crie. Ses attaques cessent, il est pris au piège entre mes canines. Je le cogne à la jugulaire avant de lui exploser le nez avec mon coude. Un mouvement de recul, et il tombe à terre en poussant des jurons.

— Sale garce.

Je tente de rassembler le peu de forces qu'il me reste pour me lever mais… Tate réagit et ses mains emprisonnent mon cou, je suis coincée encore une fois sous lui.

Je dois sauver ma peau. Il le faut et vite. Sinon il va me tuer.

Tate va me tuer.

Il m'étrangle. Mes jambes lui percutent le dos. L'air se raréfie dans mes poumons, j'ai de plus en plus mal et ma vision se trouble davantage.

Bats-toi.

Bats-toi.

L'adrénaline se décharge dans mes veines. L'instinct de survie se déclenche comme si je venais de brancher une prise. Mes ongles s'enfoncent dans la chair de son cou. Il grogne de colère et me libère, l'oxygène s'insinue dans mes poumons, me ranimant instantanément. J'en profite pour le frapper au visage avec mon coude, cette fois-ci avec plus de hargne, plus de rage. D'un coup de pied, je le pousse férocement.

— Tu ne m'auras jamais ! hurlé-je, en larmes, en me levant.

Ma bière vide est encore sur la table, je la saisis et la brise contre le meuble. Le morceau le plus aiguisé en main, je le plante dans la jambe de mon agresseur pour l'immobiliser. Tate pousse un cri strident, chaque décibel porté dans sa voix résonne en moi, j'en ai la chair de poule. Le sang gicle de l'entaille que je lui ai faite et il s'effondre au sol de douleur.

Mon crâne me fait souffrir et je me précipite hors du penthouse, comme si le diable était à mes trousses. Je cours en oubliant mes plaies, je cours, incrédule quant à ce qui vient de se passer. Je cours parce que c'est la seule chose qu'on m'a appris à faire pour fuir mes démons.

Dans l'ascenseur, j'appelle la police, le cœur battant la chamade. Je leur explique tout avec agitation. Toute cette agression. Je leur raconte tout.

Ma voix tremble, mes sanglots m'étouffent, j'ai peur qu'ils ne comprennent rien. Mon interlocuteur me rassure en me disant qu'ils arrivent très vite.

Les portes de l'ascenseur s'ouvrent. Le gardien de l'immeuble me sourit puis devient livide en découvrant mes habits maculés de sang et sans doute mes hématomes. Je suis essoufflée et encore sous l'effet de la terreur de ce cauchemar. Je me laisse tomber contre le mur, puis…

… le trou noir.

Je suis dans un lit d'hôpital, des tuyaux m'entourent de tous les côtés et une infirmière m'assaille de questions infernales à entendre. J'émerge à peine qu'on veut déjà connaître mon état, mais je me contente de gémir à cause de mes plaies. Elle m'administre des antidouleurs puis le médecin entre avec mon dossier entre les mains.

— Mademoiselle Lance, vous vous souvenez de ce qui vous est arrivé ?

Difficile d'oublier quand c'est la personne que vous ne soupçonneriez jamais qui s'en prend à vous.

— J-je… j'ai été agressée…

— Ne vous en faites pas, Tate Black a été arrêté, on lui a fait passer des examens, et il a avoué avoir des troubles maniaco-dépressifs, ou des troubles bipolaires, si vous préférez.

Quoi ?

— Vous dites que Tate m'a agressée alors qu'il était en pleine crise ? dis-je, choquée.

— Oui, c'est ça, vous n'avez pas à vous en faire pour son cas, il sera pris en charge et ne s'approchera plus de vous.

Bipolar.

La chanson de Jayde fait un écho strident dans les coins de ma tête, une peine infinie me submerge.

Il ne m'a rien dit et a laissé son frère tourner autour de moi en connaissance de cause. C'est tout ce que je retiens.

— P-pourquoi il a eu cette crise ? demandé-je, au bord du gouffre.

— Je l'ignore, ce ne sont pas des choses qu'on peut contrôler, il a dû avoir un accès de folie et faire un lien avec vous. Dans son cas, il ne respectait pas son traitement, ce qui explique ses hallucinations multiples.

Je tombe de dix étages, abasourdie, bouleversée. Cette information a l'effet d'une bombe.

On me fait plusieurs tests. Malgré les antidouleurs, mon tourment est bien trop intense pour que je trouve du répit après l'enfer que je viens de vivre.

La police débarque et me raconte que M. Black, le père de mon agresseur, a payé sa caution. Selon lui, il doit être aidé, c'est primordial, pour lui et pour sa famille. Mais les policiers n'ont pas l'air très convaincus de la démarche de M. Black, qui est un avocat de renom en ville et aussi un des types les plus influents.

Jayde m'a caché ça ! Je lui ai confié toute ma vie, il me voyait traîner avec Tate et il ne m'a jamais rien dit. Je n'arrive plus à comprendre ce qui se passe.

Une douleur sévit dans mon crâne. Je sens qu'un bandage est enroulé autour de mon front, dissimulant sans doute des blessures, et j'ai un œil au beurre noir. Des hématomes bleutés recouvrent mon cou, j'ai mal aux côtes.

Mon corps a beau être recouvert d'ecchymoses, c'est mon cœur qui me fait le plus souffrir.

J'essaie de relativiser, mais en vain. Je refuse de laisser cet événement atroce me définir, je m'en suis sortie, c'est ça la vraie conclusion, seulement… cette peur indescriptible qui m'a rongée jusqu'à la moelle dans le feu de l'action perdure encore en moi. Cette même peur qui me tenaillait à Memphis, quand j'étais sous l'influence de mon père. On ne se rend jamais compte que la vie ne tient qu'à un fil, uniquement lorsqu'il nous échappe l'espace d'un instant.

Quelque chose en moi se fissure continuellement, des morceaux de mon cœur se répercutent sur le socle qui me maintient debout.

De cruels souvenirs viennent de s'exhumer de mon passé. Je n'aurais jamais cru les revivre ici. Je me pensais à ma place pourtant…

J'ignore ce que j'éprouve vis-à-vis de Tate, je suis complètement paumée. Il est difficile de me dire que ce n'est pas sa faute mais celle de sa maladie. Ma gorge me brûle, une bile acide agresse mon œsophage, je ne me sens vraiment pas bien, écartelée dans tous les sens. Des larmes silencieuses coulent sur mes joues froides, je les essuie au fur et à mesure, mais mon chagrin ne se tarit pas.

Je n'entends plus rien autour de moi, ni les bruits des machines ni les pas dans le couloir, seul l'écho de mon désespoir qui carillonne contre les murs immaculés.

— Iris…

Sa voix coupe le hurlement de mes peines. Je n'imaginais pas nos retrouvailles dans de telles circonstances, surtout que… je n'ai pas envie de le voir.

Malgré ma vision brouillée, je le remarque dans l'embrasure de la porte, agrippant la poignée comme si c'était ce qui le soutenait sur ses pieds.

Il est bien là. Avec sa tenue noire et des cernes témoins de son intense harassement.

Comment réagir face à lui ? Trembler de colère ? Faire exploser ma tristesse ? Je suis tiraillée entre ces deux émotions.

La conversation qui va suivre risque de… faire très mal.

— Pourquoi tu ne m'as rien dit ? murmuré-je en détournant mon visage du sien.

Je l'entends entrer, puis fermer la porte derrière lui. Cela dit, il ne s'approche pas, je sens sa crainte d'ici. Sa crainte de se confronter à ma déception… mais aussi sa crainte que cette conversation ne soit rien d'autre que le reflet d'une fin.

— J-je… je suis désolé.

Sa voix est faible, dévoilant l'étendue de son désarroi, mais je ne peux pas avoir de l'empathie pour lui à cet instant. Pas cette fois. Je le toise enfin, dans ses opales sombres les regrets et les remords se succèdent. La culpabilité le dévore jusqu'aux os. Son visage n'exprime plus sa sempiternelle indifférence, mais plutôt de la vulnérabilité.

— Je t'ai confié toute ma vie, Jayde. Toute. Ma. Vie. Je me suis donnée à toi, corps et âme. Comment as-tu pu me cacher ça ?

J'articule un par un mes mots afin de lui communiquer la terrible souffrance logée au creux de mon cœur.

— C'est cette partie de ma vie que je déteste le plus, avoue-t-il tristement.

Je perds patience, arrache les tubes de mes doigts et me mets debout dans ma tenue de parfait malade. Il me regarde, inquiet, mais il reste figé.

— Parce que tu penses que moi j'ai adoré tout ce que je t'ai raconté ! Qu'est-ce que tu me caches d'autre ? Hein ? Tu n'as même pas idée d'à quel point je suis furieuse contre toi.

La fureur se distille pernicieusement dans mes veines. Moi aussi, je mords. Moi aussi, j'aboie. Moi aussi, je riposte. Surtout quand on me fait du mal. Et encore plus quand c'est quelqu'un à qui je tiens qui me retourne le bâton de cette façon.

Who strikes receives the blows[1], telle est ma devise, inscrite à l'encre sur mon bras.

Une lueur de peur plane dans ses iris, toute sa confiance s'effrite comme du sable, je ne le reconnais plus. Un secret semble peser lourd sur ses épaules, si lourd pour son cœur que même en parler le fait avaler sa salive de travers.

— C'est Tate… qui… C'est Tate qui a commis le meurtre dont on m'avait accusé au début, déclare-t-il en m'épiant.

Crac…

C'est ça… le son d'un cœur qui se brise ?

Mon monde s'écroule.

— Va-t'en.

— Iris…

— Dégage ! Je ne veux plus te voir ! Tu es totalement inconscient ! Tu sais très bien par quoi je suis passée, je croyais que je pouvais te faire confiance, mais depuis le début il n'y a que moi qui donnais. Il n'y a que moi qui respectais notre pacte donnant-donnant finalement. Même

1 « Qui frappe reçoit les coups. »

si ton frère n'était pas à la maison quand tu es parti, tu as laissé un meurtrier s'approcher de moi, comment tu as pu faire ça ? Comment, Jayde ? Je compte si peu pour toi ?

— C'était un accident, je peux tout t'expliquer, ajoute-t-il en s'avançant vers moi.

— Un accident ? UN ACCIDENT ? hurlé-je comme une folle. Tu réalises que j'ai eu la peur de ma vie, que j'ai vraiment cru que j'allais mourir. Pars, Jayde, je ne veux plus jamais te revoir. *Jamais.*

L'effroi fige son corps. Mes cris, mes larmes sont un supplice pour lui, je le discerne à travers le désespoir qui pullule dans ses yeux noirs. Il ne m'a jamais semblé aussi impuissant, je suis si furieuse que je suis hermétique à sa détresse. Une infirmière débarque, probablement interpellée par mon hystérie.

— Il y a un problème ? dit-elle en nous regardant tour à tour.

Je le toise une toute dernière fois, piquée par une remontée de haine et d'amertume. Je lui tourne le dos, et inspire difficilement. Une crise d'angoisse me guette. Je prends conscience que retrouver un semblant de paix sera plus dur qu'avant, après le chaos qu'il vient de semer.

— Ne le laissez plus entrer ici, c'est tout ce que je vous demande, énoncé-je alors qu'un nouveau sanglot étreint ma gorge.

Plus de retour en arrière.

Quand on me déçoit, c'est définitif.

3. Iris

Jayde

Bring Me the Horizon – Can You Feel My Heart

Je me suis cassé la gueule.

Le crépuscule annonce la fin d'un coucher de soleil, et c'est dans le crépuscule de son regard que j'ai compris que c'était notre fin à *nous*.

Ses épines redoutables ne sont pas la cause de ma chute. Les seuls coupables sont mes propres mensonges.

Je me suis cassé la gueule en étant témoin de la fanaison de ses pétales.

Mon Iris s'est étiolée devant mes yeux, je l'ai abîmée en occultant avec mon obscurité cette clarté qu'elle attire. J'ai trahi sa confiance, sali notre serment, ce bon vieux donnant-donnant.

Jamais je ne pourrai oublier le regard qu'elle m'a lancé. Aversion, dégoût et colère. Un cocktail agressif qui brûle ma gorge et heurte mon âme.

Me voilà en vrac, totalement désemparé, submergé d'émotions nocives.

On s'est cassé la gueule *séparément*. Un fossé s'est creusé, et plus les minutes passent, plus il s'approfondit.

Pendant tout ce temps, j'ai gardé mes secrets, mes mensonges, pendant qu'elle se confiait à moi. Quel hypocrite je fais, j'ai voulu tout connaître d'elle alors que je lui interdisais jalousement l'accès qui la menait à moi ?

Je me suis cassé la gueule.

Les explications de l'ami de mon père, qui est dans la police, m'extirpent de mes réflexions. Nous sommes dans le bureau de l'agent Cruz, et mon paternel est aussi désespéré que moi.

Être coincé entre ces quatre murs me met mal à l'aise. Cruz a des yeux verts perçants rivés sur nous, il plisse les paupières comme pour mieux nous communiquer ce qu'il cherche à faire comprendre à mon père depuis longtemps maintenant. Il est baraqué, presque intimidant avec ses muscles à la The Rock. Ses mains sont crispées sur son bureau, où des tonnes de papiers sont éparpillées.

Je suis si angoissé que je serais prêt à classer ces feuilles en désordre pour me calmer, parce que j'ai déjà vécu cette situation il y a plusieurs mois, quand tout le monde me croyait coupable de la mort de Kirk Howard, le dealer de drogue. Des souvenirs désagréables me reviennent…

Tate est celui qui a commis ce crime.

Je n'ai rien fait pour son propre salut, j'ai agi sous les directives de mon père. Comme si dissimuler cette odieuse vérité était un moyen d'obtenir ma rédemption. Celui qui se persuade d'avoir toujours raison sans se remettre en question est voué à l'échec. Voilà pourquoi notre famille vit son plus sinistre déclin.

Walter Black est prêt à tout. Il fait partie des hommes les plus influents et riches de Boston, personne ne peut s'opposer à lui. Tout le monde est de son côté. Qui dit avocat dit forcément justicier. Comment remettre sa parole en question ?

Cruz, l'allié de mon père, celui qui m'a aussi permis d'être disculpé de ce crime dont on me croyait responsable, nous explique que le cas de Tate devient compliqué. Les coups et blessures causés à Iris ne peuvent rester sans conséquence. Iris est une justicière dans l'âme. Si l'affaire était étouffée, elle mettrait le feu partout dans Boston. *Et moi avec.*

Je ne pense plus, cette situation me dépasse, mais je refuse qu'Iris s'imagine que je suis du côté de Tate, pas après ce qu'elle a subi, pas après ce qu'il *lui* a fait subir.

Par ma putain de faute.

Une volonté inédite me pousse à affronter mon père. S'il étouffe cette nouvelle affaire, je ne pourrai jamais le lui pardonner. Et d'ailleurs je ne pourrai pas non plus pardonner à Tate cet acte, malgré sa démence. Il lui a fait du mal, pour une raison que j'ignore.

— Mon fils doit se faire interner, déclare mon père.

Quoi ?

Je le regarde, choqué. Longtemps il a tout fait pour éviter exactement cette situation. Longtemps il m'a empêché de le faire à chaque fois que je venais chez lui, me forçant à garder ce secret pour nous. Et maintenant il capitule ?

Je reste mutique, le fixant avec des yeux ronds, tandis qu'il se lève de la chaise à côté de moi puis appuie sa paume sur mon épaule. Depuis qu'il m'a rejoint dans le bureau de Cruz, je n'ai pas eu le temps de l'analyser, mais sa main sur moi me communique un sentiment étrange. J'ai presque l'impression qu'il se repose sur moi, pour la première fois.

— Tate a fait beaucoup d'erreurs, il a besoin d'aide, il a besoin d'être suivi. Je ne peux plus le couvrir et laisser ses crimes impunis.

Mon père n'est pas du côté de Tate. Mon père n'est pas du côté de Tate. Mon père n'est pas du côté de Tate.

Je peine à y croire. Est-ce vraiment mon père qui est présent ce soir ?

Mon père se range de mon côté. Pour la première fois. *Enfin.*

— Très bien, Walter ! s'exclame Cruz. Cette affaire va être mise entre les mains de la justice pour placer ton fils dans un centre hospitalier qui se charge de ce genre de cas. Tu fais le bon choix.

Une fois seul à l'extérieur avec mon père, je décide de rentrer pour retrouver mes amis, avant une interview de dernière minute qu'on ne peut pas décaler. C'est la pire nuit blanche de ma vie. Les garçons doivent probablement m'attendre de pied ferme pour une sérieuse discussion. Ils m'ont accompagné à l'hôpital pour voir Iris, mais ils n'ont pas pu entrer après moi, étant donné qu'elle a demandé à ne plus avoir de visites, et c'est là que je leur ai tout dit.

Absolument tout.

Bryce ne me parle plus.

Dustin m'en veut d'avoir laissé Tate approcher Iris.

Et Cody… je l'ignore. Il n'a rien exprimé. Il m'a juste serré contre lui quand Bryce s'est énervé et est parti de l'hôpital furieux en m'accusant d'avoir trahi sa confiance, et d'avoir fait du mal à Iris indirectement. Je ne l'avais jamais vu comme ça, aussi en colère et contre moi qui plus est… Dustin l'a suivi après sa sortie théâtrale par crainte qu'il ne dérape.

En l'espace d'une soirée, j'ai tout perdu.

— Jayde, attends ! s'exclame mon père en agrippant mon bras.

Je le lorgne, soucieux de ce qu'il va me dire, et décide de parler en premier :

— Pourquoi tu as fait ça ?

Je suis face à lui, sur le trottoir, et les premiers rayons du soleil commencent à se pointer au fond de la rue. La racine de ses cheveux, anciennement noire, vire au gris prononcé, et son regard est terni par une mélancolie qu'il ne parvient plus à camoufler. Pour la première fois, Walter Black est faible, sans répliques cinglantes malgré son ego titanesque.

— Tu avais raison… depuis le début, je regrette de n'avoir pas pris en compte ce que tu me disais.

Je n'en reviens pas.

— Tu as porté ce fardeau tout seul. Tu l'as porté à la place de Tate et à ma place. Tu n'avais pas à faire ça et je sais que ça te rongeait pendant tout ce temps, mais je n'ai rien fait. C'était à moi d'agir, non à toi.

Je ne le reconnais plus. Toute ma vie j'ai attendu qu'il montre un tel élan d'empathie à mon égard. Mais ce soir je suis bien trop harassé par tout ce qui vient de se produire. Malgré ses paroles, le timing est mauvais, c'est trop tard.

Elle s'est cassé la gueule.

— Pourquoi tu ne réagis que maintenant ?

— Ton frère n'arrêtait pas de me fuir, ces deux dernières semaines, admet-il tristement en baissant la tête.

Une autre surprise empoisonnée s'ensuit. Tate n'a jamais évoqué ça avec moi.

— Ce n'est pas ce qu'il m'a dit !

— Il me mentait et me certifiait qu'il était avec toi. J'ai engagé quelqu'un pour le surveiller et j'ai découvert qu'il fréquentait des toxicomanes, à ce moment-là j'ai décidé de le prendre en charge. J'ai embauché une aide-soignante qui vivait sous le même toit que lui.

Il respectait son traitement, et ça commençait à aller mieux… puis il s'est mis en tête de te retrouver et de ce que j'ai vu… ça a dérapé.

— C'est bien que tu en prennes conscience, dis-je en m'écartant de lui. Mais ça ne change rien au fait que c'est trop tard, à cause de tous ces mensonges, *je l'ai perdue.*

Ma rose noire.

La détresse vibrant dans ma voix semble le chambouler. Ses yeux noirs plongent dans les miens. Et il comprend. Il comprend l'ampleur de cet acte et ce qu'il me coûte.

Je n'en peux plus. Je suis tellement fatigué…

Finalement, Tate a réussi. Il a réussi à m'arracher cette lueur améthyste qui me rendait heureux plus que je ne l'admettais, plus que je ne l'espérais. Sa présence, encore une fois, a brisé un fragment de mon âme, a éclipsé mon bonheur. Il m'a tout pris. Il m'entraîne dans sa chute. S'il n'est pas comblé, je ne le serai jamais.

C'est Tate qui décide.

C'est Tate qui choisit.

Je déteste Tate au point que c'en est indécent.

— Fiston… je suis navré, il s'en est pris à ton amie et je comprends que tu veuilles me jeter la pierre, tu as le droit.

— Qu'est-ce qui a changé chez toi ? demandé-je en fronçant les sourcils.

— J-je… consulte une psychologue, dit-il en frottant ses boutons de manchette, un peu gêné.

— Une psy ? Pourquoi ?

— Parce que contrairement à toi je ne peux pas extérioriser en chantant, confesse-t-il, les yeux peints de désespoir.

Ses mots me troublent. Ces mots me percutent. Il s'ouvre à moi et dévoile ses sentiments ensevelis depuis tant d'années maintenant. Seulement, je veux jouer au sourd. Ne pas l'entendre. Ne pas *le* comprendre. Comme il n'a jamais essayé de me comprendre.

Je n'ai jamais voulu montrer à mon père qu'il m'atteignait, mais cette fois-ci je ne peux pas être indifférent. Ma sensibilité vibre, ma rancœur entremêlée de colère a besoin de s'exprimer.

Alors, je l'enfonce.

— Et ça te fait prendre conscience que tu as été un père ignoble avec moi ? craché-je en serrant les poings.

— Ne dis pas ça… avec toi, ce n'était pas la même chose qu'avec Tate. Et tu le sais.

— Non, je ne l'ai jamais su et je ne suis pas sûr de vouloir t'entendre. Tant mieux pour toi si tu as trouvé quelqu'un pour t'écouter, mais si tu te souciais de moi on ne serait jamais arrivés là où on en est, réprimandé-je avec toute la rage que j'ai sur le cœur.

Je manque d'air, je dois partir.

— Jayde… pense à rendre visite à ton frère, il a besoin de nous, tente-t-il de m'adoucir.

— Contrairement à vous deux, j'ai l'esprit de famille, même si je me suis senti renié toute ma vie. Je lui rendrai visite quand je serai prêt, mais je ne pourrai jamais lui pardonner ses mensonges. Jamais.

Il m'a fait croire que tout allait bien. Qu'il allait changer. Qu'il allait s'améliorer.

Foutaise !

Il a tout gâché.

Je suis en retard d'une demi-heure pour mon interview prévue avec le groupe. J'ai erré dans les rues de la ville, qui émergeaient doucement de la nuit. Je n'ai pas vu le temps passer. Ces dernières vingt-quatre heures ont été rudes, j'ignore encore comment je pourrai endurer de nouvelles questions à mon sujet. Entre Iris à l'hôpital et mon frère qui va bientôt se faire interner… Je me sens vide, aussi vide qu'une coquille, et submergé à la fois.

Je suis dans un état pitoyable. Je débarque dans un studio, réaménagé par l'émission qui veut nous enregistrer. Je porte encore mes vêtements d'hier. Avec mon teint livide et mes yeux soulignés de cernes, je ne dois vraiment pas faire bonne impression.

Singer Killer en dépression. Je vois déjà ça en gros titre.

À peine je traverse l'entrée, Braden m'ordonne de m'asseoir sur la chaise qui m'est attribuée, sur la même ligne que celles où mes amis sont installés. Face à eux, M. Conrad, un des plus grands journalistes du *New York Times*, également présentateur d'émissions qui touchent à Hollywood.

Ce dernier me sourit poliment.

— Jayde, nous vous attendions.

— Je suis là maintenant, fais-je en posant nerveusement les mains sur les accoudoirs de ma chaise.

Il me lorgne de haut en bas de ses yeux ambrés, avant de tiquer un peu sur mon apparence. Je l'ignore, tentant de rester concentré sur ce que je vais dire. Je sens les regards de mes amis, mais je n'ose aucunement leur faire face. Affronter à nouveau leur déception me serait insupportable.

Je suis tellement mal…

J'ai envie de pleurer sur ton épaule, maman… mais tu n'es plus là pour moi. Tu m'as abandonné, comme tout le monde, tout ça à cause de ce que je suis réellement. Un lâche.

— Jayde, votre nouvel album s'appelle *J. Black* et j'aimerais savoir : quelle chanson avez-vous préféré écrire ? Un petit *tease* pour vos fans leur fera le plus grand bien !

Je relève la tête vers lui et me frotte le menton tout en essayant de chercher une réponse valable, parce que j'ai à peine écouté sa question. En réalité, la seule chose que mon cerveau a retenue c'est : *J. Black*.

— L'album ne s'appelle pas *J. Black*, déclaré-je, provoquant la surprise de mes amis.

— Jayde…, chuchote Cody à côté de moi en me touchant discrètement avec son coude.

J'aperçois Braden, au fond derrière le journaliste. Mon producteur est au bord de la syncope, ne comprenant absolument pas ce que je fais. Il se tire même tellement les cheveux que je crains presque qu'il n'accentue son début de calvitie.

— Pourtant, c'est précisé qu'il s'appelle ainsi sur ma fiche ! s'exclame nerveusement M. Conrad en observant ses feuilles.

— Changement de dernière minute, soufflé-je en m'enfonçant dans mon siège.

Mes amis n'osent pas intervenir. Seuls leurs regards insistants me percutent.

— Oh… je vois, alors comment s'appelle-t-il ? s'enquiert-il avec une curiosité évidente.

— *Iris.*

— *Iris* ? répète-t-il en fronçant les sourcils. Comme la fleur ?

— Non…

Je me tais un instant, le temps d'une infime pause où, pour la première fois depuis que je suis là, je lance un coup d'œil à mes compères. Tous les trois arborent un sourire triste, cette mélancolie est presque tangible et m'envahit déjà, me rappelant le goût amer de mes souffrances les plus ensevelies.

Je ne suis personne.

— Iris, comme une fille.

4. Rétrospective

Iris

Lana Del Rey – Breaking Up Slowly

— Trinquons à la vie, qui peut être une vraie garce ! s'exclame Amber en levant son verre de vodka.

L'alcool brûle ma gorge, accentuant l'intensité de mes émotions. Cela malmène mon cœur encore plus cabossé qu'avant. Je suis tiraillée entre la colère de mes regrets et cette tristesse infinie qui comprime ma poitrine.

Jayde m'a trahie. Cette vérité sème une douleur qui afflige mon âme. J'ai tellement mal… que c'en est insupportable.

— Une nouvelle année commence, Iris, me souffle Darren en me servant un nouveau shot.

Tous deux sont les amis que je ne m'attendais pas à avoir. Amber suit comme moi des cours à Berklee. Elle est passionnée par la musique, elle me fait d'ailleurs beaucoup penser à Whitney Houston, bien que ses formes soient bien plus voluptueuses. Quant à Darren, je l'ai rencontré au Dream Club. Il s'est fait maltraiter par un client raciste, et je n'ai pas pu m'empêcher de le défendre. Par certains côtés, il me rappelle énormément mon petit frère, Chris.

Nous sommes tous les trois assis en haut de l'immeuble d'Amber à observer Boston. De l'alcool, des cigarettes, mes amis. C'est mon remontant après ma sortie d'hôpital. J'y suis restée quelques jours et j'ai toujours pas mal de séquelles physiques. J'ai l'arcade sourcilière blessée, une lèvre fendue, l'hématome au niveau de mon œil s'est peut-être atténué, mais mes côtes me font encore un peu souffrir.

Je crois bien que la chose qui me fait réellement souffrir le martyre ce sont les battements de mon cœur qui deviennent de plus en plus laborieux. Chaque pulsation est une épreuve. Plus le chagrin m'envahit, plus Jayde m'apparaît.

Comment le louper de toute manière ? Son visage est placardé sur tous les murs. Madness est partout. PARTOUT !

— Iris…

La voix d'Amber me sort de ma torpeur. Ce n'est que quand je redresse la tête que je réalise que je pleure.

Silencieusement. Intérieurement. Extérieurement.

— Chérie, je sais que c'est difficile pour toi…

— Je… je veux l'oublier, admets-je en reniflant avant de passer la main sur mon visage pour essuyer mes larmes.

Je me fais pitié. Je pleure pour un homme, qui aurait cru cela possible ? Je fixe les étoiles dans le ciel sombre et resserre les pans de ma veste en cuir pour me protéger du vent de janvier.

— Tu vas y arriver, tu as besoin de temps, me susurre Darren en me prenant dans ses bras. Le temps fera son œuvre, ma belle.

— Tu crois ? murmuré-je, vidée.

— Iris, tu es une femme exceptionnelle, je sais que tout ça t'a blessée, mais je te jure qu'on ne te laissera pas tomber.

Cette histoire m'a comme arraché une partie de moi. Ma confiance lui a été servie sur un plateau d'argent. J'ai trop de colère, trop de haine envers lui.

Putain, je le déteste.

Je le déteste d'avoir touché mon âme, pour ensuite se faire la malle avec mon cœur.

Je m'en contrefiche de ce qu'il ressent, de l'état dans lequel il se trouve. *Donnant-donnant.*

Ce serment n'est que poussière. Au final, Iris donne et Jayde reçoit *uniquement*. C'est exactement cette réalité qui m'a frappée violemment.

— Au nom des cœurs brisés, déclaré-je en levant mon shot de vodka vers l'horizon avant de le boire d'une traite.

Ça brûle, ça pique, mais je me laisse transporter, et quand je me réveillerai demain j'aurai tout oublié.

Je n'ai été que le dommage collatéral de *sa* déviance psychologique.

Je refuse que cet épisode de mon existence me change. Je m'élève après les tragédies et, d'une façon ou d'une autre, elles finissent par contribuer à mon art.

Une part de moi est fêlée, et le restera sans doute longtemps, mais ça ne m'empêchera jamais d'aller de l'avant.

En l'espace de deux semaines, beaucoup de choses ont changé. J'ai repris les cours, laissant entrevoir les quelques cicatrices sur mon visage. Les regards curieux et déplacés ne me font rien. Je consolide mon lien avec le détachement, mon frère Chris m'a toujours appris à ignorer ce qui se passait autour de moi. Alors que je foule le sol avec mes Dr. Martens, un étudiant m'arrête en agrippant mon bras.

— Eh, lâche-t-il face à mon mouvement brusque pour me libérer de son contact.

La surprise sur mes traits doit lui faire comprendre que mon geste m'a autant prise au dépourvu que lui.

— Désolée…

Putain, pourquoi ai-je été aussi violente ?

— Je suis dans ton cours de musique classique chez Allen, je m'appelle Max et je t'ai vue dans cet état… je voulais m'assurer que ça allait.

Son regard brun me semble sincère, un bonnet recouvre la moitié de son front et ses piercings au visage m'évoquent brièvement l'excentricité de Jayde…

— Je… oui, ça va, merci.

Je m'écarte de lui pour me diriger vers mon prochain cours. Je me déteste de penser à *lui*, là où rien n'est censé m'y faire songer.

Je m'insulte de tous les noms et m'isole avant d'entrer dans l'amphithéâtre. Mon téléphone vibre et je le tire de ma poche pour décrocher.

C'est Cody.

— Allô ?

Cody, Bryce et Dustin, même Braden m'ont contactée régulièrement pour prendre de mes nouvelles. Compréhensif, le producteur de Madness m'a accordé la permission de ne plus me rendre à Indy

Records pour travailler. J'écrirai dorénavant avec Cody, tout le monde a opté pour cette solution.

De toute manière, il ne reste plus grand-chose, deux chansons déjà entamées.

— Hé, Iris, je t'appelle pour te prévenir que je passerai ce soir au Dream Club pour qu'on peaufine ce que nous avons commencé.

Cody a compris que je voulais finir au plus vite.

— Un peu avant la fermeture, ça te va ?

— J'y serai, à plus tard !

Cody et Jayde ont des profils très différents. Cody est plus souriant, plus coopératif, et j'ai été agréablement surprise. J'ai découvert l'étendue de ses idées de génie. Derrière ses airs optimistes, le bleu givré de son regard laisse entrevoir une souffrance à peine perceptible. Quand il est en transe dans son processus d'écriture, le chagrin ne faiblit pas et dilate ses pupilles. Il a une carapace bien solide, un masque qu'il enfile à sa guise.

Mon impulsivité me donne cette envie de gratter ses remparts pour qu'il puisse s'ouvrir, parce que depuis l'incident je suppose qu'il doit beaucoup s'investir pour Jayde, quitte à ce qu'il en pâtisse.

Nous savons tous les deux comme Jayde peut être dur avec lui-même et le transposer sur les autres.

Lors de la pause déjeuner je me rends aux toilettes avant de retrouver Amber pour manger. J'observe mon reflet dans le miroir et pousse un long soupir.

La couleur de mes cheveux mauves est vive, je l'ai refaite. Mon humeur maussade se discerne à mon teint terne. Je suis pâle et plus les jours passent, plus je me trouve pitoyable. Mes yeux sont soulignés de cernes et de faibles nuances bleutées de mon ancien hématome apparaissent encore sur ma paupière.

J'ai toujours été impulsive, directe dans mes propos, mais depuis que j'ai décidé d'aller de l'avant sans me retourner… je ne fais que penser au passé.

Défaite. Iris, game over.

J'ai l'impression que c'est universel, dès qu'on s'ordonne de passer à autre chose, on ne fait que ressasser ce qui est arrivé en le triturant de tous les côtés.

Une des portes battantes des toilettes s'ouvre, Cassie Donovan en sort, elle me fixe en écarquillant les yeux.

C'est une de mes camarades bon chic bon genre à Berklee. Depuis que j'ai croisé son chemin, elle me dénigre, et je l'ai toujours remise à sa place.

Sur le coup, j'ignore ce qui me prend, je baisse la tête et laisse mes mains sous le jet d'eau du robinet.

Ses pas résonnent, et elle se nettoie à son tour au lavabo à côté du mien. Un silence pesant règne, mon cœur bat si fort que je crains qu'elle ne l'entende.

Putain, qu'est-ce qui t'arrive, Iris ?

— On dirait que quelqu'un s'est enfin décidé à régler son compte à la racaille que tu es, dit-elle dans un rire grinçant.

Impuissante, le regard figé sur l'eau qui coule encore sur mes doigts, je discerne l'écho de la porte qui se ferme.

La racaille que je suis… ?

Mes mains serrent le rebord du lavabo, et j'inspire difficilement. Ses paroles amères font décamper le peu de confiance en moi qu'il me restait. Ma lucidité s'évapore et mon angoisse se décuple. Plus elle monte, plus je retiens un cri derrière la barrière de mes lèvres. Il m'étouffe, m'asphyxie complètement.

Mes démons prennent un malin plaisir à revenir à la charge dès que je les enterre, dès que l'initiative de me relever m'effleure. Ils lacèrent mon cœur et me malmènent sans pitié.

Des larmes silencieuses coulent, le point de non-retour de mes pensées est atteint. Tate s'acharne sur moi. Tate me foudroie le corps avec sa force. Tate, qui éveille tout ce que j'ai souhaité oublier.

Et Jayde qui ne m'a pas protégée comme je l'avais secrètement rêvé. Sentir que la puissance de ses bras aurait écarté tous mes démons.

Je me suis laissée aller, j'ai baissé ma garde, lâché prise comme une imbécile. Mes remparts se sont effondrés et ma carapace en titane a fondu devant notre passion.

Quelle idiote…

Mes pleurs s'intensifient, j'ai si mal…

Comment pourrais-je réparer mon cœur brisé ?

Pendant trop longtemps je me suis évertuée à recoller chaque morceau avec de la Super Glue, mais cette fois-ci pourquoi… cela me semble-t-il impossible ?

Iris, la racaille…

Quand j'y pense, un ricanement sonore m'échappe. Puis un éclat de rire explose. Le rebord du lavabo me fait toujours office de support, mon corps se cambre alors que je ris encore et encore.

J'ai perdu l'esprit.

J'ai perdu la raison.

Je me redresse de façon à être droite et je lève la tête vers le plafond, mes dernières larmes coulent le long de mes joues jusqu'à tomber sur ma gorge.

— *Try a little tenderness*[1], chuchoté-je.

Toute cette tendresse imaginaire trouvée chez Jayde se dissipe. Lentement, mes yeux rencontrent mon reflet. Si avant mon regard trahissait ce que je ressentais, à cet instant mes iris projettent la froideur dans laquelle je finis toujours par me réfugier.

Déni. Déni. Déni.

Je tire un mouchoir, essuie mon mascara saccagé, puis j'efface chaque trace de ce choc émotionnel. J'affiche alors un sourire faussement diabolique. Je réprime un nouveau rire et farfouille dans mon sac pour dénicher mon rouge à lèvres pourpre.

Je me peinturlure la bouche et mets un peu de matière sur mes pommettes pour donner de la couleur à mon teint livide.

Démence. Démence. Démence.

J'incline mon visage, pour mieux étudier mon apparence. Je passe mon doigt sur mon nez fin, là où se trouve l'ancien emplacement de mon piercing. On me l'a retiré à l'hôpital quand j'étais dans les vapes et j'ai décidé de faire sans.

Mes neurones ont grillé dans le court-circuit de la folie. Folie amou-

1 « Essaie un peu de tendresse. »

reuse, folie meurtrière. Il a osé me faire souffrir. J'ai l'impression de manipuler mes propres émotions.

Une idée me vient.

L'indifférence.

Oui, c'est ça.

Je ne peux faire autrement et je sais qu'au final mon art finira par tout absorber, jusqu'à ma dernière larme empoisonnée par Jayde Black.

Le soir, au Dream Club, je suis légèrement irritable, même si j'ai fait le vœu de paraître indifférente. L'ambiance au bar n'est pas des meilleures. Les rires sonores et parfois grinçants perturbent mes tympans.

Je sers quelques clients et mon regard balaie la salle, jusqu'à ce que j'aperçoive deux hommes. Assis à la même table, ils se jettent un coup d'œil entendu avant de faire tomber au sol un verre vide. Bonnie, ma collègue à proximité, se précipite vers eux et se penche pour ramasser. Je fronce les sourcils quand je les vois lorgner vulgairement ses fesses moulées dans sa jupe, en se passant la langue sur les lèvres.

Agh, bande de connards.

D'un pas décidé, je m'approche les poings serrés de leur table, attirant leur attention sur moi.

— Dehors.

Je crache mes mots avec véhémence. Ils écarquillent les yeux, ne comprenant apparemment pas mon attitude.

— Excusez-nous, mademoiselle, mais le client est roi ici.

— Et visiblement vous êtes les bouffons du roi, dehors j'ai dit. Estimez-vous heureux que je ne vous facture pas la casse volontaire du verre.

— Iris…, intervient Bonnie, ce n'est rien.

— Vous avez entendu votre délicieuse collègue ? réplique d'un ton suave l'un d'eux en me fixant de ses yeux globuleux derrière ses lunettes.

— On devrait se plaindre à votre patron, rétorque le second. Mais on ne dira rien si vous vous montrez plus coopérative, poursuit-il en me jaugeant de manière indécente de haut en bas.

Le coup part tout seul. Je le gifle. J'agrippe violemment le col du polo de l'autre binoclard et l'approche de mon visage.

— Vous avez deux minutes pour déguerpir, sinon ce sera vos couilles à la bouche que vous sortirez d'ici, articulé-je rudement.

— Iris !

Ma colère ne tarit pas, je lâche cet enfoiré et me tourne vers celui qui m'a interpellée, Lenny, mon patron. D'apparence, il est intimidant : il mesure un mètre quatre-vingt-dix, il est chauve avec une barbe hirsute et a un regard noir perçant. Pourtant, il a le cœur sur la main.

Sans rien dire, je m'éloigne de la zone où je viens de taper un scandale tandis que tous les yeux sont rivés sur moi.

Calme-toi, Iris. Respire.

— Tu m'expliques ? me réprimande Lenny en s'approchant tandis que je suis de l'autre côté du bar.

— Ils ont fait tomber le verre pour reluquer Bonnie, j'ai assisté à toute la scène. Tu sais très bien que je ne me mets pas en rogne pour rien !

— Si, justement ! C'est parce que je te connais très bien. Écoute, ma fleur, je veux bien être compréhensif mais, quand une scène pareille se produit, viens m'en parler, ce n'est pas à toi de gérer ça et donner une mauvaise image aux yeux des clients. Ils ne connaissent pas ton point de vue.

Je ne dis rien et retourne à mon activité favorite : ruminer intérieurement durant mon service.

L'heure de la fermeture approche, et Cody est là. Les serveurs commencent à s'en aller, et lui et moi prenons place à une des tables avec nos notes. Visiblement, il est conscient de mon état.

— Si tu ne te sens pas très bien, on peut remettre ça à plus tard.

Je l'observe un instant avant de me concentrer sur mes feuilles.

— Non non, on arrive presque au bout, il est temps d'en finir avec cet album.

— Très bien, regarde ce que j'ai écrit ce matin pour améliorer le second couplet que nous avons fait la dernière fois.

Je parcours son texte, et tout est parfait. L'écriture est propre, rectiligne et lisible. Aucune faute, aucun mot oublié. La perfection. Avec Jayde, cela aurait été totalement chaotique, mais il ne faut plus que j'y pense.

— C'est très beau et sombre aussi.

— Ouais, je me doutais que tu dirais ça.

— Tu devrais adoucir ce couplet, sauf si tu veux instaurer un son du genre métal quand tu le composeras avec Dustin.

— C'était l'idée quand j'en avais parlé avec Braden, pour diversifier un peu l'album.

— Très bien, alors je vais voir ce que je peux faire, dis-je en prenant mon stylo pour souligner ce qu'il est préférable de modifier.

— Est-ce que tu aimes ?

— C'est différent de la première que nous avons écrite toi et moi mais, oui, j'aime beaucoup. Je n'aurais pas cru que tu pourrais rédiger des textes pareils.

— Ah non ?

Je lui souris.

— Non, c'est étonnant et à la fois ça a du sens.

Un pli barre son front et un rictus étire ses lèvres.

— Comment ça ?

— L'éternel optimiste qui cache sa part d'ombre en la divulguant dans ses chansons.

— Ah, je suis si facile à cerner que ça ? me taquine-t-il en me donnant une tape avec son coude.

— Pas vraiment, mais dis-moi pourquoi tu n'écris pas souvent ?

— Je ne me considère pas comme un parolier, j'aime bien ça, mais je cède la place à ceux qui ont plus de hargne à exposer leurs sentiments.

— Tu n'en ressens pas le besoin ?

— Non pas vraiment, mais ces derniers temps, pour être honnête, si. C'est pourquoi je me suis proposé pour être ton partenaire.

— Quelque chose ne va pas ?

Il affiche alors une moue perplexe et je comprends le message caché derrière cette grimace.

— Ça ne va pas très bien dans le groupe ? demandé-je d'une petite voix.

— La pression commence à nous oppresser tous les quatre, et disons que ce n'est pas la meilleure ambiance qu'on ait connue. Je me force à apaiser les tensions, mais je n'y arrive pas, confesse-t-il, l'air affecté.

— Tu n'es pas obligé de faire semblant d'aller bien, Cody.

— J'aime donner aux autres, Iris, je suis comme ça. J'aime, je donne, je me sens toujours bien quand j'accorde de l'importance à des détails que personne ne voit. Je ne peux pas me permettre de ne pas aller bien.

Quelque chose en lui me poignarde le cœur. C'est le meilleur ami de Jayde, et nous savons tous les deux qu'être proche de lui signifie endurer ses souffrances. Il est prisonnier de son optimisme, cela finira par devenir une illusion qui n'arrivera plus à le combler.

— Quand on aime on déteste aussi, tu ne peux pas dissocier les deux. C'est comme la joie et la tristesse. La vie, c'est des périodes, des hauts et des bas qui alternent. Tu n'es pas obligé de sourire quand dans le fond tu as envie de pleurer, tu ne fais du mal qu'à toi-même, Cody. Je vois bien dans ton regard que tu as des difficultés à endurer toutes ces tensions.

— Je n'ai pas envie que nos liens se brisent, je suis terrifié à l'idée que ça arrive, admet-il en soupirant.

— Ils ne se briseront pas, c'est une mauvaise passe comme une autre, mais tu dois écouter tes besoins. Si tu as besoin de crier, fais-le. Si tu as besoin de t'isoler, ne t'en prive pas. Et si tu cherches quelqu'un avec qui discuter, eh bien, tu n'as qu'à pousser cette porte pour me trouver.

Il a un sourire triste et enfouit la main furtivement dans ses cheveux de couleur bleue.

— Je *le* comprends, murmure-t-il avec une lueur de chagrin dans ses yeux cobalt.

— Quoi ?

Ce n'est que quand je sors ce son que je réalise de quoi il parle. J'aspire ma lèvre inférieure et baisse la tête, touchée, malgré moi.

— Rien, merci, Iris. Et si on revenait à notre travail ?

— Oui, la chanson *Monster*, n'est-ce pas ?

Nos deux chansons sont bouclées. Au moment de partir, Cody me raccompagne jusque chez moi dans sa voiture, vu que je me retrouve sans véhicule maintenant. Ma vieille Ford ne fonctionne plus malheureusement et je ne veux pas dépenser un rond pour une réparation qui risque de ne pas perdurer. Je ferme la portière et le remercie. Il me retient en m'informant :

— Le nom de l'album a changé.

Je fronce les sourcils, intriguée.

— Pourquoi ?

J. Black était synonyme d'une résurrection. *La sienne.*

— Parce qu'on s'est rendu compte que ça ne correspondait pas à ce que nous voulions réellement.

— Et c'est devenu quoi ?

— *Iris.*

5. Gatsby, plus si magnifique que ça

Jayde

Two Feet – I Feel like I'm Drowning

Je me suis perdu.

Dans mes mensonges.

Dans mes ressentiments.

Dans ma haine.

À quel moment ma vie a-t-elle viré au véritable cauchemar ?

Mes mains resserrent le micro. Tout ce que je chante est faux, si faux que mon oreille invalide frôle le saignement. Le son produit par ma gorge est horrible, grave, sans réel sens.

De toute façon qu'est-ce qui a du sens maintenant ?

Les paroles s'intensifient, le rythme s'accentue, mes amis chantent pour estomper mes fausses notes et je me tais. Je ne chante plus. Par pure colère, je jette le micro au sol, provoquant un bruit aigu qui perce les tympans et arrête net la musique de la pièce.

— Jayde ! s'insurge Dustin en se redressant de sa batterie.

Je me retourne vers eux, furieux.

— C'est de la merde ce qu'on fait.

Cody soupire avant de poser sa guitare contre le mur. Sa fatigue est visible sur son visage. Il supporte mes frasques, mes sautes d'humeur, ma rage indéfectible. Cody est le seul aujourd'hui à m'épauler.

Je dis ça parce que… les deux autres sont à deux doigts de m'étrangler dès qu'ils me voient.

Pour la millième fois, j'interromps nos répétitions.

Pour la millième fois, je déverse ma colère sur un objet que je balance.

— Tu dis ça à chaque fois, grogne Dustin en s'approchant de moi. Il va falloir avancer maintenant, mon pote. On nous attend au tournant, je te rappelle !

— Je sais que ça te brûle les lèvres de dire qui est le responsable de tout ça, rétorqué-je, les poings serrés.

Avant que lui et moi en venions aux mains, Cody fait barrage avec son corps.

— STOP ! Ça suffit ! Pause de deux minutes et on répète *Smoke and Mirrors* par la suite avant de passer à *Broken Dream*.

Aucune chanson n'est prête, rien n'est enregistré correctement. On est au point mort depuis trois semaines. Ma quête de la perfection fait que je m'obstine à freiner alors que nous allons atteindre notre objectif. L'annonce de notre deuxième album a rameuté les troupes, mais le changement de date de dernière minute a éveillé les fans les plus fous.

J'ai tout retardé à cause de ma sévère dépression. Tout ce que j'ai encaissé m'a forcé à m'enfermer dans ma chambre pendant des jours et des jours sans rien pour pouvoir l'extérioriser.

Pour la première fois, la musique m'a quitté.

Je n'ai pas écrit une parole depuis ce soir-là... plus d'inspiration, plus rien du tout. Je suis une loque humaine, un désastre qui enchaîne les déboires.

— Pourquoi on ferait ça ? intervient subitement Bryce en fixant Cody.

Bryce est sans doute celui qui m'ignore le plus, et il me le fait bien comprendre. Je crois que c'est celui dont je n'ose même plus croiser le regard. Il avait tant d'insouciance et je lisais un attachement sans pareil pour moi sur ses traits dès qu'il me voyait, et maintenant...

— Bryce..., dit Dustin pour l'arrêter.

— Répéter ne sert à rien avec toi ! s'exclame le nabot en me toisant méchamment. Ne pense pas que tu stimules ma sympathie en étalant tes états d'âme. Tu as l'effet inverse. Tu es insupportable et irritant, rien ne te plaît. On n'est pas tes punching-balls pour que tu te défoules quand tu chantes comme de la merde. Si ça ne te convient pas, la porte est grande ouverte !

Les mots meurent sur ma langue. Que pourrais-je lui répondre de toute façon ?

— Tu nous traînes dans ta chute, m'accuse-t-il. Et je te dis la vérité ? Tu mérites d'aller mal ! Tu ne peux en vouloir qu'à toi, espèce d'enfoiré, alors crève dans tes remords, mais abstiens-toi de faire éclater ta rage parce que tu es l'unique perdant.

— Bryce, comment oses-tu dire ça ! le gronde Cody.

— Pourquoi tu le défends, Cody ? T'as vu comment il nous traite ! J'ai un scoop pour toi, Jayde Black, t'es pas le seul à souffrir et ça ne te rend pas intéressant pour autant. Tu fais juste pitié.

Dustin attrape Bryce pour le faire sortir de la pièce avant qu'il en rajoute… mais ses mots ont été suffisamment tranchants.

— Écoute, Jayde…

— C'est bon, Cody, je vais aller prendre l'air.

Avant que j'atteigne la porte, mon meilleur ami m'interpelle et je m'arrête.

— Bryce t'en veut de ne pas lui avoir dit la vérité sur Tate… surtout que ça a mené à…

— Pas la peine de me le rappeler, le réprimandé-je en serrant la mâchoire.

Je ne veux pas me souvenir, mais je n'arrive pas à oublier.

Trop de choses ont changé, plus rien n'est comme avant. La lueur améthyste qui éclairait ma vie a fondu dans l'obscurité de la nuit. Les graines d'allégresse semées sur mon être ont cédé leur place à des ronces de douleur.

— Jayde…

— C'est bon, Cody. Ils ont raison. Je ne sais même pas pourquoi tu me défends.

Je m'en vais loin du studio. J'ai pris un fulgurant virage loin de tout ce à quoi je m'accrochais pour survivre.

Une part de moi a toujours pensé que j'étais un survivant. Bien que j'exprime la destruction, l'espoir fusait inlassablement dans mon sang.

Et maintenant…

Je suis juste épuisé d'être tout ça à la fois.

Tout est sans espoir.

Tate est enfermé dans une clinique psychiatrique, mon père a plaidé la folie pour sa cause, comme pour toute personne victime de démence.

Démence… ce mot fait partie intégrante de ma vie depuis si longtemps, et il a beau me hanter constamment, c'est mon préféré.

Ma fascination pour ce terme date du moment où je me suis lancé dans la musique, là où j'ai compris jusqu'à quel prix je voulais réussir dans le milieu sans exhumer mes secrets les plus honteux.

La démence n'est pas forcément synonyme de maladie mentale, c'est une répercussion chimique dans nos émotions les plus enfouies. Jusqu'où dois-je aller pour passer au-dessus de ça ? Jusqu'où j'irais pour que personne ne découvre mon secret ?

Walter Black tente de revenir dans mon existence, mais le timing est mal choisi. Je ne suis pas prêt à lui reparler depuis la dernière fois qu'on s'est vus avec l'agent de police Cruz.

Les confessions de mon père m'ont ébranlé. Sa soudaine envie de renouer nos liens m'a affecté. J'ai longtemps rêvé qu'il se conduise ainsi. Mais c'est trop tard. Les dés sont jetés et rien ne peut rembobiner le temps, ni des actions ni encore moins un pardon.

J'erre quelque part entre la solitude nocive et la folie mélancolique. Même dans cette spirale dans laquelle je plonge, la notion de rêve n'existe plus, elle ne me stabilise plus comme l'ancre des navires. Ma voix s'est éteinte… et les maux coincés dans ma gorge m'étouffent. L'inspiration et la musique m'ont abandonné.

Je ne mérite plus de rédemption, mais uniquement la cacophonie qui résonne dans mon esprit. La journée, les heures défilent rythmées par ma colère envers le monde, ce qui inclut mes amis.

Et le soir…

Je me rends à *cet* endroit.

De l'extérieur, je la vois.

Mon cœur est en chute libre et mes pensées sont en vrac.

Les néons de la devanture du Dream Club deviennent ma seule source de lumière, car je sais qu'elle est à l'intérieur, irradiant la salle avec sa beauté rock'n'roll.

Je n'y entre jamais. Je n'oserais pas… pourtant je suis un des hommes les plus culottés.

Que pense-t-elle du fait que mon nouvel album porte son prénom ? Que pense-t-elle de moi quatre semaines après ce drame ?

De ma voiture, je la vois déambuler entre les tables, ses cheveux sont un peu plus longs, son corps plus fin, et son sourire… faux.

Aussi faux que moi je l'ai été avec elle.

Si j'entrais, que ferait-elle ?

Peut-être qu'elle déverserait une bouteille de vodka sur moi, comme à notre première rencontre, puis ensuite sa haine se dissiperait.

Ouais, dans tes rêves.

Mon inspiration m'a quitté le jour où je l'ai trahie. Je ne parviens plus à écrire une phrase correcte, une tournure marquante. Je n'arrive plus à produire un son qui me fasse frémir intérieurement.

J'ai perdu ma voix, le jour où je l'ai perdue elle.

Iris. Iris. Iris.

Ma muse s'est envolée.

Et mon âme d'artiste a pris la fuite.

Elle a pris la fuite exactement comme le bonheur qui me submergeait quand je me suis réveillé dans son lit à ses côtés.

J'inspire profondément et remets le contact de ma voiture avant de démarrer.

Encore une fois, comme chaque soir, je retourne devant le bar, l'observe puis m'en vais comme si de rien n'était, avec pour seul témoin mon cœur fracassé.

La voir sans réellement l'avoir devant moi.

Sentir sa présence sans jamais la toucher.

Iris. Iris. Iris.

Ma rose noire éternelle, qui laisse derrière elle une douleur continuelle.

Je me suis cassé la gueule.

6. Le masque tombe

Iris

I Prevail – Everytime You Leave

Il vient tous les soirs.

Tous les soirs, il est garé dans sa Porsche clinquante au milieu du parking.

Aujourd'hui, il est encore là. Il arbore un air affligé par la mélancolie. L'émotion qu'exprime son regard vide me poignarde la poitrine. En dépit du chaos sévissant en moi, il agite énergiquement ce que je m'évertue à réprimer.

Mais je n'y arrive pas.

J'essuie une des tables et l'observe discrètement du coin de l'œil. Adossé contre un poteau, il fume une clope et la laisse se consumer.

Mon cœur palpite, mes mains tremblent légèrement sur la table que je frotte frénétiquement avec un chiffon. Je déglutis difficilement lorsque je sens ses yeux m'épier minutieusement à travers la vitre. Une bile acide remonte dans ma gorge et mon pouls accélère. J'ai toujours su qu'il venait, mais j'ai toujours voulu oublier sa présence, seulement l'ignorer ne la transformera jamais en illusion.

Je craque.

Je dois sortir et lui ordonner de partir.

Fragile. Fragile. Fragile.

La petite voix dans ma tête me hurle de ne pas y aller, de ne pas rompre ce pacte que je me suis forcée à ériger, qui me contraint à ne plus le revoir. Armée de toute ma volonté et d'un masque d'indifférence, je pousse avec force les portes battantes du Dream Club, qui claquent et attirent son attention. Je descends les quelques marches et m'approche de sa carcasse emplie de mensonges et de fausses promesses.

— Pars ! m'exclamé-je en me postant devant lui, les poings contre mes hanches.

Il agite mollement la main en tapotant sa clope, des bribes de cendre en tombent et rencontrent le sol, avant qu'il s'avance vers moi avec nonchalance. Chaque pas a une incidence sur mes battements cardiaques. Ma respiration devient saccadée mais je garde la face, lui adressant mon regard le plus sombre, ma mine le plus rude possible.

Cette zone n'est illuminée que par un lampadaire au-dessus de nous et quelques néons rouges de la devanture du bar éclairent la moitié de son visage. L'ombre de ses cils s'étale sur ses pommettes tandis qu'il me sonde avec une intensité chauffée à blanc.

— C'est un lieu public, non ?

La tension entre nos deux corps est tangible. Il avale la distance qui nous sépare. Je recule de deux pas. Je refuse qu'il empiète sur mon espace vital. Plus maintenant, plus comme avant.

— Tu n'as pas le droit d'être ici ! Va-t'en !

Ma voix est piquée par le chagrin, elle tressaille. Je me déteste de laisser transparaître tout ce qu'il a provoqué en moi. Je sens ma résilience faiblir. Elle me quitte devant lui, à la vitesse d'un colibri.

— Alors tu sais que je viens ici, tous les soirs ?

Rien. Aucune expression. Aucune faille dans sa façade de glace. Mon trouble en est accentué, mon cœur est piétiné par la tension de mes émotions en vrac.

Pourquoi suis-je si faible devant lui ? Pourquoi ai-je autant changé quand il s'agit de lui ?

— Oui, et je ne veux plus que ça se reproduise, je ne veux plus te voir. J'ai été très claire à l'hôpital, non ?

J'articule chaque mot en le prononçant méchamment. Ses yeux sombres sont dénués de tout bon sentiment, il me fixe dans le seul but de labourer mon cerveau, farfouille entre mes neurones pour trouver une solution à toute cette merde.

Mais il n'y en a aucune.

Le mal est fait. Je ne discerne que de la trahison.

— Tu ne veux plus me voir, mais moi j'ai envie de te voir, déclare-t-il en jetant d'une pichenette sa clope par terre.

Bam.

— Tu ne te rends pas compte de ce que tu dis, réponds-je en relâchant les épaules.

— Déteste-moi autant que tu veux de t'avoir caché mes secrets, j'ai suffisamment de remords et de culpabilité pour les cinquante prochaines années. Je continuerai à te regarder, parce que personne ne le fait mieux que moi.

— Je. Ne. Reviendrai. Jamais. Vers. Toi.

Je crache mes mots en le pointant du doigt, furieuse.

— Laisse tomber ton masque, ma rose noire, me nargue-t-il en s'éloignant pour retourner à son bolide.

Je me tais et me contente de le fusiller d'un regard empli de rancœur.

— Il ne te va pas bien, poursuit-il en ouvrant la portière et en analysant ma réaction.

Quoi ?

— Ce masque d'indifférence, il ne te va pas, tu es beaucoup trop impulsive pour le garder longtemps, même pour toi.

Une ébauche de rictus fend ses lèvres, et c'est l'équivalent d'un coup de poing que je prends en pleine gueule.

— Je ne te pardonnerai jamais, admets-je d'une petite voix en serrant les mains si fort que mes ongles lacèrent mes paumes.

— J'adore tes épines, encore plus quand elles me piquent.

Il se fout de moi ?

— Tu es complètement fou, dis-je en ignorant mon pincement au cœur.

— Tu ne m'apprends rien, la vipère.

Et il s'en va, dans le froid de la nuit, tandis que la seule chose qui me réchauffe c'est son aura sombre qui s'est condensée dans l'air.

Jayde, pourquoi tu t'accroches ?

Aujourd'hui, j'ai eu une entrevue avec M. Cooper, mon professeur, pour qu'on fixe des dates pour nos prochains rendez-vous et qu'on discute de mon avancement sur ma composition. Je n'ai pas commencé à la créer pour le moment, par manque de temps mais aussi de motivation. Mais j'ai décidé de me mettre à la tâche dès ce soir.

Lenny a souhaité me libérer quelques jours dans la semaine pour que je me consacre à la préparation du concours de musique auquel je dois participer, c'est vrai que c'est encore tôt, mais M. Cooper préfère débuter dès maintenant.

Je rapproche mon synthétiseur de mon vieux canapé et fais craquer mes doigts avant de jouer quelques notes au hasard.

— Hmm, qu'est-ce que je pourrais faire ?

Pour m'inspirer, je mets toujours de la musique classique en fond sonore, comme un guide spirituel. Je pose mon ordinateur portable sur mes genoux et, sans réaliser ce que je fais, tape mon nom. Je trouve en premier ma prestation de l'automne dernier.

Tenderness.

Je souris en voyant que la vidéo est en ligne sur le site de l'école. Je remarque qu'elle est affichée dans d'autres pages. Piquée par la curiosité, je clique sur les différents liens et ce n'est pas ma performance qui attire mon attention, mais plutôt les commentaires.

Elle ? Le prodige de l'école ? Mais où sont ceux qui proclament de telles conneries ?

Ce n'est que mon opinion mais ce morceau est tout simplement pourri.

Oh. Mon. Dieu. Je ferme vivement l'onglet et ouvre un autre site de critiques.

LOL Je n'ai pas voulu écouter jusqu'à la fin tellement c'était nul à chier.

Mais c'est quoi ces critiques ?

C'est quoi ce cliché avec la mélancolie musicale ? Tout le monde ne fait que ça ! Changez de disque un peu, putain, y en a marre ! ! ! !

Plus je lis, plus des larmes s'échappent de mes yeux. Je sais qu'on ne peut pas plaire à tous… mais de tels mots sont durs à avaler. Une boule obstrue ma gorge et je m'empresse de fermer mon ordi, m'empêchant de voir d'autres commentaires aussi peu constructifs.

Mon masque s'effrite, morceau par morceau, avant de tomber complètement. J'ai érigé des remparts qui n'ont même pas tenu deux minutes. Épuisée par ce foutoir émotionnel, je recouvre mon visage de mes deux mains et laisse mes sanglots rythmer l'atmosphère pesante de mon salon.

Ma tristesse se décuple et de vieilles pensées amères défilent dans mon esprit, comme un contrecoup pour approfondir ma douleur.

La passion nous fait oublier le jugement des autres et ce retour de manivelle en pleine poire me malmène le cerveau. Dans le silence, j'évacue mon chagrin puis me tapote les joues comme pour m'éveiller de cette léthargie.

— Ne les écoute pas, Iris.

Je me répète ces mots trois fois.

La critique est bien trop facile grâce aux réseaux sociaux, propices à l'acharnement et au cyberharcèlement. Je me suis toujours éloignée de ce fléau, mais je vais bientôt être diplômée, autant me familiariser avec. Lors d'un cours en marketing musical, j'ai compris que plus tard une grande partie de mes bénéfices se ferait à travers les écrans.

On m'a toujours critiquée à Memphis et ce n'est pas ici que je pourrai y échapper. Je dois accepter les jugements, peu importe leur dureté. Ça ne déterminera jamais la personne que je suis.

Je dois aussi accepter que je n'ai plus cette capacité à cacher ce que je ressens aussi facilement.

Jayde l'a perçu en moi l'autre soir et il ne s'est pas gêné pour me le faire savoir.

J'ai appris à m'ouvrir, je suis sortie de ma coquille, mais je garde mon côté impulsif, celui qui me va si bien, celui qui me préserve des autres.

Je peux faire semblant avec n'importe qui, sauf lui.

Je ne rivalise pas devant lui quand nous sommes sur son terrain de jeu. Les règles étaient si simples, pourtant. Celui qui craque a perdu.

Pour la première fois, j'ai perdu. Cruelle ironie, je lui répétais sans cesse que j'étais la plus forte de nous deux.

Et lui ? Comment réagit-il face à la critique ? Il a plus d'audience et, avec ses dérives, les gens ont dû prendre un malin plaisir à le descendre. Mais il n'a jamais reculé pour avoir ce qu'il voulait.

Si on écoute les autres, les rêves ne se réaliseront jamais. C'est comme ça que Jayde a fonctionné toute sa vie.

Chris m'a inculqué cette valeur et si je m'attardais sur tous ces retours imprégnés de haine… je n'avancerais jamais.

Ma main se pose contre mon cœur, il bat la chamade, et je reprends une respiration régulière après ce débordement émotionnel.

— Tu sais ce qu'il te reste à faire, ma vieille.

Emmerder le monde avec ma musique.

7. V pour Vendetta, I pour Iris

Iris

Billie Eilish – idontwannabeyouanymore

Mes mains se coincent dans mes cheveux, tirant légèrement dessus. Je n'ai pas dormi de la nuit, poussée par cet élan d'inspiration que j'aime tant… seulement, contrairement aux autres fois, la vengeance est mon moyen d'expression.

Cette haine qui pullule en moi est en train de se transformer en quelque chose de mauvais… très mauvais. Elle fermente depuis des semaines maintenant et je ressens son amertume.

Trop de choses se sont passées.

Jayde qui erre comme un vautour autour du Dream Club. Et les critiques reçues qui me laissent un goût désagréable dans la bouche.

Je suis déchaînée. Je suis désespoir. Je suis désillusion. Je suis un triple D infernal sans nom.

Il suffit que je me retrouve seule dans mon salon pour qu'un kaléidoscope de souvenirs me martèle l'esprit. Il suffit que je fixe mes papiers éparpillés au sol pour croiser ses petits gribouillis. Et il me suffit de plonger dans mes draps pour l'imaginer contre moi.

Les premiers temps, son odeur inondait encore mon lit, se mêlant à la tristesse de mes pleurs incessants. Les premiers temps, je n'arrivais plus à écrire un mot de mes tourments habituels à l'encre sur des feuilles vierges.

La peine n'a jamais eu cette saveur auparavant. En perdant Chris, j'étais animée par une fureur de vivre pour lui, pour nous.

Mais avec *lui*…

Je ne perçois que de la trahison dans cette sinistre brume. Je ne ressens qu'un profond vide en moi.

Ses yeux noirs avaient beau représenter des abysses, j'apercevais au fond une étincelle dès que j'étais devant lui.

Je crois que chacun de nous a su tirer le meilleur de l'autre, mais je me demande parfois si ses réactions ont été réellement sincères.

Je continuerai à te regarder, parce que personne ne le fait mieux que moi.

Me voilà perdue dans des spéculations sans réponses, j'ignore quoi penser, traînée par des vagues de contradictions.

Une lame s'est insérée dans mon cœur et je subis ses sévices tous les jours. Quand je songe à lui elle s'enfonce, et quand je l'oublie elle s'enfonce encore pour me rappeler la dureté de son absence et sa trahison.

Je reste focalisée sur la partition que je dois préparer pour mon concours à New York, début mai. On n'est qu'en février et je suis déjà envahie par l'anxiété. Mettre les pieds dans cette ville m'effraie, c'est si risible et pourtant… j'en suis terrifiée. Chris et moi étions censés commencer notre vie là-bas et m'y rendre sans lui est comme un arrache-cœur.

On dit souvent qu'après un traumatisme nous passons par cinq phases : le déni, la colère, la dépression, le marchandage, l'acceptation.

On peut faire le deuil d'un être cher ou d'une relation. Toute rupture profonde a pour conséquences l'étiolement d'une âme, le brisement d'un cœur ou bien parfois la perdition de l'esprit. Et seul le temps peut le guérir, mais il reste toujours des cicatrices vives et prêtes à saigner à la moindre rechute.

Je n'arrive pas à me situer, parfois je suis la colère mêlée à de la tristesse. D'autre fois, je suis l'acceptation menée par un déni puissant. Ou encore, une dépression accrue me cloue au sol avec des réflexions atroces.

Je suis toutes les phases à la fois. Au final, je ne sais jamais réellement ce que je ressens quand il s'agit de Jayde Black.

La nuit parfois je revis le cauchemar de mon agression, je me réveille avec des sueurs froides et l'idée constante que la plus grande souffrance, c'est que Jayde ne m'a pas ouvert son cœur comme je l'ai fait, au péril de ma vie.

Singer Killer a volé mon cœur. Et je me suis cassé la gueule.

Au Dream Club, la bonne ambiance est présente ce soir. L'alcool coule à flots, les gens papotent et Amber reprend sur scène *At Last* d'Etta James. S'il y a bien une chose que j'ai retenue ces derniers temps, c'est que Darren et Amber sont les meilleurs amis qu'on puisse avoir. Ils m'ont tendu la main et je l'ai saisie, parce que j'en avais besoin.

— Salut, beauté ! s'exclame Darren en prenant place sur un tabouret.

Je suis derrière le bar. Avec un sourire, je lui offre une bière, qu'il entame aussitôt.

— C'était comment New York ? demandé-je en essuyant le comptoir.

— Génial !

Darren est allé à la Grosse Pomme pour passer son audition pour l'Actors Studio, l'école qu'il vise pour la rentrée.

— J'ai tout donné lors de mon audition, dit-il joyeusement. J'espère que je serai pris !

— Je suis certaine qu'ils te prendront, il n'y a pas de raison !

Il sourit.

— Je recevrai une réponse fin mai, début juin. L'attente va être longue mais, si c'est positif, ça en vaudra la peine.

— Darren, même si c'est négatif, tu pourras toujours retenter l'année d'après.

— Ouais… mais je vais être grave mal ! Je me connais, après un échec, je suis… désespérant.

— Je serai là pour te soutenir, mon petit, fais-je en ébouriffant sa crinière afro.

— Agh, je déteste quand tu me fais ça !

— Darren ! lance Amber en courant vers lui après sa prestation.

Elle le prend dans ses bras, telle une mère qui retrouve son enfant après tant d'années de séparation, puis lui embrasse les joues.

— Alors, New York ? Je veux tout savoir ! Nos appels n'ont pas suffi !

Je les laisse discuter pour m'occuper de quelques clients. À une des tables, un jeune homme installé de manière indolente me fixe avec insistance. Ses cheveux de jais sont ramassés en une queue-de-cheval courte et il a des yeux noirs perçants.

Lasse, je me dirige vers lui pour prendre sa commande, mais avant je le somme de s'asseoir correctement, c'est-à-dire de « de retirer ses jambes étalées sur la table ».

— Deux verres de vodka, me demande-t-il avec un sourire goguenard.

— Ce sera tout ?

Je le note sans le regarder.

— Et ton numéro avec.

Je ris jaune.

— Même pas en rêve, réponds-je en m'en allant.

Lorsque je reviens à lui et pose les boissons sur la table, il me retient par le poignet. Je n'ai pas le temps de dire quoi que ce soit qu'il s'adresse à moi :

— Prends un verre avec moi, je les ai commandés pour nous deux.

— Pardon ?

Il sourit à nouveau.

— Tu as très bien entendu.

Ce n'est que maintenant que je réalise qui il est. La première fois que j'ai été confrontée au biker qui avait malmené Darren et m'a causé des problèmes au Dream Club, il était avec lui et ses acolytes. Depuis, je me suis toujours sentie observée quand il passait dans le coin avec sa troupe tandis que j'étais derrière le bar.

— Tu ne devrais pas être ici, mon patron va te virer, le menacé-je.

— Ça ne m'empêchera pas de t'approcher à l'extérieur, tu en as conscience, non ? surenchérit-il.

— Et tu as attendu tant de mois avant de faire ça ?

— J'attendais de ne plus voir le type qui te courait après dans les parages.

Mes yeux s'écarquillent, et mon cœur loupe un battement dès qu'il évoque Jayde. Sous le coup de la surprise et parce que je suis encore sensible à ce sujet, je m'assois sur la chaise en face de lui et avale d'une traite le shot.

Je déteste qu'on fasse allusion à lui, et rien que pour qu'il disparaisse je fais quelque chose que je n'aurais jamais fait auparavant.

— Qu'est-ce que tu attends de moi ? dis-je en croisant les bras.

Un rictus malicieux se dessine sur ses lèvres et rien qu'à l'étincelle dans ses pupilles je détecte ses aspirations.

— Je m'appelle James.

— Et moi…

— Je sais, tu es bien connue ici pour tes frasques avec les débordements de certains clients.

— Pourtant, ça ne t'a pas repoussé.

Il sourit, l'air dragueur.

— Bien au contraire, ça me plaît bien.

— Je ne veux pas de relation, répliqué-je en arquant un sourcil.

— Tiens, moi non plus, un autre point commun, me taquine-t-il.

— Quel était le premier ?

— On est trop honnêtes pour perdre du temps, déclare-t-il en me faisant un clin d'œil.

Putain, mais qu'est-ce qui me prend !

— Je dois travailler, dis-je en prenant conscience de ce que je fais.

— Je ne bougerai pas d'ici.

Je fronce les sourcils, intriguée, puis reviens au comptoir, où mes amis m'attendent avec un regard inquisiteur, ils ont dû assister à la scène.

— Il est canon ! s'exclame Amber, ahurie.

— Qu'est-ce qu'il voulait ? demande Darren, soucieux.

— Une invitation entre mes cuisses, soufflé-je en plongeant la main dans mes cheveux.

— Il t'a proposé un verre ?

— Ouais, et je l'ai bu parce qu'il a abordé un sujet sensible.

— Tu devrais passer du bon temps avec cet homme, Iris, me conseille subitement la Whitney Houston 2.0.

— Ce n'est pas une bonne idée.

— Pourquoi ? L'autre jour je t'ai dit que tu dois tourner la page, peut-être que sortir avec un mec te fera du bien. Moi, en tout cas, je t'encourage à le faire.

— Je ne sais pas, Amber. C'est un biker, en plus, c'est son compère qui avait troué mes pneus.

— Tu l'as bien dit, un de ses compères, pas lui. Va discuter avec lui, tu ne perds rien, bon sang ! Toutes les meufs ont besoin d'oublier un mec avec d'autres mecs, c'est une loi universelle ! La loi du pansement émotionnel !

— Et mon travail ?

— Darren et moi, on te remplacera !

— Tu veux plutôt dire que moi je vais la remplacer tandis que toi tu te limeras les ongles, c'est ça ? grogne Darren en la regardant.

Elle sourit fièrement.

— Tu as tout compris.

Je pousse un long soupir et réfléchis. Je ne sais pas pourquoi, mais une part de moi voudrait se détacher de ce lien conservé avec Jayde. Je jette un coup d'œil à James, qui est toujours à la même place, en train de scruter son écran de téléphone. Et si Amber avait raison ?

Peu sereine, je reviens à James, et la réalité me frappe de plein fouet.

Peut-être que je devrais saisir cette opportunité comme un défi. Savoir si mon corps est effectivement guéri. Je n'ai pas eu de rapports depuis Jayde, et si je testais mon sex-appeal ? Après tout, il me faut passer à autre chose et me remettre sur les rails, dans tous les sens du terme.

— Tu as changé d'avis, ma jolie ?

Je décèle sans mal la lueur d'excitation qui transperce son regard sombre.

— Iris, ça suffira, dis-je en m'asseyant face à lui.

— Alors… où en étions-nous ?

Je souris, confiante.

— Au fait que visiblement je te plaisais beaucoup.

Lâche-toi, Iris. Place à la séduction.

Même si ça ne te ressemble pas.

Même si ça n'est pas toi.

Il ricane avant de saisir son verre et d'en prendre une nouvelle gorgée.

— J'aime beaucoup ta voix, susurre-t-il.

— En général, on me dit qu'on aime m'écouter jouer du piano.

— Je ne suis pas sur la même longueur d'onde en termes de mélodie.

— Vraiment ?

— J'imagine quelque chose de plus sensuel en fait.

Eh bien… il est direct.

— On t'a déjà dit qu'être aussi franc avec une fille peut porter préjudice ? T'emmener au tribunal, par exemple ? le taclé-je en croisant les bras sur ma poitrine.

Son regard louche sur mes seins et un sourire narquois se dessine sur ses lèvres.

— En général, ça marche toujours, je n'ai pas eu affaire à ce genre de situation. Mais si tu me parlais de toi ?

— Qu'est-ce que tu veux savoir ?

— Je me contenterai de tes limites, dis-moi ce que tu veux.

— Les mecs me répugnent.

— C'est une généralité assez dure, non ?

— Sûrement, mais les hommes ont été à l'origine de mes plus grands tourments.

— Peut-être que je pourrais te faire oublier ces tourments.

— Peut-être que tu es beaucoup trop confiant.

— Je ne suis pas confiant, seulement optimiste.

— Et arrogant en plus, ajouté-je sur le ton de la plaisanterie.

— C'est ce qui fait mon charme, non ?

Je ne réponds pas et lève les yeux, exaspérée. Certes, il est pas mal mais, bon, ce n'est pas le moment de lui jeter des fleurs.

— Viens, on va faire un tour dehors. Promis, pas de plan foireux.

— C'est moi le plan foireux.

— Iris… ma seule envie, c'est de t'avoir dans mon lit. Une femme comme toi veut d'un homme qui sait prendre des décisions, et si je ne le suis pas tu ne me laisseras aucune chance.

Peut-être qu'il a raison. Et peut-être que ses mots arrivent à me séduire et me dérober un sourire timide.

Je veux oublier tous mes drames et découvrir ce dont j'ai besoin, tenter de nouvelles expériences.

Et c'est comme ça…

Que je finis dans le lit de James.

Toute nue.

8. Douche froide

Iris

Imagine Dragons – Dull Knives

— Putain, t'es tellement belle.

Sa voix rauque contre ma peau est une réelle stimulation pour mes sens. Ses doigts me parcourent sans ménagement, me frôlent, me pincent, m'agrippent jusqu'à faire monter crescendo mon désir.

Si à cet instant je fais le vide dans ma tête, quelque chose au fond de mon ventre me tire violemment.

James est canon. Vraiment canon. Il est beau, musclé et très franc. J'aime les gens honnêtes qui disent ce qu'ils pensent, et ne cachent rien.

La confiance dans le sexe existe entre les inconnus et elle s'évapore dès que la luxure s'arrête.

Il lape ma poitrine avant de se nicher au creux des lèvres de mon sexe. J'agrippe ses cheveux noirs et pousse des gémissements à chaque coup de langue sur mon bouton de chair.

— Je savais que tu avais le meilleur des goûts.

Je m'arc-boute furtivement en sentant une chaude humidité se faufiler de ma fente.

— Oh ! mon Dieu…

James remonte à mon cou et dépose des baisers mouillés envoûtants. Mon corps est brûlant, mon bas-ventre s'enflamme et ne réclame qu'une chose : l'apogée que lui seul peut atteindre pour me combler.

Sa bouche imprégnée de mon goût s'écrase sur mes lèvres, mes jambes s'enroulent autour de lui, nos intimités se percutent.

— Putain, je ne vais pas tenir, râle-t-il en me mordant le cou.

En l'espace de deux secondes, il prend une capote, qu'il enfile à la vitesse de la lumière, et s'enfonce en moi directement, me faisant pousser un cri de surprise.

Une chaleur lénifiante m'enveloppe, chaque coup de reins me permet d'oublier.

Plus c'est rapide, plus j'oublie.

Plus c'est bon, mieux je me sens.

— Jayd…

Oh ! mon Dieu.

Ma main étouffe ma bouche. Je ravale mon gémissement, réalisant l'énormité que j'ai dite. Et si mes lèvres sont scellées les larmes perlent sur mes joues. Tout le désir éprouvé s'est déformé en une tristesse infinie.

James ne semble pas se rendre compte de ce qui m'arrive, il m'embrasse le cou et poursuit ses coups de boutoir. Ils cognent mes hanches, mais je ne ressens plus rien, enfermée dans une transe que je ne peux gérer. Sous mes paupières défilent tous mes souvenirs avec Jayde, chaque moment intime est un retour de manivelle.

James me pilonne, mais mon plaisir s'est évanoui. Il jouit puis se retire. Je rouvre les yeux, en une fraction de seconde le motard se transforme en rockstar.

Je vois Jayde devant moi.

Ses sombres opales, ses cheveux de jais et l'indifférence s'affichant sur ses traits, cette faible lueur au fond de son regard quand nous étions ensemble.

Je le ressens et je le respire encore. Il a beau ne plus être là, il est en moi, quelque part entre mon cœur et ma raison. Avant d'abuser de mon esprit et de me noyer dans la folie.

J'ai couché avec James en imaginant Jayde.

Jayde est ma démence, avant elle m'était salvatrice et maintenant elle est destructrice. C'est son absence qui me détruit et ce n'est qu'un rappel incessant de la peur qui m'a terrassée quand je me suis fait agresser.

Ce soir, je croyais me perdre dans la luxure, mais je me suis leurrée. L'abandon de soi est toujours suivi par le boomerang de souvenirs douloureux.

— Iris…

Voilà que j'imagine sa voix.

Mon corps se redresse par automatisme, je couvre ma nudité à l'aide du drap et je m'assois au bord du lit. Je perçois un souffle chaud au niveau de mon cou.

— Qu'est-ce qu'il y a ? susurre-t-il avant de caresser ma peau sensible.

Tu n'es pas lui.

— Je ne me sens pas très bien…

— Tu veux que je te raccompagne ?

— Oh non… pas la peine, je n'habite pas très loin de toute façon, fais-je en me relevant.

Il m'observe attentivement tandis que je me rhabille très vite. Il est avachi sur son lit, une faible protubérance pend dessous le drap qui le couvre.

— N'hésite pas à m'appeler, si besoin, me fait-il en se redressant.

Il pose délicatement ses lèvres sur les miennes. Je suis inerte.

Dehors, l'air frais fouette mon visage et me donne la chair de poule. J'ai tant d'idées en tête que chaque pas sur l'asphalte ravive une perception. Plus j'avance, plus je cogite. Je déteste être dans le flou total et, après cette soirée de sexe, je suis encore plus paumée. Je croyais que coucher avec James serait une preuve que la femme en moi est bien là. Réagir à une caresse. Éprouver de la tendresse.

Oh oui, la tendresse…

Et c'est la tendresse d'un seul homme qui me hante. Jayde me suit comme mon ombre, je ne rêve que de lui et je ne veux que lui. Mon corps ne réclame que lui, au point qu'il s'est puni de réagir avec quelqu'un d'autre.

Est-ce mal ?

Aimer se résume toujours à souffrir au final.

J'ai beau me montrer indifférente, dans le fond je m'étiole dangereusement.

Quand je rentre chez moi, je réalise à quel point l'oublier me sera compliqué. Ce sentiment rôde comme un loup et m'accapare avec des crocs acérés dès que je relâche la tension sur toute cette histoire.

Je n'ai pas joui ce soir, paralysée par le fantôme de ma rockstar. J'ai simulé en songeant à son visage.

Putain, je suis une calamité !
Et si je recommençais ?
Ça ne me ressemble tellement pas…
Même si Jayde apparaît au début, il finira par s'éclipser.
Et si James pouvait m'aider, qu'est-ce qui m'en empêcherait ?

9. Chaotic Harmony

Jayde

Imagine Dragons – Enemy

Jalousie, ma mélancolie.

Chante ta tourmente pendant que mon chagrin chante ses espérances.

Des défauts, j'en ai plein, mais il y en a un qui me va bien, la jalousie. Mon sang s'échauffe dès que ça arrive et un soupçon – que dis-je, des vagues et des vagues – de honte m'anime. Ce sentiment me cisaille, je me sens écartelé par l'unique maîtresse de mon cerveau : la haine.

J'ai tant de rage en moi, de la colère à en revendre et de quoi détester le monde, mais, comme une pièce, ce sentiment possède son revers : la tristesse.

J'arrive au studio. Les autres y sont déjà, je ne me suis pas préparé à temps pour les accompagner. Comme toujours ces derniers temps, j'ai ce pincement au cœur qui s'immisce dans mes répétitions, avec un seul objectif : le zéro conflit.

Il se peut que mon ambition soit trop grande. Les mésententes avec les garçons, je les enchaîne comme un camé avec ses seringues de LSD.

Des rires et des compliments s'élèvent jusqu'à mon oreille de la pièce du fond, celle où j'écrivais avec Iris. Plus je m'approche, plus cette touche d'espoir me caresse l'âme, mais à trop espérer on finit par se leurrer. Les voix ne sont pas féminines et encore moins douces avec ce petit accent.

J'entre et découvre quatre garçons avec mes amis et Braden, ainsi que Loic, un des producteurs d'Indy Records.

— Hé, Jayde ! On t'attendait ! s'exclame Braden, l'air rieur.

Mes amis semblent bien s'amuser avec les nouveaux. Je fronce les sourcils, dévoilant mon incompréhension.

— Jayde, on te présente le groupe Chaotic Harmony, me dit Cody en s'approchant de moi avec jovialité.

— Et ? fais-je en ne modifiant pas ma moue intriguée.

Juste avec leur dégaine à la punk ringarde, je ne les sens pas.

— Jayde, voici Jeremy, Warren, Callum et Sam, me dit Braden, et tu connais déjà Loic, n'est-ce pas ? En tout cas, Indy Records vient de signer un groupe très prometteur.

Tss. Ce n'est pas le moment.

Jeremy a le look du parfait gothique, vêtu de noir de la tête au pied avec du crayon pour souligner son regard vert, et ses ongles de mains sont peinturlurés de la même couleur que son maquillage ringard. Warren est un grand blond, habillé simplement, avec des yeux marron. Quant à Callum et Sam, eh bien, ce sont des jumeaux, des jumeaux maléfiques vu que l'un est excentrique avec des tatouages et des piercings sur le visage tandis que l'autre n'a rien, représentant le côté ange de leur duo.

— Jayde Black, on est super fans de tes textes ! s'exclame Warren avec un large sourire.

Il me tend la main afin que je la lui serre, mais je ne lève pas le petit doigt. Sérieusement ? Chaotic Harmony ? Ça rappelle le nom de mon premier album : *Chaos Theory.*

— Ce sont tes nouveaux collègues, Jayde, ne te montre pas hostile, ajoute Braden en fronçant les sourcils.

— Ravi de faire votre connaissance, dis-je avec la plus fausse intonation qui soit. On doit répéter, je ne m'attendais pas à trouver du monde chez moi, dis-je en insistant sur les derniers mots.

Jeremy sourit à mon intention.

— On va vous laisser. Voir le groupe Madness en chair et os ça nous fait vraiment quelque chose.

Bryce sourit également.

— Passez quand vous voulez. On est très heureux qu'Indy Records signe des artistes talentueux comme vous, je suis déjà tombé sur vos musiques en traînant sur YouTube et j'ai beaucoup aimé !

— Merci ! On essaie de faire du rock un peu moderne, que ça soit musicalement parlant ou bien avec les paroles.

— C'est vraiment chouette ! Un de ces quatre, passez pour chanter avec nous en guise d'échauffement, propose fièrement Dustin.

— On raterait ça pour rien au monde ! Vous êtes une énorme source d'inspiration pour nous.

— Ouais, ça se voit, fais-je d'une voix rêche, frappant ce petit monde avec un coup de froid digne du pôle Nord.

— Bon… on va vous laisser répéter.

Ce n'est pas trop tôt.

Ils s'en vont, nous lançant encore des sourires avec leurs yeux pétillants de joie. Je pousse un profond soupir en donnant un coup de pied à la table.

— On répète, ordonné-je en attrapant ma guitare.

— Qu'est-ce qui te prend de les chasser comme ça ? s'indigne mon meilleur ami. Ils sont gentils et je te rappelle qu'ils démarrent à peine, on devrait les aider, être leurs mentors dans le monde du showbiz.

— Leurs mentors ? Je n'ai pas le souvenir que toi et moi en ayons eu quand on a démarré.

— Avoir le bon rôle parfois n'est pas une ignominie, Jayde. Tu te comportes très mal.

— Tss, comme d'habitude, lance Bryce en attrapant sa guitare.

— C'est bon, les gars, souffle Dustin. On doit ré…

Mais je ne le laisse pas finir, en rogne contre le nabot, qui se croit tout permis.

— Qu'est-ce qui te prend ? m'énervé-je contre Bryce. Je commence en avoir ma claque de ton comportement.

— C'est l'hôpital qui se fout de la charité, MON COMPORTEMENT ? Tu as vu le tien ?

— Contrairement à toi, je suis une constante, j'agis toujours pareil depuis le début. Toi, tu deviens méprisant et…

— Je ne suis pas hypocrite. Je ne peux plus voir ta face de connard désabusé ! Tu crois que je vais te sourire comme si de rien n'était ? Plus personne ne veut de toi ici !

Je me tais. Trop déboussolé, je jette un regard à Cody, qui lance une œillade furieuse à Bryce.

— Viens, Bryce, intervient Dustin en le faisant sortir de la pièce.

Je me laisse tomber sur le canapé et cache mon visage avec mes mains.

— Jayde…

— Ne dis rien.

— Je n'aime pas te voir comme ça.

— Tu penses exactement comme lui.

— Tu sais très bien que ce n'est pas vrai, murmure-t-il en prenant place à côté de moi.

Je libère mon visage.

— Pourquoi tu es toujours de mon côté ? Je ne mérite pas ton amitié.

Cette vérité, je la connais depuis très longtemps, mais je ne veux pas l'accepter ni la comprendre. Je n'ose même pas le regarder.

— Tu aurais dû dire ça y a six ans, mon pote, répond-il. (Je devine qu'il sourit.) Je ne te lâche pas, moi. Et même si tu penses que je te lâche un jour sache que ce sera uniquement dans ton intérêt. Contre vents et marées, je serai toujours de ton côté.

— Madness subit une cassure, ce deuxième album ne sera jamais prêt.

— Ce n'est qu'une mauvaise passe, chuchote-t-il de manière presque nostalgique. Viens, on va aller faire un tour, on annule les répétitions, Bryce aussi a besoin de se faire remettre les pendules à l'heure.

— Et si ce n'était pas qu'une mauvaise passe ?

— Il faut bien des obstacles dans la vie, non ?

Mon meilleur ami me tire le bras pour nous faire sortir de ce cauchemar, sans se douter une seconde que c'est moi l'obstacle.

Dans la chambre de Cody, je suis allongé sur son lit et je le regarde jouer avec son chat, les deux sont sur le sol à se partager une ficelle. En bruit de fond, Freddie Mercury chante *Don't Stop Me Now* et, dès la fin, une autre chanson s'enchaîne, un groupe de rock que je ne connais pas.

— Qui c'est qui chante ? demandé-je en me redressant, intrigué.

— Chaotic Harmony, tu sais, le groupe de ce matin.

Je me concentre sur les paroles, et automatiquement mon cerveau fait comme un rejet. Cody remarque ma grimace.

— Tu n'aimes pas ? s'enquiert-il, l'air choqué.

— Cette chanson s'appelle comment ? demandé-je en croisant les bras.

— *Lost Myself.*

— Cette putain de chanson est une pâle copie de *Bipolar* ! m'indigné-je en tapant de la main sur le lit.

— Pardon ?

— Cette chanson parle exactement de la même chose que *Bipolar,* le tiraillement émotionnel, le fait de passer par des étapes dépressives au point qu'on ne souhaite pas se relever et qu'on n'a pas envie d'être soutenu. Réfléchis !

— Là, c'est toi qui dois réfléchir, mon vieux ! Tu t'entends ? Tu n'as pas le monopole sur ces sujets, il y en a plein avant toi qui en ont parlé comme il y en aura d'autres après qui l'évoqueront.

— La façon de s'exprimer est propre à chacun, Cody, et ces petits merdeux sont en train de faire exactement comme nous ! Ils n'ont aucune personnalité !

— Parce que toi tu en avais une quand tu voulais démarrer ta carrière ? Putain, tu disais que tu voulais être Kurt Cobain, tu le rejoins dans ses textes et on ne t'a jamais critiqué pour ça !

— Je dis juste qu'il faut les surveiller, c'est tout ! Ils ne m'inspirent pas confiance en plus, déclaré-je, contrarié qu'il n'ouvre pas les yeux.

— Jayde, personne ne t'inspire confiance et tes propos me déçoivent.

— Qu'est-ce qui peut te décevoir dans cette situation ? Je t'expose ce que je ressens !

— Non, là, tu exposes ta crainte d'être dans l'ombre, parce que contrairement à eux tu ne travailles plus comme avant, m'avertit-il.

Je me tais. Être dans l'ombre ? Vais-je vraiment finir aux oubliettes ? Je n'arrive plus à écrire ni à jouer de la guitare, je n'arrive plus à rien.

J'ai perdu la passion.

Mais je refuse de voir la vérité en face.

— Je travaille. Ce n'est juste pas une bonne période, dis-je durement en serrant les poings.

— Je ne voulais pas te vexer, je t'ai seulement dit ce que je pensais.

Je ne lui réponds pas et sors de sa chambre, réfléchissant aux paroles de mon meilleur ami.

Dans la vie, il faut savoir provoquer sa chance pour ensuite la saisir. Tout ce que je provoque ce sont des scandales et des déceptions.

Et ce soir, au lieu d'écrire de nouvelles paroles, je mène une enquête sur mon nouvel obstacle : Chaotic Harmony.

Quelques jours passent et des cernes creusent le dessous de mes yeux, on dirait que j'ai deux bons gros hématomes sur la gueule, dont les responsables sont mes insomnies. J'ai veillé en quête d'une lueur d'inspiration, mais rien n'a suffisamment de lumière dans ce monde pour me donner des idées.

La langueur coule dans mes veines et je me sens de plus en plus abîmé par ces sentiments contradictoires qui fendent mon cœur. Cela me consume, c'est comme une gangrène. J'ai conscience que l'origine de cette douleur est cette jalousie perverse qui me pousse dans mes retranchements.

J'ai fait quelque chose de mal.

Les coups physiques ne sont rien parfois comparés aux souffrances psychologiques. Une émotion silencieuse peut finir par tuer quelqu'un, et j'ai eu un très bon exemple pour me le démontrer :

Tate…

Je suis incapable de le revoir, je ne suis pas prêt.

Je ne le serai peut-être jamais.

D'ailleurs, je filtre même les appels de mon père pour ne pas me confronter à lui. Pendant combien de temps vais-je tourner le dos à ma famille ? À la réalité ?

Si je les rencontrais, surtout Tate, cela me rappellerait constamment que Iris me déteste, et cette idée me rend fou de chagrin.

Encore une émotion qui tue, encore une émotion que je ne parviens pas à extérioriser. Si je n'arrive plus à écrire… comment vais-je atteindre mes rêves ?

On dit souvent que l'art est éternel, mais qu'en est-il de l'artiste ?

J'ai toujours cru que partager son art ferait de moi un être immortel, exactement comme Kurt Cobain, mais lui n'a jamais manqué d'inspiration, il savait se servir de ses sentiments pour créer quelque chose qui lui ressemblait. Moi, je n'arrive même plus à poser deux mots pour le prélude d'un nouveau texte.

Et si ce frein n'était qu'un message subliminal pour me dire de mettre fin à ma carrière ? Peut-être que dans la vie on n'a qu'une seule chance. J'ai rencontré Cody, j'ai monté ce groupe, j'ai vendu des milliers d'exemplaires de mon premier album (surtout après ma fausse arrestation, mais passons sur ce fâcheux incident).

J'arrive à cette conclusion, j'ai saisi cette opportunité et la voilà envolée vers une personne plus méritante que moi.

Je n'aime pas celui que je suis en train de devenir. J'ai toujours été l'antagoniste dans ma propre vie et je baigne dans un processus où je commence à être l'antagoniste dans la vie des autres.

— Les gars, vous avez entendu les rumeurs qui circulent ? s'exclame Braden en fermant la porte derrière lui dans notre pièce de musique.

— Quelles rumeurs ? demande Cody en arquant un sourcil.

Je suis assis sur une des chaises, mes jambes étalées de manière nonchalante sur la table, je fais semblant de griffonner des mots sur une feuille gribouillée de dessins de mon tatouage préféré : l'individu bipolaire qui se divise en deux dans sa tourmente.

— Celles qui disent que les Chaotic Harmony sont les porte-paroles de la secte de…

— Quoi ? Celle qui tourne autour du satanisme ? Elle est fondée, cette rumeur ? questionne Bryce, ébahi.

— Ils ont été aperçus près des repaires du Devil's Gate, apparemment, c'est une secte qui prône les rites de sacrifice et ils ont une haine incommensurable envers tous ceux qui s'éloignent de la religion et qui causent, selon eux, la décadence du monde d'aujourd'hui. Dans leur ligne de mire il y a en tête de liste les homosexuels.

— Putain… c'est chaud… ça va être mal vu par les gens qui suivent le mouvement LGBTQ. Ils vont se faire lyncher si ça s'ébruite davantage, répond Bryce en se frottant la nuque nerveusement.

— C'est vraiment la communauté qu'on ne peut pas attaquer, ajoute Dustin.

— Faudrait qu'on les soutienne ! s'exclame Bryce, visiblement triste pour eux.

— Quoi ? dis-je d'un coup.

— La gravité de cette rumeur peut ne jamais faire décoller leur carrière, ils débutent à peine, Chaotic Harmony sera mis sur liste noire sans avoir encore rien produit.

— Ce n'est pas notre problème s'ils ont un kiffe pour Satan, craché-je, agacé.

— Qui te dit que c'est vrai ? 90 % des rumeurs dans le monde sont fausses.

— Si cette rumeur est sortie, c'est qu'il y a une part de vérité. Et puis, si on les soutient, tu crois que ça va lisser notre image ? rétorqué-je en fronçant les sourcils.

— Avec toi comme chanteur principal notre image n'a jamais été lisse, m'attaque Dustin, furieux de mon égoïsme.

— Aucun soutien pour eux, c'est clair ? articulé-je durement. On marche déjà sur une corde raide, je ne veux pas me mettre à dos d'autres personnes susceptibles de contribuer à notre réussite.

— On ne pourra jamais être d'accord avec toi, surenchérit Bryce, en colère.

— Je vais aller les voir, déclare Dustin en sortant de la pièce, suivi de près par le nabot et Braden.

Un soupir d'exaspération franchit mes lèvres, ils ne comprennent rien de rien et ça commence profondément à m'énerver cette soudaine solidarité envers un groupe qui nous copie clairement.

Une gêne m'étreint, je me sens épié depuis un moment déjà, mais je n'ai pas osé me tourner vers la personne qui me toise depuis que j'ai ouvert la bouche pour donner mon opinion sur le sujet.

Le bleu de ses yeux est comme du givre refroidissant chacun de mes membres. Jamais Cody ne m'a lancé un regard aussi glacial. Il perçoit sans difficulté les rouages corrodés de mon esprit insidieux.

— Je n'arrive pas à croire que tu aies fait ça, lâche-t-il en arborant un air sévère.

— Faire quoi ?

— T-tu… je ne te reconnais plus, Jayde ! Pourquoi ? s'énerve-t-il en se jetant sur moi, empoignant mon col avec force.

Un rire grinçant m'échappe.

— Tu vas faire quoi ? Me frapper ?

— Comment as-tu osé ? Qu'est-ce qu'ils t'ont fait ?

Je ne saurais pas répondre.

— Vas-y, fous-moi ton poing sur la gueule, t'en meurs d'envie, le provoqué-je.

— Qui es-tu ? Je ne te reconnais plus, lâche-t-il, au bord de l'explosion.

— Fais-le, cogne-moi, ordonné-je, esquivant sa question.

Il me pousse avec force, sans m'asséner de coups.

— Je ne vais pas me rabaisser en te frappant, mais ce que tu as fait… je ne peux pas le cautionner.

— J'ai fait ça pour le groupe…

— Non. Tu l'as fait pour toi. Rien que pour toi. Tu élimines la concurrence au lieu de t'occuper de tes propres affaires, tu baisses énormément dans mon estime.

L'émotion qu'exprime son regard laisse une part de moi sans voix. Je n'ai jamais perçu de rage en Cody, surtout pas envers moi.

— Fallait te comporter ainsi avec les pétasses qui partageaient ta vie, réprimandé-je en serrant les poings.

— Tu vois… tout ce qu'elles ont pu me faire, ce n'est pas le quart de la douleur que tu m'infliges avec tes propos et tes actes.

Il claque la porte, me laissant seul avec cette vague de remords qui m'envahit l'âme.

10. La décision de Cody

Iris

Bruce Springsteen – No Surrender

James est présent ce soir. Nous n'avons pas eu de contact depuis notre nuit ensemble, je n'ai pas cherché à le revoir, mais je crois qu'il a deviné que quelque chose clochait en moi et il doit probablement se sentir fautif, alors qu'il est loin de l'être.

J'essuie le comptoir tandis qu'il me raconte sa journée, je l'écoute jusqu'à ce qu'une chevelure d'un bleu cobalt attire mon attention et m'arrête net.

Cody est là, et dès qu'il me remarque en pleine conversation avec un autre homme il baisse la tête puis se frotte la nuque, embarrassé. Je m'excuse auprès de James et me dirige directement vers mon ami.

— Iris… j'aurais dû appeler avant de débouler comme ça.

Il n'a pas l'air bien. Sa fatigue est presque palpable et son regard aigue-marine est souligné de cernes. Le revoir me fait toujours le même effet : mon pouls qui s'accélère et le visage de Jayde qui fait une rapide irruption dans mon esprit. Ce mirage a une répercussion sur mon cœur démuni de murailles à présent.

Tout va bien.

— Est-ce que ça va ? demandé-je doucement en touchant son bras.

— Pas du tout…, admet-il tristement.

Je lui fais signe de me suivre vers l'arrière du bar, là où les employés ont l'habitude de fumer. Par chance, c'est vide, il n'y a personne.

— On pourra discuter calmement ici.

La paume glacée de Cody s'empare de ma main. Il me tire vers lui pour me tourner dans sa direction. Éberluée, je cligne des yeux en le fixant, quelque chose en lui semble brisé. Tout son optimisme s'est envolé. On peut oublier que certaines personnes ne montrent d'elles que ce qu'elles désirent dévoiler, un sourire est parfois la force qui cache la souffrance terrée en nous.

— Je ne sais plus quoi faire, Iris.

Le seul réconfort que je peux lui offrir est mon épaule pour déverser sa peine et une oreille attentive. Cody me dépasse d'une bonne tête, mais le tourment qui l'habite courbe son dos. Je caresse son bras et lui susurre que tout ira bien.

— Je suis fatigué de faire semblant, murmure-t-il.

— Je sais…

La dernière fois sa vulnérabilité ne m'a pas échappé. Il est si avenant avec les autres qu'il en oublie ses propres souhaits. Sa tête est sur mon épaule, et je le sens humidifier le tissu de mon haut. Mes doigts caressent ses cheveux pour le rassurer.

En se raclant la gorge, il se redresse. Je lève le visage et aperçois ses yeux vitreux. Je prends place sur le banc et le regarde faire les cent pas, ses neurones doivent probablement surchauffer.

— Jayde fait n'importe quoi.

Mon cœur caracole dans ma cage thoracique dès qu'il prononce son nom. Je retiens mon souffle, ravalant un flot d'émotions afin de jouer le rôle de la parfaite confidente dont mon ami a besoin ce soir.

— Il… il dévie complètement, Iris, il est hors de contrôle depuis que… tout ça est arrivé !

Je pousse un profond soupir. Je connais suffisamment Cody pour deviner qu'il ne cherche pas à jouer les entremetteurs entre Jayde et moi, dans le but que je reprenne contact avec lui. Il sait que j'en suis incapable.

— Qu'est-ce qu'il a fait ? demandé-je sans laisser transparaître ce que je ressens.

— Il est en train de nuire à un groupe sous prétexte qu'ils nous plagient, alors que la vraie raison c'est qu'il a peur d'être devenu nul dans ce qu'il fait.

Putain, sa déviance part loin.

— Pose-lui un ultimatum.

Ma voix est directe comme une flèche.

— Quoi ? dit-il en s'arrêtant de marcher.

— Tu n'as pas à te prendre la tête pour ses actes, il est adulte. S'il fait une erreur, il s'en rendra compte seul, tu n'as pas à jouer le rôle du médiateur. Laisse-le se débrouiller.

— Je ne peux pas le laisser… il verrait ça comme une trahison de ma part. J'ai toujours été là pour lui, si je m'éloigne en lui imposant un ultimatum, il m'en voudra à mort !

— Tu ne vas pas te rendre malade pour des choses qu'il commet. Je sais que c'est dur à entendre, mais si mon meilleur ami se comportait mal et que mes efforts n'avaient aucun effet, bah… je ne ferais rien. Il réalisera tout seul l'étendue de ses actes et reviendra lui-même.

Son hésitation est perceptible devant la cruauté de mes mots.

— Tu penses ? Il n'arrive même plus à écrire… ça ferait trop à encaisser, je ne peux pas lui faire ça.

— Tu es venu pour avoir un avis, je t'ai exposé le mien. Si tu n'y parviens pas, ce n'est pas grave mais, si tu ne trouves pas de solution et que la communication n'y fait rien, autant prendre ses distances. Ce n'est pas lui qui va te perdre, tu vas te perdre toi-même.

— Tu sais… je déteste le voir comme ça… il ne va pas bien, vraiment pas bien.

Je me tais, ignorant totalement ce que je pourrais répondre à ça. Tout ce que je retiens, c'est que Jayde souffre et se démène pour faire de la vie de son meilleur ami et des autres un enfer.

— J'ai conscience que tu ne pourras pas lui pardonner son mensonge, mais parfois j'aimerais que tu reviennes, juste pour qu'il soit heureux, admet-il en libérant le fond de sa pensée.

— Cody…

Il sourit tristement.

— Tu n'es pas obligée de répondre. Moi aussi, je t'ai exposé mon avis.

Si au départ j'étais plus confiante, son aveu me remue.

— Je veux passer à autre chose, lui dis-je timidement en jouant avec mes doigts.

— Tu seras toujours la bienvenue chez nous.

— Merci, Cody. Les autres vont bien ?

— Les tensions sont toujours là mais sinon, oui, tout le monde va bien, sauf qui tu sais.

— Ce qui est arrivé à son frère doit vraiment le faire dérailler, soufflé-je.

Cody a les mains enfoncées dans ses poches, le regard perdu dans le vide.

— Il ne l'a toujours pas revu, il n'en a pas la force.

— Ton amitié pour lui est touchante.

Le poids que soulève Jayde, Cody le partage sur ses épaules.

— Tu sais très bien ce qu'il représente pour moi.

Je sais aussi ce que, toi, tu représentes pour lui surtout.

— Avec le temps peut-être qu'il se rendra compte du mal qu'il te fait indirectement, dis-je doucement.

Mes propres mots se répercutent dans ma tête, mettant en péril le peu de paix intérieure que j'ai tenté de m'approprier au fil des semaines. Une partie de moi, aussi enfouie soit-elle, voudrait le revoir, mais la raison m'en empêche. Je repense à chaque seconde de mon agression et aux mauvais souvenirs de mon passé qu'elle a ravivés. La trahison causée par ses secrets gardés égoïstement.

Mon passé… c'est tout ce que je voulais fuir, mais il m'est revenu comme un retour de manivelle en pleine figure.

— En tout cas, il a pris conscience de ce qu'il t'a fait, vu l'état dans lequel il est…

Je serre mes poings. Assimiler ses paroles est un supplice… parce que avant tout Cody reste son meilleur ami. Même s'il est objectif, une part de lui demeurera toujours du côté de Singer Killer.

— Je n'aurais pas dû dire ça, se rattrape-t-il aussitôt, visiblement désolé.

L'air me manque, je fixe l'asphalte et me pince discrètement la cuisse par pur réflexe pour échapper à l'angoisse.

— Ils adorent nos chansons, énonce Cody pour changer de sujet.

— Elles sont validées toutes les deux ?

— Oui, mais on ignore si Jayde veut en faire une nouvelle, il ne parvient plus à écrire.

— Ça arrive même aux meilleurs, répliqué-je en levant la tête pour le regarder.

— J'ai l'impression qu'il a perdu son identité dans sa douleur, au point que mettre des mots dessus lui est impossible, c'est comme s'il avait peur de ce qu'il ressentait.

Cody se laisser aller dans notre bulle de confession. Je lui cède cet instant pour que sa tourmente s'effrite et que son cœur soit plus léger. Je lui permets de me parler de Jayde, en faisant abstraction de la douleur sourde qui martèle ma poitrine.

— Il en a juste honte, mais ça lui reviendra, il est doué, il saura quoi faire, admets-je en me rappelant le fonctionnement de Singer Killer.

Rage. Mensonge. Réticence. C'est son processus. Il garde ses hantises et ses secrets, sans jamais ouvrir sa boîte de Pandore cadenassée. Sa paranoïa l'a poussé à ne plus montrer ce qu'il ressent et à arborer son masque d'indifférence.

— J'espère qu'il retrouvera sa passion ou peut-être même une raison de poursuivre ce qu'il aime.

— On parle de Jayde Black, tu sais bien comme il est tenace, déclaré-je pour le rassurer.

Je pense ce que je dis, réellement. Il est résilient, courageux, toute la puissance qu'il dégage est comme une onde pour faire fuir ses ennemis. La passion brûlera en lui, toujours, il n'a pas besoin de raison ou encore de muse pour écrire. Un rien l'inspire.

Jayde Black est unique, et même si je me perds dans ce dédale de sentiments contradictoires il a su marquer mon âme.

— Allez, suis-moi, je t'offre un verre, proposé-je à mon ami en me levant.

Cody m'imite, et nous rentrons. En m'apercevant, James se redresse et se dirige vers moi, une vague inquiétude miroite dans ses yeux noirs quand il me voit près de mon ami. Cette conversation avec ce dernier a dû modifier mon expression.

— Tout va bien ?

— Oui, fais-je en simulant un sourire et en m'écartant de lui pour retrouver ma place derrière le comptoir.

James suit du regard Cody, ce dernier fait mine de ne pas le remarquer et s'assoit de l'autre côté du bar, en face de moi.

— Je vais y aller, Iris, je voulais juste m'assurer que ça allait. À bientôt, lance James en opinant de la tête.

— Rentre bien, lui réponds-je gentiment.

À peine il s'en va que je me sens épiée par mon ami, qui est visiblement soucieux.

— Il en pince pour toi, déclare-t-il en saisissant le shot de tequila que je lui sers.

— Qu'est-ce qui te fait dire ça ?

— Son petit air de chien battu quand il t'observe.

Parfois ça me gêne de me retrouver en face de James, je me revois dans son lit, tiraillée par mes démons. C'est une auto-humiliation qui me déchire. Je me revois, incapable de lâcher prise, et détournant mon plaisir en une mascarade indécente. Car j'ai pensé à Jayde et j'ai simulé.

Rien ne va, putain.

Calamité.

— Cody, le réprimandé-je, la voix grave.

— Je rigole, je rigole. Vous sortez ensemble ?

— Quoi ? Mais non !

— T'en as pas envie ?

Son interrogatoire m'agace, mais je ne le lui montre pas.

— Je n'ai pas la tête pour ce genre de choses, déclaré-je en croisant les bras.

Il accuse le coup et déglutit son second shot difficilement, comme si ce que je disais était dur à avaler.

— Tu mérites le meilleur, Iris.

Il se lève en abattant ses mains sur le comptoir.

— Cody, attends, l'interpellé-je alors qu'il s'éloigne.

Il obéit, sans se retourner.

— Fais ce que tu as à faire, lui dis-je une dernière fois.

— Ne t'en fais pas pour ça. Je saurai prendre soin de lui, même s'il va me détester.

— Il ne te détestera jamais. On ne peut pas détester du jour au lendemain quelqu'un qu'on aime.

— Pourtant, toi tu le détestes maintenant, non ? lâche-t-il en me scrutant par-dessus son épaule.

Un regard qui me vrille les entrailles. Ces mots sont un contrecoup douloureux. Je comprends mieux pourquoi ils sont amis tous les deux, ils se complètent d'une certaine manière. Si l'un balance des piques mesquines à tout bout de champ, l'autre les retient et les délivre dès que son acolyte est absent.

— Prends soin de toi, Iris, merci de m'avoir écouté.

11. Autosabotage

Jayde

NF – Mansion

À quel moment tout a déraillé ?

Peut-être que je mérite tout ce qui m'arrive… et blablabla.

Non ! C'est nul à chier ! Je jette mon calepin et tape la table de mon poing. Tout ce que j'écris est une horreur. De mes mots ne découle que mon incapacité à ressentir cette fiévreuse volonté qui a longtemps été mon tremplin dans la rédaction de mes chansons.

J'ai besoin d'être stimulé de la bonne façon, pour extérioriser ce chaos grandissant à l'intérieur de moi.

Mes tempes surchauffent, j'ai atrocement mal au crâne, ma poitrine me tire et je ne parle pas de mon rythme cardiaque effréné. L'anxiété m'habite.

Une voix dans mon esprit me glisse constamment la raison de ce sabotage, mais je refuse de l'écouter et d'admettre que c'est vrai. Car je suis persuadé qu'elle a tort. De plus, je ne suis pas du genre à me mentir à moi-même.

Cette nuit, je l'ai passée au studio dans le but de me remettre à l'écriture, mais rien de ce que j'ai produit n'était assez bien à mes yeux. Comment pourrais-je arranger ça ? Les chansons d'Iris et Cody sont géniales. Je ne rivalise pas avec. En plus, on ne m'a même pas proposé d'y apporter ma touche.

Pour eux, je ne suis pas apte à travailler dessus. Je les comprends. Je risque d'enlaidir ses mots, en plus de l'avoir souillée. Je l'ai entachée avec ma noirceur.

Iris… pourrai-je espérer un jour ton pardon ?

La porte s'ouvre sur Dustin et le nabot. Un froid polaire s'abat sur la pièce. Ils m'observent d'une façon dénuée de toute sympathie. Je me redresse à peine quand Bryce m'assène un uppercut en pleine face. Je titube et me maintiens contre la table.

Le goût métallique du sang agresse mon palais. Légèrement sonné, je me perds dans une torpeur fugace, ma main se pose sur mon front.

— Comment as-tu osé ? crache Bryce en articulant chaque mot.

— Jayde, tu as très mal agi, gronde Dustin en s'approchant de moi.

J'ai trop mal au crâne pour redresser la tête, une bile acide coule dans ma gorge.

— Tu sabotes un groupe prometteur qui ne t'a rien fait, putain ! rugit Bryce.

Cody a tout balancé.

— Je voulais nous protéger, dis-je en le défiant.

J'essuie du revers de ma manche le sang qui perle de mes lèvres.

— Nous protéger de quoi au juste ? C'est de toi qu'on doit se protéger, t'es devenu toxique pour le groupe ! s'exclame Dustin, la mâchoire serrée.

Le présumé leader du groupe s'adresse à moi d'une façon qui n'annonce rien de bon. D'habitude, c'est Bryce qui fait ce style de reproches. Cody apparaît sur le seuil de la porte, impassible. Je fronce les sourcils, cela me laisse perplexe, il remarque la tuméfaction de ma lèvre et détourne vivement les yeux comme si c'était trop dur à voir. Je connais suffisamment mon ami pour savoir que quelque chose le tracasse.

— Jayde, on n'en peut plus de ton comportement, dit Bryce d'une voix calme, pour la première fois.

— Qu'est-ce que ça signifie au juste ?

— Que tu dois partir, répond-il aussitôt.

Quoi ?

Mes yeux s'écarquillent telles des soucoupes, un silence pesant s'installe dans la pièce, un silence si dérangeant que mon anxiété monte d'un cran.

— Attends, vous voulez m'éjecter du groupe ? prononcé-je difficilement.

— On en a longuement parlé, et nous pensons que tu as besoin de passer du temps seul et de te remettre en question, explique Dustin sérieusement. Tu as du mal à remonter la pente depuis que Tate…

— Ah, donc pour vous la solution, c'est de me virer ? m'énervé-je en lui coupant la parole. C'est ce que tu attendais, n'est-ce pas ? fais-je en fixant Bryce avec véhémence.

— Tu sais très bien que c'est faux. Dans le fond, tu resteras toujours mon ami, mais tes actions brisent le groupe. Tu crois que ça nous plaît de te voir comme ça ?

Je jette un œil à mon meilleur ami, qui depuis le début ne dit rien.

— Tu es d'accord avec ça, toi ?

— C'est mon idée.

La douleur est comme une lame chaude qui découpe mon cœur en deux.

Pas toi.

— Comment tu peux me faire ça ?

— Tu as besoin de prendre du recul et ce n'est pas en venant ici que tu trouveras cette paix en toi, ni à l'appartement d'ailleurs, dit-il en ne montrant aucune once de regret.

Il croit ce qu'il dit. Il n'agit pas sans réfléchir. Impavide, il ne laisse rien transparaître de ce qu'il pense réellement.

— Tu me chasses aussi de notre loft ? De mieux en mieux, la trahison te va super bien, Cody ! m'exclamé-je en riant jaune.

— Je ne te trahis pas, Ja…

— Alors quoi ? hurlé-je en donnant un coup de pied à la table, qui se renverse.

— On ne reviendra pas sur notre décision, elle est unanime, Braden est OK avec tout ça.

— Et pour le chant ? Vous allez faire comment ? Sans moi vous croyez vraiment que ça va marcher ?

— En l'occurrence, c'est à cause de toi que tout a été freiné, me réprimande Bryce en fronçant les sourcils. Personne n'est irremplaçable, pas même toi.

Dustin et Bryce sortent. Je me retrouve seul avec mon présumé meilleur ami. Mes tempes bourdonnent, au rythme des battements effrénés de mon cœur. L'adrénaline a décuplé tous mes sens. La rage se diffuse dans mes membres, et une poussée de haine me consume comme la nicotine d'une clope.

— Donc toi aussi tu me tournes le dos. Tu me laisses tomber, comme les autres.

Une tension crispe mon estomac et un malaise rigidifie mes muscles. J'ai envie d'exploser. Cody était l'unique personne à être restée pour moi, en dépit de tout.

Pour le meilleur et pour le pire.

Inexorablement, tous nos souvenirs ensemble me reviennent à la gueule. Mais visiblement il les a balayés comme un ouragan. À quoi bon garder en mémoire tous nos moments si je suis le seul à me les rappeler ?

— Tu sais pourquoi tu n'arrives plus à écrire ? Tu te cherches des prétextes en sabotant les autres mais, ce que tu ne sais pas, c'est que c'est toi que tu sabotes, énonce-t-il rudement.

La dureté de ses traits me perturbe, je ne l'ai jamais vu ainsi, aussi… distant, aussi froid. Pour la première fois, mon meilleur ami exprime réellement l'émotion qui l'assaille. Pour la première fois, il partage son ressenti le plus obscur.

Sa déception envers moi.

— Tu t'occupes à faire de la vie des autres un enfer pour ne pas faire face à ta propre misère. Tu as tellement peur d'affronter tes craintes que tu ne parviens plus à te retrouver toi-même.

Je ne dis rien. Dans son regard, l'optimisme ne brille plus, la paix s'est éteinte. Il sort en fermant la porte derrière lui.

Un frisson désagréable rampe le long de mon échine. Quoi qu'il ait pu nous arriver, Cody et moi avions toujours été du même côté et là… c'est l'abandon de trop. Ma démence a poussé mon meilleur ami dans ses retranchements.

« Tu as tellement peur d'affronter tes craintes que tu n'arrives même plus à te retrouver toi-même. »

C'est facile de s'attaquer aux autres qui réussissent à exceller là où on échoue. J'ai jalousé l'inspiration qui me manque follement et qui a trouvé sa place au sein de Chaotic Harmony.

C'est ça, ce que je suis devenu ? J'écrase les autres pour briller ? Alors qu'en réalité je ne brille que par mes absences ressenties par mon groupe, *mes amis*.

Mon corps est bien là, mais il est vidé comme si je n'y étais pas. J'existe mais je ne vis pas. J'ai sombré dans les prémices d'une démence incontrôlable, celle où je juge les autres, où je ne fournis aucun effort et où je cherche à faire du mal à ceux qui n'ont rien demandé.

La décadence d'un rocker à cause de son autosabotage. J'ai toujours été doué pour m'autodétruire, mais cette fois-ci la musique ne m'a pas permis d'en réchapper. J'ai laissé mes souffrances narcissiques se développer sans réfléchir une seconde à ce que je faisais endurer autour de moi.

J'ai roulé dans mon bolide tout le reste de la journée avec du Nirvana à fond dans les enceintes. J'ai décidé de m'installer dans un des appartements à mon nom dans une des résidences réputées de Boston. Je ne veux plus penser à Madness ni à mes présumés amis, songer à ce qui s'est passé tout à l'heure m'oppresse la poitrine.

La réaction de Cody sonne comme une trahison, mais imaginer sa déception attise ma colère dans le fond. Je ne me suis jamais senti aussi seul qu'aujourd'hui. D'habitude, il est toujours avec moi, à parler encore et encore pour combler le silence, dans l'unique espoir de communiquer sa présence.

Mais il n'est plus là.

Mes pieds balancent entre l'embrayage et l'accélérateur pour me mener au Dream Club.

Les néons des panneaux fluorescents réchauffent mes rétines. Je me gare un peu n'importe comment et sors précipitamment de ma caisse, poussé par une pulsion incontrôlée.

Une pulsion aussitôt freinée lorsque je la vois à travers les vitres…

… avec un homme.

Quelque chose en moi se craquelle, je m'attarde sur celui qui semble en pincer pour elle. Une lueur d'admiration étincelle dans son regard.

Un sourire danse sur les lèvres de ma rose noire, des lèvres qui autrefois flirtaient sans cesse avec les miennes, avides de la goûter jusqu'à ce que je ne puisse plus respirer.

Ma rose noire ne s'étiole pas finalement, elle a su se relever, accentuant davantage sa beauté. *Iris est indestructible.*

Ma rose noire… m'a oublié et a choisi une autre âme pour se passionner.

Ce sentiment que j'éprouve encore pour elle m'intoxique lourdement. Je n'espérais pas d'offrande de sa part, mais la voir si proche de quelqu'un d'autre ravive l'idée que je l'ai bel et bien perdue et que je dois m'y faire.

Je remarque le gérant du Dream Club à l'extérieur, il m'a repéré et je crois bien que ce n'est pas la première fois. Ses yeux ont suivi les miens et il a compris. Il a compris que cette scène est un supplice pour moi, une torture insurmontable. Mon semblant de confiance en moi s'effondre sur le socle de mon existence.

Iris, sans le savoir, vient de m'infliger le coup de grâce de cette immonde journée.

Et si Cody n'est plus là pour me rattraper…

Qui saisira ma main alors que je tombe dans le vide ?

12. Un recueillement peu commun

Jayde

Avicii – Hey Brother

Je ne sais pas à quoi je pensais en débarquant ici.

— Attendez quelques instants, monsieur Black, une infirmière viendra vers vous.

J'acquiesce lentement avant de laisser mon regard se perdre sur ce qui m'entoure. Un hall d'entrée immaculé, probablement pour contraster avec les ténèbres malfaisantes dans les esprits des patients qui errent comme des âmes en peine dans ce centre psychiatrique.

Cela fait plus d'un mois que Tate est ici, je ne suis jamais venu auparavant, ni mon père d'ailleurs. À vrai dire, les visites sont interdites, du moins pas avant trois mois, j'ai fait une demande en faisant jouer mes relations. Revoir mon frère aîné ne faisait pas partie de mes plans avant au moins six mois, peut-être même un an… j'ai longtemps imaginé que je ne lui ferais plus jamais face, croyant que je ne serais jamais prêt pour ça.

Seulement… la solitude de ces derniers jours me donne un goût âpre dans la bouche et je n'arrive pas à chasser les pensées amères qui m'habitent.

Volontairement, ceux qui sont le plus proches de moi m'ont laissé tomber et cette douleur dans ma poitrine confirme un peu plus qu'être seul me pèse, sérieusement.

J'ai atteint la limite du déraisonnable, au point que même Cody ne veut plus de moi.

L'isolement me tue, lentement. L'unique moyen pour moi de ne pas suffoquer dans ma colère était de m'en prendre à ceux qui n'ont rien demandé.

J'extériorise mes émotions de la mauvaise manière. Une part du Jayde d'avant me manque cruellement, j'ai sombré dans les prémices d'une folie étouffante. Je deviens exactement comme lui.

Tate.

Et c'est chez lui aujourd'hui que je vais me débarrasser de ma peine.

Mes pieds foulent le sol en marbre, mes mains sont enfoncées dans les poches de mon pantalon noir. J'ai le cœur au bord des lèvres, j'en ai presque le vertige. J'appréhende cette rencontre, je ne sais même pas quoi lui dire.

Tate est assis sur un banc, les bras croisés sur la table devant lui, dans le jardin du centre. Le regard perdu dans le vide, il affiche un sourire triste.

Il me remarque. Ma surprise ne le choque pas, c'est comme s'il m'attendait depuis toujours.

— Tu es venu…

— Oui, je suis venu.

Un nuage de buée sort de mes lèvres par ce froid. Il est le seul à se trouver dans le petit jardin pour se confronter à la dureté de l'hiver. Je commence à me les geler mais, s'il souhaite rester ici, cela me convient.

Tate ne porte qu'un vulgaire pull à manches longues qui n'a pas l'air de lui tenir chaud, et un pantalon sombre large dont le tissu doit être fin. Je laisse échapper un soupir avant de retirer mon écharpe noire et de la lui enrouler autour du cou.

— Je n'ai pas froid, Jayde ! s'exclame-t-il en me fixant, ébranlé.

— Je veux bien te croire.

Je finis par me poser juste en face de lui. Ses yeux sombres me scrutent étrangement, comme s'il cherchait une raison valable à ma présence ici.

— C'est plus réaliste que tu me tabasses au lieu de vouloir me protéger du froid, marmonne-t-il en se frottant nerveusement le menton.

— Je ne suis pas là pour te tabasser, soufflé-je en refermant les pans de ma veste épaisse.

— Pourquoi tu es là alors ?

— Parce que j'ai ce sentiment d'être seul au monde, comme toi.

Je me persuadais que j'étais seul, alors que j'ai toujours été entouré. Maintenant, je ressens ce vide sidéral. J'avais Cody, Bryce et Dustin. Des mecs géniaux prêts à tout pour moi. Même s'ils ne comprenaient pas tout, même s'ils m'énervaient par moments. Leurs présences suffisaient à réconforter ma solitude émotionnelle.

Je l'avais *elle*. Iris, qui complétait les trous de mon cœur perforé par mes entailles. Iris, avec qui j'ai partagé la plus belle des mélodies, la plus belle des osmoses physiques.

— J'ai tout foiré, déclare Tate, n'est-ce pas ? J'ai foutu en l'air ta vie ? J'ai détruit ce que tu avais avec elle ?

Je ne réponds pas, à quoi bon chercher le coupable ? Alors que je suis le seul responsable. Sa voix est fébrile, et ses mains tressaillent sur la table.

— C'est moi le fautif, déclaré-je en fixant ses doigts tremblotants.

Mon calme me surprend moi-même. Après tout ce qui s'est passé, j'ai toujours cru que, si je revoyais Tate, je lui assènerais une pluie de coups jusqu'à ce qu'il ne puisse plus bouger.

— Jayde… je ne comprends pas pourquoi tu es là… je ne mérite pas ton attention après tout ce que je t'ai fait.

Ses yeux s'embuent de larmes et elles commencent à couler. Il remonte mon écharpe au niveau de son visage en guise de garde-fou à sa détresse. Ses sanglots parviennent jusqu'à mon oreille valide et mon cœur se comprime dans sa cage.

— Je suis le pire frère qui soit, dit-il en grelottant.

Impuissant, je baisse la tête et ferme fort les paupières, je ne peux pas regarder ça. *Je ne peux pas.* Comment on en est arrivés là ?

L'entendre pleurer devient un supplice et canalise la douleur dans ma poitrine. Aussi calculateur puisse-t-il être, je sais que cette fois-ci il ne cherche pas à me manipuler. Il est trop fragile pour me tromper, trop faible pour se jouer de moi.

Endurer la souffrance de ses regrets me lacère le cœur. J'inspire profondément.

— Et si on se comportait comme deux frères normaux ? dis-je sur un coup de tête en ravalant l'émotion qui m'étreint la gorge.

Lentement, Tate baisse l'écharpe pour m'observer. Les veinules de ses globes oculaires sont rouge écarlate, sa respiration saccadée se calme.

— Je ne mérite pas de nouvelle chance, tu m'en as assez donné, rétorque-t-il en arborant de l'incompréhension sur ses traits.

— Ce n'est pas une chance que je te donne. C'est un départ de zéro. Alors, essuie tes larmes.

— T'es trop bon pour ce monde, Jayde, répond-il en faisant ce que je lui dis. Je me sens lâche devant toi.

— Nous sommes deux lâches dans ce cas. Je suis venu ici dans mon propre intérêt, exactement comme tu le fais avec moi. Seulement, je ne peux plus me mentir à moi-même, je veux arranger les choses. J'ai détruit beaucoup trop de choses, et je n'ai pas été là pour toi comme il fallait. J'aurais dû prendre les devants concernant ton état de santé. J'aurais dû faire ce qui me semblait juste au lieu de craindre papa. J'aurais dû dire toute la vérité à mes amis. Et j'aurais dû faire comprendre la situation à Iris quand j'en avais encore l'occasion.

D'une traite, mon monologue s'expulse de l'étau dans ma gorge.

— Mais je ne te pardonne pas, Tate, poursuis-je en serrant les mains, les sourcils froncés. Je ne souhaite pas te donner de faux espoirs, je veux être là parce que j'ai senti que je devais le faire.

Son regard exprime l'étonnement. Je le connais si bien que je vois les rouages de son cerveau surchauffer. Il se pince le nez, puis secoue la tête alors qu'un sourire étire ses lèvres.

— Tu es loin d'être un lâche, Jayde. Si tu es là, ça montre à quel point tu es courageux. Je suis ton grand frère, peut-être que pour ce nouveau départ je peux enfin jouer ce rôle.

— On verra bien, soufflé-je en me frottant la nuque.

Cette fois-ci je ne me laisse pas embobiner, je l'écoute et j'enregistre sans espérer un quelconque retour de sa part.

— Je prends un traitement et je consulte un psychologue tous les jours.

— Tu ne pourras pas sortir d'ici tout de suite, tu en as conscience ?

— Oui, je le sais. Je prendrai le temps qu'il faudra. Papa et toi méritez mieux. J'ai tout gâché entre nous.

— On a dit qu'on ne cherchait plus de fautif, maugréé-je en croisant les bras.

Il opine du chef et baisse la tête, tandis que je continue de l'observer avec attention. Quelque chose a changé en lui, j'ai l'impression que son intense solitude et le fait de se retrouver au pied du mur l'ont poussé à se remettre en question, à prendre du recul sur *tout.*

— Tate ?

Il lève le visage vers moi, en arquant un sourcil.

— Je ne veux plus jamais que tu me mentes.

Tate tend son bras et sa main est fermée en un poing.

— Je te le promets, petit frère.

J'acquiesce et tends mon bras à mon tour. Mon poing rencontre le sien comme un pacte qu'on scelle en secret.

— Tu t'es éloigné de tes amis ? demande-t-il.

— J'ai fait une connerie dont je n'ai pas envie de parler et ils m'ont en quelque sorte… viré.

Il est abasourdi, ses mains s'abattent sur la table, ses yeux sont aussi ronds que deux soucoupes.

— Attends… quoi ? Tu ne fais plus partie de Madness ?

— En ce moment, non.

— Mais qu'est-ce que tu vas faire ? La musique c'est toute ta vie !

— La passion m'a comme lâché.

— Je suis sûr que c'est faux. Tu es tenace, Jay, la passion brûle en toi, t'as juste besoin d'une pause, de souffler un peu et peut-être de te réconcilier avec toi-même.

— Une pause ? Limite, j'ai l'impression d'être en congé maladie, raillé-je en posant mon front sur la table glacée.

— Lâche prise, mes erreurs ne sont pas les tiennes, tu n'y es pour rien, Jayde. Tu n'as rien fait.

Je l'écoute sans le regarder, assimiler ses mots est suffisamment difficile. Je crains d'être déçu en croisant ses prunelles qui m'ouvrent les voies de son malheur, de tomber à nouveau dans un précipice parce qu'il a encore commis le pire. Je veux lui faire confiance pour ce nouveau départ. Je veux laisser derrière nous le passé. Recommencer à zéro pour la famille Black et aspirer à un avenir moins… noir.

Mais je ne peux pas lui pardonner.

— Je sais que tu as peur de me faire confiance, que tu veux qu'on réapprenne à se connaître, qu'on soit là l'un pour l'autre, mais pour une fois dans ma vie je veux essayer de faire mieux. Il n'y a pas d'entourloupe. Je veux vraiment être là pour toi, dit-il doucement avec un ton chagriné.

Je cède à sa demande en me redressant pour l'observer. Aucune traîtrise ni perfidie ne suinte de lui. Son regard brille d'une lueur d'espoir, à l'orée d'une renaissance. *La sienne.*

— D'accord… que me conseilles-tu alors ? dis-je en jouant le jeu, avant de pousser un long soupir.

— De parler à Iris.

— Quoi ?

— Tu en as envie, ça crève les yeux. Tu t'en veux, va lui dire.

— C'est compliqué, Tate, je l'ai approchée mais… Iris est catégorique dans ses décisions et puis je crois qu'elle a rencontré quelqu'un.

Quelqu'un de sûrement mieux que moi.

— N'importe quoi ! J'ai vu comment elle te regardait, tu penses que c'est le genre de regard qu'on fait à n'importe qui ? Sache une chose, si une bouche peut dire des conneries, les yeux ne mentent jamais.

— Je l'ai blessée… elle s'est donnée à moi. Son cœur, son corps, son âme… elle m'a tout donné et je n'étais pas fichu de me révéler totalement. Ça l'a brisée, Tate. Ce que tu lui as fait, elle ne pourra jamais me le pardonner. À ses yeux, j'étais celui qui la comprenait le plus. Pour elle, je l'ai trahie.

Une déception et c'est la perdition. Voilà comment fonctionnent ses principes. Pas de retour en arrière, je ne pourrai pas briser ses convictions en béton, ou encore déconstruire la muraille qu'elle a érigée de nouveau.

— Tu veux la récupérer ?

Je n'ose pas répondre, mais visiblement il n'a pas besoin que je l'énonce.

— Alors, affronte-la, ce n'est pas en te cachant qu'elle saura ce que tu ressens, dit-il de façon rude, pour secouer.

— Elle n'est pas suffisamment stupide pour encore vouloir de moi, rétorqué-je en grinçant des dents, agacé devant son insistance.

— Et toi, tu es suffisamment stupide pour ne pas te donner les moyens de la récupérer ? Je croyais que Jayde Black était prêt à tout pour avoir ce qu'il désire.

— Y arriver au point de saccager la vie des autres ?

Je me suis fait des ennemis rien qu'avec ma tendance à vouloir tout anéantir par pure jalousie.

— Elle va te pardonner !

— Et si c'est quelque chose qu'on ne peut pas pardonner ? demandé-je tristement.

Mes mots ont un impact brutal sur lui. Parallèlement, nous vivons une situation presque similaire, il rampe et je rampe.

— La vie continue. J'ai été proche de ton pardon et à la dernière seconde j'ai vrillé au quart de tour. L'être humain est capable du meilleur comme du pire, il se surprendra toujours quels que soient ses principes et ses idéaux. Il est en constante évolution. On ne peut pas se connaître et être sûr de qui on est avant de rendre son dernier souffle. La dernière seconde, Jayde, c'est elle qui détermine qui tu es vraiment.

Son monologue affole mes sens. Ces paroles sont criantes de vérité, mais en même temps il y a des choses qu'on ne peut pas changer, quelle que soit la fatalité de la mort.

— Pourquoi tu as fait ça, Tate ? l'interrogé-je avec une vieille amertume dans ma voix.

— J'étais jaloux.

— Jaloux ?

Il prend une profonde inspiration.

— J'étais terrifié que tu m'abandonnes pour elle… C'est carrément égoïste, une telle pensée, mais je ne la contrôlais plus… Ce n'est qu'en parlant au psy que j'ai compris que j'ai une peur viscérale de l'abandon depuis maman… et ça s'est répercuté sur toi.

— Qu'est-ce qui a pu te faire croire que je pourrais t'abandonner ?

— Mon comportement abject. Je me suis beaucoup confié à mon médecin, et quand j'ai vu papa ce jour-là… la tristesse dans son regard et sa déception, je m'en suis tellement voulu, encore plus quand j'ai réalisé la monstruosité de mes actes et ce que ça allait engendrer en toi… tu as toujours le don de soulever mes erreurs comme si tu étais le responsable alors que non… c'est à moi de le faire. Tu n'as plus à porter mon fardeau, Jayde.

Ses paroles pansent vigoureusement mes maux. Combien de fois ai-je rêvé qu'il me dise cela ? J'ai tellement de difficultés à baisser ma garde, j'aimerais retirer cette crainte qui clignote comme une ampoule au fond de moi, l'éteindre et permettre la construction d'un lien fort entre nous, sur un socle aussi solide que du titane.

— Tu n'es pas prêt à me pardonner, je le sais. Mais je te demande mon pardon le plus sincère. Chaque jour, j'ai rêvé de te voir franchir cette porte pour venir me parler et j'ai encore du mal à accepter que tu me tendes la main vers quelque chose de plus beau, après tout ce que je t'ai fait. Ça prendra le temps qu'il faudra, je veux être ton pilier, même si mon instabilité mentale est un fléau. Je veux pouvoir te rendre fier.

Tate est différent. J'ai toujours pensé que vivre dans l'ombre signifiait que la lumière n'était pas très loin, Tate l'a trouvée. *Sa lueur.*

— On verra où ce chemin nous mènera, toi et moi.

— Une alliance entre les frères Black ? reprend-il, les yeux rieurs.

— Je dirais plutôt un recueillement peu commun entre les frères Black, dis-je en esquissant un faible sourire.

— J'ai péché, mon père, pardonnez-moi, fait-il en joignant les mains en guise de prière.

Je réprime un rire, et notre conversation se poursuit. Tate me raconte tout ce qu'il a fait ici depuis son arrivée. Il ne parle pas à beaucoup de monde, il reste dans son coin à lire ou bien à évacuer ses émotions en faisant du sport. Il ne rate aucun rendez-vous avec son psychologue. Visiblement, il prend goût au fait de pouvoir se confier à sa guise sans être jugé.

Je me sens un peu mieux. Une faible éclaircie apparaît sur cette route sombre et sinueuse, je dois continuer de marcher de l'avant et espérer qu'un jour Iris pourra me revenir.

Je croyais que Jayde Black était prêt à tout pour avoir ce qu'il désire.

L'écho de ses paroles resurgit comme un boomerang. Il n'a pas tort. Si je ne me bats pas, qui le fera ? Si je ne tente rien, je perdrai, assurément.

Jayde Black doit faire son *come-back* pour affronter les crocs de sa vipère. Une chose est certaine, après ça, je ne la laisserai plus jamais se casser la gueule.

13. Dualité

Iris

Goo Goo Dolls – Iris

— James…

Je pousse mon dernier soupir de plaisir tandis que James se retire de moi.

C'est la deuxième fois qu'on couche ensemble, et pour la deuxième fois c'est *son visage* que je vois. Mais là je ne simule pas. Mon corps réagit à tout ce que James peut me faire, mais c'est Jayde que j'imagine et mon désir est décuplé.

Je suis une cause perdue.

Je me sens… pathétique. À rêver de lui à chaque fois que je souhaite l'oublier. Je ne pourrai jamais totalement me libérer de lui.

J'ai peur de me dire que je n'ai pas choisi James par hasard, que sa ressemblance avec Jayde n'est que pure coïncidence.

Un regard sombre, des cheveux de jais et un rictus narquois sur des lèvres qui vous donnent des baisers chauds et passionnés.

Je m'évertue à me convaincre que ce n'est rien mais, pendant que je m'habille, je le regarde jeter une pile de fringues au sol pour libérer la chaise de son bureau. Si c'était Jayde… tout serait plié et convenablement rangé dans son armoire par ordre de couleur. J'esquisse un sourire, puis me ravise aussitôt en réalisant ce que je fais.

Cette pensée est un coup au cœur, à la jugulaire et au crâne. *Qu'est-ce qui me prend ?*

— Tu t'en vas déjà ? Tu ne veux pas encore rester ?

Son ton est presque suppliant. Mon cœur se resserre à l'idée de le rejeter. Je me sentirai mal quand je sortirai d'ici et tout le trajet jusqu'à ma porte sera un *walk of shame*[1].

— Non, désolée…

Je m'interromps quand il prend mon visage en coupe et écrase sa bouche sur la mienne, mais cette fois-ci je le repousse, parce que je ne peux plus continuer ainsi. Pourquoi j'ai l'impression qu'il s'attache tandis que moi je me détache ?

— Comme tu voudras, souffle-t-il avec sa voix rauque qui me fait frémir.

Je suis un poison et il ne devrait pas me donner tant d'attention.

J'ignorais que la situation m'échapperait de cette façon. À vouloir toujours plus de sexe pour l'oublier alors que c'est lui mon fantasme dans ma réalité.

Je rentre chez moi et imagine encore sa présence. Je mets le vinyle d'Otis Redding dès que je franchis le seuil et j'ai un pincement mon cœur. Je n'ai pas eu la force de ne plus l'écouter, de me détacher de tout ce qui m'arrime à lui. Je n'y suis pas arrivée. Même la nicotine ne parvient pas à me déstresser, de plus j'ai perdu un de mes deux Zippo, celui avec le titre de mon vinyle.

Try a little tenderness.

C'est tout ce que je demandais…

Jayde.

Encore et toujours Jayde.

J'en ai plus qu'assez de Jayde.

Il est partout. Placardé sur les murs, en tête sur les blogs de célébrités, en couverture sur les magazines.

Madness se divise à la veille de la sortie de leur nouvel album.

Possible. J'ignore ce que Cody a fait pour son meilleur ami.

Une femme affirme avoir passé la nuit avec Jayde Black et qu'elle serait enceinte de lui.

1 Une « marche de la honte ».

Impossible.

Jayde Black aurait été aperçu avec le mannequin Chloé Clarks au dernier défilé Balmain.

Quoi ? Pardon ?

Fracas. Fracas. Bam. Mon cœur se rétame.

Il… voit quelqu'un d'autre ?

Et puis merde, c'est quoi cette hypocrisie dont je fais preuve ? Moi aussi, je vois quelqu'un d'autre. Du moins… j'essaie de m'y tenir sans flancher dans le précipice. Le moteur de recherche n'arrête pas de me soumettre des articles sur Madness, à croire que mes pensées sont écoutées par la technologie.

Je franchis l'entrée d'Indy Records, alors que mes yeux sont rivés sur l'écran de mon téléphone.

Mon rendez-vous avec Braden est dans dix minutes, il a demandé à me voir pour faire un débrief sur l'album, avant que je reçoive mon chèque. Financièrement, j'arrive à joindre les deux bouts. Après l'affaire de l'agression, j'ai perçu une indemnité qui m'a permis de verser l'argent que je devais à mon école.

Les portes de l'ascenseur s'ouvrent et je tombe nez à nez avec…

… Jayde.

Un bonnet noir est vissé sur sa tête, laissant échapper des mèches ébène rebelles. Nos yeux se rencontrent, et je rassemble tout mon courage pour l'affronter sans ciller ou trahir mes sentiments nébuleux.

Il ne dit rien, sa main est dans la poche de sa veste grise et il tire sur sa cigarette. Il me sonde en plissant les paupières, comme s'il m'analysait mieux ainsi. Je resserre la bandoulière de mon sac et les battements de mon cœur font vibrer tout mon corps.

Je me sens nue quand il m'épie aussi intensément, il me lobotomise le cerveau et déchiffre tout ce que je peux éprouver. Les mêmes sensations qu'avant m'habitent. Rien n'a changé de notre alchimie. Je me dégonfle intérieurement dès qu'il est là. Il est le seul à avoir une telle emprise sur moi. *Le seul.*

Jayde se décale sur la droite et se positionne sur le seuil de la cabine, bloquant ainsi les portes. J'ignore l'effet que son regard me fait et entre.

Sur le côté, je l'entends ricaner puis il recule, laissant les portes coulisser.

Il dit quelque chose juste avant la fermeture de l'ascenseur. Je fronce les sourcils, incertaine d'avoir bien entendu ses paroles.

À tout à l'heure.

— Bonjour, Iris, je suis content de te voir.

Braden m'accueille dans son bureau avec un grand sourire. Ses yeux ambrés brillent quand il tient devant moi une liste des chansons de l'album.

Iris.

Je rougis rien qu'en songeant à ce nouveau titre.

— Il n'y a personne ? dis-je en m'asseyant sur la chaise en face de son bureau.

— Non, les garçons sont en en train de travailler à l'étage au-dessus avec des amis à eux, et Jayde était là tout à l'heure parce que j'ai demandé à le voir, il a été écarté du groupe pour une durée indéterminée.

Je m'en doutais. Je me contente d'opiner en fuyant son regard.

— Oh ! d'accord.

— Alors, les dernières chansons que tu as rédigées avec Cody sont fantastiques, j'ai beaucoup aimé. Les enregistrements ont commencé, mais nous avons pris du retard à cause de plusieurs péripéties. J'ai demandé à te voir pour savoir si ça ne te dérangerait pas que le cours d'éditing et de mixage que je t'ai promis attende encore quelque temps.

— Bien sûr ! Aucun problème, Braden.

— Super ! En ce moment, je suis occupé à chercher un manager pour Madness, j'aimerais quelqu'un de résilient, qui a de larges épaules pour tout supporter, mais ce n'est pas évident.

Je lui souris.

— Je suis sûre que vous finirez par trouver.

— J'espère bien, j'espère aussi que d'ici là Jayde reviendra dans le groupe et que les tensions s'apaiseront.

— Je suis certaine qu'avec le temps ça ira mieux, dis-je d'une voix douce.

— Je croise les doigts, en tout cas je t'ai préparé ton chèque. Merci pour ton travail rigoureux et ce que tu as apporté au sein du studio. Dès qu'il y aura un avancement concret, je t'appellerai pour que tu reviennes. Et si tu as besoin de quoi que ce soit n'hésite pas.

Le soir, je suis comme à mon habitude au Dream Club. Darren a demandé à ce que j'aie une pause pour me parler avec Amber. Patiemment, je l'attends, les bras croisés, sur une chaise, mon amie à mes côtés.

— Ça fait quelque temps qu'on ne l'a pas vu, que penses-tu qu'il va nous dire ? déclare Amber, le menton calé sur la paume.

— J'étais pas mal occupée, lui réponds-je en la regardant, je n'ai pas vraiment cherché après lui.

— Ce n'est pas ton habitude de faire le premier pas en amitié, plaisante-t-elle, j'ai proposé plusieurs fois à Darren qu'on se voie tous les deux les jours où tu avais beaucoup de choses à faire, mais il m'a fait faux bond à plusieurs reprises.

— Ça ne lui ressemble pas, dis-je en me frottant la nuque, perplexe.

— Et toi, avec James ça va comment ? dit-elle pour changer de sujet.

— Sympa, mais je pense que je vais m'arrêter là.

— Pourquoi ça ?

Parce que c'est Jayde que je vois.

— Je crois que ce n'est pas fait pour moi… ce genre de procédé, admets-je en haussant les épaules.

— Le but c'est que tu prennes ton pied, sans aucune attache, tu dois oublier l'autre et c'est bien parfois d'aller voir ailleurs, de laisser ton corps assouvir ses désirs, c'est comme ça qu'on apprend à savoir ce qu'on aime.

Je n'ai pas le temps de répondre qu'un vrombissement surpuissant attire notre attention de l'extérieur. On découvre Darren en train de descendre de la Harley d'un biker. Il l'embrasse fougueusement sur la bouche avant de lui faire un signe de la main et de pénétrer dans le bar.

Amber et moi nous lançons un regard choqué, puis Darren arrive face à nous, l'air rêveur et amoureux.

— Bon, bah, vous avez vu Mikey à l'entrée ! s'exclame-t-il en prenant place.

Le dénommé Mikey patiente dehors, adossé avec indolence contre sa moto, en consommant une clope. Il est grand et mince, contrairement aux autres motards de son clan. Ses cheveux bruns retombent sur son front, la lubricité pétille dans ses yeux verts et son sourire narquois est une invitation à la débauche. Ce mec est aux antipodes de Darren.

— Attends, tu m'as posé des lapins pour sortir avec lui ? lance Amber en pointant du doigt le biker.

— Oui… désolé, mais je ne voulais rater aucune sortie avec lui !

— Pardon ? Et pourquoi ne nous avoir rien dit ? s'indigne-t-elle en tapant de la main sur la table.

Je reste stoïque devant la pile électrique que devient mon amie et me contente d'observer les réactions de Darren.

— Parce que, toi en particulier, tu m'aurais jugé, j'attendais de voir si ça marcherait, et nous deux ça marche, alors maintenant je vous en parle, déclare-t-il fièrement en croisant les bras.

— Tu es sûr de toi ? demandé-je doucement en posant les coudes sur la table.

— Oui pourquoi ?

— Je ne sais pas… je trouve ça bizarre qu'un motard jette son dévolu sur toi comme ça.

— À t'entendre, je ne peux intéresser personne, déclame-t-il, furibond.

Son regard chocolat affiche de la déception, mes mots le blessent, mais je partage seulement mon opinion. J'observe discrètement le fameux Mikey, vêtu de sa veste en cuir. James pourrait le connaître et me dire ce qu'il pense de lui. J'ai un mauvais pressentiment et je n'aime pas ignorer la petite voix dans ma tête qui me met en garde.

— Darren, on ne dit pas ça, intervient Amber, on est contentes que tu aies rencontré quelqu'un, mais on n'imaginait pas que ce serait quelqu'un comme *ce* mec.

— Ce mec, comme tu dis, c'est mon mec. Vous le jugez alors que vous êtes les premières à dénoncer la discrimination envers les minorités.

— Tu ne comprends rien du tout, s'énerve Amber en arborant un air dur.

— Iris, tu l'as forcée à coucher avec James, et moi non ? l'accuse-t-il en grinçant des dents.

— Ce n'est pas pareil !

— Et pourquoi ?

— Iris a plus de jugeote et toi tu…

— C'est bon, Amber, l'interromps-je en appuyant la main sur son épaule. Darren, l'essentiel c'est que tu sois heureux et nous le sommes aussi pour toi.

Mon ami esquisse un sourire et me remercie en opinant du chef. Il se lève, nous dit au revoir et s'en va retrouver son copain à l'extérieur. J'épie le moindre mouvement de ce Mikey. Il fixe Darren, lui tend son casque et tous deux chevauchent l'engin avant de partir à toute allure.

— Je ne le sens pas, Iris. Il va nous éloigner de notre petit Darren.

Sa voix résonne comme un fracas, elle semble blessée.

— Tu dois l'accepter, comme moi je l'accepte.

Qu'est-ce que je peux y faire ? Une détermination passionnée transperce les yeux marron de mon ami, qui suis-je pour freiner son bonheur ? Quels que soient mes soupçons, je ne peux pas me permettre d'interférer dans sa relation, sinon c'est lui qui finira par être contre moi, et en cas d'urgence je ne pourrais même pas être là. Au moins, je peux veiller sur lui.

Quelques minutes plus tard, James entre dans le bar. À peine me lance-t-il un clin d'œil qu'Amber se jette sur lui pour évoquer le sujet de notre conversation : Mikey.

— Je le connais de vue seulement. Tu sais, ce n'est pas parce que j'ai une moto et un blouson en cuir avec le logo que je connais toute la troupe, se moque-t-il en passant les mains dans ses cheveux de jais.

— Tu es sûr ? ? ? insiste Amber, désespérée.

— Bah… oui, laisse Darren prendre son pied, ça ne va pas lui faire de mal.

Exaspérée, elle s'éloigne de nous et me salue personnellement avant de s'en aller.

— En quoi c'est mal que Darren prenne du bon temps avec ce type ? me demande-t-il alors que je range des bouteilles sur les étagères.

Il n'y a pas beaucoup de monde ce soir, je peux me permettre de discuter avec lui librement.

— Amber se fonde sur son jugement, elle s'arrête souvent à l'apparence.

— Et toi ? dit-il en appuyant son coude sur le comptoir avec un air dubitatif.

— J'ai juste une intuition que ce mec n'est pas sincère, admets-je en le regardant par-dessus mon épaule.

— Ouah, tu as eu cette intuition avec moi ? me taquine-t-il avec un sourire goguenard.

— Non.

— Pourquoi ça ?

— Parce que tu ne représentes pas la même chose pour moi que Mikey pour Darren.

Aïe.

Je n'aurais pas dû dire ça comme ça.

— Je vois, souffle-t-il en réprimant un rire. Eh bien, est-ce que ce soir tu viens chez moi ?

— Non, James, je crois qu'il est préférable que…

Je ressens un flottement étrange dans mon ventre, je suis à l'aise avec lui, mais en même temps… une gêne me provoque des frissons désagréables.

— Comme tu voudras, Iris, me coupe-t-il avec une pointe de déception dans la voix. Je vais y aller, à plus !

Il l'a senti. Il a senti que j'allais mettre un terme à notre relation, mais il ne m'a pas laissée faire. *Merde et merde !* Il a pris la fuite sans me permettre de la conclure.

Tss, tu parles du pansement dont m'a bassinée Amber.

Je décide de partir. En poussant les portes, je tombe sur Jayde, contre le lampadaire, en train de fumer. Dès qu'il m'aperçoit, ses opales sombres m'absorbent dans leur tourmente.

— Ton petit ami ne te raccompagne pas ?

Sa voix rauque me fait frissonner de la racine des cheveux à la pointe de mes orteils. Je détourne le regard, l'évite et poursuis mon chemin.

— Quoi ? Tu m'ignores ? continue-t-il derrière moi.

Il me suit. Je m'arrête.

— Ce n'est pas mon petit ami, déclaré-je, lui lançant un coup d'œil par-dessus mon épaule.

Jayde arrange son bonnet sur sa tête et remonte ses lunettes de vue. Je me demande si parfois les gens le reconnaissent en dépit de cet accoutrement.

— Oui, je m'en doutais, réplique-t-il en esquissant un rictus narquois.

— Laisse-moi tranquille, soufflé-je en reprenant ma marche.

Mais il n'en fait rien. Il me suit dans la nuit uniquement éclairée par la lueur de la lune et celle des réverbères.

Je n'en peux plus, sa présence me perfore le cœur, elle n'est qu'un rappel de ce que j'ai éprouvé *ce soir-là*. Je m'évertue à étouffer ce que je ressens, je n'y arrive pas. Le mot trahison est une rengaine sempiternelle dans ma tête.

— Pourquoi tu t'accroches comme ça ? chuchoté-je en m'arrêtant à nouveau.

Je serre les poings et la mâchoire. Mes yeux me brûlent, mais je réprime ce maelstrom d'émotions de toutes mes forces.

— Pourquoi tu t'obstines à venir ? dis-je, la voix tremblante.

La chaleur de son corps derrière moi irradie sur mon dos. Si le vent frais me fouette, son incandescence me réchauffe inexorablement.

— Pourquoi… Jayde ?

Il se rapproche, je le sens. Sa tête se penche au niveau de mon oreille, mon cœur palpite et mes épaules tressaillent dès que la distance entre nous se réduit.

— Parce que c'est toi, *mon rêve brisé*, déclare-t-il.

Ma respiration se fait saccadée et je ferme les yeux pour me calmer. Il réutilise les mots de notre chanson pour me définir.

Broken Dream.

Un rêve brisé qui laisse des ecchymoses, mais qui aura eu le mérite d'exister.

Un rêve brisé qui anéantit, mais donne l'énergie de continuer.

Lui aussi, c'est mon rêve brisé.

Mon cœur cogne si fort.

— Tu ne te rends pas compte de ce que tu dis, murmuré-je en reniflant.

Ses lèvres flirtent près de mon oreille. Je suis figée. Hors du temps. Je ne peux plus bouger ni m'écarter, tiraillée par des sentiments ambivalents. C'est si bon sa chaleur. C'est si bon d'exister dans cette bulle. Mais c'est le mal et la douleur qui creusent ce trou béant dans ma poitrine.

— Bien au contraire, Iris.

Iris. Ce même nom qui sera partout sur la couverture de leur album prochainement. C'est lui qui l'a choisi.

— Je ne laisserai pas les erreurs de ma famille t'éloigner de moi, alors déverse ta rage contre moi autant que tu le souhaites, ma belle, avec ton venin, tes épines, je m'en fous. Je n'ai jamais renoncé à ce que je voulais. *Moi*, je sais ce que je veux.

14. Tensions amicales

Iris

Miley Cyrus – Nothing Breaks like a Heart

— On dirait que vous n'aimez pas.

Cette remarque que je souffle se répercute sur le froncement de sourcils de M. Cooper. Je lui ai fait écouter l'enregistrement de la musique que j'ai composée, mais il ne paraît pas très emballé par le résultat.

— Quand tu m'avais fait entendre le début la dernière fois ça me semblait fabuleux, mais tu n'as pas suivi le bon chemin pour ton intention musicale.

— Qu'est-ce que vous voulez dire par là ?

— En écrivant ce morceau, à quoi pensais-tu ?

— Je… à rien de spécifique.

Mes joues virent au cramoisi.

— Tu n'es pas obligée de me le dire, ça reste personnel, se moque-t-il. Le problème est que je ne capte pas l'émotion que tu souhaites faire passer. Tu alternes entre les accords sans même réaliser que, quand ils sont réunis de cette façon, on ne saisit pas le message qui en découle.

— Je n'avais pas d'intention musicale au départ, je me laissais juste guider par des envies sans savoir ce que je voulais.

Trop de choses me perturbent pour que je me concentre sur une. Parfois je repense aux critiques reçues, aux visites impromptues de Jayde, à Darren qui s'éloigne et à James avec qui j'ai l'impression de me transformer en véritable garce.

— Tu n'as jamais fait ça avant, Iris.

Les yeux gris de mon professeur me sondent, comme pour détecter ce qui cloche en moi.

— Je ne le fais pas quand je compose pour les autres.

— Et quand il s'agit de toi ? Quand tu composes pour toi, que ressens-tu ?

Je ne sais plus trop ce que j'éprouve.

— J'ignore ce que tu traverses mais dis-toi que, pour exorciser ces démons, la musique sera toujours là pour t'aider. Sers-t'en comme muse, n'aie pas peur d'affronter tes émotions, continue-t-il face à mon silence.

Embarrassée, je baisse la tête et murmure :

— C'est si mauvais que ça ?

— Je n'ai pas dit que c'était mauvais, mais tu m'as habitué à mieux. Pour ce concours, ne te contente pas de ce que tu connais, prends des risques, le but c'est aussi de te surprendre toi-même.

— Comment pourrais-je faire une chose pareille ?

Je suis totalement paumée.

— Mon rôle de professeur s'arrête là, Iris. Je dois seulement te guider, mais ce que je peux te dire c'est que tu as toutes les capacités pour.

J'acquiesce avant de sortir de son bureau. Je craignais cette entrevue, je sentais que quelque chose clochait dans ma composition, certes j'ai encore du temps devant moi, mais il faudra maintenant que je recommence tout à zéro.

Cooper me parle d'intention musicale, mais je ne sais pas réellement ce que je veux exploiter, d'habitude je me laisse bercer par ce flot d'idées qui me vient telles des vagues déchaînées dans ma tête. Je ne détermine pas dès le départ ce que je veux créer pour moi.

Il y a certains auteurs qui souhaitent absolument se donner une image d'activistes en choisissant de traiter tel ou tel sujet pour faire genre qu'ils défendent cette cause et pour booster un peu leur audience. C'est comme les personnes qui commencent à parler d'hypersensibilité et toute une troupe suit le mouvement, et paf, tout le monde devient hypersensible, alors que le quart ignore ce que cela signifie. Trop de thématiques sont exploitées pour les mauvaises raisons, et personne ne dit rien. De toute façon, l'être humain veut à tout prix exister et faire son intéressant.

Pour moi, l'art est comme une échappatoire pour son créateur, il se confie à travers ce qu'il produit sans qu'on sache réellement ce qu'il a pu vivre, c'est comme si ses maux étaient codifiés et se retrouvaient dans les mots d'un livre, des notes de musique ou encore une toile. Les artistes d'aujourd'hui énoncent dès le départ au public de quoi parle leur création, à quoi bon le faire ? À mes yeux, ils ne cherchent qu'à attirer le regard et obtenir de la reconnaissance.

Tout est devenu un prétexte pour se mettre en avant. Tout est une question de paraître. Cette quête absolue pour être différent des autres a rendu tout le monde identique. En m'inscrivant sur les réseaux sociaux, j'ai été sous le choc de voir comment les gens se ressemblent, dans leurs discours, dans leurs actions. Ils sont toujours là pour ouvrir la bouche sur des sujets qu'ils ne maîtrisent pas. Ils pensent savoir tout sur tout et moi j'ignore le quart de ce que je souhaite exploiter au fond de moi pour ma musique.

En sortant de Berklee, je préviens Amber par message que je la rejoindrai dans quelques minutes à notre point de rendez-vous. Un restaurant asiatique entre le conservatoire et le Dream Club, pour déjeuner. En arrivant chez Unagi's Geller, je retrouve mon amie m'attendant à notre table avec un air contrarié, le regard dirigé vers l'écran de son téléphone.

— Amber, ça va ? demandé-je en poussant la chaise afin de m'y asseoir.

— Je hais le copain de Darren, déclare-t-elle furieusement.

Et c'est reparti !

Depuis que Darren est en couple avec Mikey, on ne le voit plus trop, ce qui a le don d'irriter Amber et de lui faire déverser sa frustration en un flot de paroles. À chaque fois qu'on se rencontre.

— Il est tout le temps avec lui, Darren ne vient plus vers nous, il est totalement absent de nos vies, c'est ça l'amitié ? Il tarde à répondre à mes messages ou il les ignore carrément.

Je me tais, la laissant vider son sac. Elle en a beaucoup sur le cœur. Je me sens impuissante devant l'effervescence de ses sentiments.

— Iris, il ne me répond plus ! Il a trop changé, je n'en peux plus de ce comportement, et il revient vers moi dès qu'il en a besoin, je suis désolée, mais ce n'est pas possible.

Je me contente d'opiner continuellement du chef. Amber est terriblement touchée par cette histoire, ses yeux chocolat sont embués de larmes. Darren est comme son petit frère et avoir cette impression qu'il lui échappe à cause d'une fréquentation la vexe.

— Je t'assure que si son mec était un gars bien je n'agirais pas de la sorte, je m'inquiète pour lui et je ne le sens pas, ce putain de Mike !

Le serveur se décide à venir, interrompant le monologue de mon amie. Je lui dicte notre commande à toutes les deux, et pousse un profond soupir en posant à nouveau mes yeux sur elle.

Son regard a perdu de son éclat après toutes ses confessions.

— Iris, je t'en prie, dis-moi que je ne suis pas la seule à penser ça de ce salaud de biker !

— Je ne le connais pas, mais il n'est effectivement peut-être pas fait pour Darren. Mais il n'y a rien à faire, c'est son expérience, même si tu interviens, ça ne changera rien pour lui. Il n'en fera qu'à sa tête.

— Toi, il t'écoute, Iris !

Sa voix de plus en plus forte me perturbe. Sa réaction est à chaud, sans doute après une énième déception de la part de Darren, mais sa façon de se défouler me met mal à l'aise, surtout que nous sommes dans un lieu public.

— Je lui ai juste dit de faire attention, lui réponds-je en sentant une bile acide remonter le long de ma gorge.

— Iris, ce mec est un camé ! Imagine, il l'agresse sexuellement ou encore il le dépouille de tout !

Je ne fais pas confiance à Mikey, mais je ne le connais pas, je ne sais pas qui il est. Amber est catégorique sur ses idées. Pour elle, Mikey est mauvais. Tout s'arrête à une apparence, elle n'accroche pas avec. Ses jugements vont finir par la rendre folle.

— Ça ne m'enchante pas non plus qu'il soit en mode silence radio mais, Amber, il y a des choses qu'on ne peut pas décider. C'est sa vie, il reviendra.

— Ah non, désolée ! Il m'ignore, revient quand ça lui chante, je ne suis pas un pansement ! Si j'étais sa grande amie comme il le prétend, il devrait reconnaître ma valeur.

Comment ne pas la comprendre ? Moi aussi, j'ai un pincement au cœur quand je vois Darren obnubilé uniquement par sa nouvelle relation.

— Et la meilleure, quand il est avec nous, il ne parle que de lui ! Et à peine je lui raconte quelque chose il me coupe pour parler encore de lui. Je suis sûre que la toxicité de son mec déteint sur lui.

— Amber…

— Ne me dis pas que tu le défends ! Notre meilleur ami sort avec un des types qui ont dû crever tes pneus !

Là c'est Amber qui commence à me prendre la tête, tous nos rendez-vous se résument à discuter du changement de comportement de Darren, mais elle ne réalise pas qu'on ne peut rien y faire, ça devient redondant et elle ne le voit même pas.

— Amber, arrête, la coupé-je brusquement, ne me rendant compte qu'après que je l'ai dit un peu trop fort.

Un soudain silence s'installe. Sa bouche forme un O de surprise.

— Tu ne parles que de ça ! Accepte cette putain de situation, rien ne changera tant que ça ne viendra pas de Darren, dis-je en arborant un air dur.

Un pli barre son front, et je me sens défaillir intérieurement en observant son attitude.

— Donc pour toi on doit attendre que le pire arrive ? me réprimande-t-elle en grinçant des dents.

— Non. Arrête de m'agacer avec cette histoire, ça me turlupine l'esprit autant que toi, mais tu ne fais que radoter là-dessus. Laisse-le vivre sa vie et par la suite on verra.

— OK, j'ai compris, on ne peut rien te dire à toi non plus, s'énerve-t-elle en se redressant.

Merde.

Je lève les yeux au ciel avant de couvrir mon visage avec mes mains. Déjà que je n'étais pas satisfaite de mon entrevue avec Cooper ce matin, la journée s'avère être désastreuse. Je ne voulais pas blesser Amber, mais c'est à chaque fois la même chose.

Je m'inquiète autant qu'elle pour Darren, mais j'ai conscience que cela ne changera rien. Et si je laissais à Mike le bénéfice du doute ?

Peut-être que je le juge un peu trop vite ? Mon intuition du départ peut être fausse.

Le serveur a sans doute remarqué le mouvement autour de notre table, il veut s'assurer que nos commandes tiennent toujours, et je les annule, car j'ai l'appétit coupé à présent.

Le soir, ni Darren ni Amber ne se présentent au Dream Club. Ou, du moins, Darren finira par pointer le bout de son nez dès qu'il aura besoin d'être suffisamment bourré pour noyer son chagrin après une énième dispute avec son copain.

Derrière le comptoir, je sers de nombreux clients avant que James ne me fasse face.

À peine je m'occupe de lui que je remarque Bryce à l'entrée du bar, derrière son accoutrement incognito, une perruque noire avec des mèches grises et une casquette comme pour maintenir le tout. Ma bouffée d'oxygène est là.

Je m'excuse auprès de James avant de rejoindre Bryce, il me serre instantanément dans ses bras, j'avais finalement besoin de chaleur humaine pour me faire du bien.

— Comment ça va ? dit-il, tout content, en me pinçant la joue.

— Ça peut aller ! Et toi ? Qu'est-ce que tu fais ici ?

— J'ai pas le droit de rendre visite à ma fleur préférée ? Je suis désolé de ne pas être venu te voir depuis tout ce temps, j'étais débordé par le travail, explique-t-il en s'asseyant à une des tables vides. Amber n'est pas là ?

— Non, pas ce soir.

— Darren est dehors avec son mec, y a de l'eau dans le gaz.

— Ah bon ?

— Ouais… mais je n'ai pas voulu m'en mêler.

— Tu veux boire quelque chose ?

— Non, rien, merci. Par contre, j'aimerais bien chanter, je peux ?

— Bien sûr ! Préviens juste Lenny pour qu'il t'annonce, avant qu'il fasse son show à la Elvis Presley, parce que c'est sa soirée de la semaine.

— Super alors !

— Tu veux chanter quoi ?

— J'hésite entre l'hymne japonais du dessin animé *L'Attaque des Titans, Shinzou wo sasageyo,* ou bien une chanson de Britney.

— Un hommage à Britney, parce que je doute que les gens bronchent avec ta chanson japonaise, me moqué-je de lui en frottant son crâne recouvert d'une perruque noire.

— Ris pas ! La dernière fois t'as bien aimé quand on a vu les premiers épisodes, rétorque-t-il en rechignant.

Les premiers temps après ma sortie de l'hôpital, Bryce a passé une journée avec moi pour me changer les idées et, évidemment, parler de mangas faisait partie du menu étant donné que c'est sa passion.

— Quand tu m'as forcée plutôt à les voir, rectifié-je, j'étais prise en otage sous mon propre toit !

— Oh ! ça va ! Je t'ai offert des chips.

J'éclate de rire, je n'avais pas tort quand j'insinuais qu'il était une réelle bouffée d'oxygène pour moi.

— Allez, va faire ton show, fais-je en lui pinçant le nez.

Lenny lui donne son feu vert et, juste avant qu'il ne monte sur scène, Cody et Dustin font leur entrée. Je leur adresse un signe de la main.

Le premier me sourit.

— Salut.

Dustin m'embrasse la joue, et Bryce accourt vers eux pour entraîner son ami texan vers l'estrade.

— Tu vas bien ? demandé-je à Cody, songeant à notre dernière conversation.

Il hoche la tête tristement.

— Oui, j'ai fait ce qu'il fallait faire.

Jayde n'est plus dans Madness.

— Je vais chanter avec eux, ça fait longtemps qu'on n'a pas fait ça, juste pour le fun.

— La scène est à toi, dis-je en lui faisant un clin d'œil.

Et c'est alors que *Baby One More Time* explose dans les enceintes avec une voix bien plus grave que d'habitude, mais ça n'en demeure pas moins appréciable. Chacun des garçons joue de son instrument attitré. Bryce chante à tue-tête en secouant ses cheveux sombres. Le public n'est pas dans une tranche d'âge jeune, il n'y a que les amis de

Lenny et de bonnes connaissances. De ce côté-là, Madness ne risque pas d'être reconnu. Les hommes présents apprécient le spectacle, et Lenny se lâche au milieu du bar en mimant la chorégraphie de Britney.

Cody a un large sourire en se défoulant à la guitare, tandis que Dustin bouge la tête en suivant le rythme de ses baguettes. Bryce s'égosille comme un fou et laisse parfois ses doigts gratter la basse. J'imagine bien que la division du groupe a dû être difficile pour tous les trois, mais ce soir ils oublient cette pression oppressante.

Je suis heureuse qu'ils s'amusent, l'espace de trois minutes.

Avec cette chanson, difficile de garder les lèvres scellées, James se penche au-dessus du bar pour me murmurer quelque chose au creux de l'oreille, seulement plus aucun son ne me parvient, mon corps se fige. Mes yeux sont rivés sur l'entrée, bloqués sur la silhouette d'une personne que je ne suis jamais prête à revoir.

Mon rêve brisé.

Un sentiment inconnu me ronge jusqu'à la moelle et hélas je ne feins guère l'indifférence.

Je peux ne rien laisser transparaître, mais la présence de Jayde Black arrivera toujours à me bouleverser.

15. When I was your man

Jayde

Bruno Mars – When I Was Your Man

Je me casse la gueule.

Cet illustre inconnu qui la touche, qui lui murmure des mots que je ne lui ai sûrement jamais murmurés de ma vie. Il la regarde comme si elle était à lui, comme si elle lui appartenait.

La convoiter est un supplice. J'éprouve ce chagrin qui comprime ma poitrine au point de me laisser un bleu sur le cœur.

Mais je refuse de renoncer. Même pas en rêve, sale enfoiré !

Puis-je dire un jour que j'ai été à elle ? Elle me rirait au nez après les secrets que j'ai camouflés alors qu'elle m'a ouvert la totalité de son être.

Seulement… je sais que ce n'est pas fini.

Putain, ce n'est pas fini !

L'éclair qui transperce son regard lorsque nos yeux se croisent accélère mon rythme cardiaque, quelque chose en moi se déclenche. J'ai envie de l'embrasser et la revendiquer devant ce motard d'opérette.

Rien n'existe autour de moi, rien n'a d'importance. Sauf elle.

Iris semble bouleversée par ma présence inopinée.

Au même moment, la chanson de Britney Spears prend fin. Je détourne le regard d'elle pour observer les gars qui descendent de la scène un par un. Ils me remarquent, mais je fais comme si de rien n'était.

Je m'avance vers le centre du bar, vers le piano, et je sens tous les yeux sur moi. J'enfonce davantage mon bonnet et remonte la capuche de ma veste, je ne crains pas qu'on me reconnaisse, il n'y a que des vieux ici, de l'âge de mon père.

Je m'assois sur le tabouret et me concentre uniquement sur l'instrument devant moi, mais j'observe une dernière fois celle qui me fait frôler la démence sentimentale.

Une succession d'émotions miroite dans ses prunelles azur et trahit l'indifférence qu'elle affiche en me regardant. Si je le pouvais, je balancerais tout ce qu'il y a sur ce bar et l'embrasserais à m'en couper la respiration, mais si je fais ça je finirai avec un bras en moins, la connaissant.

Ce serait pourtant le meilleur moyen d'attirer son attention ?

Pourquoi tu t'accroches, Jayde ?

Ces mots me transpercent la poitrine. Je m'accroche parce que c'est toi, je ne peux pas donner plus d'explications que ça.

J'inspire profondément avant de faire une chose que je n'aurais jamais crue. Mes doigts se posent sur le clavier et entament le rythme de cette chanson qui fait écho en moi depuis quelque temps. Un écho violent qui me secoue comme un tonnerre. Cela fait bien longtemps que des paroles d'un artiste ne m'ont pas autant touché. Ce n'est que quand on le vit qu'on est en immersion avec la musique.

Should have given you all my hours

(J'aurais dû te consacrer toutes mes heures)

When I had the chance

(Quand j'en avais l'opportunité)

Take you to every party 'cause all you wanted to do was dance

(T'emmener à toutes les fêtes parce que tout ce que tu voulais faire était danser)

Now my baby's dancing

(Maintenant mon bébé danse)

But she's dancing with another man[1]

(Mais elle danse avec un autre homme)

Est-ce une bonne idée de me révéler ainsi devant autant de gens ? Si quelqu'un me reconnaît ce soir, ce sera tout bonnement à cause de ma voix rocailleuse. Je ne la regarde pas, mais je sais qu'elle m'observe. Mon cœur n'a jamais battu aussi vite et je sens les gouttelettes de sueur coulant le long de mes tempes.

1 Extrait de *When I Was Your Man*, chanson écrite par Andrew Wyatt, Ari Levine, Peter Gene Hernandez et Philip Martin II Lawrence.

Une violente anxiété m'oppresse, mais je continue, c'est tellement bizarre de jouer en acoustique devant autant de personnes et de déballer mes regrets les plus sincères pour elle…

Que pense-t-elle quand je lui chante la mélodie des sentiments qu'elle a fait naître en moi ?

Un vif mouvement attire mon attention, je redresse la tête et repère l'endroit où elle était, mais elle est partie. Une porte se claque. Je sais que c'est elle. Je sais qu'elle se cache dans le vestiaire.

Iris ne me voit peut-être plus, mais j'ai la certitude qu'elle m'écoute toujours.

I hope he holds your hand
(J'espère qu'il te tient la main)
Give you all his hours
(Qu'il te consacre toutes ses heures)
When he has the chance
(Quand il en a l'opportunité)
Take you to every party
(Qu'il t'emmène à toutes les fêtes)
'Cause I remember how much you loved to dance
(Parce que je me souviens à quel point tu aimes danser
Do all the things I should have done
(Qu'il fait toutes les choses que j'aurais dû faire)
When I was your man
(Quand j'étais ton homme)

Bruno Mars aura été mon mentor de ces derniers jours. J'ai encore beaucoup à apprendre et ce soir j'ai compris qu'ouvrir son cœur n'était pas forcément une mauvaise chose. C'est devenu une étiquette de garder tout pour soi, comme si ça rendait unique, alors que je trouve que c'est tellement mieux d'assumer ce qu'on ressent, de le crier haut et fort et peu importe les conséquences.

J'ai toujours extériorisé ce qu'il y avait de vicieux en moi, au point que j'ai ruiné des réputations par pur ego et vengeance. C'est rare que je m'expose d'une façon aussi… saine et mélancolique sans le privilège des ténèbres.

Peut-être qu'un jour je parviendrai à m'exposer *réellement*. Donner une raison à toute cette haine et la laisser s'évaporer quand je serai en osmose avec le reste.

Le public applaudit, mais je n'arrive pas à accepter les félicitations. Si je suis honnête, elles m'importent peu. Je n'avais pas besoin de reconnaissance. Iris est toujours dans le vestiaire, toujours loin de moi… et si je ne peux pas l'approcher de près ce soir, mes yeux s'arrêtent sur cet homme qui lui tourne autour.

Il me fixe en fronçant les sourcils, et je l'observe d'un regard noir par pure jalousie. J'écarte l'idée qu'il ait pu la toucher pour ne pas lui sauter dessus et lui foutre mon poing sur la gueule. J'empirerais la situation en agissant de la sorte et rien n'irait par la suite entre elle et moi.

Le gérant, Lenny, esquisse un sourire en me voyant et acquiesce, comme s'il comprenait mes intentions. Je me dirige vers la sortie et ignore mon groupe d'amis, ces derniers sont comme sonnés par ce que je viens de faire et, même si on ne se parle plus, je sens la curiosité évidente dans leurs yeux.

Si les roses finissent par fleurir, Iris aura la même issue.

Ma rose noire s'est peut-être fanée, mais je lui rendrai chacun de ses pétales.

Iris

L'amour ne m'aura jamais autant intoxiquée que durant ces trois petites minutes. L'amour m'empoisonne comme de l'opium et, si avant cette drogue avait un goût délicieux, son souvenir amer me rattrape méchamment.

Mes larmes se déversent, sans se tarir. Le trou béant dans ma poitrine s'agrandit et aspire la peine qui coule dans mon sang.

Je l'aime autant que je le déteste.

Je le déteste autant que je l'aime.

Il n'aurait jamais dû venir. Il n'aurait jamais dû chanter ce morceau. Il n'aurait jamais dû me faire éprouver ce que je ressens maintenant.

J'ai honte de ce sentiment qui m'habite. Ce sentiment d'être spéciale pour lui, parce que j'ai conscience du mal qu'il a à chanter de cette façon en public. En acoustique, sans la violence des percussions ni guitare électrique. J'ai presque l'impression que le sol se dérobe sous mes pieds. Mon corps se laisse glisser contre la porte jusqu'à ce que je me retrouve assise par terre. Mes mains recouvrent mon visage inondé de larmes et mes sanglots s'amenuisent.

J'ai de plus en plus de difficultés à me contenir, la tourmente revient à l'assaut dès qu'une de mes barrières se fendille.

Je me hais d'être aussi faible, d'être aussi réceptive à lui après tout ce qui est arrivé. Pourquoi j'ai autant de mal à oublier ? À chaque fois que j'ai voulu tourner la page dans ma vie, il me suffisait juste d'avancer et de laisser le passé derrière. Cette fois-ci… j'avance, mais la caboche pleine à craquer de ces souvenirs. Je m'évertue si fort à cacher mes propres émotions que je ne sais même plus ce que je ressens. C'est comme si un voile d'ignorance recouvrait mon jugement.

Si Jayde fait ça, c'est pour une bonne raison, et il me l'a bien fait comprendre. Même s'il a fait une erreur, je ne peux réprimer cette passion qu'il fait éclore en moi.

Une alchimie incandescente brûle entre nous et subsiste comme les flammes de l'enfer.

L'enfer… c'est exactement ça. L'enfer amoureux, l'enfer sentimental. Rien ne va quand il s'agit d'amour, ça fait si mal… et pourtant ce n'est que quand on souffre qu'on sait qu'il est bien réel.

Je sors de ma cachette pour me remettre à mon service. À peine je franchis la porte que je tombe sur James, les traits tirés dans une mine presque maussade. Doucement, il me prend à part dans le vestiaire, loin des regards curieux. Ma peau me démange, je me frotte le bras nerveusement, son attitude m'a étonnée et j'ai une pointe d'appréhension.

— C'est lui ?

— Comment ça ?

Je l'observe et fronce les sourcils, ne m'attendant pas à ce qu'il me sorte un truc pareil.

— L'obstacle qui t'empêche de te lâcher avec moi.

Je ne réponds pas.

— Pour être honnête, j'espérais que notre relation évoluerait malgré tes réticences… je viens de comprendre pourquoi ça n'arrivera pas, souffle-t-il, mécontent.

Je m'en doutais. Qu'a-t-il bien pu me trouver ? Je suis cabossée dans tous les sens du terme.

— Je ne peux pas rivaliser avec un souvenir.

Cette situation me pèse lourdement.

Un profond soupir m'échappe et je baisse la tête, honteuse du soulagement qui m'inonde le ventre. Mon front rencontre son torse et je sens ses bras s'enrouler autour de mes épaules.

— Je suis nulle, avoué-je tristement contre lui.

— Non, tu n'es pas nulle, dit-il, amusé. On dira qu'on a passé du bon temps ensemble, c'est tout.

— Je ne veux plus de lui, confié-je sans changer de position.

— Tu cherches à convaincre qui ?

Aïe.

Je ne peux pas briser mes règles pour Jayde Black. Hors de question.

— T'es quelqu'un de bien, James.

Je lui lance un regard empli de remords, puis sors de la pièce, prête à reprendre mes commandes là où elles se sont arrêtées.

J'évite d'observer les garçons, même si je sens d'ici leur empressement à venir s'adresser à moi. Mais ils se contentent de boire un dernier verre avant de partir.

Tout le long de la soirée, une seule voix berce mes oreilles comme une hallucination auditive, celle de Jayde Black me murmurant ce qu'il aurait pu me faire quand il était encore à moi.

16. Rose fanée

Iris

Ludovico Einaudi – Experience

— Je suis content que tu sois là, dit Darren en soupirant de soulagement.

Me voir semble lui faire du bien. Il s'est comme coupé du monde pour vivre cette idylle avec Mikey (comme il aime l'appeler). Si Amber considère cette relation comme toxique, moi je ne sais pas quoi en penser. Elle se fonde sur un jugement personnel. Certes, sa troupe de bikers s'en est prise à moi, mais les mettre dans le même sac de connards ne serait pas juste.

Je suis tiraillée, le fait que Darren se soit autant éloigné de moi me pince douloureusement le cœur, surtout qu'il revient vers moi dès qu'il se dispute avec son petit ami. Tous les couples ont des hauts et des bas, mais s'ils atteignent un certain degré mon avis sur cette situation changera.

Son teint chocolaté, lumineux d'habitude, est terne aujourd'hui, ses yeux sont dénués d'éclat. La tristesse transperce son visage.

— Tu m'as appelée, j'ai rappliqué, réponds-je en m'asseyant sur le canapé.

Darren a longtemps vécu chez ses parents mais, depuis presque un mois, il s'est installé dans un studio près du centre-ville, après leur avoir annoncé qu'il comptait déménager à New York à la fin de l'année, que le retour des écoles pour lesquelles il a postulé soit favorable ou non. L'endroit où il vit est un peu plus petit que mon chez-moi, mais avec une décoration de meilleur goût. Le salon est dans les tons marron avec des lumières tamisées. Un canapé simple se trouve à côté d'une table basse ronde. Quelques pots sont dans les coins des murs blancs lambrissés avec des compositions florales.

Des tensions se sont installées au sein de sa famille, ainsi, il a décidé d'habiter seul pour limiter les conflits provoqués par ses choix de vie.

— Amber ne me parle plus.

À moi non plus.

— Tu n'as pas une idée du pourquoi ? demandé-je, embarrassée.

— Non… je… Mikey pense…

— Darren, le coupé-je brusquement. Toi, qu'est-ce que tu penses ?

— J'ai fait quelque chose de mal ? réplique-t-il timidement en baissant le visage.

Mes yeux se fixent sur son bras nu, et je remarque une ecchymose conséquente sur sa peau. J'agrippe sa main et tire dessus pour inspecter les dégâts.

— Qu'est-ce que c'est, ça ?

Il me repousse et se met debout, le plus loin possible de moi.

— Je suis tombé ! Pas la peine de t'affoler.

— Comment tu es tombé ?

Je fronce les sourcils.

— Des escaliers.

— Pourquoi j'ai l'impression que tu me mens ? Vous vous êtes encore disputés, c'est ça ? Et ça a mal tourné ?

— Qu'est-ce que tu insinues ?

— Que peut-être il se comporte très mal avec toi, soufflé-je, furieuse.

— Je suis tombé, voilà tout, une chute bête dans les escaliers, ça arrive, non ?

— Darren…

— Quoi ?

— C'est Mikey qui t'a fait ça ?

— Tu te rends compte de ce que tu dis ! s'indigne-t-il.

— Mikey n'est pas issu d'un milieu de saints, OK ? J'en ai déjà vu des hommes comme lui, d'où je viens.

— Je me moque de ce que tu dis, rétorque-t-il, agacé, en s'écartant de moi. Tu ne connais rien de notre histoire.

— Elle n'est rythmée que par des disputes, ta putain d'histoire ! m'écrié-je en levant les bras.

— Je n'aurais pas dû t'appeler.

— Pourquoi tu m'as appelée, alors ?

— Je voulais juste voir mon amie.

Il fronce les sourcils tandis que je pousse un long soupir.

— Tu es sûr ? Parce que j'ai l'impression que tu ne m'appelles que quand toi tu en as besoin !

— Être ami ne veut pas forcément dire se parler tout le temps, t'en as conscience ? rétorque-t-il rudement.

— Peut-être bien, mais ça va dans les deux sens.

— Tu me fais les mêmes réflexions qu'Amber ! Vous êtes contre mon couple depuis le début, m'accuse-t-il en grinçant des dents, le doigt pointé vers moi.

— Tu es aveuglé par tes sentiments, tu as toujours eu un manque de jugement en ce qui concerne les autres et tu le sais très bien.

— C'est bon, Iris… laisse-moi, souffle-t-il en détournant son visage, l'air furibond.

Mes épaules se relâchent, je vais capituler devant son entêtement.

— Darren, je m'inquiète pour toi, c'est tout, et ton comportement est très révélateur sur la nature de la relation que tu partages avec lui… Qu'est-ce qui s'est passé, bon sang ?

Je commence à m'imaginer que Darren s'est mis en tête de rejoindre le clan de Mikey et qu'on lui a fait subir un bizutage, surtout avec les quelques bleus que j'ai remarqués sur sa peau. Ce sont des traditions fréquentes et je crains qu'il ne soit entraîné dans ce gouffre sans pitié.

— Quand je t'ai appelée, c'était pour discuter, mais visiblement tu es pleine de reproches, me réprimande-t-il.

Ses yeux me fusillent avec rancœur.

— C'est dans ton intérêt que je te dis ça, lui réponds-je, vexée.

— Alors, pour mon intérêt, je te demande de partir de chez moi, déclare Darren, l'air dur, en s'écartant de moi.

C'est ce que je fais, je m'en vais, laissant derrière moi celui que je considère comme mon petit frère et qui rejette la main que je lui tends. Ce n'est pas quelqu'un de méchant qui blesse les autres, pour en arriver là… c'est qu'il va vraiment mal.

Je regrette de n'avoir pas pris de pincettes, mais j'estime lui avoir parlé calmement. Sa fâcheuse tendance à se faire berner par les autres m'exaspère. Il fait confiance trop rapidement, il en a conscience en plus, c'est le premier à l'affirmer, et là le voilà complètement aveuglé.

C'est malheureux, mais dans ce monde parfois nous ne pouvons nous en prendre qu'à nous-mêmes quand nous accordons notre confiance à quelqu'un et qu'il nous utilise comme un jouet.

Le reste de ma journée, je l'ai passé à l'école, là aussi Amber continue à m'éviter. Pour être honnête, si je n'étais pas autant irritée en ce moment, j'aurais fait un pas vers elle, mais je la trouve un peu trop susceptible. Sa réaction me paraît exagérée, je voulais simplement qu'elle arrête de ressasser le même sujet, surtout si on n'a pas suffisamment d'éléments. Je lui ai dit le fond de ma pensée, et je croyais qu'en amitié on pouvait se le permettre, mais visiblement j'aurais dû réfléchir avant de parler la dernière fois.

Je ne suis pas très douée en amitié, je n'ai jamais eu à en entretenir et là, depuis que je suis ici, ça m'est tombé dessus. Des personnes m'ont choisie comme amie sans se soucier de qui j'étais réellement, moi je les ai considérés comme tels parce qu'ils m'ont montré leur loyauté.

L'amitié est aussi complexe que l'amour mais, contrairement aux sentiments amoureux, elle ne donne pas d'ailes. Depuis mon accident, la présence de mes amis a pansé mes plaies partiellement. Amber, Darren… comment les choses ont-elles pu changer si vite ? Nos blessures ont fini par nous rapprocher et là est apparu un fossé entre nous trois. J'ose espérer que cette discorde se dissipera.

J'insère la clé de chez moi dans la serrure, et entre dans mon appartement, toujours aussi bien rangé – notez l'ironie –, mes feuilles pourraient faire office de tapisserie tant elles recouvrent mon parquet.

Depuis mon entrevue avec M. Cooper, je suis en pleine quête d'intention musicale. J'ai revu tous mes écrits, depuis le début, même ceux des autres groupes pour qui j'ai travaillé, alors que leurs morceaux ne représentent pas la moitié de ce que je suis.

Cooper m'a demandé de me remettre en question, j'effleure presque la crise identitaire musicale. Je fais plein d'essais différents parce que rien n'est assez bien à mes yeux.

Ce syndrome que je couve ne me dit rien qui vaille. Cette éternelle insatisfaction va me labourer le cerveau, je risque de ne pas en sortir indemne.

Ce soir, je dois encore travailler, ce concours est mon but. Je veux la perfection. La perfection des accords, du son, des notes et de ma musique, je veux qu'elle soit en osmose avec moi.

La plupart des auteurs laissent dans leur production une infime partie d'eux-mêmes mais, quand ils ont déjà tout exploité, comment faire ? Se répéter serait une erreur sans doute, parfois j'ai l'impression d'avoir fait le tour et en même temps il y a des sentiments que je n'arrive pas à remuer pour mon art.

Ma mémoire ravive mes douleurs secrètes et fait saigner mes cicatrices comme une lame de rasoir.

Jayde est ma plus grande souffrance et c'est un trou béant qui se forme au niveau de mon cœur. Je refuse de me confronter à cette épreuve…

J'inspire profondément et allume la lampe à l'entrée, je retire mes Dr. Martens et jette mon sac au sol.

Quelque chose est mis en évidence sur ma table basse. En l'apercevant, j'ai l'impression de recevoir un coup de poing dans le plexus solaire. Je me décompose sur place. J'approche et chaque pas sème une parcelle de mon âme derrière moi.

Une rose noire.

Une rose noire éternelle sous une cloche en verre, posée sur un réceptacle argenté.

Si mon cœur était aussi insensible qu'il semble l'être aux yeux du monde, j'aurais plus de facilité à m'en remettre. Il est entré chez moi par effraction !

Comment pourrais-je douter de l'auteur de ce magnifique cadeau ? Une petite carte qui trône à côté accapare toute mon attention.

Une rose pour une rose

Mais toi, tu seras toujours ma rose noire éternelle.

J. Black.

Ces mots me font défaillir. Ces mots me détruisent. Je n'ai pas le droit d'éprouver ce que je ressens, après tout ce qui s'est passé. Je n'ai pas le droit d'oublier et de jeter l'éponge sur ce qui m'est arrivé. Sa démarche me fend le cœur, mais je refuse de me laisser berner par ce que je souhaite entendre. Ce serait trop facile sinon.

Quand on perd mon estime, c'est définitif.

Je gribouille sur mon carnet des mots qui ont peu de sens quand on les relie entre eux. Le Dream Club est bien vide, aujourd'hui, donc j'en profite. Accoudée au comptoir du bar, le stylo coincé entre mes doigts, je noircis les pages. Je ressens ce besoin de noter mes idées. Cette intention musicale me prend déjà aux tripes alors que je ne l'ai pas déterminée.

Je n'ai pas trouvé ce que je cherche.

Cette quête est pénible, mais je la considère comme une obsession pour tenir la distance. Mon obsession, c'est ce morceau inachevé et même pas commencé.

Toutes mes histoires sont incomplètes, il leur manque toujours quelque chose pour me combler.

Je veux m'accomplir, m'épanouir totalement. Notre passion avec Jayde était un maelstrom de sentiments taciturnes. On écrivait, mais on ne parlait que peu et c'était dans ce paisible silence qu'on se comprenait.

Aurai-je un jour une telle connexion avec un autre homme ?

Avec James, rien de sérieux ne s'est passé, je lui ai donné mon corps, mais dans mon esprit quelque chose clochait, j'avais l'impression de le trahir *lui*… mais aussi de me trahir moi.

L'amour m'intoxique méchamment. L'amour est un poison. Et c'est là que la plus folle des idées me vient.

Mon intention musicale c'est… la douleur de l'amour, son revers noir que nous oublions tant nous sublimons son côté salvateur. L'amour est un poison pour certains, comme une drogue. Même s'il nous fait mal, nous en redemandons. Ça fait souffrir, pourtant c'est un rappel constant que notre cœur existe. Le mien est peut-être brisé, mais ses morceaux battent encore, la douleur stimule, le bonheur réconforte et l'amour est une explosion.

Ma musique explose, mon art jaillit de mon être. Si l'amour m'a blessée, j'en ferai ma poésie indélébile.

Dès mon retour chez moi, j'écrirai les premières notes de ma symphonie, je veux un entrain mélancolique sur le début, qui pourrait donner des frissons au public, quelque chose de tragique et de sensationnel à la fois.

Une déchirure à la poitrine, des sanglots étouffés et des larmes derrière un masque de courage.

L'amour guérit comme il anéantit, et dans les deux cas il marque les cœurs battants des humains.

Heureuse d'avoir avancé sur mon projet, je sens quelqu'un s'approcher. Je me redresse pour m'adresser au client et me décompose instantanément.

Un homme porte un bonnet de lierre faisant office de cache-misère. La vieillesse se discerne sur ses traits, ses cheveux grisonnent. Il a des yeux bleu acrylique, froids, aussi glacés que l'Antarctique… aussi marquants que dans mes souvenirs…

— Papa…

Pourquoi j'ai dit ça ? C'est mon père, et non mon papa. Il ne l'a jamais été. L'effet de surprise me liquéfie, je ne réagis même plus face à cette ignoble réalité :

Il m'a retrouvée.

— Alors c'est ici que tu te caches, dit-il en balayant du regard les alentours.

Son corps a changé… il est moins svelte qu'avant, un peu grassouillet sur les bords, avec son ventre moulé dans sa chemise grise. Difficile de dissimuler mon malaise. Mes mains tremblent et je les enfonce dans les poches de mon pantalon, mais c'est une grossière erreur quand on est face à Joe Conner. Je suis en train de baisser ma garde, mais rien ne serait pire que de lui montrer cette crainte qui me saisit.

Quant à lui, il est comme à son habitude. Il affiche une attitude impavide, pas une once d'émotion, alors qu'il retrouve sa fille après plus de trois ans.

— Qu'est-ce que tu me veux ? demandé-je pour tenter de lui tenir tête.

La couardise transperce ma voix, et je déteste ça, car ce n'est pas moi. Je pensais que l'impression de surprise s'estomperait, mais en vain, elle est si forte que j'ai du mal à respirer. Ses yeux me glacent le sang et ma bouche est comme dépourvue de paroles.

— Tu t'es enfuie…

Son accent du Sud me fait tressaillir.

— Tu sais… je t'ai cherchée pendant longtemps, ma fille, peu de pères apprécieraient que leur progéniture quitte le nid ainsi.

Endurer sa présence est un supplice cruel, et je ne peux m'y soustraire. S'il est là, c'est pour une raison bien précise.

— Je ne reviendrai pas à Memphis.

Ma voix tremble.

— Si, Santana, j'ai besoin que tu reviennes, affirme-t-il avec une expression sérieuse que je ne lui connais pas.

Je fronce les sourcils, cela ressemble plus à une requête qu'à un ordre, mais il est hors de question que je le suive.

— Certainement pas.

Il s'accoude au comptoir.

— Tu n'as pas le choix.

— Donne-moi une bonne raison de te suivre ? Ah, c'est vrai, il n'y en a aucune, articulé-je en abattant les mains sur la surface du bar.

Joe Conner n'est pas comme d'habitude. Cette attitude sonne faux et une alarme se déclenche dans mon esprit, me hurlant de m'écarter de lui.

— La raison est simple. Tout a un prix dans la vie, je t'ai laissée partir. J'aurais très bien pu te ramener de force et maintenant tu dois payer pour ta liberté, tu rentres avec moi.

Sidérée par ses propos, je le fixe en battant des paupières. Mon pouls s'accélère et mon sang bourdonne dans mes tempes. Je suis à deux doigts d'entrer dans une frénésie. Je suis incapable d'exprimer ce que je ressens.

— Sinon quoi ? m'exclamé-je en serrant la mâchoire.

— Crois-moi, Santana, tu n'aimerais pas le savoir.

Ses mots sont ponctués par une toux gutturale, il se cache la bouche à l'aide de son poing et des larmes perlent à ses yeux. Son état ne m'interpelle pas, Joe Conner est un amoureux du tabac, il a toujours eu cette réaction après avoir fumé son cigare de la journée. J'ai beau ne pas être proche de lui, je le connais comme ma poche. Je détecte ses vices comme un radar, la manipulation ne marche plus avec moi. Les plus vils prédateurs agissent dans l'ombre pour mieux vous surprendre, c'est comme le mode de fonctionnement de mon père.

— Tu me menaces sur mon lieu de travail ? Va-t'en, sinon j'appelle les flics pour virer ton immonde carcasse.

Il me fixe sans rien dire. Son regard autrefois dur n'exprime aucune émotion. Je réprime ce malaise à l'intérieur de moi et laisse ma colère se diffuser dans mes membres. Je me revois enrouler mon corps comme un serpent autour de cette barre de pole dance, il m'avait forcée à me mettre à nu devant des hommes alors que je n'avais que dix-sept ans, cet enfer m'a semblé durer une éternité. Je m'asphyxiais dans cette vie. Si j'avais refusé, mon frère et moi aurions été jetés à la rue, sans défense, sans rien.

Joe Conner est connu pour être redoutable, je refuse de céder aux craintes du passé pour le laisser à nouveau me malmener.

— Je ne te dois rien, Joe, et je n'ai pas non plus à t'écouter…

— Retiens bien la leçon, ma fille, si toi tu as renié ton vrai nom, moi je l'ai encore, et je suis bien placé pour savoir qu'un Conner tient toujours sa parole.

17. Donnant-donnant 2.0

Jayde

SYML – Where's My Love

— Jayde qui chante une *ballade*, je n'arrive toujours pas à te croire ! s'exclame Tate, les yeux écarquillés.

— J'avais l'impression d'être tout nu, répliqué-je en couvrant mon visage de mes paumes.

— C'est pire qu'être nu te connaissant, s'esclaffe-t-il en jetant la tête en arrière avec un rire sonore.

— Oh ! la ferme !

— Bah quoi ? Toutes les filles de Boston t'ont vu nu et elle aussi d'ailleurs, se moque-t-il en me frottant les cheveux avec sa main.

— Agh, arrête, maugréé-je en m'écartant de son étreinte.

— Et tu lui as vraiment offert une rose éternelle comme dans *La Belle et la Bête* ?

J'acquiesce timidement. Je n'aurais jamais dû le lui raconter ! J'imagine déjà ses plaisanteries agaçantes. À vouloir façonner notre lien fraternel, je me suis laissé aller à la confidence avec lui.

Étonnamment, il ne se moque plus et une lueur de fierté illumine son regard noir, il m'observe comme si j'étais quelqu'un d'important pour lui. Sa main se pose sur mon crâne.

— Tu es exceptionnel, dit-il avant qu'un sourire s'étire sur ses lèvres.

Cet élan d'affection de sa part m'est presque inconnu. L'époque où Tate était comme ça remonte à si longtemps. Les bribes du passé me reviennent. Je me rappelle quand Tate était sain, prêt à tout pour moi, croyant en moi en toute circonstance, sans aucune once de sournoiserie.

Tout ça, avant le départ de notre mère.

— Je suis désolé pour tout ce que je t'ai fait, j'aimerais vraiment t'aider et arranger toute ta situation…

Et à chaque fois il s'excuse. Ce n'est jamais le même discours, il souhaite expier toutes ses erreurs bien qu'il ne puisse les faire oublier et les réparer. Tate souhaite devenir meilleur, comment lui en vouloir pour ses intentions ?

— Tu n'as pas à toujours t'excuser, dis-je, embarrassé.

— Peut-être… mais je sais que tu ne m'as pas pardonné.

C'est vrai. Je ne peux pas lui pardonner, pas aussi facilement, j'ai besoin de preuves, de voir que son état ne se détériore pas, qu'il est bien stable dans la durée.

— Je suis là, non ? répliqué-je dans le but de le rassurer.

— J'ai toujours été un obstacle pour toi. J'aurais aimé être celui qui t'aiderait à être meilleur, comme un modèle que tu souhaiterais surpasser. Mais j'ai été celui qui t'a enfoncé dans les ténèbres.

— Je suis doué aussi pour être mon propre obstacle, avoué-je en haussant les épaules.

Il ôte sa paume de mon crâne, puis met les mains dans les poches de son pantalon. Il porte toujours mon écharpe, elle est enroulée autour de son cou, j'ai l'impression qu'il ne la retire plus depuis que je la lui ai donnée.

— Merci de m'accorder de ton temps, fait-il, l'air triste.

— Toi aussi, tu peux raconter ce qui se passe ici, tu sais ?

— J'ai pas grand-chose à te raconter, mis à part que j'enchaîne les lectures et que je vois mon psy deux fois par semaine.

— Même si tout va bien, tu n'as pas le droit de sortir d'ici avant plusieurs mois.

— Je ne demande pas à sortir, c'est comme une punition, être ici, mais c'est aussi une rédemption, alors j'attends patiemment. Un jour, je serai prêt parce que, là tout de suite, je ne peux pas affronter le monde extérieur. Je n'arrive même plus à affronter mes propres illusions.

— Les illusions ne combleront jamais le vide de ton cœur et ta rédemption ce n'est pas cet endroit. Elle est en toi, tu n'as qu'à trouver la bonne clé pour la déverrouiller.

— Tu penses vraiment que je peux m'en sortir ? souffle-t-il, la voix hésitante, en fuyant mon regard.

— Oui, quand je te vois, j'ai de l'espoir.

Il redresse la tête et, de perplexité, fronce les sourcils.

— Tu as de l'espoir pour moi ?

— Oui, plus que tu ne le crois.

— Merci… Jayde.

— Tes trois premiers mois ici sont écoulés, papa va débarquer pour te rendre visite.

— Il m'appelle de temps en temps, mais nous n'avons pas eu de vraies discussions sur mon cas…

— Il doit sûrement attendre le face-à-face.

— Peut-être… ou bien il me voit comme une cause perdue.

— Il consulte un psy, déclaré-je en soupirant.

— Quoi ? Pourquoi ?

— Pour décharger son poids émotionnel sans doute.

— Nous sommes des cas désespérés, ricane Tate en se frottant la nuque.

— Ouais… visiblement.

OK. Être romantique ce n'est pas mon truc, mais ce qui est encore moins mon truc c'est de poireauter devant Berklee pour une unique raison : lui parler.

J'ai décidé de me confronter à elle sans savoir exactement ce que je dois lui dire ni quoi faire. Peut-être qu'elle me jettera un coup de pied dans les couilles dès qu'elle me verra avant de m'adresser un doigt d'honneur pour me remettre à ma place.

Elle sort du grand portail, un air furibond sur le visage. Quelqu'un a dû la contrarier, ce qui annonce que ça va très mal se passer pour moi. Mais je ne me décourage pas, je suis Jayde Black après tout. La ténacité, ça me connaît.

Je me mets en travers de son chemin. Au début visiblement en colère, elle se déride à mesure qu'elle m'analyse. Je tâche de ne pas lui montrer ma tristesse.

— Iris…

Sa poitrine remonte au fil de la profonde inspiration qu'elle prend, elle fronce les sourcils d'agacement en fermant les yeux une seconde avant de me contourner pour poursuivre sa marche.

Dans ta gueule, Singer Killer !

Décidé malgré son manque de considération, j'agrippe furtivement sa main, laissant une décharge électrique traverser mon corps, et je l'entraîne dans un interstice entre deux grands bâtiments en briques rouges.

— Lâche-moi, enfoiré ! s'écrie-t-elle en tentant de s'extirper de mon emprise.

— C'est cool d'avoir enfin de l'attention de ta part, réponds-je en la poussant devant moi pour qu'elle ne s'enfuie pas.

— Je n'ai pas envie de te parler et tu le sais très bien, j'ai été claire toutes ces fois, non ?

— Peut-être bien, mais t'as bien vu que j'étais sourd et que je n'entends rien d'une oreille. Question compréhension, je ne suis pas le plus fort.

— Tu te crois drôle ? souffle-t-elle.

— Oui, par contre, toi, t'es une sacrée marrante à faire semblant ! m'exclamé-je en haussant les épaules.

— Faire semblant ? répète-t-elle en contractant la mâchoire.

— Je te connais, tu sais ? dis-je, ennuyé.

— Quel est le rapport ?

— Tu as les bras croisés, ton pouce et ton index pincent discrètement ta peau, tu fais ça quand tu es en stress ou… en mauvaise posture ? Je penche plus pour la seconde option.

Mon air condescendant l'exaspère, mais à voir son agitation j'ai marqué un point.

— Je… c'est faux, je ne me pince pas, ajoute-t-elle en s'empressant d'arrêter.

— Vide ton sac au lieu de te retenir comme une bombe à retardement.

Mon pied tape sur l'asphalte, témoin de mon impatience. Iris doit deviner que je ne partirai pas tant qu'elle n'aura pas parlé. Elle connaît ma ténacité.

La vipère pousse un profond soupir. Ses épaules tressaillent et elle agite mollement son visage de droite à gauche, avant de me faire plonger dans ses opales bleues.

— Très bien. Tu es un menteur, doublé d'un homme qui est incapable de prendre ses responsabilités. Je te faisais confiance et j'ai terminé à l'hôpital, le corps brisé, débite-t-elle calmement avec une touche d'humour noir dans la voix.

OK… fallait s'y attendre.

— Et le cœur brisé aussi, finit-elle en me dévisageant avec une émotion indéchiffrable.

— Je t'assure que si je pouvais revenir en arrière je le ferais, j'empêcherais tout ce qui t'est arrivé mais, Iris, je ne peux pas malheureusement. Je n'ai pas une machine pour remonter le temps, mais ne *nous* fais pas ça. Nous sommes un duo, cette alchimie existera aussi longtemps que nos chansons seront entendues, l'imploré-je presque.

Le chagrin transperce alors son regard et tous les pores de son visage. Une tristesse que je ne pourrai pas atténuer, j'en ai l'impression, suinte d'elle.

— Jayde, tu dois accepter ma décision, chuchote-t-elle en baissant la tête. Ne rends pas les choses aussi compliquées. J'ai toujours fonctionné de la sorte.

— Je sais que tu es catégorique dans tes choix, mais tu m'avais dit que je ne serais jamais un choix, soufflé-je en ressentant une profonde frustration qui noue mon estomac.

— Ton attitude est déplacée, tu ne peux pas revenir dans ma vie et faire comme si de rien n'était, me chanter une chanson et pénétrer chez moi pour m'offrir une rose noire… tu n'as pas le droit de faire ça, m'accuse-t-elle en s'énervant, les poings serrés.

— Pourquoi ? éructé-je en sentant la colère pointer.

— Parce que c'est fini, qu'est-ce que tu ne comprends pas, putain ? s'emporte-t-elle en me frappant le torse pour me pousser loin d'elle.

Je coince ses poignets et fulmine intérieurement face à son entêtement.

— J'ai des sentiments pour toi, espèce de vipère sournoise, craché-je en lui lançant un regard noir.

Ses paupières papillonnent et je la sens presque défaillir. Je me consume de l'intérieur après mon aveu, mais ma frustration ne s'amenuise pas, encore moins cette rage au fond de moi. Si ça ne tenait qu'à moi, je la plaquerais contre ce mur et réglerais cette situation à la Jayde Black.

— Pourquoi… pourquoi tu fais ça ? réplique-t-elle en se détachant de mon emprise. POURQUOI ?

Elle hurle et je détecte qu'elle essaie de ne pas fondre en larmes devant moi.

— Tu as tourné la page ? demandé-je en arborant un air plus calme.

— J'ai brûlé le livre, affirme-t-elle durement en me dévisageant.

— T'en commences un nouveau avec ce type ?

Juste l'invoquer me tape sur le système. Ma jalousie monte d'un cran.

— Ça ne te regarde pas, rétorque-t-elle en fronçant les sourcils.

— Tu as couché avec lui ?

Agh. Je suis en train de m'enfoncer moi-même un pieu dans le cœur.

— Si c'était le cas, tu voudrais encore de moi ? me provoque-t-elle en croisant les bras contre sa poitrine avec un air de défi.

— Quoi ?

— Si je te dis qu'on a baisé lui et moi, pleiiiiin de fois, et que c'était le pied, tu voudrais encore de moi ?

Je vois clair dans son jeu machiavélique.

— Ça ne changerait rien pour moi, déclaré-je en ne montrant rien.

Ça ne me ferait rien qu'elle couche avec un ou dix mecs, je connais la finalité des choses. Je la connais, elle.

— Parce que tu penses que je n'ai rien fait avec lui, c'est pour ça, marmonne-t-elle, agacée.

— Tu peux te taper tout Boston, ça ne changerait rien pour moi. Tu ne pourras pas faire pire que moi, c'est moi la traînée de Boston, ricané-je en me pointant du doigt. Mais réponds à ma question…

— Oui, j'ai couché avec et c'était génial, me coupe-t-elle en me fusillant du regard. Alors retire les arrière-pensées qui te trottent dans la tête.

Les arrière-pensées, d'après elle, touchent à sa capacité à jouir et prendre du plaisir.

— Je n'allais rien demander en ce qui concerne ta difficulté à… tu sais, lâché-je avec un sourire sardonique.

Elle se tait et me fixe, comme tracassée, tandis que j'approche d'elle comme un prédateur, lentement, en traînant les pieds.

— Quand tu as fermé les paupières pour jouir, à qui tu pensais ?

Ses yeux s'arrondissent comme des billes, ses lèvres s'entrouvrent de surprise et je traque la vérité au fond de son regard aigue-marine.

— Tu ne réponds pas ? dis-je d'un air faussement désolé.

Une mince distance nous sépare. Bouleversée, elle ne dit rien, tremblante, et cela me fait doucement sourire.

— À moins que ta langue de vipère ne sache plus quoi dire.

Je ricane et laisse mes doigts glacés courir de sa joue jusqu'à son menton avant de le redresser vers moi.

Il me suffirait de pencher la tête pour l'embrasser, mais ses yeux de biche apeurée sont encore plus attrayants que ses lèvres charnues. La réponse est dans son regard. L'immonde réalité qui lui fait mal, mais qui me fait un bien fou.

— C'est bien ce que je pensais, soufflé-je contre sa bouche pulpeuse.

Elle frémit, à ma merci, totalement déstabilisée, et cela ne m'a jamais autant excité d'avoir l'ascendant sur elle de cette façon.

— Toi et moi, ça va encore arriver, ma vipère. Tu le sais et je le sais, mais je te laisse dans tes illusions avant que je ne vienne les briser.

Dans sa douleur, je trouve mon propre soulagement. Je l'obsède, exactement comme elle m'obsède. Je suis sa démence, comme elle est la mienne.

— Tu as peut-être brûlé le premier tome, ma rose noire, mais je suis en train d'écrire le second volet, chuchoté-je en effleurant ses lèvres dans une caresse incandescente.

Je la délivre de mon emprise et m'écarte en lui tournant le dos pour partir. Je m'arrête et la regarde par-dessus mon épaule. Elle est toujours dans la même position, toujours aussi bouleversée, les yeux perdus dans le vide, et je me prononce une dernière fois :

— Cette fois, c'est moi qui donne.

18. Intention émotionnelle

Iris

Bruno Mars – Talking to the Moon

Je le déteste du plus profond de mon âme.

Pourtant, quand j'y réfléchis, je finis par comprendre que ma volonté de l'oublier est une quête vouée à l'échec. Peu importe la nature de mes sentiments pour lui, ils sont bien là, que ce soit une rancœur aigrie ou un feu de folie, ils coulent dans mon sang et m'empoisonnent le cœur continuellement.

L'indifférence, voilà ce que je dois éprouver si je veux l'oublier. Mais comment l'ignorer alors qu'il apparaît sur des affiches partout dans les rues, ou qu'on l'entend à la radio, ou que les étudiants de mon école reprennent ses titres les plus connus ? Mais surtout comment l'oublier dans mon monde à moi, où il me chante une ballade, m'offre une rose éternelle et débarque pour partager avec moi le fond de sa pensée ?

Il a vu clair en moi, en un battement de cils, il m'a cernée, comme si le temps de notre séparation ne s'était jamais écoulé.

Il a su que, quand je fermais les yeux, c'était lui qui me hantait. Que, quand James me touchait, c'était lui que j'imaginais. Jayde a laissé sa marque sur mon corps, mon cœur et mon âme.

Et je me déteste d'être si vulnérable.

J'ai peur de moi, de ce que je ressens, parce que je ne le contrôle pas. Perdre cette maîtrise est un supplice.

J'ai toujours cru qu'en étant intrépide je démolirais tous les obstacles qui se dresseraient devant moi.

Un cri déchire ma gorge et je tombe à genoux au milieu de mon appartement.

Ce qui me rend faible, ce sont aussi les mots de mon père. Je suis sous pression.

Joe Conner.

Je sais qu'il n'en restera pas là et reviendra me voir pour essayer de me contraindre à le suivre. Ses raisons sont purement égoïstes et ne servent qu'à renforcer sa domination. L'image de mon père s'est dissipée au fil des ans, jusqu'au jour où j'ai compris qu'il n'a jamais tenu son rôle envers moi. Nous avons un lien du sang insignifiant.

Chris ne l'appréciait pas plus que ça, il faisait comme s'il n'existait pas. J'aurais souhaité que mon petit frère grandisse dans un milieu où l'amour aurait pu remplir jusqu'à ras bord son âme. Il méritait le meilleur et j'ose espérer qu'il a quitté ce monde en sachant que je l'aimais plus que tout, qu'il était ma lumière dans cet univers sombre et cruel.

Mon ange, tu me manques tellement.

Je ferme les yeux et son visage aux traits doux se matérialise devant moi. Nous vivons dans un monde où les innocents poussent leur dernier souffle et où leurs criminels rôdent encore dans les parages comme des prédateurs. La justice est un concept dérisoire, elle est censée instaurer la paix, pourtant le sang se répand sans arrêt pour la faire régner.

Si beau, si tendre, si vrai, Chris avait tout pour lui, il était parfait même dans ses imperfections, il brillait comme les étoiles d'Orion. Son sacrifice n'aura pas été vain à mes yeux, je me bats pour nous deux en existant ici, mais j'aurais tué pour que nos rôles soient inversés.

J'épie tout ce qui m'entoure à l'extérieur, je fais attention à qui marche devant et derrière moi. Joe aime surprendre, c'est comme ça qu'il fonctionne. Dans cette jungle, je suis sa proie et hélas, comme toute proie, je frôle presque la paranoïa. J'ignore ce qu'il prépare. Il peut envoyer ses hommes pour me kidnapper, je ne me laisserai pas faire. Et s'il réussissait je m'enfuirais à nouveau. Je suis loin d'être une brebis ou encore une biche affolée. Mais il y a un détail sur lui que je n'ai pas oublié. Il prétend tenir toujours parole, seulement, il n'est pas si résilient que ça. Sa parole ne vaut absolument rien.

Je suis comme le serpent au milieu de ma poitrine, j'enserre mes victimes jusqu'à l'asphyxie.

Le Dream Club ne va pas tarder à ouvrir ce soir. Amber n'est pas revenue ici, elle m'évite deux fois plus. Sa susceptibilité m'agace. J'ai tenté de faire le premier pas, mais ça n'a pas marché, et c'est la même chose pour Darren, il m'ignore. Ou plutôt il me nargue en se postant sur le trottoir en face du bar avec son copain le motard. Je suis sur des charbons ardents. Je me sens impuissante face à sa naïveté. Il fait comme si de rien n'était. Être sous la coupe d'une personne est un châtiment dont la victime ne se rend souvent jamais compte. Je ne sais plus quoi faire. Mikey fait du mal à Darren, je ne peux pas le laisser faire… mais comment le protéger ?

Iris, reste concentrée sur ton art.

Si les liens ne sont pas éternels, l'art l'est. Et c'est mon unique consolation dans ce monde rude.

J'ai pris l'habitude de répéter mes essais musicaux pour le concours au Dream Club, voilà pourquoi on le ferme avant mon service, pour que je puisse avoir cet instant de répit pour façonner ma musique. Lenny est là pour m'encourager, c'est amplement suffisant pour moi.

— C'est différent de la dernière fois, non ? lâche-t-il en passant devant moi.

— Oui, ce n'est pas le même morceau, expliqué-je en gribouillant sur mon carnet pour modifier certaines notes.

— Tu as trouvé ton intention musicale ? demande-t-il en s'accoudant au piano.

— Peut-être bien, mais elle est aussi frêle qu'une feuille. Si je m'appuie trop dessus, elle va se briser.

Il me fixe en plissant ses yeux noirs comme s'il voulait lire en moi.

— Est-ce que tu tiens le coup ? me dit-il, inquiet.

— Quoi ?

— J'ai l'impression que tu ne t'accordes aucun répit.

— Je n'ai pas le droit de flancher, soufflé-je en regardant les touches du piano.

— Tu es humaine.

— Je… je suis fatiguée, marmonné-je, le cœur sur le point d'exploser.

Il pousse un soupir.

— Oui, je sais. Tu n'es plus comme je t'ai connue.

— J'ai changé ?

— Non, tu n'as pas changé, tu es juste triste.

Je lui souris.

— La tristesse, c'est un rite de passage.

— Peut-être, mais tu me sembles dépassée par plein de choses, et si tu me disais ce qui te tracasse.

— Ça prendrait trop de temps. En plus, on doit ouvrir.

— Tu as raison.

Pensant avoir échappé à une conversation sérieuse, je souffle de soulagement, seulement Lenny se dresse pour fermer les volets et mettre sa veste.

— Alors, tu viens ?

— Où ça ? dis-je, interloquée.

— On va faire un tour toi et moi.

— Et le boulot ?

Il me sourit en ouvrant la porte pour que je passe devant lui.

— Je pense qu'à l'heure actuelle tu as plus besoin d'un ami que de pourboires.

Le vent me mord les lèvres, et je resserre ma veste sur mon buste pour me protéger du froid. Lenny et moi marchons le long de la rue jusqu'à nous arrêter devant un café ouvert en ce début de soirée. Il me prend un chocolat chaud, et on s'installe sur un banc à l'extérieur. J'inspire profondément et lui confesse ce que j'endure émotionnellement à cause de mes relations amicales.

Vider mon sac à ce sujet fait bouillir mon sang, au point que le froid ne m'atteint plus. Je ne me rendais pas compte à quel point ça m'énervait jusqu'à présent.

— De toute façon, c'est leur problème, maugréé-je dans mon écharpe. Je m'en fous !

— Non, tu ne t'en fous pas.

Lenny me souffle ces mots avec un sourire dansant. Je fronce les sourcils, hébétée par ce qu'il affirme.

— Qu'est-ce que tu veux que je fasse ? Je leur dis la vérité en face, ils se braquent.

— Le fait que ça t'énerve montre que ça te tient à cœur. Tu sais, Iris, chaque histoire a deux versions. La tienne et la leur, si tu perçois les choses ainsi, eux les voient différemment. Pour se comprendre, il faut communiquer.

— Mais, Lenny, j'ai fait un pas vers eux, je ne vais pas leur courir après tout de même !

— Tu as été plus mature, surtout que tu n'es pas habituée à entretenir des relations, se moque-t-il.

— Bah, j'en entretiens une avec toi, qui est intacte depuis le premier jour.

— Ce n'est pas pareil, ma fleur. Je te vois comme la fille que je n'ai jamais eue.

Mes lèvres s'étirent en un sourire, ses mots me touchent.

— Mais pour ce qui est d'Amber et Darren laisse le temps faire son œuvre. C'est vrai que c'est facile à dire, mais le temps est le remède qui apporte la réflexion et la patience.

— Je ne te croyais pas aussi sage.

— Et dire que tu travailles pour moi depuis deux ans et ce n'est que maintenant que tu le remarques.

— Tu seras toujours ma star qui se déhanche sur du Elvis Presley, le taquiné-je en me redressant.

— Mon déhanché avait beaucoup de succès lors de ma jeunesse, ma petite, se défend-il.

— Je n'en doute pas !

— Tu ne m'as pas tout dit. Du nouveau avec ce James ?

— J'ai préféré qu'on arrête là, soufflé-je en réprimant le chagrin qui m'envahit.

— Tu sembles triste en disant ça, décrète-t-il en arquant un sourcil, perplexe.

Je ne parviens pas à répondre, l'étau dans ma gorge se resserre.

— Tu penses encore à Jayde, n'est-ce pas ?

— Je m'en veux suffisamment de penser à lui, mais parler de lui n'arrangerait en aucun cas les choses, déclaré-je sans masquer l'irritation dans ma voix.

— Je ne t'ai jamais donné mon point de vue sur ce qui s'est passé, mais je ne le ferai que si tu en as envie.

— Je t'écoute, rétorqué-je, remplie d'appréhension.

— Tu ne trouveras jamais de lumière sans ombre, et c'est exactement comme ça qu'on trouve l'amour. Le véritable amour ne te tombe jamais dessus quand tu es au meilleur de toi, il te trouve quand tu es dans les bas-fonds pour t'élever vers le haut. J'en veux à Jayde de ne pas t'avoir préservée comme il fallait, mais peut-être que, s'il t'a dissimulé que son frère était malade, c'est parce qu'il ne pouvait pas faire autrement, je n'aurais jamais pensé ça si je ne l'apercevais tous les jours au Dream Club pour te voir.

Chaque soir, il vient. Caché dans sa voiture, il attend un signe pour m'approcher, il espère que je lui dirai ce qu'il aimerait entendre.

— Il est temps que tu te confrontes à ce que tu ressens, Iris. Tu n'as jamais été habituée à entretenir des relations, c'est tout nouveau pour toi et je sais que tu serais prête à les lâcher juste parce que dans le fond c'est difficile. Mais je ne te laisserai pas faire ça, tu vas le regretter plus tard. Ce n'est que quand on perd les choses qu'on réalise leur valeur à nos yeux. Et crois-moi, ce qui fait le plus mal, ce ne sont pas les déceptions, les rancœurs du passé ou encore les cœurs brisés, mais plutôt le regret de n'avoir pas permis à ces choses de nous submerger.

— Souffrir fait partie du lot aussi, chuchoté-je en resserrant les poings.

— Personne n'est à l'abri de la souffrance. C'est un cycle, l'amour engendre la haine, la peine pour ensuite arriver à l'indifférence.

— L'indifférence, c'est un peu comme la guérison, non ?

— Sans doute, mais tant que tes sentiments existent, c'est qu'il est de ton devoir de t'écouter et de les percer.

— Je ne peux pas lui pardonner. J'ai joué à l'indifférente, mais je ne suis pas crédible, je le sais.

— Personne ne te dit de le faire. Ce que je te déconseille par contre, c'est de te braquer. On vit dans une génération pleine de contradictions, il y a ceux qui pensent que cacher ce qu'on ressent nous rend « cool » et « mystérieux », alors que non. À mes yeux, être un homme un vrai, c'est assumer le fond de nos sentiments, c'est une preuve de courage, et on l'oublie souvent. C'est pour ça que Jayde a mon admiration et j'aimerais que tu en fasses autant. Pour en arriver à un tel degré et connaissant le personnage, il a dû descendre bien bas, mais il l'a fait. Pour toi. Mais surtout pour lui.

— Comment peux-tu discerner tout ça à travers les gens ?

— Il me rappelle celui que j'étais.

— J'ai l'habitude de parler de ce que je ressens seulement en chanson.

— Peut-être que, si tu as du mal à être satisfaite de tes compositions, c'est parce que tu t'es cachée beaucoup trop longtemps derrière, et désormais il ne faut plus que tu les voies comme un exutoire, mais comme une délivrance.

— Je crois que c'est la première fois de ma vie que je réalise autant de choses en l'espace d'une soirée.

— Tout ira bien, Iris. Ta résilience m'épatera toujours, mais ne te dissimule jamais derrière ta force. Accepter ce que tu ressens, au détriment de tes valeurs, c'est une forme de courage.

En revenant au Dream Club, Lenny et moi avons apporté des pizzas pour les déguster au chaud, à l'intérieur du bar.

— Le Dream Club dans le silence, c'est tellement bizarre ! dis-je en prenant deux bouteilles de bière pour nous.

Il sourit en s'asseyant sur une chaise arrimée au comptoir.

— C'est vrai et c'est plutôt agréable.

— Lenny, merci pour ce soir, ça fait bien longtemps que je n'ai pas éprouvé cet apaisement, admets-je en ouvrant le carton de pizza.

Je me sens bien plus légère.

— Je suis heureux de l'entendre. Maintenant, mange, et quand tu rentreras chez toi tu as intérêt à rattraper tes heures de sommeil, m'avertit-il sur le ton de la plaisanterie.

— Oui, chef !

Lenny me raconte des anecdotes croustillantes sur sa jeunesse pour me changer les idées. Peu à peu, je lâche prise, et ne plus éprouver cette pression oppressante est un soulagement. Nous nous mangeons quelques parts et discutons tranquillement. Tout ça me procure un bien fou, Lenny m'écoute et le poids qui me courbait l'échine s'allège au fil de mes respirations.

Mais…

Il y a toujours un *mais.*

Un coup de fil retentit.

Darren est à l'hôpital.

19. Ombre et lumière

Jayde

Boy Epic – Scars

L'encre de mes maux entache le papier. Cela fait bien longtemps que je n'ai pas couché sur une feuille vierge mes péchés émotionnels.

J'ai l'impression que de la Super Glue recolle les morceaux délabrés de mon être. Dès que je gribouille avec mon crayon, c'est comme une piqûre de rappel de tout ce que j'ai laissé en réserve pour pouvoir l'écrire plus tard.

J'écris très mal, c'est sûrement bourré de fautes, mais à ce moment-là j'oublie ce complexe du passé et me concentre sur ce que je ressens maintenant.

En proie aux doutes quant à mes initiatives envers Iris, je réfléchis à quelle approche adopter pour qu'elle m'accorde enfin son attention.

Je perce l'abcès qui a cumulé mes secrets. Je triture mon cœur et la colère l'enrobe dans la noirceur. Je me rappelle ce qu'elle m'a dit, qu'elle a succombé à la luxure avec cet enfoiré. C'est la jalousie qui engendre la rage chez moi. La jalousie à cause de ce que je n'ai pas. *Elle.* Je ne l'ai pas, elle.

C'était une gifle verbale. Elle ne m'a pas rougi la joue, mais elle a obscurci mes envies. Iris a testé ses limites, ses sens, pour voir si sans moi elle pouvait plonger dans l'inéluctable orgasme.

Eh oui, elle y est arrivée.

En songeant à moi.

J'écris sur cette solitude, cette jalousie, ce mépris que j'ai. Peu à peu, mes ténèbres s'éclaircissent, pour un bref instant. Je repense à Tate et aux progrès qu'il fait, à cette saine confiance en lui qu'il retrouve petit à petit. Avant il ne voulait faire aucun effort, car pour lui c'était un jeu perdu d'avance, il croyait qu'il échouerait au final. Mais il a rapidement compris que revenir sur ses efforts en s'excusant de ne pas avoir réussi, c'est comme leur faire une affreuse insulte.

Un mince lien se tisse entre nous, après les nombreuses déchirures de ces derniers mois. L'emprise psychologique qu'il avait sur moi s'est dissipée. Je ne souhaite pas crier victoire trop vite, mais je me sens léger. Léger et libre.

Tate est conscient, Tate devient vivant et Tate redevient celui d'avant.

Jayde se délivre, Jayde respire et Jayde revit.

J'ai toujours proclamé être un raté et pour la première fois j'ai l'impression d'avoir accompli quelque chose de bien. En tendant la main à Tate pour l'aider, au final c'est moi que j'ai aidé, le plus. Je ne veux pas songer au revers de la médaille, je veux seulement savourer pleinement cette satisfaction.

On se voit, on discute, comme deux frères normaux. Et je n'ai plus cette sensation d'avoir le cœur au bord des lèvres. Jamais je n'aurais imaginé qu'affronter mon frère aurait un effet salvateur.

Cette paix… j'en rêve. Et nous sommes sur le chemin pour la conquérir. J'ai appris que, peu importe le carnage sur ma route, je dois poursuivre mon périple et avancer.

Il est 22 heures et j'ai fini ma chanson. Incroyable.

Cette fierté fait gonfler ma poitrine puis je pousse un long soupir de soulagement. *J'ai réussi.*

Lost souls deserve peace[1].

— Yeah ! J'ai réussi ! m'écrié-je debout sur mon lit.

Les poings levés à la Rocky, je crie une seconde fois, exprimant ma satisfaction. Je saute et m'étale sur le matelas. Personne n'habite au même étage que moi. De toute façon, je suis propriétaire de la plupart des appartements de ce bâtiment. D'ailleurs, c'est ici que j'avais hébergé Tate avec Mme Sharpe, l'infirmière qui s'occupait de lui.

Mon téléphone vibre, et je sais que ce n'est pas les réseaux sociaux,

1. « Les âmes perdues méritent la paix. »

j'ai désactivé toutes les notifications depuis que j'ai annoncé le nom de l'album. Les fans s'interrogent : la Iris en question existe-t-elle vraiment ? Où est-ce une ruse purement marketing ? En plus de ça, certains blogs évoquent le fait que je ne fais plus partie du groupe, mais cela ne m'atteint pas.

Je ne lis même plus les tweets ni les posts Instagram où je suis tagué. Par contre, ce que j'aime bien voir, c'est la trend sur TikTok que les fans ont créée avec la chanson *Bipolar*. Une personne se filme et reste immobile puis ses peurs apparaissent, écrites en noir avec un effet de flash. C'est surprenant la vitesse fulgurante à laquelle elle s'est propagée à l'international. Tout le monde attend ce second album de pied ferme et veut savoir quand il sortira, étant donné les récents événements.

Agh ! Je ne devrais même pas me soucier de ce second album. Ils m'ont exclu, peu importe les raisons. Je dois me contenter d'avancer et continuer d'écrire pour moi.

C'est Cody qui m'appelle.

Choqué, je ne réponds pas tout de suite. *Et puis merde !* Je décroche en dissimulant le trouble dans ma voix.

— Qu'est-ce qu'il y a ? dis-je directement.

— Viens à l'hôpital. Le meilleur ami d'Iris est dans le coma.

Iris

Je tremble.

De froid, d'angoisse, de peur.

Darren est à l'hôpital, il s'est fait agresser sauvagement par… je ne sais pas, je crains d'être honnête avec moi-même et de glacer mon sang davantage.

La mère de Darren est dans les bras de son mari, en larmes ; ce dernier la serre fort. Amber est contre le mur, les yeux inondés de tristesse. Bryce à ses côtés lui caresse l'épaule pour la soutenir. Quant à moi, je suis assise sur le sol, la tête contre le mur, à réfléchir. Je me retiens comme je peux. Si mes émotions s'échappent, je risque d'éclater de façon incontrôlée.

Amber est celle qui a prévenu Bryce, et il est venu accompagné de Cody et Dustin. Ces derniers sont à la cafétéria avec Lenny, pour rapporter des boissons chaudes pour tout le monde.

Pardonne-moi, Darren. Je savais que quelque chose ne tournait pas rond, j'aurais dû agir.

Cette cruauté m'afflige. Comment peut-on faire souffrir un innocent de la sorte ? Une énergie pernicieuse me tord le ventre, je suis percutée par un vent de haine. S'il s'avère que c'est ce que je pense, je vais sombrer dans la démence. Je voyais en Darren le petit frère que je n'avais plus, et encore une fois j'échoue à le sauver.

Je prie intérieurement pour que tout s'arrange, que tout s'éclaircisse, mais les ténèbres chassent comme des charognards les lueurs d'espoir. Elles attendent que la peine nous engloutisse pour venir ronger le reste jusqu'à la moelle, jusqu'à ce qu'il n'y ait plus rien.

Le trou béant dans ma poitrine s'agrandit et les larmes coulent sur mes joues.

Pour la première fois, j'ai peur du noir dans lequel mes paupières me plongent. Je suis harassée, fatiguée de me battre pour ensuite être rattrapée par les démons du passé.

J'ai beau ne rien voir, je sens une présence à mes côtés. Une odeur masculine familière me saisit. Un instant, j'imagine que c'est lui.

Je détourne le visage en affrontant la lumière blanche de la lampe puis croise ces abysses oculaires qui m'ont longtemps absorbée dans leur démence.

Jayde est dans la même position que moi, tout près de moi et de mon âme esseulée. Je pleure tellement que les larmes s'amoncellent et je vois mon reflet dans sa pupille, je suis pitoyable.

Désespérément pitoyable.

Et j'ai besoin de…

Lui.

Ma tête se niche au creux de son cou, je libère les sanglots retenus dans l'étau de ma gorge depuis que je suis ici. Son corps est chaud. Et sa chaleur s'infiltre dans les pores de ma peau. Le silence est d'or entre nous, ni lui ni moi n'ouvrons la bouche. Sa présence suffit à me soutenir plus que ses mots.

Contre lui, j'éprouve une forme de paix, mais je crains qu'avec notre proximité il ne discerne les battements effrénés de mon cœur et ne devine qu'il me trouble, encore, comme toujours.

Cette faiblesse est-elle un prétexte pour que je baisse les armes ? Ou est-ce quelque chose que je souhaite vraiment ?

Je ne sais plus.

Je me leurre constamment. J'avance à reculons.

Cody, Dustin et Lenny reviennent, et aucun des trois ne semble surpris de trouver Jayde ici, près de moi. Je ferme les yeux et pousse un long soupir. Ce dernier ne pipe pas un mot, ne bouge pas d'un iota.

Le médecin rapplique et les parents de Darren se lèvent aussitôt. Sa mère, Carla, a le regard souligné de cernes et son liner a coulé sur ses joues, tout comme son mascara, ce qui marque davantage ses rides. Je ne l'avais vue qu'en photo, et je trouvais qu'elle semblait être une femme forte prête à tout pour réussir selon la description de Darren. Malgré son maquillage défraîchi, elle n'en demeure pas moins impressionnante avec ses longs cheveux noirs retenus en un chignon défait et ses yeux sombres perçants. Son père, Clark, paraît plus accessible et ne jette pas un froid sur les personnes qu'il observe. Physiquement, c'est le portrait craché de Darren, avec des cheveux bouclés indomptables et un regard ambré doux.

— Darren est sorti du coma, il va relativement bien, mais il s'en sort avec beaucoup d'hématomes sur le corps et quelques côtes fêlées.

— Est-ce qu'on peut le voir ? demande Clark, toujours inquiet.

— Oui, mais seule la famille peut lui rendre visite, explique le médecin en contemplant tous ceux qu'il présume ne pas partager un lien de sang avec la victime.

— Peut-on revenir demain ? questionne Amber en séchant ses larmes.

— Oui, bien sûr.

L'air envahit mes poumons, je passe les mains sur mon visage, mes cheveux derrière ma nuque.

— Je suis soulagé, me dit Lenny, ravi, que Darren aille mieux.

— Que lui est-il arrivé ? s'exclame Bryce en m'observant.

— La police est venue tout à l'heure, mais j'ignore qui l'a agressé, lui répond Cody.

— Tu penses comme moi ? me lance Amber, le regard plein de sous-entendus.

— Mikey n'est pas là, murmuré-je.

— J'avais raison de me méfier de lui ! Ce connard !

À peine commence-t-elle à s'emporter que j'attrape ses bras au vol pour la calmer.

— Peu importe que tu aies raison ou non, tu ne vas pas recevoir une médaille pour ça, notre ami a vécu un enfer, ce n'est pas la peine de tergiverser sur le pourquoi du comment pour l'instant, l'avertis-je sèchement.

Mes réactions sont toujours rudes face à de telles épreuves. Le moment est sûrement mal choisi pour sermonner Amber, mais pour une fois elle coopère silencieusement à ce que je dis.

— L'essentiel, c'est qu'il soit tiré d'affaire, intervient Dustin entre nous en sentant le conflit croître dans le couloir.

Je m'écarte d'eux, et ce n'est que maintenant que je remarque où se trouve Jayde. Loin de nous, beaucoup trop loin. Des mètres et des mètres le séparent de ses amis. Il est dans son coin, muet comme une carpe, les évitant comme la peste. La tension entre les membres du groupe Madness est tangible, je la ressens presque au regard froid que jette Jayde sur ses amis. La rancœur aussi est palpable.

— Je vais rentrer chez moi, déclaré-je.

— Tu veux que je te dépose ? me propose Lenny.

— Non, raccompagne plutôt Amber chez elle, fais-je en m'éloignant.

— Iris, attends, m'interpelle Bryce.

Je suis excédée et lassée. Je préfère éviter le contact, afin de ne pas cracher mon venin sur quelqu'un qui ne le mérite pas, surtout si ce venin m'a moi-même pour réelle proie.

— Pas ce soir, Bryce, s'il te plaît.

Je passe devant Jayde, sans lui jeter un regard, et m'en vais de cet enfer. Je marche dans la nuit, l'hiver glacé me mord la peau et des frissons désagréables me parcourent.

— J'ai dit que je voulais être seule, clamé-je, sachant pertinemment qu'il est derrière moi.

— Je veux éviter que tu commettes un meurtre si quelqu'un te cogne par mégarde.

— Rentre chez toi.

— Je te signale que pour rentrer chez moi je passe aussi par là.

Honteuse, je remonte mon écharpe vers la moitié de mon visage.

— Je ne comprendrai jamais ceux qui sont véhiculés et sortent à pied pour se déplacer ! m'exclamé-je.

— Hmm, tu crains que je ne chope un rhume ?

— Finalement, à pied, y a plus de chances que tu finisses sous les roues d'un bus.

Son rire sonore parvient jusqu'à mes oreilles, il est toujours derrière moi et je ne me suis toujours pas retournée pour l'observer.

— Jayde, tu perds ton temps, dis-je brusquement en m'arrêtant.

— Je n'ai rien à faire de toute façon, répond-il en me dépassant d'un pas désinvolte.

— Tu es toujours comme ça ?

— Seulement les jours qui finissent avec *i*.

Je me rends compte que presque tous les jours de la semaine finissent avec un *i*. Je le regarde creuser cette distance entre nous. Il s'arrête à son tour, réalisant que je n'avance plus.

— Quelque chose ne va pas, je l'ai vu dans ton attitude, déclare-t-il en me jetant un coup d'œil curieux par-dessus son épaule.

— Quoi ?

— T'es un porc-épic, reprend-il.

— Je te demande pardon ?

— T'es en mode contre-attaque, aussi épineuse que les porcs-épics quand ils se sentent en danger. T'as quelque chose à cacher, non ?

— Non ! Et arrête de me comparer à des animaux, bon sang !

— Hmm, ne t'en fais pas, je préfère de loin te surnommer la vipère.

Je passe devant lui et le frappe à l'épaule. Je vois rouge. Ses yeux m'analysent comme un robot, il m'a cernée depuis bien longtemps et je lui en veux de lire en moi si facilement, je lui en veux de ne rien laisser transparaître à travers la lueur terne de son regard. J'ai l'impression qu'il n'y a que moi qui suis submergée par mes sentiments tandis que lui garde la face.

Je m'en veux de lui permettre de m'atteindre aussi aisément, de l'attention que je lui donne en répondant à ses sarcasmes.

— Pourquoi tu ne dis pas ce que tu ressens ? s'exclame-t-il derrière moi.

Je me retourne vers lui, l'air interloqué.

— Jouer à la reine des neiges ne te servira à rien, et t'es trop vieille pour ça. Alors autant que tu m'expliques ce que tu as sur le cœur avant d'imploser dans ton appartement, le nid à microbes.

J'hallucine. Non seulement il m'insulte, mais il remet en question mon hygiène. Chaque mot de sa part a été ponctué d'un pas en plus, il est devant moi et la seule chose que je trouve à faire c'est : le frapper.

Un coup sur ses abdos. Un poing sur son torse. Je m'apprête à le gifler, mais il attrape mon poignet au vol et le serre, assez pour m'immobiliser.

— T'es en colère contre moi, ou contre le monde ?

— Je te déteste ! dis-je en grinçant des dents.

Il me plaque contre le mur derrière et m'emprisonne de son corps et toute l'aura qui s'en dégage.

— Je connais tous tes coups d'avance, Iris, pas la peine de me la faire, ricane-t-il sournoisement. Je pulvérise toutes tes barrières, j'entre dans ton tas de merde quand je veux.

— Tu n'as pas le droit de faire ça, de profiter de cette situation et de jouer avec ce que je ressens, le réprimandé-je.

— Défends-toi autant que tu le souhaites, j'ai peut-être bafoué notre pacte mais, quand tu détournais les yeux, moi je continuais de te regarder. Je tiens à toi déclare-t-il sérieusement d'une voix douce.

Je retiens ma respiration et fuis son regard.

— Je t'en supplie… laisse-moi, ce soir, l'imploré-je, la tête baissée.

Son corps se crispe. Lentement, il me lâche devant ma capitulation. Je m'échappe de son emprise et avance sur le trottoir, je ne sens plus sa présence derrière moi, beaucoup trop préoccupée par ce qui me trotte dans l'esprit.

Je marche jusqu'à ce qu'une silhouette apparaisse. J'écarquille les yeux, et déglutis difficilement. Ma soirée ne pouvait pas être pire.

— Qu'est-ce que tu fais ici ? dis-je à mon père.

Il porte une veste en cuir, les mains enfoncées dans les poches. La chair de poule remonte le long de mes bras alors que son regard bleu me jauge de haut en bas. La dureté de ses traits est accentuée par les reflets du réverbère.

— Je n'ai toujours rien à te dire, déclaré-je en reniflant.

Le froid flirte avec mon corps, je suis glacée et mon état d'esprit ne fait qu'amenuiser mes forces.

— Il faut que tu m'écoutes, et jusqu'au bout cette fois-ci, déclare-t-il avec sérieux. Laisse-moi t'expliquer la situation, et il est très possible que tu changes d'avis sur le fait de rentrer ou pas avec moi à Memphis.

Ses propos me laissent perplexe, je fronce les sourcils et lui accorde un laps de temps.

— Je suis malade, Iris. Je n'ai probablement plus beaucoup de temps devant moi, et je veux le passer avec toi. Tu es ma fille, ma seule famille.

Ses révélations me prennent de court. Je le fixe un instant et repense au nombre de fois où il m'a manipulée et où il s'est servi de moi par le passé. Pour je ne sais quelle raison, il tient à m'avoir à ses côtés, et il est même prêt à jouer la carte de la maladie en phase terminale pour que je cède… Je suis épuisée, pour autant il est hors de question que je me laisse faire. Remettre les pieds à Memphis avec lui signerait ma perte. Il me gardera sous sa coupe et je vois déjà les néons fadasses du club de strip où je bossais pour lui.

— Je ne t'accompagnerai jamais, déclaré-je en empêchant mes larmes de couler. Même si tu étais réellement en train de crever, je ne viendrais pas. Tu mens, tu ne sais faire que ça et j'en ai ma claque. Je ne retournerai pas à Memphis avec toi, c'est compris ?

Une myriade d'émotions se succèdent dans ses yeux gris. Mes mots le chargent comme un bulldozer.

Il n'a pas l'opportunité de répondre qu'un corps s'interpose devant moi. Jayde est comme un bouclier qui me protège de mon père.

— Qu'est-ce que vous lui voulez ? dit-il calmement en serrant les poings.

Mes doigts s'accrochent péniblement à l'ourlet de la veste du rocker. Mon malaise grandit, plein de mauvais souvenirs resurgissent et l'image de la petite fille que j'étais apparaît dans mon esprit. Elle voulait un père comme figure masculine mais… tout ce qu'elle a eu, c'est quelqu'un qui lui a fait mordre la poussière. Des coups, des réprimandes et des manipulations sempiternelles.

— J'ai le droit de m'entretenir avec ma fille, non ? lance mon père d'un ton provocateur.

— Après tout ce que vous lui avez fait ? Vous osez vous montrer ici ?

Jamais personne n'a pris ma défense devant mon paternel, avec autant de hargne, autant de ferveur. Je resserre mon emprise sur le tissu et mes larmes coulent silencieusement sur mes joues. Ma tristesse est si grande que je pourrais sombrer dedans.

— Je suis là pour lui dire qu'elle doit rentrer avec moi à Memphis ! s'exclame-t-il. Mais, si je ne peux pas la convaincre, alors je laisse tomber, je pense que j'ai mieux à faire du temps qu'il me reste que de négocier avec une vraie tête de mule.

Quoi ? Qu'est-ce que ça signifie ?

— Pourquoi tu abandonnes aussi facilement ? dis-je subitement, la voix tremblante, toujours derrière Jayde, en reposant la tête contre son dos.

Je ne vois plus ce qui se passe devant moi, mes yeux sont fermés et j'inspire comme je peux l'odeur de Jayde pour me tenir éveillée dans cette spirale que je ne parviens plus à enrayer.

— J'ai changé d'avis.

Cela me paraît impensable. Il n'est pas comme ça. Ma méfiance monte d'un cran.

— Ce qui est arrivé à mon ami, tu y es pour quelque chose ?

— Non.

Je redresse la tête, sors de ma cachette sans lâcher la veste de Jayde et fais face à mon père.

Aucune émotion. Aucune expression.

J'étais tenaillée par la peur que mon père soit le responsable de l'accident de Darren, qu'il ait cherché à se venger de mon refus de lui parler.

— Je n'ai rien fait, répète-t-il calmement pour me convaincre. Si je voulais m'en prendre à quelqu'un, on ne retrouverait pas le corps, dit-il avec un rictus sinistre.

— Tu peux m'envoyer tes hommes, tenter de me kidnapper, je trouverai une solution, je finirai par m'échapper à nouveau, tu ne me forceras plus jamais à rien, décrété-je, furieuse, en fronçant les sourcils.

Je sens le regard de Jayde sur moi, mais je l'évite, le simple contact de mes doigts attachés à son vêtement me permet de ne pas m'écrouler comme une file de dominos.

Mon père esquisse un sourire étrange.

— Oui, je sais.

— Allez-vous-en, l'interpelle Jayde en tenant subitement ma main. Elle n'a pas besoin de votre présence dans sa vie. Et si vous osez l'approcher vous aurez affaire à moi, le vieux.

Je retiens mon souffle et jette un coup d'œil à Jayde. Ses traits sont tirés par une frénésie peu refoulée, faire face à celui qui a causé ma déchéance autrefois le touche autant que moi.

Mon père jauge Jayde avec dédain avant d'agiter la main mollement devant son visage comme pour dire qu'il renonce.

— Tu me fais penser à moi, Santana, ajoute-t-il en reculant de deux pas. Je suppose que c'est la dernière fois que nous nous voyons.

— Tu lâches l'affaire ? Aussi facilement ? l'interrogé-je.

J'ai du mal à l'imaginer. Qu'est-ce qui lui prend ?

— Les temps ont changé, dit-il simplement en me contemplant avec une émotion indéchiffrable dans le regard.

Je m'approche, me demandant s'il y a finalement un fond de vérité dans ce qu'il m'a annoncé. Et si… Non. Joe Conner bluffe constamment, la vie est une partie de poker pour lui. Sa maladie n'est qu'un prétexte, un funeste piège pour m'enfermer, à tout jamais.

— Comment ça ?

Joe Conner nous tourne le dos en se fondant dans la pénombre de la nuit, mais il s'exclame une dernière fois :

— Tu es plus téméraire que je ne le pensais, comme ton frère !

Mon cœur martèle ma poitrine alors qu'il disparaît de mon champ de vision. Mes jambes chancellent, mes sens se décuplent et ma respiration se bloque.

Je ne maîtrise plus rien. L'angoisse m'envahit et mon pouls s'accélère au même titre que tout ce que j'ai refoulé. Je tremble et des larmes glacées ruissellent sur mes joues.

— Iris.

Sa voix est lointaine, je la perçois à peine.

Darren à l'hôpital. Moi qui pense que mon père en est le responsable. Lui qui débarque affirmant qu'il me laisse tranquille.

— Je suis là.

Je tombe, tombe encore et encore. Une peur sans pareille me paralyse. Je suis seule, terrifiée, submergée par mes démons. Je m'écroule comme un château de cartes.

Un contact froid effleure mon visage, je le sens, mais je suis captive dans un espace-temps où les secondes s'égrènent et deviennent des heures.

Subitement, ma bouche est prise dans un assaut indomptable. Et cet élan incandescent allume une lampe dans mon esprit sombre. Jayde m'embrasse en tenant mes joues et me délivre peu à peu de mon ennemi l'anxiété. Sa langue s'insère entre mes lèvres avant de valser avec la mienne. Chaque bribe de ce baiser m'éveille, me libère et chasse mes pensées obscures en faisant éclore des émotions plus douces, plus supportables. Mon estomac est noué et une envolée de papillons plane dans mon ventre.

— Je suis là, susurre-t-il contre ma bouche en me tenant contre lui. Laisse-toi aller, Iris.

Ses bras robustes m'enlacent, me rassurent et me réchauffent. Mes pleurs s'intensifient tandis que ma tête repose contre son torse. Jayde me libère.

— Je croyais que c'était lui le responsable de l'accident de Darren, soufflé-je entre deux sanglots.

J'avais tellement peur d'être liée à l'accident de mon ami. Jayde endure ma souffrance dans le silence, il ne dit rien et absorbe ma tristesse comme une éponge.

— Ce n'est pas lui, Iris, tu n'y es pour rien, et Darren va bien, me chuchote-t-il en déposant un baiser sur mon crâne.

Je tressaille face à ce doux contact puis lève la tête vers lui pour le regarder. Ses yeux me transpercent l'âme, il conserve son emprise sur moi. Je me sens en sécurité dans ses bras, le monde pourrait s'effondrer, j'ai l'impression que rien ne pourrait m'atteindre tant qu'il est là.

Une ombre passe dans son regard et il secoue la tête avant de me lâcher.

— Viens, je te raccompagne, on se les gèle ici, dit-il en se frottant les mains furtivement.

Arrivée à mon étage, j'ouvre la porte et me mets au niveau de l'embrasure pour lui faire face.

— Merci d'être resté, murmuré-je timidement.

Je l'ai repoussé je ne sais combien de fois, mais il a été là jusqu'au bout. Ses prunelles balaient l'espace derrière moi. Il sonde la moindre de mes affaires et je comprends exactement ce qui a attiré son attention. Il n'est pas de nature curieuse, mais je sais qu'il cherche le cadeau qu'il m'a fait. La rose sur mon meuble d'entrée, près du vinyle d'Otis Redding. Mes joues rosissent et j'utilise mon écharpe comme garde-fou pour le dissimuler.

Ce soir, ma rancune a cédé la place à quelque chose… de plus doux.

— Ne fais plus semblant avec moi, me répond-il en appuyant son épaule contre l'encadrement de la porte, les mains dans les poches.

Je lève mon visage vers lui.

— C'est toi qui es indifférent à tout.

— Pas à toi, souffle-t-il, les yeux rivés sur mes lèvres.

— Avant, tu l'étais, dis-je en me rappelant notre passé commun.

Il prend une profonde inspiration puis arrime son front contre le mien.

— Je n'ai jamais été indifférent à toi, murmure-t-il en passant son bras autour de ma taille.

Lentement il me rapproche de son corps, savoure notre proximité et respire mon odeur. Ce serait un mensonge de ma part de dire que je ne me délecte pas de sa présence salvatrice, qui broie mes idées noires.

Jayde conserve cette emprise sur moi, nos souffles se mêlent inlassablement. La douceur de cet instant m'enivre.

— Je n'en peux plus…

Il marque une pause, et je devine les mots qui vont me faire mal.

— Je n'en peux plus d'être loin de toi.

Je ferme les yeux et pose la main sur son cœur. Je ressens chacun de ses battements sous ma paume, des frissons dévalent mon épine dorsale face à cette sensation.

— J-je ne suis pas prête, Jayde.

Il sourit, avant de s'écarter un peu de moi. Il penche à nouveau son visage vers moi et murmure contre mes lèvres :

— Tu seras toujours mon rêve brisé.

20. Dernière chance

Jayde

Sleeping at Last – Already Gone

— Tu te décides enfin à me répondre, grogne mon père de l'autre côté du fil.

Bon… OK. Je n'ai jamais été le fils de l'année mais, lui répondre au téléphone après toutes ses tentatives pour m'approcher, c'est la moindre des choses.

— J'ai répondu parce que j'ai senti que c'était le moment, lui avoué-je en passant la main dans mes cheveux nerveusement.

— Nous n'avons jamais reparlé toi et moi depuis…

— Je ne voulais parler à personne.

— Et maintenant ? Tu m'accordes une ou deux heures de temps ?

— Ça dépend.

— De ?

— Je veux une Harley, me moqué-je de lui.

— Jayde, un peu de sérieux, voyons.

Bon, j'avoue, je ne suis pas sortable. Pour dire vrai, je suis coincé dans une sorte de cure de jouvence, je me suis retapé tous les *Harry Potter, Retour vers le futur* et la plupart des films qui m'ont fait aimer le cinéma. Allez savoir pourquoi je me réfugie derrière le syndrome de Peter Pan. Peut-être que j'ai senti que mon père me passerait un coup de fil.

— De toute façon, je peux me payer moi-même la Harley. Je veux juste une moto pour lui donner un nom.

— Tu lui donnerais quel nom ? demande-t-il, intrigué.

— Scarlett Johansson.

Au moins je l'aurais montée avant ma mort.

— Tu veux bien venir à mon bureau aujourd'hui ?

— Pourquoi pas.

— Très bien, je t'attends vers 12 heures.

Eh bien, sacré progrès.

Les relations avec les pères sont toujours compliquées, mais la mienne restera sans doute plus supportable que celle qu'entretient Iris avec le sien.

Quand j'ai senti le danger qui l'a assaillie lorsqu'il lui a fait face, je n'ai pas pu m'empêcher de m'en mêler. Iris garde en elle bien trop de séquelles de son passé, à cause de lui, à cause de Memphis en général. Elle ne fait que rarement des confidences à ce sujet, mais dès qu'elle en parle ses pupilles se dilatent de chagrin.

Je refuse qu'elle retombe entre les griffes de son père, je refuse qu'elle croie être prise aux pièges, captive des mailles du filet. J'empêcherai tout ça.

Je veux que ma présence lui inonde l'esprit et le cœur. Je veux qu'elle pense à moi quand je ne suis pas là et même quand je suis à ses côtés. Elle doit me sentir de partout pour comprendre qu'elle n'est pas seule.

Difficile à croire, mais je souhaite être cette lueur dans son obscurité. Au même titre qu'elle l'a été pour moi, mon faisceau de lumière violet.

Le saphir de ses yeux s'est fissuré ce soir-là. Polaire, son regard m'a poignardé. Ce mal-être qu'elle s'efforce d'expulser. Il a résonné à l'intérieur de moi, comme s'il m'appartenait.

Cette fille a débarqué dans ma vie et a foutu le bordel dans ma tête. *Putain.* Je n'ai pas fait que me casser la gueule ces derniers mois.

Je ris de moi. Je suis un vrai connard. Un mec normal n'aurait jamais agi aussi brusquement pour reconquérir une femme. J'écrase tout sur mon passage, même ses illusions d'être débarrassée de moi.

Je la veux. Son corps, son âme, son cœur. Je veux tout. Mais pourrai-je lui rendre la pareille ? J'ai de sacrés doutes sur ma capacité à offrir ce qui se terre au fond de moi totalement. Je sais qu'une infime part de moi est rattachée à la déchirure que ma mère m'a causée par son départ.

Mais Iris… c'est tellement différent. Sa tendresse me bouleverse, sa sollicitude m'enivre… j'aime qu'elle soit brutale de façade et si douce dans le fond, il n'y a qu'à moi que cet aspect de sa personnalité se révélait. J'aimais être son exception, comme j'aimais qu'elle soit la mienne en dépit de mes secrets les plus enfouis.

Je chausse mes godasses noires et remonte ma capuche sur mes cheveux bouclés, qui sont plus longs que d'habitude. Avec toutes mes emmerdes, je n'ai pas eu le temps de les faire couper. Je conduis ma Porsche pour me rendre au bureau du cher Walter Black, un jour de semaine en plus.

Ma démarche a quelque chose d'indolent, comme si je voulais montrer aux autres que je m'en fous pour me convaincre que c'est la vérité. Je n'en ai pas rien à foutre, mais à quoi bon montrer ce que je ressens ? Lui, il ne s'en est jamais préoccupé, pas avant que ce soit trop tard.

De toute façon, personne ne se souciait de moi jusqu'à ce que je mette mon masque d'indifférence.

J'entre sans frapper. Il est assis sur son grand bureau, les yeux rivés sur son MacBook. Une odeur de viande chatouille mes narines. Deux burgers avec une barquette de frites sont sur la table basse, chacun accompagné d'un soda.

— C'est le déjeuner, dit-il en se levant dès que je ferme la porte derrière moi.

— C'est mignon, c'est quoi le cadeau dans ce Happy Meal ?

— Une baffe si tu ne t'assois pas et que tu n'arrêtes pas tes sarcasmes, me réprimande-t-il, agacé.

Je soupire et le suis. Intrigué par sa prévenance, je me montre un tantinet méfiant. Avec un Black, toujours s'attendre au pire et au meilleur, *surtout au pire.*

— Tu as faim, j'espère ! s'exclame-t-il en mordant dans son burger dégoulinant de sauce.

— Si un de tes collaborateurs entre en te voyant te tartiner la tronche de ketchup, tu ne seras plus jamais pris au sérieux. Tu deviendras Walter Ketchup, me moqué-je sans retenue.

— Mange, fiston.

Fiston. Parfois, j'en oublie même que je suis son fils. J'ai faim, alors je m'exécute.

— Tu as maigri, fait-il remarquer en trempant une frite dans son Coca, comme si c'était normal.

— Attends… qu'est-ce que tu viens de faire là ? m'indigné-je en fronçant les sourcils.

— Une frite dans le Coca.

— Tu as conscience que c'est grave ?

— J'ai vu sur le TikTok des gens faire ça et ils trempent aussi des nuggets dans le Sundae.

— « Le TikTok » ?

Je m'esclaffe, c'est plus fort que moi.

— Bah quoi ? dit-il en ne comprenant absolument pas la situation.

— T'es un marrant, Walter, ris-je en piquant une frite.

— Papa, me corrige-t-il, la voix sévère.

— Ouais, j'ai maigri. En même temps, j'ai plus réfléchi à mes problèmes que je ne me suis nourri.

— Tu n'es responsable de rien, Jayde. Et tu devrais faire attention à ce que tu manges, tu as perdu au moins quatre kilos, et ce n'est pas avantageux devant les caméras quand tu seras sur scène, déclare-t-il sérieusement.

Tiens donc, il s'intéresse à ma vie sur scène maintenant.

— Je ne risque pas de monter sur scène, dis-je en poussant un soupir.

— Pourquoi ça ?

— Je ne fais plus partie de Madness.

Il arbore un air choqué.

— Pardon ? Mais c'est toi qui as monté le groupe !

— Je suis stupéfait que tu connaisses ce détail sur ma vie.

— Disons que je m'intéresse de près au milieu où tu as décidé de t'épanouir.

— Si on veut, réponds-je en observant mes frites.

— Tu as eu beaucoup de difficultés à créer ta réputation ?

— Ce n'était pas évident, nos premières chansons ont été beaucoup critiquées par des *haters*.

Il souffle.

— On n'y échappe pas en général.

— J'étais habitué avec toi, dis-je sans le regarder.

Il pousse un soupir de détresse.

— Je suis désolé.

Du coin de l'œil, je le lorgne, il semble sincère, la tristesse suinte de son visage. Mine de rien, ça me fait quelque chose, et ça m'énerve.

— Une fois on m'a dit que ma musique était aussi inutile que faire un doigt d'honneur à un aveugle, en d'autres termes grossiers et vulgaires.

Il s'esclaffe, et je ne tarde pas à l'imiter.

— Je t'admire, tu ne t'arrêtes jamais tant que tu n'as pas ce que tu veux, me complimente-t-il avec un sourire fier en m'adressant un regard voilé de bons sentiments. Tate m'a dit ce que tu faisais pour lui. Du moins… tout ce que tu as fait pour lui, depuis le début.

Tss, pourquoi il ouvre sa bouche, lui ? On ne lui a rien demandé.

— Et donc ? Ton opinion sur moi a changé ?

— Jayde, j'ai conscience que tu es furieux contre moi. Ce que je voulais, c'est juste partager un déjeuner avec toi, admet-il, l'air triste.

— Je suis venu parce que je savais que le repas serait payé, soufflé-je en tapant un autre croc dans mon burger.

— Quel piètre menteur tu fais ! C'est clair, tu n'étais pas fait pour être avocat, me taquine-t-il.

— Juge, peut-être.

— Même les murs de mon bureau ont rigolé face à ta connerie verbale.

— C'est bien, Walter se décoince le cul, lui dis-je en feignant la surprise.

Il secoue la tête, puis esquisse un léger sourire avant de me regarder. Ses yeux noirs expriment une émotion que je ne vois presque jamais quand je suis dans son champ de vision.

— Je veux réellement rattraper le temps perdu avec toi.

— C'est ta psy qui t'a conseillé ça ?

— Non, moi-même.

— Et comment tu en es arrivé là ?

— Je suis seul, Jayde. Je suis vraiment seul.

C'est bizarre de l'entendre dire ça. De le sentir faible. Pour nous, les parents ne sont jamais faibles, on se raccroche à l'idée qu'ils peuvent tout surmonter, mais ce sont aussi des êtres humains.

— Je me tue au travail depuis des années pour oublier…

Il marque une pause et inspire profondément en se frottant les yeux avec son pouce et son index.

— Le départ de ta mère.

Je ne dis rien.

— Je… je me sens fautif. Je l'étouffais comme un oiseau dans une cage et j'ai fait la même chose avec toi. Tu me fais tellement penser à elle avec tes rêves et tes ambitions que j'ai fini par me défouler sur toi et…

— Arrête.

J'en ai assez.

— Quoi ?

— Je ne veux pas que tu t'excuses, je ne suis pas elle, et tes projections je préfère que tu les gardes pour toi. Je veux que rien ne me ramène à elle et surtout pas venant de toi.

Des flash-back me reviennent, tout se bouscule. Je peux discuter avec lui, mais accepter qu'il puisse reparler du passé… c'est trop.

Je ne veux pas me souvenir d'elle. L'amertume se distille dans mes veines, et cet avant-goût de jalousie que j'éprouvais pour Tate, qui était tout ce que je n'étais pas.

— Jayde, je fais un pas vers toi, je souhaite réellement entrer dans ton univers et te comprendre ! s'exclame-t-il.

— Tu as mis vingt-quatre ans pour ouvrir les yeux, dis-je, la mâchoire serrée, en me levant du canapé.

— Jayde, je t'en prie…

— Écoute, c'est cool que tu te laisses disséquer les pensées comme un rat de labo, seulement le temps a passé, et rien de tout ça n'est important. Toi… occupe-toi de toi. Le mal est fait, Walter. J'ai suffisamment de relations foireuses à ma charge, ne m'en rajoute pas une autre, poursuis-je en m'approchant de la porte.

— J'attendrai que tu sois prêt, répond-il avec cette lueur d'espoir brillant dans ses yeux.

— Je me demande parfois si tu es le type que j'ai connu auparavant. La psychanalyse t'a autant changé que ça ? Tu espères à ce point la rédemption ?

— Peut-être bien, à cinquante ans, n'ai-je pas droit à un nouveau souffle ?

— L'âge importe peu pour ce qui est du renouvellement de soi, on ne doit jamais cesser de se remettre en question. La raison qui te pousse à ça est si soudaine que je m'égare.

— Fiston, tu peux dire ce que tu veux, je ne vous ai jamais lâchés ton frère et toi.

Je hausse les épaules.

— Lui peut-être.

— J'ai fait en sorte que tu sois dans les meilleures écoles, que tu voies les meilleurs spécialistes pour tes problèmes, j'ai déniché les meilleurs médecins et orthophonistes pour toi, j'ai même investi dans la recherche scientifique pour tout ce qui concerne la surdité unilatérale. Tu as un diplôme, je sais que pour toi ce n'est pas essentiel, les études, mais j'ai agi de manière à ce que tu aies un plan B. Ta vie sous les projecteurs, j'ai du mal à l'accepter, parce que ça n'a jamais fait partie de mon éducation, l'art…

Je souffle d'agacement, mais le sens de ses mots s'infiltre dans ma matière grise. Tout ce que je trouve comme réponse c'est le sarcasme.

— L'ouverture d'esprit non plus, visiblement.

— Non, sans doute, dit-il tristement. Mais si je ne me souciais pas de toi je n'aurais jamais fait autant d'efforts. Après tout, c'est mon rôle de père. Rien ne justifie mon comportement quand tu t'es lancé dans ce milieu… mais là je fais des efforts.

Une sensation étrange s'insinue en moi et, avant de quitter la pièce, je chuchote la tête baissée :

— Je ne sais pas si un jour je serai prêt.

Le soir, c'est au Dream Club que je me rends.

Le cœur battant.

Le souffle court.

Je me montre aussi décontracté que possible. Ce n'est pas le moment de flancher. Mon indifférence au monde extérieur est le masque qui me va le mieux, même si le marteau d'Iris finit toujours par laisser des fissures dessus.

Le bar va fermer, la pancarte en rouge clignote, sauf que je sais que la porte est encore ouverte. Je l'aperçois, derrière le comptoir, en train de gribouiller je ne sais quoi. Elle ne porte plus ses vêtements de travail. Un putain de décolleté met en valeur sa poitrine, je m'humecte les lèvres avant de monter les quelques marches de l'entrée.

Je calme mes ardeurs, serre fort l'objet que je tiens en main et pousse les portes, qui produisent un son annonçant ma venue. Un pli barre son front dès qu'elle me remarque, puis ses joues s'empourprent, probablement quand elle se remémore le baiser d'hier. J'en avais tellement envie, et c'est le seul moyen que j'ai trouvé pour lui faire oublier ses démons.

Je m'approche du comptoir. Ses épaules tressaillent et ses prunelles bleues sont absorbées par ma présence, on dirait deux putains de saphirs sortant tout droit d'une malle au trésor.

Son attitude la trahit quand il s'agit de moi. Les sentiments qu'elle a pour moi sont aussi réels que les palpitations de désir qu'elle fait naître en moi.

— C'est pour toi, lui dis-je en déposant mon agenda avec des autocollants de groupes de métal sur le comptoir entre nous.

Elle arque un sourcil et son regard oscille entre le carnet et mes yeux.

— Un agenda ?

— Marque le jour où tu accepteras de me parler normalement pour qu'on soit sûrs que je ne l'oublie pas, ricané-je en appuyant les mains sur le comptoir et en me penchant vers elle dangereusement.

Elle traîne les doigts dessus en l'ouvrant lentement. Elle inspecte chaque page, perplexe.

— Le 30 février n'existe pas dedans, dommage, on y était presque, réplique-t-elle d'un air faussement désolé en haussant les épaules.

Je me retiens de rire. Elle répond toujours avec condescendance.

— Je demanderai à mes relations d'en faire un spécial avec le 30 février, surenchéris-je en entortillant une de ses mèches violettes autour de mon index.

— Je doute que tes relations puissent faire une telle chose, dit-elle en repoussant mon poignet et en le prenant dans sa main.

— Quand Jayde Black le demande, si.

J'insiste et profite de ce bref contact entre ses fins doigts de pianiste.

— Et évidemment Jayde Black a tout ce qu'il veut, souffle-t-elle en me lâchant.

J'esquisse un sourire narquois.

— Pas faux.

— Dommage que ça ne marche pas sur tout, me nargue-t-elle en revenant à la feuille où elle gribouillait des notes de musique.

— C'est toi que je veux, déclaré-je sérieusement en la fixant.

Le stylo lui échappe, et je la vois prendre une profonde inspiration. J'aperçois sa crispation. Je laisse ma main remonter vers sa joue et l'emprisonne dans un échange visuel qu'elle ne peut fuir. Ses mèches rebelles encadrent son visage, ses cheveux ont poussé et sa couleur est plus vive qu'avant, aussi vive que la douleur qui lui a été infligée.

Elle me regarde avec une tristesse qui me poignarde la poitrine et me vrille les entrailles. *Putain de mauvais timing.*

— Je me suis sentie trahie, chuchote-t-elle avant d'aspirer sa lèvre inférieure.

La pulpe de mon pouce caresse tendrement sa pommette et efface sur son passage une larme qui vient de perler du coin de son œil.

— Je souhaite que malgré tout… tu conserves un beau souvenir de ce qu'a été notre relation et non la déchirure de la fin, lui soufflé-je en replaçant derrière son oreille une mèche de cheveux avant de la relâcher.

Je prends sa main dans la mienne et y mets un *flash disk* avant de la refermer.

— L'agenda, c'était une blague, ricané-je en contemplant nos doigts entremêlés. Écoute-la et dis-moi ce que tu en as pensé, et j'accepterai ton choix.

Le tout pour le tout.

21. Règlement de comptes

Iris

Sleeping with Sirens – I Need to Know

— Comment te sens-tu ?

— Brisé dans le sens propre et figuré, lâche Darren en se laissant tomber.

Son corps est amoché, sa peau foncée ne dissimule pas les hématomes violacés. Il a eu un sacré choc, et son état me rappelle de mauvais souvenirs. Quand je l'observe avec tous ses bandages, j'imagine Chris s'il avait été à sa place. Les côtes brisées mais *vivant*. Chris vivant. Cette image aussi fausse soit-elle envahit mon esprit. Son sourire, sa voix, ses yeux aigue-marine. J'entendrais son pouls, je verrais ses paupières papilloter mais, surtout, j'écouterais sa voix.

Il me manque. La tristesse me submerge. Cette foutue projection me fait pleurer, et je baisse le visage pour le camoufler à mes deux amis.

— On est contentes que tu t'en sois sorti, susurre Amber en lui embrassant la tempe.

— Je veux m'excuser, déclare-t-il en nous regardant une par une. J'ai fait le sourd et, bon, j'avoue que j'ai un chagrin incommensurable en moi, ce ne sont pas les coups physiques qui me font souffrir, mais le fait qu'on se soit payé ma tête pour me nuire. Mais je veux surmonter ça, j'ai passé trop de jours à pleurer.

L'hypothèse du bizutage s'est révélée vraie, Darren a commencé à collectionner des bleus dès le début de son histoire et ça a très mal fini. Mikey a vu en Darren une proie. Mon ami s'est fait duper et est tombé rapidement dans le piège d'un battement de cils charmeur. Il s'est laissé guider par son envie de plaire et d'avoir toujours plus. Darren nous a raconté la réelle nature de sa relation avec lui, Mikey l'embobinait pour l'éloigner de nous. Les autres bikers l'ont considéré comme un amusement intéressant, alors ils ont défié mon ami plusieurs fois pour le mérite de traîner avec eux. Si au départ cela ne se résumait qu'à consommer certaines quantités d'alcool, cela a dévié sur la drogue puis à tester sa résistance aux sensations fortes et aux coups physiques.

Darren m'a avoué n'avoir jamais revu le biker raciste qui s'en est pris à lui quand nous nous sommes rencontrés.

Mikey s'est simplement servi de lui pour ses délires sadiques. Une fois, il a forcé Darren à se soumettre à lui pour son propre plaisir sexuel, Darren s'est fait lacérer la peau par des fouets, et Mikey l'a obligé à accepter que les autres observent le spectacle. Pour que Mikey se confie un peu plus à lui, Darren a été prêt à endurer cette humiliation publique. Par amour, il a supporté l'impensable.

Et maintenant il va être poursuivi par la justice. Darren a porté plainte, il va y avoir une enquête.

Au départ, j'étais persuadée que mon père avait un lien avec tout ça. J'étais terrifiée à cette idée, mais l'aveu de ce dernier m'a soulagée. Malgré tout ça, je repense encore à ce qu'il m'a dit… ses mots me turlupinent l'esprit.

La vérité ne fait pas partie de son vocabulaire et le mensonge coule dans son sang. Je ne peux pas le croire, je ne le pourrai pas. Pas après tout ce qu'il m'a fait subir. Pas après tous les traumatismes qui ont brusqué mon corps et mon âme. Joe Conner m'a marquée au fer rouge avec des fêlures indélébiles. Elles font partie de moi. Il y a des choses qu'on ne peut pas changer, même si c'est la seule chose que nous souhaitons. Parfois dans la vie… tout ce qu'on peut faire c'est accepter ce qui nous arrive.

Darren a le regard perdu dans le vide, il a toujours les lèvres un peu boursouflées. Je le vois trembler légèrement, comme s'il s'évertuait à ravaler ses sanglots.

— Je suis stupide.

Sa tristesse me poignarde la poitrine.

— La nuit… j'imagine encore le cul-de-sac dans lequel je me suis retrouvé…

Il déglutit et des larmes perlent de ses yeux.

— Je voulais arrêter tout ça… je vous jure, mais ils ne l'ont pas accepté. Mikey est parti, m'a laissé seul avec eux… ils se sont défoulés sur moi.

Il n'a plus revu Mikey depuis son agression.

Sa douleur fait écho en moi. Un amour trompeur, dévastateur. Darren est dans l'optique d'avancer, mais dans le fond je sais qu'il souffre de son manque de jugement. Je perçois dans ses pupilles son autoflagellation pour avoir succombé à une romance imaginaire.

— On est là pour t'aider, lui dit tendrement Amber. Pas vrai, Iris ?

Sur le coup, je ne réponds pas, occupée à me rappeler ce que Lenny m'a recommandé l'autre jour.

Dis ce que tu ressens.

— Iris ? Tout va bien ? s'exclame Darren, visiblement soucieux de mon silence.

— Et si on réglait nos comptes ? m'enquiers-je en relevant le visage vers eux. Un froid s'est installé entre nous et ce serait bien de vider notre sac.

Ils acquiescent en même temps, et j'esquisse un sourire face à leur coopération. Tous trois assis en tailleur sur le grand lit de Darren, nous nous fixons, attendant que le premier débite ce qu'il a sur le cœur.

— Je t'ai évitée, commence Amber en se tournant vers moi. Je n'ai pas aimé ce que tu m'as dit.

— Ne t'en fais pas pour ça, je l'ai très bien compris, maugréé-je en roulant les yeux.

— Je m'inquiétais pour Darren et j'avais raison de le faire !

— Rien n'aurait changé, dis-je. Tu t'es braquée comme une gamine.

— Les filles… tout est ma faute, j'ai été aveuglé.

— On fait tous de mauvaises expériences, mais on aurait pu empêcher que ça t'arrive ! s'exclame Amber tristement en posant délicatement la main sur le genou de son protégé.

— Le problème, Amber, c'est que je n'ai jamais dit que je n'étais pas d'accord avec toi, tu te contentes d'écouter pour répondre et non pour comprendre. Tu veux absolument exposer ton point de vue sans chercher à analyser les nuances du mien, lui expliqué-je en croisant les bras contre la poitrine.

Elle arque les sourcils et Darren ricane en appuyant mes mots avec un hochement de tête.

— Mais je suis à l'écoute !

— Tu vois, tu recommences, tu écoutes pour répondre, répliqué-je en la pointant du doigt, légèrement amusée.

— Vous n'êtes pas drôles, je me préoccupe de ce que vous dites, ce n'est pas ma faute si je dois toujours… répondre directement ?

— Tu n'arrêtais pas d'en parler, je n'en pouvais plus.

— Excuse-moi d'avoir été si vindicative. Je me sentais mal que ça soit devenu comme ça entre nous. Vous êtes vraiment des personnes importantes pour moi, voilà pourquoi je trouve toujours un truc à dire, c'est pour votre bien, confie-t-elle, gênée, en se frottant le bras.

— Je m'excuse de n'avoir pas réagi plus tôt, lui réponds-je pour la rassurer. Je voyais que ça te touchait, tu as du mal à cacher ce que tu ressens contrairement à moi…

— Tu n'as rien à te faire pardonner, mais purée, quand tu exprimes ce que tu penses, on dirait que t'as un fusil à la main, lâche-t-elle sur le ton de la plaisanterie.

— C'est vrai, Iris, tu as zéro tact, confirme Darren en feignant une mine sérieuse.

— Toi, tais-toi, fais-je en mettant ma paume sur sa bouche. Quand j'ai zéro tact, c'est pour faire réagir les autres.

— Ou pour les tuer, termine-t-elle, morte de rire.

— Et moi, je suis désolé d'avoir été celui qui a causé la cassure de notre trio iconique !

— On te pardonne, lance Amber joyeusement.

— Parlez-moi de vous, qu'est-ce que j'ai manqué ? Je préfère me rappeler cette journée comme un bon souvenir plutôt que comme une tragédie à oublier, reprend-il en tapant des mains.

— Je répète dans le studio d'enregistrement de Berklee, une chanson que j'ai écrite. Quand j'aurai le résultat final, je vous l'enverrai, nous raconte Amber fièrement en posant sa paume sur son cœur.

— J'ai hâte de l'entendre, l'encouragé-je en lui faisant un clin d'œil.

— Je pense embaucher une équipe pour tourner un petit clip avec, je verrai avec mon budget ce que je peux faire et construire, nous explique-t-elle avec une pointe d'excitation.

— C'est génial ! Et toi, Iris, du nouveau ?

— Je prépare juste mon concours avec l'aide de mon professeur, c'est tout, et j'ai bouclé ma partie du travail pour Indy Records.

— D'ailleurs… j'ai entendu dire qu'un gars serait venu chanter une chanson pour toi. Un mec avec un bonnet, des lunettes…, dit Darren en plissant les yeux comme pour lire dans mon âme.

— C'est quoi cette histoire ? demande Amber en se tournant vers moi.

— C'était Jayde, soufflé-je en passant nerveusement la main dans mes cheveux.

— Jayde ? Il a chanté quoi ?

— *When I Was Your Man,* dis-je d'une petite voix en fuyant leurs regards.

— OH, MON DIEU ! C'est la chanson d'amour la plus belle jamais écrite ! C'est trop trop romantique, s'affole-t-elle dans tous les sens.

— Comment tu l'as su ? interrogé-je Darren en faisant abstraction de l'excitation de l'autre folle.

— J'ai entendu James le raconter à ses amis, il était assez frustré, mais je suppose qu'il a compris que ton cœur était déjà pris. Par contre, Jayde se tape une de ses chances qu'on ne le reconnaisse pas derrière son camouflage. Bon, après, ce n'est pas The Weeknd, même si sa notoriété est correcte comparée à celle de certains. En plus, beaucoup de rumeurs circulent comme quoi il n'est plus dans Madness. Les gars sont assaillis par les paparazzis, en bas d'Indy Records, pour le nouvel album.

— Il a été mis à l'écart à cause de son comportement, leur confié-je en éprouvant un pincement au cœur.

Amber me prend la main.

— D'accord, mais là, ce qui importe, c'est ce que tu ressens pour lui.

— Je suis perdue dans mes sentiments… il se donne tellement de mal, il est présent et… je craque.

Oui. Je craque totalement. Je ne peux pas rester insensible, et ça m'assassine le cœur, un tel tiraillement. Un élan de vulnérabilité me pousse à tout leur raconter. Tous nos échanges.

À cause de mes mauvaises expériences, je me suis promis de ne jamais revenir en arrière, de ne jamais laisser de seconde chance. Mais lui… Jayde devient petit à petit cette exception dans ma règle d'or.

Amber affiche un sourire confiant.

— Tu sais ce qu'il te reste à faire ?

Je secoue la tête mollement pour dire non, et mes yeux fixent mes deux amis qui se lancent un regard entendu.

— Voir ce que renferme ce *flash disk*.

Ce soir, je suis seule chez moi. Mes doigts tremblent quand j'insère la clé USB que Jayde m'a donnée dans mon ordinateur portable. Un dossier : Iris. D'incompréhension mais aussi d'appréhension, je fronce les sourcils. Je clique dessus. Le cœur battant la chamade, je découvre un fichier.

Dark Rose.

22. Rose noire

Iris

Cigarettes after Sex – Falling in Love

Ma rose noire, tu t'es perdue entre les flammes.
Tu as laissé derrière toi tes pétales.
Le sang coulant de tes épines.
Et les larmes dans tes racines.
Douce rose noire, malgré les décombres,
Tu survis encore.
Dans les cataclysmes. Et même dans l'apocalypse.
Mon cœur s'écorche contre tes épines,
Je trébuche sur tes racines.
Ma rose noire, tu es mon espoir.
Tu fais faner mes mensonges, mes tristesses et mes idées noires.
Je veux que personne ne puisse me voir, car tu es la seule à savoir.
Même si je suis brisé,
Tes pétales me libèrent et ton amour me déchaîne.
Ma rose noire, même dans le noir,
Je ne vois que toi.
Et tu sais pourquoi ?
Parce que tu es à moi…

Il m'a écrit une chanson.

C'est celle dont il m'a parlé, celle qu'il voulait me faire écouter.

Jayde m'avoue ses sentiments à travers des paroles qui me font l'effet d'un coup de massue.

Je suis en larmes, mon Dieu… tout s'embrouille dans mon crâne et une migraine me guette. Il a suffi que je l'écoute une fois pour que l'amour me consume entière.

Ce que j'éprouve… c'est trop puissant pour moi. Cette violente sensation m'immobilise dans ma peur et fournit un réconfort à mon cœur noirci par la rancœur passée.

Contenir ce je ressens ne servirait à rien. Quand j'ai les yeux clos, c'est lui que je vois, comme si des photos de lui étaient accrochées sous mes paupières. Je deviens la fille cliché qui pense au gars qui la fait craquer. Je me trouve pathétique avec cette impuissance.

C'est ça l'amour ?

L'amour, c'est Jayde ?

Un poison sordide, un remède poignant, une démence saisissante.

Jamais des paroles ne m'ont semblé aussi vraies, peut-être parce que c'est à moi qu'elles sont destinées. À moi seulement et personne d'autre.

J'ai toujours écrit pour les autres, les rôles s'inversent. C'est à moi qu'il écrit.

Une chanson qui nous représente.

Une chanson qui parle de nous.

Sous le coup de l'émotion, mais également parce que le besoin s'impose, je saisis mon téléphone et le porte à mon oreille dès que je clique sur son nom dans mes contacts.

Veuillez laisser un message.

Une flèche de stress passe sous ma peau et liquéfie mon cœur. Il ne répond pas. Je suis tout de suite accablée par la gêne. Encore plus face au message bancal que j'énonce d'une voix tremblante.

« Salut… c'est moi… bon, tu dois être au courant. J'ai écouté ta chanson, j'aimerais qu'on en parle. »

Je n'imaginais pas cette scène ainsi. Il m'aurait répondu et on aurait discuté, de tout et de rien, comme on en avait l'habitude.

Je dois réfléchir à la suite des événements, mais je pense que mon cœur le sait depuis le début.

Deux jours passent. Jayde ne m'a jamais rappelée.

Si je suis honnête, c'est l'inquiétude qui me guette. Sa présence répétée au Dream Club était comme un pansement sur une plaie vive, mais il n'est pas venu. Il est toujours injoignable, et cela ne lui ressemble pas.

Après une dure journée, en rentrant, je décide de me prélasser devant un épisode d'*Une nounou d'enfer* pour ne plus songer à toutes mes spéculations brumeuses.

Les heures défilent, et un coup à la porte me sort de ma torpeur. Je sursaute en faisant tomber mon téléphone au sol. Il est presque minuit.

D'un pas méfiant, j'approche lentement de la porte avant d'observer par le judas. Mon cœur loupe un battement et j'ouvre immédiatement.

Jayde est trempé, ses mèches ébène recouvrent la partie haute de son visage, me barrant la vision de son regard.

— Jay…

Il redresse la tête. Ses yeux sont rouges, injectés de sang. Il a pleuré.

Jayde a pleuré et il s'effondre sur moi, sa tête se niche au creux de mon cou et ses sanglots résonnent contre ma peau, me faisant vibrer de sa douleur. J'enroule les bras autour de lui sans connaître la tristesse qui le ronge aussi fort, et son écho me frappe de plein fouet.

— Ma mère est revenue.

23. En vrac

Jayde

Linkin Park – From the Inside

Hier, Tate allait très bien.

Nous avons discuté de sujets sérieux, mais aussi de choses totalement idiotes. Il m'a fait part de son envie folle de revoir les dessins animés de son enfance, je n'ai pu m'empêcher de penser à la tête de Bryce ahuri. C'est un grand fan de dessins animés, et chaque jour j'avais droit à des répliques qui, comme il le répétait souvent, dictaient sa vie.

J'éprouve un manque, un manque presque dérangeant. Je ne suis pas du genre à regretter les gens, mais ce sont mes amis qui sont concernés.

Ouais… ces trois débiles laissent un certain vide derrière eux.

Et bizarrement mon esprit est submergé par une multitude de souvenirs. C'est dingue tout ce qu'on a pu vivre tous les quatre. Est-ce vraiment la fin d'une ère ? Notre ère ? Eux sans moi. Moi sans eux.

Dustin m'a toujours épaulé. Bryce était présent avec sa vivacité, et Cody… me supportait.

Mon meilleur ami me manque. En son absence, une part de moi se sent incomplète, j'ai l'impression d'être fleur bleue en songeant à de telles sottises, mais avec Cody… la vie me paraissait plus supportable.

Mon premier ami.

Et sûrement le plus cher à mes yeux.

Eh bien… les choses sont bien faites, c'est lui qui a fini par me mettre à la porte à cause de mes dérives.

De toute façon, il avait raison. Je le reconnais.

J'ai reçu un appel du centre où se trouve mon frère. Apparemment, il me demande, et c'est très important. J'ignore de quoi il retourne, mais une faible panique m'a envahi. J'atteins l'accueil, l'anxiété déborde dans mon corps.

— Bonjour, je suis Jayde Black.

— Oh ! monsieur Black, votre frère a fait une rechute.

Quoi ?

— Comment c'est possible ? Hier il allait très bien !

— On s'occupe de lui, il a fait une crise maniaco-dépressive cette nuit.

— Mais pourquoi ?

— Nous ignorons la raison. En ce moment, il est avec son psychiatre pour en parler.

— Est-ce que mon père lui a rendu visite ? Peut-être qu'il est passé et lui a dit quelque chose qui l'a chamboulé.

— Je vais vérifier ça tout de suite avec l'historique.

Je patiente, le cœur battant, tandis que la vieille dame feuillette son registre.

— C'est moi.

Électrochoc.

Cette voix… je la reconnais immédiatement. J'écarquille les yeux avant de croiser son regard noir. Je ne sais pas quoi faire de moi, de mon corps, de mes mots.

Je suis transpercé par un malaise qui cloue mes pieds au sol. Je ne bouge plus. Je ne respire plus. Ma mère Cecilia est devant moi, et c'est l'enfant perdu qui se déploie. Sa chevelure brune remontée en queue-de-cheval laisse entrevoir les traits ridés de son visage.

— Jayde…

Sa voix est la plus douce. Autrefois, elle avait le don d'apaiser mon cœur, comme si un baume léger l'enveloppait. Elle n'a pas changé. Mais ses yeux foncés… ce ne sont plus les mêmes. Avant ils portaient cette illusion de courage et d'amour que je recherchais, mais ce n'était qu'un leurre, parce que avant je sentais que quelque chose clochait. Ce n'était pas visible, mais l'atmosphère de la maison des Black était pesante, laissant planer une tension tangible dans laquelle la toxicité nous asphyxiait.

— Maman…

D'un pas lent et hésitant, elle s'approche. Je respire difficilement, une sensation désagréable flotte en moi et mon ventre est complètement noué.

— Jayde, écoute-moi…

Je recule. Une crainte me saisit fortement. Je suis assailli par une émotion étouffante. Elle gonfle, gonfle, gonfle au point que je risque d'exploser comme un ballon de baudruche.

— Sept ans.

Je me reprends. Mon masque d'indifférence s'est fissuré momentanément, mais j'ai arrêté net sa cassure. Hors de question qu'il vole en éclats. Mon sang s'échauffe et mon cœur est piétiné par la violence de mes sentiments. Si le Jayde ado aurait pu flancher dans une telle situation, celui que je suis aujourd'hui se refuse à s'abaisser devant ses peines profondes. Je crache durement :

— Sept ans que tu es partie. Pourquoi tu es là ? Pourquoi maintenant ?

— Jayde… je t'en prie…

— Tu as vu Tate ? C'est ta faute s'il retombe dans sa phase dépressive ?

Ses épaules tressaillent, et un brin d'angoisse luit dans son regard terne.

— Je suis passée hier…

— Tu penses réellement que je vais accepter tes explications ? Maintenant ? Silence radio puis tu reviens comme si c'était normal ?

Son visage se décompose et mon être aussi. C'est bizarre cette sensation qui court dans mes veines. Je suis puissant et impuissant face à elle. La situation est complexe, mon frère est dans un état critique. Je ne peux pas me permettre de céder à ce tourment grandissant au creux de ma poitrine.

— Pars, tu n'as rien à faire ici, m'énervé-je en m'éloignant d'elle.

Stoïque, elle ne bouge pas d'un iota, droite comme un pic, dans son long manteau noir fermé de haut en bas. Je sens son regard sur mon dos. Elle est probablement tiraillée entre l'envie de me crier dessus et celle de fondre en larmes devant tout le monde.

Je l'ignore et décide de me concentrer sur l'unique chose que je juge juste à faire.

Secourir mon frère de ses démons.

Première nuit blanche. Je n'ai pas dormi. Comment le pourrais-je ? La télé diffuse *Friends*. Je l'ai mise en bruit de fond afin de masquer les hurlements de ma peine dans mon esprit. Je refuse de les écouter, de les laisser m'engloutir dans cette spirale infernale. J'ai mal au cœur, mes yeux me piquent, je modère cette énergie sinistre en moi, je la fais taire avec les rires des spectateurs de la série.

Si seulement j'étais vraiment concentré sur l'écran.

Penser à autre chose. Penser à autre chose.

Je n'y arrive pas.

Je suis fatigué. En revoyant ma mère, j'ai eu l'impression qu'on déversait de l'alcool sur mes blessures ouvertes. C'est chaud. C'est brûlant. Ça fait mal, comme si le feu m'aspirait dans son enfer. Je me vautre comme un moins que rien, tous les sermons que je me suis faits à moi-même perdent leur crédibilité.

Un obstacle et me voilà à terre.

Je me retiens de basculer dans la dépression. Je me rends compte à quel point son départ m'a détruit, à quel point ce moment a façonné une version de moi sombre qui ne peut pas faire confiance, qui ne peut pas accepter qu'on me veuille du bien.

Alors je finis toujours par rejeter les autres et refuse la main qu'ils me tendent. Je me suis accoutumé à l'isolement, à anesthésier cette douleur logée dans ma poitrine.

Ce soir, je veux lâcher prise, exorciser cette peine impitoyable. Oublier en me rendant ivre mort. Ou encore retrouver mes vieilles habitudes de camé pour renforcer mon côté pathétique. Je ne suis pas obligé de respecter ma promesse à Cody après tout ce qui s'est passé… *mais je ne peux pas lui faire ça.*

Tate et moi ne pouvons pas sombrer tous les deux. Un de nous doit se maintenir. C'est mon rôle.

Le rôle de la béquille psychique et physique. Je l'endure depuis le début, inlassablement, en dépit de mes réelles émotions. Tout me dévore de l'intérieur et me ronge jusqu'à la moelle.

Je suis suspendu dans le vide. Ce n'est plus mes deux mains qui s'accrochent à la falaise, mais juste une seule.

Et quand je tomberai qui me rattrapera ?

Le matin venu, je glande dans mon appartement. Je n'ai rien avalé depuis presque vingt-quatre heures et tout ce dont a besoin mon organisme est d'un oubli provisoire de mon anxiété.

La promesse que j'ai faite à Cody en ce qui concerne la weed ne tient qu'à un fil. Ma conscience est à la lisière de la perdition. Je ne suis plus sûr de maîtriser quoi que ce soit.

Je suis au fond du gouffre.

Non.

Céder à la tentation d'un de mes anciens vices pourrait me faire perdre mon ami, ou du moins ce qu'il reste de notre amitié. Je l'ai déjà déçu, je ne suis pas prêt à le décevoir davantage.

Je grogne contre mon oreiller, me redresse et attrape le paquet de clopes sur ma table de chevet ainsi que le Zippo d'Iris. Je le lui ai subtilisé il y a bien longtemps… *Try a little tenderness* est inscrit dessus, elle l'a oublié la dernière fois qu'elle est venue chez moi et je l'ai gardé. Le feu jaillit. J'allume ma cigarette, puis la coince entre mes lèvres.

Putain…

La nicotine absorbe mon âme, l'étreinte de ce poison calme mes nerfs durant un instant. L'agglomérat de fumée s'extirpe de ma bouche dans une nuée satisfaisante à effleurer. Mes idées noires vagabondent tandis que mon rythme cardiaque s'intensifie.

Cette cigarette se consume lentement, comme ma vie qui finira à un moment donné. Je laisse la saveur imprégner mon corps. La compensation attendue ne sera jamais complète, mais j'en profite jusqu'au bout.

Je suis aussi fade que ma clope, frigorifié par ce malaise qui m'habite depuis que j'ai revu ma mère.

Je me suis cassé la gueule.

Au centre, je me dirige directement vers la réception. Dans mes poches, je cherche mon téléphone, mais ne le trouve plus. *Putain de merde.* Je voulais appeler mon père et le prévenir de la situation de Tate, mais visiblement quelqu'un l'a fait avant. Il est assis sur une chaise, les yeux perdus dans le vague, et sa jambe tressaille.

A-t-il vu ma mère ?

À peine me remarque-t-il qu'il accourt vers moi. Ses mains agrippent mes épaules et les traits de son visage hurlent la détresse.

— Pourquoi tu ne m'as pas appelé, bon sang ?

— J'ai égaré mon téléphone, papa, dis-je, ennuyé, en m'écartant de son emprise.

— J'ai parlé au médecin, Tate est sous calmants pour le détendre. Apparemment sa nuit a été mouvementée par des crises. J'ignore ce qui s'est produit, pourtant le bilan de la semaine dernière était plus que concluant.

— Je dois te parler de ça…

Je n'ai pas le temps de finir que ses yeux s'écarquillent comme des billes et sa bouche s'entrouvre en soufflant :

— C-Cecilia ?

— Bonsoir, Walter…

Mon Dieu.

Le voilà. Walter Black, captif de la tristesse du passé. Il est désemparé. Il exsude le désespoir.

— Qu'est-ce que tu fais là ?

Je me tais et observe l'attitude de ma mère. Elle se frotte le bras, elle est visiblement gênée de se retrouver face à deux hommes qu'elle a laissé tomber, sans explications.

— Tate ne va pas bien… je voulais le…

— Il allait très bien jusqu'à ce que tu fasses irruption dans sa vie, craché-je méchamment en la fusillant d'un regard empli de haine.

Je me positionne en bouclier entre mes deux parents. Mon père est faible, accablé de remords. Il ne dira rien, ne fera rien. J'ai beau entretenir avec lui une relation conflictuelle, au fond nous partageons cette peine semblable au creux de nos entrailles. Nous pouvons nous comprendre face à l'abandon, malgré notre mutisme volontaire autour de ce sujet.

— Jayde, je t'en prie…

— Va-t'en, Cecilia. Tu n'es pas la bienvenue ici et tu le sais, dis-je violemment en pointant du doigt la porte.

Ma menace résonne. Tout le monde nous observe. Mon regard noir liquéfie ma mère sur place. Cecilia Spencer exprime une émotion indescriptible, ses opales sombres laissent entrevoir une détresse avec une pointe de désillusion. La confusion s'installe peu à peu en moi devant sa réaction.

— Je m'attendais à ce que tu sois le plus récalcitrant quant au fait que je me rapproche de vous. J'ai lu tout ce que les blogs racontaient de toi, tous les articles et même tes interviews. Tu as toujours été fort pour dissimuler ce que tu ressens, te cacher derrière ton masque d'indifférence ! s'exclame-t-elle sur un ton monocorde.

Je me tais.

— Un jour, tu finiras par craquer, Jayde, dis réellement ce que tu penses au lieu de te dissimuler derrière le mur de tes paroles. Tu n'es plus un petit garçon. Je ne vais pas vous importuner plus que ça, mais je reviendrai voir Tate, et vous aussi. Le moment venu.

Cecilia s'éloigne avant de prendre la porte de sortie. Derrière elle, la confusion m'écartèle les membres, je me sens… vide, plus rien n'a de sens dans cette pseudo-famille. Je me retourne vers mon père, ce dernier passe la main dans ses cheveux gris en poussant un long soupir.

— Ça, c'est une surprise, souffle-t-il en se laissant tomber sur la chaise.

Je l'épie. J'ai toujours considéré mon père comme une statue inébranlable, mais peu à peu des fissures creusent la pierre et des morceaux s'effritent progressivement. Cette fois-ci, je crois bien que la stèle est aussi friable qu'une craie contre un tableau. Je prends place à ses côtés et mes doigts s'agrippent au tissu de mon pantalon.

— Tu devrais rentrer, fiston. Je reste ici, ne t'en fais pas. Retrouve ton téléphone pour que je te tienne au courant de la situation, énonce-t-il sur un ton triste.

— J'ignore où il est.

— Ton frère va bien, il est résilient, tente-t-il de se rassurer.

— Pourquoi elle est revenue ? dis-je en dépit de l'étau dans ma gorge.

— Je ne sais pas.

Je me rappelle ce qu'il m'a confié à son sujet. Il se sentait responsable de son départ, son rôle de mari devenait un carnage et il a fini par étouffer ma mère, comme il a commencé à le faire avec moi, autrefois.

— Je ne veux pas en parler, ajoute-t-il en banalisant ce cataclysme.

Abasourdi, je le fixe en clignant des yeux. Il se lève et s'éloigne de moi, mais je décide de le rattraper pour le retourner dans ma direction.

— Tu n'as pas cessé de nous faire comprendre, à Tate et moi, que c'était ma faute si elle était partie. Tout ça parce que j'étais celui avec qui elle avait passé ses derniers instants parmi nous. Tu as assumé ta part de responsabilité et maintenant tu te comportes comme si de rien n'était, lancé-je furieusement en retenant sa manche.

— Jayde, ce n'est pas le moment d'en parler, me réprimande-t-il avec une dureté connue dans le regard.

— Et je suppose que c'est auprès de ta psy que tu vas chialer ton désarroi, l'accusé-je en le poussant avec force.

Et il s'écrase au sol, ahuri par la violence de mon geste.

Mais je n'ai pas de compassion. Je le fixe avec toute la véhémence du monde.

— Vous m'avez détruit. Avec vos mensonges, votre lâcheté et votre hypocrisie, déclaré-je, la mâchoire serrée, en avançant de deux pas vers lui.

Juguler ma colère est impossible. Mon père est pour la première fois la victime de son procès, terrifié de ce qui peut lui arriver.

Autour de moi, les gens s'agitent, deux bras me retiennent, mais je ne fais même pas attention à eux. Mes yeux sont fixés sur mon paternel et je le pointe du doigt devant tout le monde :

— Je n'en peux plus de vos faux-semblants. Elle qui revient, toi avec tes rapprochements et Tate en pleine démence. Vous êtes anormaux et c'est moi qui passe pour le fou !

On m'escorte jusqu'à la sortie, mes lunettes de vue en tombent presque, mes déguisements ne vont bientôt plus fonctionner si ça se trouve.

Au palier, je parviens à me retourner pour lui jeter un dernier coup d'œil rageur tandis qu'il se redresse lentement grâce à une aide-soignante.

— Tu m'as répété sans cesse que je n'étais personne. Et ça je ne pourrai pas l'oublier, peu importe tes remords ou tes regrets. Personne ne s'est soucié une seule fois de ce que je ressentais. Allez tous vous faire foutre ! ! !

On me pousse et je trébuche sur le sol. Cette douleur insoutenable me pèse lourdement. J'en ai plus qu'assez.

Je suis fatigué de vivre, je n'en peux plus…

Et c'est comme ça que j'ai fini chez Iris.

En larmes, baignant dans le désespoir.

En pleurs contre son épaule. Elle me réconforte comme on ne l'a jamais fait. Elle me susurre que tout va s'arranger. Alors que je suis allongé contre elle, sa main dans mes cheveux m'apaise, elle me caresse avant tant de tendresse. J'ai beau être au plus mal, la chaleur de son corps m'enveloppe et me procure ce sentiment de paix inéluctable.

J'ignore encore à quel moment j'ai décidé de me rendre chez elle aussi tardivement. Ce besoin de douceur, d'affection… ce n'est que chez elle que je peux les obtenir, les trouver en dépit de notre relation chaotique.

— Tout ira bien, Jayde.

Et quand c'est elle qui le dit je veux bien y croire.

Pour une fois.

24. Crève-cœur

Iris

Billie Eilish – Ocean Eyes

Je n'ai jamais vu Jayde aussi malheureux.

Seules nos respirations résonnent dans la plénitude de ce silence. Les vibrations de son cœur pourraient presque s'arrimer aux miennes. Je les ressens une par une et chacune semble diffuser son mal-être.

Sa mère est revenue.

Je n'ose même pas imaginer le capharnaüm dans son esprit.

Mes doigts s'attardent sur ses cheveux noirs, je les lui caresse gentiment pour apaiser ce cocktail d'émotions ingérable qui doit l'assaillir.

Je me mets à sa place et songe aux sentiments ambivalents qui doivent le tirailler : colère, angoisse, douleur… Jayde est ce qui se rapproche le plus d'une cause perdue ce soir, mais une cause perdue qui vaut la peine qu'on se batte pour elle et qu'on la retrouve.

En dépit de tout… je ne peux me résigner à l'abandonner.

Non, je ne peux pas.

J'embrasse son oreille et lui susurre des mots doux alors que dans mon cou ses larmes commencent à sécher.

— Je suis là, murmuré-je en resserrant mon étreinte.

C'est ça l'amour ? Éprouver la douleur de l'autre ? L'endurer pour lui et se montrer forte pour soulever son fardeau ?

L'amour aura été ma plus grande souffrance et pourtant… l'avoir près de moi ne m'aura jamais rendue aussi heureuse.

— Je n'en peux plus.

Sa voix brisée caresse la courbe de mon cou, me donnant la chair de poule. Des frissons courent le long de mon échine et mon cœur martèle ma poitrine. Le départ de sa mère l'a condamné à ne pas s'ouvrir aux autres, il a toujours eu cette crainte de recevoir en pleine gueule le retour de bâton. Mais ce soir… il est détruit, tout ce qu'il a conservé et muselé au fond de lui jaillit comme un tsunami.

— Tu le peux, Rocky.

Jayde Black est un homme aux multiples facettes et je les aime toutes. Je l'aime sous toutes ses coutures. Toutes ses nuances, des plus sombres aux plus claires, même si l'obscurité a son ascendant sur lui. Mon cœur s'emballe lorsqu'il se blottit davantage contre moi. Mes jambes sont mêlées aux siennes et mes lèvres effleurent son front.

— Je n'avais pas le droit de dire que Tate avait tué ce type.

Je retiens mon souffle.

— Mon père m'a obligé à me taire pour mieux oublier ce qui s'est passé. Je voulais faire les choses bien, mais on m'en a empêché…

Cet aveu me lacère la poitrine. J'ignorais le revers de ce secret, j'ignorais cette vérité-là. Je comprends mieux maintenant… la relation des deux frères Black et pourquoi Jayde m'a caché ça. Une promesse faite à son père pour protéger son frère.

Je dépose un baiser sur son front comme pour le rassurer après cette confession douloureuse. Son nez se frotte contre mon cou.

— Je suis pitoyable.

Sa vulnérabilité me renverse, le voir dans cet état m'atteint profondément.

— C'est moi qui suis censé être l'homme et je suis en train de pleurer comme une fillette devant toi, quelle image tu auras de moi après ça, lâche-t-il avec sarcasme.

— L'image d'un homme qui n'a pas peur de montrer ce qu'il ressent, tout simplement, lui chuchoté-je gentiment.

— Pas sûr que ce soit avantageux, ricane-t-il.

J'embrasse une seconde fois son front.

— Avec moi, tu pourras toujours lâcher prise. Tu pourras toujours être qui tu es vraiment.

— Je veux être celui dont tu as besoin, Iris.

Tu es déjà tout ce dont j'ai besoin.

Mais je ne le lui dis pas. Ce n'est pas le moment et je ne pense pas être prête à me confronter à cette idée que me hurlent ma raison, mon cœur et ma conscience.

— Dors, Jayde, pour cette nuit, c'est moi qui donne.

La lueur du jour s'infiltre entre mes volets, mes yeux s'ouvrent péniblement. Le vide près de mon corps me démange, je tapote le matelas, ne sentant plus la présence de Jayde. Je me redresse et frotte mes paupières activement. Je balaie ma chambre d'un regard vif et ne le trouve pas. Alarmée, je me précipite vers l'entrée. Il est penché sur le plan de travail de ma petite cuisine, les mains appuyées dessus, la tête baissée, le regard dirigé vers le sol.

Comme s'il avait senti ma présence, il se redresse et me fixe avec un air triste. Son chagrin me fait encore de l'effet et se répercute sur mon pauvre cœur, cette douleur me lacère et j'ignore comme juguler cette peine qui le submerge.

— Excuse-moi d'avoir débarqué comme ça hier ! s'exclame-t-il, embarrassé, en se frottant la nuque.

— Ne t'excuse pas, dis-je doucement.

— Je vais y aller.

— Attends !

Mes doigts s'agrippent à sa manche, et il se tourne vers moi. Ses pupilles m'absorbent, je ne pourrais pas m'expliquer ce que je ressens à cet instant ni ce qu'il fait naître en moi avec son air maussade et fatigué. Ses cheveux sont ébouriffés et laissent difficilement entrevoir ses beaux yeux.

— Tu devrais manger avant de partir, je suis certaine que tu n'as rien avalé depuis deux jours.

— C'est le cas, me confirme-t-il en soupirant.

— Alors, reste, s'il te plaît.

Je lui prépare un chocolat chaud ainsi que des crêpes que je recouvre d'une sauce chocolatée que j'ai faite auparavant. Il les déguste dans le silence, sans jamais oser lever ses prunelles vers moi. J'ai bien compris qu'il était troublé et ne pouvait réfléchir correctement. Jayde a perdu le nord et son mutisme est plus éloquent que ses sentiments.

— Merci de m'avoir accepté cette nuit, dit-il subitement alors que je sirote mon café.

Son feu intérieur disparaît peu à peu, ce même feu qui m'a fait succomber pour lui. Le chagrin dans son regard ne faiblit pas.

— Ce n'est rien, mais que comptes-tu faire maintenant ?

— Je ne sais pas encore.

— Je pense que tu devrais avoir une discussion avec ta mère.

Je me retenais de lui dire ça, craignant sa réaction prévisible. Un pli de mécontentement barre son front, il se racle la gorge, probablement pour se débarrasser des mots cadenassés dans son gosier.

— Pourquoi je ferais ça ? Il y a sept ans qu'elle est partie, elle débarque comme si c'était normal, crache-t-il en tapant du poing sur la table et en arborant un air dur.

— Et si elle avait ses raisons ?

Je lutte face à son obstination. Je détecte les idées brumeuses de son esprit, auxquelles il refuse de se soumettre. Il est submergé de rancœur et de haine.

— La seule raison à mes yeux, c'est qu'elle est une lâche, clame-t-il. Sa fuite a engendré une infinité de problèmes qui nous poursuivent encore aujourd'hui.

Il aura beau crier ce qu'il veut, une mince lueur d'espoir au fond de son regard trahit ses intentions.

— Tu es aveuglé par ta rage, je le comprends. Je ne te demande pas de le faire tout de suite, mais d'y réfléchir. Tu es celui qui a le plus conscience qu'une histoire a toujours deux points de vue.

Ses paupières papillotent, il me fixe, ébranlé. Sa haine s'amenuise lentement et il pousse un long soupir de frustration.

— Peut-être bien… mais c'est trop tôt, je ne suis pas prêt, murmure-t-il en serrant le poing sur la table.

J'agrippe son poignet.

— Je sais…

Une décharge électrique me traverse et j'ai la sensation qu'elle le perfore autant que moi. Ses prunelles obscurcies contemplent un instant nos doigts entrelacés. Dans un élan inconnu, il se redresse en se raclant la gorge, une main devant la bouche.

— Je dois rentrer.

Devrais-je lui dire que j'ai écouté la chanson ? Devrais-je lui avouer que je m'égare dans une spirale de sentiments ? Que je suis aussi perdue que dans un labyrinthe insurmontable ?

Je l'accompagne jusqu'à la porte. C'est drôle, il y a quelques mois, sur le même palier, nous étions plus proches que jamais. Cœur écorché contre cœur écorché. Nos lèvres flirtaient ensemble comme une évidence.

— Merci… Iris.

Sa voix a un brin de timidité qui me fait frémir. Ma main se glisse jusqu'à son bras et mes doigts agrippent avec ferveur le tissu à carreaux de la manche de sa chemise.

— Fais attention à toi, Jayde, lui murmuré-je en fermant les yeux.

Lentement, mon corps se retrouve près du sien, une mince distance nous sépare. Il me tire vers lui. Sa tête se niche sur mon cuir chevelu et je le sens inspirer profondément mon parfum, les vibrations de son souffle se répercutent en moi et j'en ai la chair de poule. Je me délecte de cet instant, son cœur bat paisiblement au même rythme que le mien.

Sa main serre la mienne comme s'il cherchait à prouver que je suis bien là. Cette sérénité, que ça soit lui ou moi, nous en avions besoin. Pouvoir se reposer sur une épaule, avoir ce sentiment d'être protégé grâce à ce qu'on ressent l'un pour l'autre secrètement.

Un baiser chaud épouse mon front, je rouvre les yeux avant de les lever vers lui, l'air étonné et à la fois embarrassé. Jayde se contente de m'offrir un petit rictus, puis s'en va.

Mon cœur caracole dans ma poitrine, je prends une profonde inspiration avant de fermer la porte d'entrée, de m'adosser à celle-ci, puis de me laisser glisser jusqu'à ce que mes fesses effleurent le sol.

Je ne lui ai pas dit que j'avais écouté sa chanson.

Je ne lui ai pas dit ce que je voulais vraiment.

— À quoi penses-tu ?

Darren me sort de ma torpeur. Je suis allée lui rendre visite après le départ de Jayde. J'essaie de le voir le plus souvent possible. Même si les séquelles physiques finiront par disparaître, je sais que les marques psychologiques laissées derrière cet épisode seront présentes un bon moment. Je refuse qu'il broie du noir, se renferme sur lui-même à cause de son erreur de jugement.

— Je pense à… Jayde, dis-je honnêtement.

— Ah oui ? Tu lui as parlé ?

— Pas au sujet de ce que tu attends.

— Pourquoi pas ?

— Ce n'était pas le moment adéquat pour discuter de ça et j'ignore si je suis prête.

— On a tous peur du grand saut, Iris, mais je suis certain que Jayde te rattrapera toujours.

— Tu commences à vriller, toi, on n'est pas dans un Disney, le taquiné-je en pinçant sa joue.

— Je suis très bien placé pour le savoir, fait-il en riant de bon cœur, mais lui… il est vraiment amoureux de toi.

Je m'empourpre et m'empresse de le dissimuler avec mes mains.

— Darren… j'ai conscience que tu te sens trahi avec ce qui s'est produit, mais tu as le droit d'extérioriser ta peine et de pleurer autant que tu veux avec moi.

— J'ai envie de passer à autre chose. À quoi bon ? J'ai été manipulé et je me suis fait des films à l'eau de rose tout seul. Ce biker gay aura eu ma peau mais, bon, la peau noire est épaisse et dure, je suppose qu'il m'en faut encore beaucoup pour tomber à terre.

— Tu peux réussir tout ce que tu veux, Darren.

Ma tête se tourne vers lui, une larme s'échappe au coin de son œil, et je le scrute en train de sourire. Ce courage qui se déploie de lui est impressionnant.

— Espérons que tu dis juste, ma fleur.

Au Dream Club, Amber et Darren me font l'honneur de leur présence, après si longtemps. Je les sers à leur table habituelle avant de revenir derrière le comptoir du bar. Tous deux décident de chanter sur scène, dans toute leur splendeur. Lenny me lance un sourire de là où il est, la table réservée à ses amis. Je lui réponds d'un clin d'œil et il se lève de sa chaise pour venir vers moi.

— Alors, tout va pour le mieux ?

Je n'ai pas le temps de répliquer que les cordes vocales de mes amis se tordent dans les enceintes. *Sucker,* des Jonas Brothers. Me rappeler ce groupe ne me rajeunit absolument pas, mais cette chanson va mettre l'ambiance.

Je souris à mon patron.

— Entre nous trois, je pense que oui.

— Tu devrais t'amuser un peu toi aussi.

Me changer les idées, c'est ce que je me tue à faire depuis mon échange avec Jayde ce matin. *Dark Rose* tourne en boucle dans ma tête, et je suis réellement préoccupée par son état. Que fait-il en ce moment ? Va-t-il mieux ? Trop penser finira un jour par causer ma perte. Je suis le conseil de Lenny et me dirige vers le piano.

Je rejoins mes amis en poussant mes doigts à interpréter le rythme de la chanson pop qui résonne dans le Dream Club. Connectés, on s'adresse tous les trois un sourire, communiquant ainsi notre complicité. Ma bouche est fermée, je ne chante toujours pas. Une voix aiguë et puissante aurait été mon idéal, mais mon timbre rauque rime avec désillusion. Heureusement que je n'ai jamais eu l'aspiration de devenir chanteuse professionnelle. Le clavier et ses nombreuses touches suffisent à me combler d'art.

I'm a sucker for you, yeah
(J'ai un faible pour toi, oui)
Any road you take, you know that you'll find me
(Peu importe le chemin que tu empruntes, tu sais que tu me trouveras)
I'm a sucker for all the subliminal things
(J'ai un faible pour les choses subliminales)
No one knows about you (about you) about you (about you)
(Personne ne te connaît (toi) ne te connaît (toi))
And you're making the typical me break my typical rules[1]

1 Extrait de la chanson écrite par Adam King Feeney, Ahmed Mustafa, Homer Steinweiss, Joseph Jonas, Louis Bell, Miles Ale, Nicholas Jerry Jonas, Paul Kevin Jonas II et Ryan Tedder.

(Et tu fais que mon moi typique brise mes règles typiques)

Briser les règles. Cette phrase retient mon attention. Chacun a ses principes, ce qu'il impose pour ses limites. J'ai toujours eu conscience des miens, surtout parce que j'ai goûté au nectar de la douleur qui ne guérit jamais. En me cassant la gueule dans un amour impossible, j'ai réalisé que l'impossible ne devrait plus exister dans l'équation.

La déception aussi est maîtresse des craintes, tous les pressentiments que nous avons naissent de l'anticipation de nos actions. Je me suis empêchée de tisser des liens avec les autres pour m'éviter le chagrin de la perte. J'ai beau avoir un tempérament de feu, être spontanée dans mes dires, au fond de moi, tout est si bien étudié que c'en est effrayant.

Si je devais pardonner Jayde, je briserais ma règle :

Si on me déçoit, on me perd, il n'y a pas de retour en arrière.

Dark Rose. Dark Rose. Dark Rose.

Je mords ma lèvre inférieure comme si je réfrénais cette bile acide qui monte dans ma gorge. Je veux hurler. Crier si fort que mes poumons se videraient et que je finirais par m'effondrer sur le sol, et là… la lumière au bout du tunnel m'éclairerait sur la décision que je dois prendre.

Le simple fait d'hésiter est un supplice. Si j'accepte… c'est comme si je renonçais à qui je suis. Et si je le rejette… je ne suis plus sûre que je m'appartiendrai.

Je suis enfin chez moi, les réflexions se propagent comme un virus dans mon esprit. J'ai mal au crâne. À peine je pose mes affaires sur le canapé que ma porte subit des coups de plus en plus forts. Je l'ouvre immédiatement et découvre un Jayde essoufflé, le regard inquisiteur.

— Pourquoi tu ne m'as pas dit que tu as écouté la chanson ?

Sa voix grave me transperce. Mes mains se figent sur la poignée et il me pousse pour entrer dans mon appartement. Je retiens ma respiration. *Il est là…*

— J'avais perdu mon téléphone, voilà pourquoi je n'ai pas répondu, mais maintenant je l'ai retrouvé. J'ai écouté ton message.

Chaque mot est une balle. Il fait voler en éclats toutes mes incertitudes. Une énergie grésille au fond de mon ventre et les vibrations de mon cœur me secouent jusqu'aux entrailles.

Son regard est éloquent, il me consume le creux des reins.

— Pourquoi tu ne m'as rien dit ? répète-t-il plus calmement en avalant la distance entre nous.

Il me surplombe de sa hauteur. À force de reculer, je finis coincée entre lui et la porte fermée.

— J'ai jugé que ce n'était pas le moment adéquat, vu ton état.

Alors qu'il est tout près, l'aura dégagée par son corps est un vent dément qui me frappe de plein fouet. Sa chaleur me flatte. Un dédale d'émotions contradictoires me cisaille, ce tumulte dans mon esprit hurle à la folie.

Je plonge mes yeux dans les siens. Je lis dans ses abysses oculaires du désespoir. Le désespoir m'indiquant que je ne lui donne pas ce qu'il souhaite.

Ardemment. Follement.

— Qu'est-ce que tu en as pensé, Iris ?

Il articule lentement les mots. Ses mains sont contre le mur, je suis captive, prisonnière de son regard.

Son souffle chaud est une caresse incandescente, elle flirte contre mes lèvres et déclenche en moi cette intense envie de les sceller aux siennes.

— Tu fais tellement d'efforts… pour moi… depuis le début, susurré-je faiblement.

Mes doigts s'accrochent à son sweat, au niveau de son cœur, et j'en perçois chacun des battements. Je frissonne.

— Je me suis sentie spéciale, confessé-je en esquissant un sourire triste.

Il ne dit rien. Ses yeux me sondent avec une insistance peu commune. Une émotion indescriptible irradie de ses traits parfaits, la certitude que ce soir ce sera son salut.

— Je n'en peux plus, moi non plus.

Mon aveu étire ses lèvres en un fin rictus. Je resserre le tissu de son pull dans ma paume alors qu'elle tressaille.

— Jayde… pourquoi tu t'accroches ? demandé-je en le scrutant sans pouvoir lui cacher mes sentiments.

Il se penche et son front se colle au mien. Cette nouvelle proximité fait éclore une envolée de papillons dans mon ventre.

— Parce que tu es mon rêve brisé, et que je m'accroche jusqu'à ce qu'il devienne réalité.

Je ressens pleinement notre lien unique. Je mordille ma lèvre inférieure et remonte la main jusqu'à sa nuque, où je caresse ses cheveux.

— Et si je me brisais encore une fois ? Et si je tombais à nouveau ? susurré-je en effleurant sa bouche.

— Je tomberai avec toi.

Sur la pointe des pieds, je scelle nos lèvres dans un baiser chaud et doux à la fois. Ses paumes se calent contre mes joues pour accentuer ce contact. Son feu intérieur éveille le mien, je n'ai jamais été aussi bien.

— Putain…, gémit-il.

Sa langue titille la mienne, elle joue avec jusqu'à n'en plus pouvoir. Je reprends à peine mon souffle qu'il me plaque avec plus de ferveur contre le mur en remontant mes mains en haut de ma tête.

— Tu m'as manqué, lâche-t-il à mon oreille.

— Toi aussi, soufflé-je en sentant l'excitation naître.

La tension me brûle la peau et elle le brûle aussi. Je veux oublier toutes ces interdictions que je me suis imposées, je veux oublier toutes les souffrances endurées. Jayde est mon exception et je suis enfin prête à l'accepter sans me mentir à moi-même.

— Putain, toute cette retenue, Iris, dit-il en m'embrassant sensuellement la bouche à nouveau. Laisse-moi brûler la dynamite que tu es et te faire exploser.

Ses mains se referment sur mes poignets au-dessus de ma tête et sa langue joue encore avec la mienne. Ses lèvres bougent contre les miennes, lentement, et je frémis à ce contact. Ces baisers me faisaient trembler, Jayde me fait me sentir vivante, pleinement.

Mon corps et mon âme s'éveillent et le désir n'aura jamais été aussi tangible que lorsqu'il déploie une telle détermination pour m'avoir.

— À force de trop jouer avec le feu, on finit en enfer ! m'exclamé-je, haletante.

— Alors, viens brûler avec moi, bébé.

25. Perdre le contrôle

Iris

Bruno Mars – Gorilla

Dans ma chambre, la tension est si palpable qu'elle pourrait me faire fondre comme de la glace. Une flambée d'excitation dilate les pupilles de Jayde tandis que je me déshabille devant lui, alors qu'il est assis sur le rebord de mon lit.

Je laisse glisser mon jean en agitant sensuellement mes jambes et prends une profonde inspiration dès que ses doigts s'enfoncent dans mes hanches. Je me débarrasse de mon pull et je me retrouve en sous-vêtements devant lui.

— On t'a déjà dit que tu étais sexy ? me drague-t-il avec un air lubrique.

Je roule les yeux et ravale ce rictus coquin que j'étais à deux doigts de déployer. Un silence imprégné de promesses charnelles règne. Nos regards projettent des messages bien plus éloquents. Il me rapproche de lui et sa tête est au niveau de mon bas-ventre.

Il détaille la moindre calligraphie à l'encre sur ma peau, ses doigts glacés courent sur mes tatouages, il y appose des baisers qui me font soupirer. De près ou de loin, il trouve moyen de me consumer en cendres. Ma respiration devient saccadée et, quand ses lèvres se posent contre le tissu de ma culotte, mes jambes chancellent lourdement.

Il me tire par la main et je me retrouve assise à califourchon sur lui, face à la protubérance sous son pantalon. Il écrase sa bouche contre la mienne avec violence et d'un geste leste me débarrasse de mon soutien-gorge. Mes seins durcissent devant son regard incandescent qui renferme tous les traitements salaces qu'il pourrait leur infliger.

Il exerce une pression sur mes hanches, me faisant partager davantage l'ampleur de son érection, et je gémis sur le coup.

— Il n'y a que toi qui me fasses un tel effet, lâche-t-il, haletant.

Il s'humecte les lèvres avant de capturer ma bouche et de me retourner totalement sur le lit. Il a le dessus et moi je suis sous lui, presque nue. Il m'embrasse, il avale toutes mes complaintes énamourées et mes doigts commencent à lui retirer son pull.

— Petite coquine, dit-il, la voix éraillée de plaisir en attrapant légèrement mes cheveux.

— Donnant-donnant, soufflé-je en lui mordillant le cou alors que je remonte son haut pour l'en débarrasser.

Il ricane et finit par m'aider. Son torse est enfin devant moi. Ses muscles roulent sous sa peau tandis que ses tatouages dansent lascivement à chacun de ses mouvements. Ses abdominaux développés tracent un V saillant. Il y a une bosse imposante au niveau de son pantalon. J'humecte mes lèvres sans réfléchir et croise ses yeux enflammés.

Subitement, il emprisonne mes poignets au-dessus de ma tête et son front est collé contre le mien.

— Si tu bouges les bras, je te donne une fessée, déclare-t-il avec une lueur d'excitation.

Ses mots me font frissonner.

— C'est une menace ? le défié-je en ne luttant pas contre la pression exercée sur mes poignets.

— Non, une promesse.

Mon cœur palpite et mon sexe aussi, mon intimité est humide. Jayde me jette un dernier regard d'avertissement avant de me lâcher les bras en arborant un air de détraqué.

Sa bouche se referme sur mon sein, tandis que sa main caresse l'autre. Mes mamelons gonflent face à ce traitement, sa langue titille ma pointe, la lèche, l'aspire et l'embrasse. Putain… je vrille, je halète sous chacun de ses assauts.

C'est si bon…

Mon corps n'est pas enchaîné au passé, il reprend vie sous son toucher. J'ai réalisé qu'il ne répondrait qu'à lui. Aucun autre homme ne me fait succomber et n'abat mes barrières comme Jayde Black. Il façonne le désir chez la femme que je suis.

Je me cambre et rencontre son sexe dur. Je me retiens comme je peux de le toucher, mais à peine je capitule pour m'accrocher à ses cheveux que Jayde me mord le sein et claque de sa main ma fente moite derrière le tissu de ma culotte.

Je crie de surprise et il recommence une seconde fois. C'est un peu fort, ça me déclenche une onde de plaisir saisissante, mais de la plus délicieuse des façons.

— Qu'est-ce que j'ai dit, la vipère ? me réprimande-t-il.

Il déchire ma culotte. Je sursaute et toute la chaleur condensée dans mon sexe s'écoule sous l'effet de l'excitation provoquée par son ton rauque et sévère.

— Tu es horrible, craché-je, à la frontière du lâcher-prise.

Un souffle chaud s'abat sur mon intimité. *Oh ! mon Dieu…*

— Remonte tes mains, m'ordonne-t-il en frôlant mon clitoris.

— Oh. Merde. Merde. Merde.

Mes doigts s'accrochent difficilement aux barres de ma nouvelle tête de lit. Mon dos s'arque à mesure que Jayde fait tournoyer sa langue sur mon bouton de chair.

— Oui, Iris, garde tes mains là-haut, ricane-t-il en mordillant l'intérieur de mes cuisses.

Je suffoque de plaisir, la chaleur de nos ébats alourdit l'atmosphère.

— T'es un enfoiré, geins-je avec la poitrine qui monte et qui descend.

Un faible rire résonne entre mes jambes.

— Je t'ai désirée toutes ces semaines, je mérite bien une petite récompense alors que toi tu es partie chercher du plaisir ailleurs.

Une pointe d'amertume se discerne dans son élocution. Il suce mon clitoris plus fort cette fois-ci, comme si cette conversation éveillait davantage ses instincts primaires… et sa jalousie.

— C'est ta punition, ma chère.

Je m'en doutais. Coup pour coup. Donnant-donnant.

— Jayde…

Ma respiration est haletante, m'obligeant à marquer une pause, alors qu'il écarte mes genoux et me pénètre avec un doigt. Je m'arc-boute brusquement, lui donnant le plein accès à mon intimité.

— … tu es le seul, finis-je en fixant le plafond, sentant le rouge envahir mes joues.

Son visage frôle le mien, sa langue lèche mes lèvres et son doigt fait des mouvements circulaires dans mon sexe.

— Pas suffisant, râle-t-il d'une voix grave.

Deuxième doigt en moi et je suis prise de violents soubresauts.

— Oh ! mon Dieu…

Je m'accroche à ses larges épaules.

— Ouais, je suis ton dieu, ricane-t-il en me mordant le cou cette fois-ci.

Sa bouche flatte, lèche et suce cette zone érogène, laissant derrière des marques qui seront plus que voyantes demain. Mon corps est secoué par la violence de la luxure. Ses doigts font des prouesses et je vais tomber à la renverse. L'ivresse monte crescendo, je m'apprête à jouir et déverser mon excitation.

Je suis complètement à sa merci.

Mais…

Je ne jouis pas, car ce con a arrêté net mon orgasme.

La putain de frustration consume mon bas-ventre, je grogne et frappe son épaule comme un camé en manque de sa drogue.

— Ça c'est pour avoir joui avec l'autre connard et même si tu pensais à moi, susurre-t-il, étonnamment calme, lapant généreusement mon oreille.

— C'est toi le connard, grommelé-je.

— Hmm, remonte tes bras, ma jolie, sinon je vais encore te punir, m'avertit-il en s'humectant les lèvres, le regard menaçant.

Danger. Danger. Danger.

— T'es un danger sexuel, l'insulté-je en lui pinçant le pec avec mes griffes.

— Tu es frustrée ? Hmm, c'est toi l'obsédée maintenant ?

Le contrecoup m'assomme. Il m'a rendu accro à lui et il se moque de moi, en utilisant les mêmes mots que j'utilisais pour le définir.

— Tu m'as coupée dans mon élan !

— Tu allais jouir, ma rose ?

Je me tais et laisse mes yeux lui communiquer toutes les injures que je réprime.

La débauche qu'exprime son visage fait qu'il paraît encore plus confiant. C'est son terrain de jeu après tout, celui dans lequel il excelle dans tous les sens du terme – sans mauvais jeu de mots.

— Si tu avoues que je suis le seul à te faire jouir comme ça, je continue jusqu'au bout, me souffle-t-il en s'armant d'un sourire condescendant.

Putain.

Alors que je suis sur le point de l'insulter, sa paume claque ma fente et je me cambre.

— Dis-le, ordonne-t-il.

Je reste silencieuse et place la main sur la bosse de son pantalon avec la même force que lui.

— Agh, lâche-t-il en grognant.

— Donnant-donnant, articulé-je sur un ton arrogant.

— Petite effrontée, souffle-t-il, amusé, en répétant son geste.

Il manipule l'excitation de mon corps comme un instrument, il tape derechef mon sexe et j'émets une lamentation beaucoup trop forte à ravaler.

Il me brûle avant qu'une vague de froideur ne s'abatte sur moi dès que son contact s'en va.

Ma main se faufile jusqu'à son pantalon et j'empoigne sa queue durcie par nos émois.

— Putain, geint-il alors que je libère son gland turgescent.

Lentement, je commence des va-et-vient et son ampleur grossit sous mes doigts, Jayde a les yeux rivés sur moi et il halète.

— Tu ne lâches pas l'affaire…

Je fais non de la tête avec un sourire glorieux, mais je crie victoire trop vite, sa main se referme sur mon poignet et il mène la danse quelques secondes avant de rompre tout lien entre son sexe et moi.

Je fronce les sourcils et d'un coup je ne peux plus bouger. Jayde m'emprisonne les bras au-dessus de la tête avec sa poigne de fer autour de mes poignets.

— La punition n'est pas terminée, je t'ai laissé un petit entracte pour que t'imagines que tu domines, clame-t-il, fier de me piéger dans les mailles du filet.

Mes joues s'empourprent et mes bras s'engourdissent sous la douleur lancinante qui parcourt mes muscles. Il va m'attacher.

— Parjure !

— Supplie-moi et je serai plus indulgent quant au sort que je te réserve, la vipère.

Je retiens mon souffle et, lorsque le son de la boucle de sa ceinture résonne, mon cœur loupe un battement.

— Tu te souviens quand je t'ai dit que je t'attacherais ?

Sa voix sensuelle embrase le creux de mes reins et ma moiteur me brûle l'intérieur des cuisses. Le cuir de sa ceinture effleure la peau de mon ventre.

— Qu'est-ce que…

Ahurie, je le fixe dans sa manœuvre, il est tellement concentré. Je me perds dans cette contemplation.

La dépravation suinte de son rictus et je le sens former une boucle autour de mes mains, le fait qu'il les attache accentue la flamme qui me consume.

— Totalement à ma merci, souffle-t-il avant d'enfoncer sa langue dans ma bouche.

Je frémis face à cette soumission. Une douleur exquise me tire les bras.

— Tu vas me le payer, lâché-je après son baiser en le fusillant du regard.

— Hâte de voir ça, ricane-t-il en me pinçant un téton.

Je ne peux plus bouger. *Putain de merde !*

— Maintenant on reprend à zéro, réplique-t-il avec ce foutu rictus lubrique.

Je remue le buste, mais il fait non avec son index pour me faire comprendre qu'une évasion quelconque n'est pas envisageable.

Sa bouche s'écrase sur mes lèvres et sa langue cherche irrémédiablement la mienne. Nous sommes comme deux aimants, notre attirance est indéniable. J'ai beau être sous son emprise, je n'ai jamais été aussi excitée qu'aujourd'hui. Et il m'est insupportable de lui avouer cette vérité. Une vérité qui, dans le fond, me plaît.

— Redis-le-moi maintenant, gronde-t-il en retirant totalement son pantalon.

Mes yeux restent fixés sur ses tatouages. Je suis chaque ligne de près. Mon préféré, je crois que c'est le *Memento Mori* sur son biceps.

Souviens-toi que tu vas mourir. Un moyen de se rappeler que nous sommes tous au même niveau une fois que nous avons rendu notre dernier souffle.

Jayde est nu, je contemple sa parfaite musculature, ni trop imposante ni trop frêle. Il est le juste milieu qui me rassasie les yeux. Sa verge est dressée, prête à être accueillie par mon sexe qui palpite rien qu'à l'idée d'être remplie.

— Je t'ai demandé de le redire, répète-t-il, la voix grave, en m'écrasant de son poids, maintenu sur ses coudes de part et d'autre de mon visage.

Je hurle de frustration. Il m'a allumée comme une allumette qui n'a pas le droit de se laisser consumer par la flamme. Je le toise méchamment. *Agh !*

Son gland est à la lisière de mon clitoris. Il me touche, s'imbibe de mon liquide et ce contact étroit suffit à me rendre barge. Sans que je les maîtrise, mes hanches s'arc-boutent pour que je le sente et mes jambes se referment sur lui. Un accès direct à mon mont de Vénus qui l'enchante.

— Je ne te donne pas ce que tu veux, jusqu'à ce que tu le dises, souffle-t-il contre ma bouche insatiable de ses baisers ardents.

Je rumine. Son jeu m'excite et m'énerve. Une autre tentative pour me libérer est un échec. Jayde s'enfonce en moi, je pousse un cri de soulagement, mais il se retire instantanément.

Ma poitrine remonte et descend à cause de ma respiration erratique. Il sourit, dissimulant sa frustration derrière son exaltation de me voir aussi… désespérément accro à lui.

— Je me délecte du spectacle, dit-il avant de laper mes pointes turgescentes.

Je gémis encore et encore.

— Allez, ne fais pas ta difficile, laisse-moi te soulager un peu.

Il me fait des suçons par-ci par-là. Ma peau est marquée par sa bouche avide. Je suis au bord du gouffre.

— Tu es le seul.

Je tremble en soufflant ces mots, mes lèvres ne libèrent que des complaintes face au traitement qu'il m'inflige.

— Le seul à te faire quoi ? s'acharne-t-il en positionnant de nouveau sa verge contre ma fente.

Oh.

Il appuie davantage contre mes barrières, me forçant à un dernier aveu. L'aveu fatidique.

— Le seul à me faire jouir, soufflé-je en fermant les yeux.

Jayde me pénètre et fait des va-et-vient longs et profonds. Mon corps est victime de soubresauts à chaque coup de boutoir. Le lit grince contre le sol alors que Jayde poursuit ses mouvements contre mon bouton de chair.

— Jayde. Jayde…

J'émets des cris aigus dès que je sens que j'approche du septième ciel.

— Putain… tu me rends dingue.

De plus en plus vite.

— Redis-le-moi, souffle-t-il en écrasant sa bouche sur la mienne.

Il m'embrasse comme si c'était la dernière fois. Mes lèvres frémissent et mes bras me tirent. J'ai envie de le toucher et de le griffer pour encore plus le sentir.

— Tu es le seul à me faire tout ça…

Un soupir de plaisir et il l'avale en m'embrassant de nouveau après ma nouvelle confession.

— Jayde, Jayde…

Je n'ai jamais rien connu d'aussi intense. Mon corps s'exprime et découvre ses limites. Ma frustration s'évanouit, je ne pense qu'à ce lâcher-prise qu'il m'offre.

Le lit grince de plus en plus fort, et j'émets des gémissements si puissants que je crains que tout le voisinage ne m'entende. Jayde est près de la jouissance, il grogne de plaisir en sentant l'apogée nous frôler.

— Jayde, tu es le seul…

Je répète ces mots, beaucoup trop happée par l'instant, beaucoup trop ensorcelée par son corps, son cœur et son âme.

Je vais jouir.

— Et toi, tu es à moi, déclare-t-il en collant son front contre le mien.

Je jouis. Et lui aussi.

26. Renouveau

Jayde

The 1975 – Be My Mistake

— Putain, je revis.

C'est le cas de le dire. Le corps chaud d'Iris est contre le mien en cuillère. Mon bras l'enveloppe au niveau de sa poitrine, et je niche mon visage au creux de son cou, en léchant et embrassant cette courbe gracieuse.

— Hmm, pitié… pas de bon matin.

C'est dingue ! Je me sens léger malgré le cataclysme qui m'a frappé il n'y a même pas trois jours. Sa présence apaise mon cœur, apaise chacune de mes cellules. La main d'Iris saisit la mienne, elle la porte à ses lèvres, en y déposant un doux baiser, m'arrachant un sourire.

— Je dois t'avouer que me faufiler dans ton lit m'a manqué, murmuré-je à son oreille avant que je n'en mordille le lobe.

— Mon lit t'a manqué ? Je te signale que le tien doit faire le double de la taille du mien ! s'exclame-t-elle, l'air moqueur.

— À quoi bon avoir un grand lit s'il est vide ? fais-je en taquinant son oreille avec ma langue.

— Ton odeur a inondé mes draps un bon moment, admet-elle.

Je sens son regard rivé sur ma main, elle s'amuse à délier puis enlacer ses doigts dans les miens. Qui dit jeu de mains dit jeu de vilains, n'est-ce pas ?

Je lui pince le téton et elle pousse un petit cri de surprise avant de se tourner vers moi en faisant bien attention à garder son buste recouvert par le drap.

— Dis-moi, c'est quoi ton programme de la journée ? m'interroge-t-elle en frottant son nez contre mon épaule.

— Hmm, rester dans ce lit et te retourner dans tous les sens, répliqué-je d'un ton lascif.

— Je suis fortement flattée par votre proposition, mon cher Black, mais je suis une femme indépendante et très demandée.

— Demandée par Jayde Junior, effectivement.

Juste à cette invocation, Jayde Junior se redresse.

Iris jette la tête en arrière dans un éclat de rire. La voir si détendue tire davantage sur ma corde sensible, et un sentiment que je n'aurais pas imaginé une seconde me traverse.

Je suis heureux.

— Hé, arrête de me regarder comme ça ! me réprimande-t-elle en plaquant sa paume contre mes yeux.

— Tu m'as plongé dans l'obscurité, dis-je en haussant les épaules.

— Ton endroit préféré, non ?

— Oui, c'est là-bas que je t'ai cueillie.

Délicatement, elle retire sa main et je tombe nez à nez avec son joli minois. J'aime les petites taches de rousseur sur son nez, elles sont fines, on ne peut les remarquer qu'à une certaine proximité. Une part de moi irrationnelle mais aussi dépravée souhaite garder cette rose noire rien que pour moi, loin des yeux du monde, loin de tous ceux qui pourraient faner ses pétales, alors que c'est de moi que je dois la préserver.

— On t'a déjà dit que tu étais beau ?

Elle ne semble pas réaliser ce qu'elle dit, jusqu'à ce que du rose colore ses pommettes.

— Pas comme ça, réponds-je, amusé, en la serrant contre moi.

Je n'ai jamais été aussi familier avec une fille, aussi à l'aise, au point de ne jamais cesser d'effleurer sa peau, comme si ce contact m'était vital.

— Je crois que je dois rendre visite à quelqu'un, soufflé-je en me frottant le front avec la main.

— Qui ça ? demande-t-elle en se redressant pour mieux m'analyser.

— Il y a plusieurs semaines j'ai fait mon connard avec des gens que je ne connais même pas et je n'arrête pas d'y penser.

— Oh ! Cody m'en a vaguement parlé.

— Ce qui est sûr, c'est que je ne décrocherai pas le titre de meilleure personne cette année, dis-je avec sarcasme.

— C'est clair, se moque-t-elle en me serrant contre elle, la tête sur mon torse.

— Il n'y a rien pour justifier ce que j'ai fait, parfois j'ai peur de moi quand je ne me contrôle pas, les autres ne sont que des dommages collatéraux.

— Tu sais, Jayde, tu ne trouveras jamais de lumière sans ombre dans ce monde, elles sont indissociables, et ta part de clarté ne s'éteindra jamais tant que ton obscurité sera en toi.

— Qu'est-ce que c'est censé vouloir dire, la vipère ?

— Que tu feras toujours des erreurs mais, tant que tu es prêt à les reconnaître, tu ne seras jamais une cause perdue.

— J'étais jaloux, déclaré-je en resserrant mes bras autour d'elle pour mieux la bloquer et l'empêcher de se lever.

— Mais pourquoi ?

— Je ne supportais pas qu'ils puissent écrire alors que j'étais incapable de le faire, j'étais terrorisé de m'avouer à moi-même que ma passion m'avait quitté quand eux commençaient à attirer l'attention des médias. Je n'acceptais pas d'admettre que la musique ne m'intéressait plus. Je ne pouvais même pas bien chanter.

— Chéri…

Iris tente de s'échapper de mes bras, mais je l'arrête.

— Je t'en prie, ne me regarde pas après que j'ai dit ça, murmuré-je en maintenant sa tête contre ma poitrine.

— S'il te plaît, Rocky.

Sa petite voix me fait inspirer profondément, avant que je lui avoue :

— J'ai honte.

— Mais toi et moi c'est spécial, non ?

— Oui…

— Alors, laisse-moi t'admirer, susurre-t-elle en posant ses lèvres chaudes sur le tatouage de mon torse, une aile d'ange délabré.

Iris s'appuie sur son coude et son pouce caresse ma joue avec tendresse.

— On rencontre tous des périodes sombres, où même l'art ne peut pas nous guérir. Tu n'es pas obligé de faire semblant d'être tout le temps passionné par la musique et ton métier, cette perfection, personne n'en veut. Si un jour tu dis que tu souhaites arrêter, personne ne t'en voudra, c'est chacun son tour sous les feux des projecteurs. Tu as eu le tien, ils auront le leur et ainsi de suite, c'est une chaîne sans fin. Tu penses vraiment que Kurt Cobain a écrit quotidiennement ? Bien sûr que non.

— Il se bourrait la gueule les autres jours, dis-je, amusé, en passant la main dans ses cheveux violets.

Je suis hypnotisé par ses yeux aigue-marine, ils sont si expressifs à mon égard, cette myriade d'émotions qui se succède me bouleverse. Cette femme est une pécheresse, elle m'a jeté un sort dont je ne pourrai jamais me défaire.

— C'est clair ! L'inspiration se cultive avec les expériences de la vie, mais aussi lors des phases où tu n'arrives à rien. N'aie pas honte parce que tu es moins happé par ta passion comparé à quelqu'un d'autre, ce ne sera jamais une ligne continue. Tu auras plein de concurrents, une personne plus talentueuse, plus déterminée que toi, mais il n'y aura jamais un artiste comme toi, avec tes fêlures, tes secrets, ta sexy attitude. Tu es une bête de scène, ma préférée.

Iris ponctue ses mots d'un petit sourire timide qui me fait chavirer.

— Alors comme ça je suis sexy ? répété-je en la faisant rouler sous moi.

— C'est tout ce que tu as retenu ? maugrée-t-elle en levant les yeux au ciel, agacée.

Alors qu'elle est coincée sous mon poids, je laisse mes doigts courir sur son joli minois. Mon index tapote chacune de ses taches de rousseur et je la vois rougir face à mon geste.

— Merci, ma vipère.

Je crois que j'avais besoin d'entendre ça.

Elle affiche un sourire radieux, mon pouce dessine le contour de ses lèvres, puis épouse leurs formes charnues, et elle embrasse tendrement la pulpe.

— Mais je t'en prie, Rocky.

— À force de m'appeler ainsi, tu vas me redonner envie de me refaire les films, la taquiné-je.

— Et n'hésite jamais à t'exhiber torse nu sous mes yeux en levant les bras haut, comme si tu avais gagné le gros lot, en l'occurrence moi.

— Je saurai mettre en œuvre vos désirs les plus rocambolesques, madame.

Plus, j'ai tellement besoin de plus.

— Alors tu es décidé à te rendre chez ces gens-là ? demande-t-elle doucement.

— Ouais, si ça me permet de me racheter une conduite.

— Pourquoi avoir pris autant de temps ?

— J'étais occupé avec Tate et plein d'autres réflexions.

Je la sens se raidir lorsque je prononce le prénom de mon frère. Je n'ai jamais songé à l'impact que cela pourrait avoir sur elle.

— Désolé, lâché-je en lui caressant le visage comme pour m'assurer qu'elle ne s'envolera pas après ça.

— Je sais qu'il restera ton frère et qu'il est malade mais… je ne pourrai jamais oublier ce qui m'est arrivé.

— Je sais, bébé, je ne te demanderai jamais de lui pardonner ou quoi que ce soit d'autre.

— Ce qui m'a fait mal, c'est que tu me dissimules ce secret… mais d'un côté je comprends ton point de vue…

— Il était jaloux qu'une personne me donne de l'attention et que ça me détourne de lui.

Elle se contente d'acquiescer avant de recouvrir son visage de ses mains comme pour se cacher de moi.

— Ça vaut ce que ça vaut, mais tu passeras toujours avant lui, admets-je en posant mon front contre sa poitrine nue.

— Je ne te demanderai jamais de faire un choix entre nous deux, susurre-t-elle en enlaçant ma tête contre elle.

— Le choix ne se discute même pas. Je n'ai moi-même pas excusé Tate, il est si imprévisible et je veux être sûr avant de pouvoir de nouveau lui accorder ma confiance.

— Ce n'est pas trop difficile pour lui d'être enfermé là-bas ?

Dans sa voix je discerne de la tendresse mêlée à de la rancœur quand elle songe à Tate. Iris est humaine, quelques défauts viennent entacher le tableau, mais elle reste sans doute ma personne préférée sur terre.

— Il a conscience qu'il en a besoin et il s'en veut de ce qu'il t'a fait.

— Hmm, s'il te plaît… n'en parlons plus.

Ma tête est toujours sur ses seins voluptueux, je laisse ma bouche faire des prouesses en flattant sa chair, et Iris tremble sous moi.

— Quand j'ai dit n'en parlons plus, c'était dans le sens changer de, mmm, s'interrompt-elle pour gémir alors que j'aspire son mamelon, sujet…, réussit-elle à finir.

— Je prends mon petit déjeuner, tu permets ?

Son rire fait osciller son corps. Je me mets sur les coudes pour mieux lécher ses pointes. Je les lape et les coince entre mes dents pour que ma langue s'amuse avec, chacune son tour, en faisant un relais avec mon pouce et mon index.

— Oh ! mon Dieu, lâche-t-elle en enroulant les jambes autour de moi.

À peine décidé-je de me diriger vers ma chatte adorée qu'on tambourine à la porte d'entrée.

— Iris, ouvre !

Je retiens ma respiration et visiblement ma vipère aussi. On se jauge tous les deux, intrigués, alors d'autres coups résonnent à la porte.

— Darren, chuchote-t-elle en me tapotant l'épaule pour que je la libère de mon poids.

Je marmonne une liste interminable d'insultes en me laissant tomber lourdement sur le matelas, ce qui lui dérobe un petit rire.

— J'arrive ! crie-t-elle pour que son ami l'entende.

Allongé sur le ventre, j'enfouis mon visage dans l'oreiller, ressentant la douleur de mon érection contre les draps. Putain, c'est horrible. Le corps chaud d'Iris monte vivement sur mon dos et elle me mordille le lobe de l'oreille, comme si son contact n'allait pas empirer la situation.

— Désolée, Jayde, tu devras te soulager tout seul sous la douche.

— Tu ne m'aides absolument pas là, grogné-je, la regardant par-dessus mon épaule.

— Imagine que je te taille une pipe, lâche-t-elle d'un ton si sensuel qu'il devrait être interdit par la loi.

Elle prend la fuite et je décide d'aller vite dans la salle de bains avant qu'elle n'ouvre la porte sur ses amis, que je déteste maintenant.

Jamais tranquille pour les plaisirs simples de la vie, tsss.

Le jet d'eau froide s'avère le bon calmant à mon excitation, mais les fantasmes salaces ont envahi mon esprit, je suis foutu, je ne pourrai jamais passer à autre chose après Iris. La courbe de ses seins, la délicatesse de ses hanches et putain sa langue de vipère, même ça je ne m'en rassasie pas.

On s'est déjà cassé la gueule, pourquoi ne pas recommencer encore et encore ?

En sortant de la salle de bains, je trouve Amber et Darren près du palier sur le point de partir. Dès qu'ils me remarquent, leurs yeux s'arrondissent comme des billes devant mon torse nu. Le regard de notre hôte exprime une gaieté affolante, elle hausse les épaules, me donnant libre choix de dire ce que je veux auprès de ses amis.

— Vous dérangez, maugréé-je en me dirigeant vers ma vipère, qui boit son café.

— On allait partir, répond Amber, amusée. Bien joué, Iris, t'as tapé très fort là !

— Pourquoi les plus beaux sont toujours hétéros ? marmonne Darren avant de s'en aller, accompagné de son amie.

Iris est assise sur son petit plan de travail, ne portant sur elle que mon pull d'hier. Elle sirote son café tout en épiant le moindre roulement de mes muscles pendant que je fouille dans ses tiroirs.

— Ils ont apporté des croissants ! s'exclame-t-elle en posant sa tasse près de ses cuisses.

— Et il n'y a rien de préparé par toi ? dis-je en m'adossant contre le frigo près d'elle.

— Haha, si, il me reste des cookies aux pépites de chocolat, si tu veux ?

— Je veux bien, oui.

— Va t'installer sur le canapé, je te rapporte ça.

La moindre attention, elle trouve le moyen de me l'offrir sur un plateau d'argent. Je décide tout de même de troquer ma serviette au niveau de ma taille contre mon pantalon d'hier. Je prends place à ses côtés sur le canapé, et Iris fait la moue en me voyant.

— Pour payer le petit déjeuner ici, fallait rester nu, déclare-t-elle.

— Qu'est devenue la prude en toi ?

— Tu lui as volé sa chasteté hier soir avec tes tendances dominatrices, me tacle-t-elle en plissant les yeux.

Et c'était tellement bon, putain.

Je m'humecte les lèvres.

— Hmm, c'est très appréciable à savoir pour ce que je te réserve ce soir.

— Ne parle pas trop vite, Rocky, m'interrompt-elle en enfournant un morceau de cookie dans ma bouche.

Je déguste son cookie et l'avale.

— Qu'est-ce que tu vas faire aujourd'hui ? lui demandé-je en prenant une gorgée de café.

— Je dois travailler sur ma partition. Début mai, j'ai mon concours.

— Tu as plus d'un mois devant toi. Tu as commencé, non ?

— J'avais déjà fait un essai, mais Cooper n'a pas aimé. Du coup, je redémarre à zéro.

— Il était où le problème ?

— Disons que, moi aussi, la passion m'a quittée un bref instant, m'explique-t-elle en laissant tomber son visage contre mon bras.

— Pourquoi ça ?

— Parce que c'était trop dur d'affronter ce que je ressentais à travers les notes.

— Tu es plus forte que tu ne le penses.

— Je crois que c'est juste une façade, murmure-t-elle sans changer de position. J'ai peur.

Son murmure resserre ma poitrine, elle est calée contre moi en s'accrochant à mon bras, comme à l'ancre qui l'empêcherait de couler dans l'océan de ses craintes.

— De quoi ?

— De ce concours, de ne pas être à la hauteur, admet-elle sans me regarder.

— Si tu as été sélectionnée, c'est que tu es spéciale, tout le monde l'a vu en toi ce soir-là.

Sa prestation m'avait ébranlé, et cela ne m'étonnerait pas que je ne sois pas le seul à avoir ressenti cette émotion qu'elle a su semer.

— Compose ce qui te passe par la tête, même si c'est mauvais au départ. Les œuvres d'art, ça se taille comme le diamant.

— C'est toi mon intention musicale, me confie-t-elle timidement en cachant son visage contre mon bras.

— Moi ? Dans quel sens ?

— Du plus mauvais au meilleur.

— Alors laisse mon fracassement d'âme te guider, la taquiné-je en lui frottant les cheveux.

Je fixe le cadran de ma montre. Il faut que j'y aille, il y a certaines choses qui n'attendent pas.

— Tu vas partir ? demande-t-elle en me voyant épier l'heure.

— Oui, je dois passer par chez moi avant de rendre visite à mon frère et faire ce que je t'ai dit.

— D'accord, j'ai cours l'après-midi, et après je ne travaille pas au Dream Club. Tu me rejoins ce soir ?

— J'y compte bien, ma rose noire.

Bon. Je ne sais pas à quoi je pensais en venant ici. L'étage en dessous de notre studio est différent du nôtre, les décorations ne sont pas les mêmes, ni les couleurs. C'est bien plus chaleureux que le nôtre, qui est sobre et convenable. Les murs sont bleus et couverts d'affiches d'albums des artistes qui nous ont précédés à Indy Records.

Les mains enfoncées dans les poches, je fonce droit devant d'un pas très hésitant et surtout méfiant. Je ne sais pas sur qui je vais tomber ni ce que je vais dire exactement. Je ne suis même pas sûr que mon cerveau coopère réellement à la situation.

Accepter son erreur est une chose, se confronter à la victime est une autre paire de manches.

— Il y a quelqu'un ?

Cette voix me parvient de la salle du fond. Je franchis la porte ouverte, et croise le regard de Warren, le chanteur du groupe. Il est assis sur le sol contre le mur, des feuilles gribouillées éparpillées autour de lui.

— Jayde ?

Je discerne sa surprise. Je dois sûrement être la dernière personne qu'il s'attendait à voir. Une ombre passe dans ses yeux marron, une ombre suffisamment éloquente pour que je comprenne qu'il sait ce que je fais là.

— Salut, Warren.

— Tu as travaillé avec Madness aujourd'hui ? s'exclame-t-il en fronçant les sourcils, intrigué.

Il doit être au courant que je suis hors course en ce qui concerne mon groupe. Et ce n'est pas comme si les rumeurs ne fusaient pas à mon sujet. Je fais souvent la une, car on ne m'aperçoit plus vraiment dans les alentours du studio. Les garçons ont donné diverses interviews et un clip a même été tourné sans moi. Par chance, c'est une représentation artistique d'une danse. J'espère que pour les séquences où il y aura du chant on finira par m'appeler.

C'est la chanson *Broken Dream,* ce serait bien dommage que je ne la chante pas.

— Non, c'est toi que je suis venu voir.

— Ah ? Et pourquoi ça ? réplique-t-il en croisant les bras, toujours au sol en tailleur.

— C'est bon, Warren, on ne se connaît pas toi et moi, mais je sais très bien que tu fais l'ignorant, tu es au courant de ce que j'ai fait. Mon pote, c'est Bryce et c'est une grosse balance, rétorqué-je, ennuyé, en roulant les yeux.

— Tu veux que je te dise quoi ? Ouais, je sais que c'est toi, mais c'est passé, je n'ai aucun intérêt à parler de ça, dit-il en fuyant mon regard.

— Donc, tu t'en fiches ?

Je laisse ma phrase en suspens et reste debout au milieu de la pièce. Il plonge la main dans ses cheveux blonds, déstabilisé. Je fais mine de m'en aller en tournant, mais je m'arrête.

— J'étais jaloux.

— Quoi ?

— J'étais jaloux, répété-je en l'observant par-dessus mon épaule.

— Toi ? Jaloux ? T'es une rockstar en pleine ascension, je ne suis rien devant toi avec ma petite renommée, fait-il avec un rire jaune, embarrassé.

— Ce qui se passe, c'est que je ne trouvais plus en moi cette dévotion pour ce que je fais, rien ne brillait à l'intérieur de moi, et j'enviais ta fougue pour ta musique.

Me confier à cet inconnu me hérisse le poil, mais c'est le prix à payer après ce que je lui ai fait. Révéler la partie de moi que j'abhorre le plus, cette fatale vérité selon laquelle, lorsque je vois les autres réussir, je ne peux m'empêcher de me comparer en me persuadant que je n'ai rien accompli.

— Pourtant, tu es dans la pénombre de cette pièce et tu l'éclaires par tes performances passées plus que la lumière elle-même, dit-il avec les yeux emplis d'admiration.

— Pourtant, ce soir, tu vois mon vrai visage ! m'exclamé-je avec sarcasme en levant les bras avec un demi-sourire.

Il hausse les épaules.

— Je ne veux pas croire que c'est ton vrai visage.

— L'unique image que tu as de moi, Warren, c'est celle des médias, tu ne me connais pas.

— Tes amis m'ont beaucoup parlé de toi.

— Et qu'est-ce qu'ils t'ont dit ?

— Que tu étais quelqu'un de bien, le temps qui passe ne t'a pas fait changer selon eux.

— Ils sont pourtant censés savoir que ce n'est pas le temps qui change les gens, ce sont seulement les masques qui tombent, dis-je en esquissant un rictus.

— À ce stade, ils savent qui tu es vraiment, je crois que c'est toi qui n'arrives pas à savoir qui tu es réellement.

Il retient mon attention, je m'avance vers lui et me laisse glisser contre le mur pour me retrouver au sol, assis.

— Je suis désolé pour ce que j'ai fait, j'ai agi sans penser aux conséquences. C'est inexcusable, je le conçois totalement.

— T'es pardonné, c'est bon.

— T'es sûr ? T'as vu l'étendue de la rumeur que j'ai lancée, ça pourrait être un fardeau plus tard.

— Ça ne me fait pas peur, au moins comme ça les gens ont entendu parler de nous, déclare-t-il avant de rire de bon cœur. Tu as déjà eu affaire à des *bad buzz*, toi, n'est-ce pas ?

— Je ne carbure qu'à ça, dis-je, amusé, en passant la main dans mes cheveux.

— Comment tu le gères ?

— Je les ignore et la plupart du temps je retranscris en chanson ce que ça m'a fait ressentir.

— C'est la rançon du succès, faut apprendre à vivre avec.

— Je ne suis pas si célèbre que ça, ce sont mes dérives qui m'ont propulsé, parfois j'aimerais que ça soit ma musique qui ait eu cet effet.

— C'est toi qui m'as donné envie de me lancer, confesse-t-il.

— Vraiment ?

— Oui ! Je te suis depuis tes débuts avec Cody, je regardais vos performances sur YouTube et j'aimais bien le fait que vous ayez démarré avec rien pour ensuite tout avoir. Ça se voit que vous en avez bavé tous les quatre dans vos vies respectives, c'est agréable de se reconnaître dans des personnes comme ça.

— J'ai été un frein pour ta carrière, tu as dû être déçu, dis-je en l'observant, rongé de remords.

— Je crois que dans un sens je t'admire encore plus, déclare-t-il avec un air ému.

Je fronce les sourcils d'incompréhension.

— Pourquoi ça ?

— Tu as eu les couilles de m'avouer tout ça, à moi, alors que n'importe qui aurait feint l'ignorance. T'as merdé, c'est clair, mais tu rampes à mes pieds en t'excusant, c'est satisfaisant, me nargue-t-il en me donnant une tape sur le bras.

— Ouais, c'est mérité ce que tu dis. À quel point tu as morflé pour en arriver jusque-là ?

— Comme tu as dit, ce n'est pas le temps qui change les gens, mais les masques qui tombent. Plein de masques sont tombés, je n'ai pu compter sur personne mis à part mes potes du groupe.

— C'est-à-dire ?

— Avant que je ne signe mon contrat, j'avais quelques amis en quête de célébrité, que ça soit dans la musique ou le cinéma. T'imagines bien que ça a marché pour eux avant moi, ils ne m'ont plus calculé après ça, ou bien ils commençaient à s'afficher avec d'autres personnes connues sur les réseaux juste pour montrer avec qui ils traînaient. J'ai vite compris que c'était des opportunistes, je n'étais pas jaloux, mais limite ils me faisaient me sentir comme si je n'étais rien.

— C'est pitoyable, craché-je.

— Ouais, parfois j'y repense et je me dis que je n'aurais jamais dû m'affoler, ça n'en valait pas la peine.

— Prends une photo et mets-la en *story*.

— Quoi ? un selfie avec toi parce que t'es une rockstar ?

— Oh non ! Pas avec moi, je ne m'affiche jamais en *story* de toute façon. Poste une photo de toi en train de gribouiller tes nouvelles chansons et dans peu de temps ce seront eux qui courront vers toi pour avoir le ticket gratuit pour la gloire, lui expliqué-je en le pointant du doigt.

— Alors, comme ça, Jayde Black croit au karma, remarque-t-il.

— Moi, je ne crois qu'à une seule chose, les rêves.

J'ai garé ma voiture dans le pseudo parking de l'immeuble où habite Iris. En claquant la porte, j'entends un bruit de pas. Je cherche du regard qui aurait pu s'avancer jusqu'ici. La méfiance teinte les actes des gens connus. Je fais le tour du bâtiment et ne trouve personne mis à part quelques passants qui rentrent chez eux.

Ces derniers temps, à cause de mon statut de non-membre du groupe, j'ai fini par oublier que j'étais une personne médiatique. Je garde toujours ma casquette ou encore mon bonnet, mais j'ai un peu baissé ma garde. Cela dit, rien ne circule sur moi mis à part les rumeurs sur Madness qui aurait perdu son chanteur. J'ai des relations auprès des magazines. En cas de gros scandales, je suis le premier tenu au courant.

Rien sur mon passé.

Mes secrets sont parfaitement conservés dans mon cœur. Ils sont scellés dans une boîte et j'en laisse parfois la clé à Iris.

Je réussis à franchir l'entrée grâce à une des habitantes de l'immeuble, je gravis les marches et arrive devant la porte de ma vipère.

Le son du piano me parvient à l'oreille, j'esquisse un sourire avant de lever le poing et frapper deux fois à la porte. C'est beau ce qu'elle joue.

Ses cheveux mauves apparaissent dans le petit espace qu'elle fait en ouvrant, puis c'est son joli minois qui surgit.

— Tu devras me dire qui te laisse toujours entrer, dit-elle en s'écartant pour que je passe.

— Soit la concierge, soit je me faufile avec quelqu'un.

— Sacré veinard ! s'exclame-t-elle en me tapotant le crâne.

— C'était quoi ça ? l'interromps-je en attrapant son poignet délicat.

— Une marque d'affection ? répond-elle avec une petite voix innocente.

— C'est comme ça une marque d'affection pour toi ? Viens, je vais t'apprendre, dis-je en la tirant vers moi.

Elle tente de s'échapper.

— Oh non ! Tu vas me corrompre, sale obsédé.

Je l'agrippe par la taille, son dos se retrouve arrimé à mon torse, puis je la soulève en la faisant tourner.

— Quel gamin ! lance-t-elle en riant aux éclats.

Puis je la jette sur le canapé comme un rien.

— C'est ce que j'appelle : s'envoyer en l'air, dis-je en croisant les bras alors que je la regarde marmonner des jurons à mon sujet.

— Tes notions sont à revoir, soupire-t-elle en se redressant.

Ses jambes sont nues, elle ne porte qu'un long sweat des Rolling Stones, elle s'empresse de mettre la capuche avant de se diriger vers la cuisine.

— J'ai fait une quiche au poulet, m'annonce-t-elle en présentant son plat dans son moule avant de le déposer sur la table basse du salon.

Je mets le couvert et elle nous sert chacun. La simplicité de cette scène m'inflige une douleur sourde, elle et moi avachis sur un canapé en train de déguster le dîner qu'elle a préparé tandis que je l'écoute me raconter sa journée. J'ignore pourquoi ça me tenaille les tripes, peut-être parce que je réalise que cette familiarité est tout ce dont j'ai rêvé lorsque j'étais enfant.

Tout ce qui me manquait, je l'ai auprès d'elle.

— J'ai un peu avancé aujourd'hui sur ma partition, déclare-t-elle en se redressant sur le canapé. Tu veux écouter ?

— Oui, vas-y, dis-je en débarrassant la table.

Iris s'agite, fait craquer ses doigts et pianote sur le clavier. Une symphonie douce et aiguë s'élève au début avant de virer vers quelque chose de grave et bien contrôlé. Mes yeux se perdent sur son visage d'ange. Elle sort légèrement sa langue, comme un nouveau tic de concentration. Je souris face à l'air qu'elle arbore, un peu gamin et innocent.

Peu à peu, ses traits se détendent, elle est plus à l'aise, presque émue par sa propre composition. J'écoute et j'adhère beaucoup, ce n'est pas mon genre de musique habituel, mais quand il s'agit d'elle c'est différent.

Je la sens bouleversée quand elle joue, je détecte une lueur de tristesse dans ses prunelles. Je retiens mon souffle en réalisant qu'elle doit se remémorer toutes les souffrances endurées, par ma faute.

Au bout de deux minutes, elle achève son morceau et prend une inspiration avant de me toiser d'un regard empli de doutes.

— Alors ?

— J'aime bien, tu penses que c'est la bonne, cette fois-ci ?

Elle hausse les épaules.

— J'attends de le finir pour sentir quoi que ce soit.

Son pull est deux fois plus grand qu'elle, les manches recouvrent ses mains et sa moue me donne envie de la croquer. L'éclair de lune illumine la pièce et elle. Je coince alors son menton entre mes doigts et rapproche son visage.

Mon contact la fait frémir, et je décèle cette lueur de désir au fond de ses yeux. Ses cheveux encadrent son joli minois, cette couleur lui va si bien, elle est faite pour elle et met en valeur ses opales bleu océan.

Elle est le violet qui se fond dans ma noirceur. Elle est la démesure de ma folie.

— À quoi penses-tu ? souffle-t-elle près de mes lèvres.

— Que toi et moi on va brûler avec ce qu'il y a entre nous, répliqué-je en louchant sur sa bouche avide.

— Tant que c'est avec toi que je me consume, rien ne m'effraie.

— Tant que tu seras ma démence, ça ne me dérangera pas qu'on me traite de fou.

Son front s'arrime au mien, nos souffles chauds se mêlent et un sentiment incandescent s'écoule derrière ma poitrine.

— Tu sais, murmure-t-elle, je pense qu'une personne finit toujours par briser ses propres règles pour quelqu'un, je ne regretterai jamais d'avoir bafoué mes serments pour vivre *ça* avec toi.

Sa déclaration me noue le ventre. Je reprends mon souffle avant d'effleurer sensuellement sa bouche.

Je suis son exception.

— Parfois je crains de t'étouffer avec ce que je ressens pour toi, confié-je en déposant un chaste baiser sur ses lèvres charnues.

— Asphyxie-moi alors, dit-elle en m'embrassant fiévreusement.

Iris me chevauche et j'empoigne ses fesses pour l'appuyer contre mon bas-ventre éveillé.

— Asphyxie-moi jusqu'à ce que je ne respire que toi, Jayde.

27. Come-back

Jayde

Epic Rock – Live like Giants

La dernière fois que je me suis présenté à Indy Records pour parler à Warren, j'ai fait un saut à l'étage destiné à Madness, dans l'espoir de retrouver Cody, mais il n'y était pas et j'ai surpris une conversation entre Bryce et Dustin à mon sujet.

— Tu crois qu'un jour Jayde reviendra ? demandait Bryce en se raclant la gorge.

— Je ne sais pas, je l'espère. Sans lui, les choses ne sont plus comme avant, mais il a besoin de temps. Qu'il reste seul était obligé vu sa situation.

— Je m'en veux tellement, Dustin…

Sa voix exsudait le regret, et j'ai tendu l'oreille.

— Tu es allé trop loin, Bryce, a dit Dustin en poussant un soupir. Tu n'avais pas à te comporter ainsi avec lui. Tu as agi sans réfléchir.

— Je ne supportais pas le fait qu'il nous cache tous ces secrets… Pour moi, il n'avait pas le droit d'aller mal après tout ça. On aurait pu l'aider, j'aurais pu l'aider. Ma réaction a été disproportionnée, je l'admets, mais c'est difficile à encaisser qu'il ne nous fasse pas confiance pour qu'on puisse soulever ce fardeau. Tu comprends ?

— Je sais bien, Bryce, mais tu as été excessif, il n'avait pas besoin que tu le rejettes ainsi. Il a eu un mauvais comportement, mais c'est notre ami. Je ne crois pas que ça soit un manque de confiance envers nous.

— Je l'ai perçu ainsi, Dustin. Jayde est important pour moi. Dès que je ne vais pas bien, je vous le dis. Pourquoi il ne fait pas ça ?

— Jayde a honte de ce qu'il ressent, c'est différent.

— Tu penses qu'il me pardonnera ? Je culpabilise énormément et il me manque beaucoup.

— Tu es son nabot après tout, c'est sûr qu'il te pardonnera, ne t'en fais pas.

Leurs mots ont tourné en boucle dans mon crâne. J'ai attendu suffisamment de temps pour faire un pas vers eux. La tension est tombée, c'est le moment.

Cette fois-ci, c'est la bonne.

Si leurs habitudes n'ont pas changé, je sais pertinemment que Dustin est au studio en train de répéter seul, Bryce au penthouse, savourant sa solitude, et Cody dans un des deux endroits.

Au moins un dimanche sur deux, les choses se passent ainsi.

J'insère ma clé dans la serrure, pénètre dans mon ancien habitat et un certain malaise s'abat sur moi. Ici, je me suis toujours senti chez moi, mais quelque chose semble différent.

Pourtant rien n'a changé, ni les murs ni l'architecture.

Je foule le sol en marbre en épiant le moindre recoin du salon, tout paraît impeccable. J'ai toujours été à cheval sur le rangement et visiblement toutes ces années où mes colocataires m'ont côtoyé ont porté leurs fruits. La porte de la chambre de Bryce est ouverte, et j'entends en bruit de fond des hurlements, provenant sans doute de la télévision.

J'arrive à l'embrasure de sa porte et m'appuie sur le bord tandis que le nabot est assis par terre, en tailleur devant son énorme écran. C'est en japonais et il y a des sous-titres en bas de l'image. Je n'ai pas une très grande culture question dessins animés, mais j'en ai regardé enfant. En plus, vivre avec Bryce est synonyme de « je te raconte toute l'histoire, même si tu ne le verras pas ». Il visionne *Naruto,* c'est le passage où un personnage au visage perforé de piercings et aux cheveux orange se bat contre le protagoniste.

— RASENGAN ! hurle Bryce en levant les poings en l'air.

— Tu ne t'arrêtes donc jamais ? dis-je en croisant les bras.

Bryce se crispe, mais ne se retourne pas. Il saisit la télécommande et met en pause son épisode. L'image est figée sur un crapaud vert avec des cheveux gris.

— Qu'est-ce que tu fais là ? demande-t-il en se redressant enfin pour me faire face.

— Je viens jouer à la dînette avec toi.

— Je préfère jouer avec mes figurines des dieux de la mort, répond-il en coinçant les mains sur sa nuque, l'air ennuyé.

J'arrive à déchiffrer l'émotion qu'expriment ses yeux aveline. Il sait pourquoi je suis là.

— Je n'ai pas assuré ces derniers mois. Trop de choses m'ont échappé. J'ai conscience que tu es une éponge et t'as le don d'absorber les mauvaises ondes, j'ai dû te pourrir l'esprit plus qu'il ne faut, et je tiens à m'excuser pour ça.

Il fronce les sourcils.

— Tu ne m'en veux pas ?

— De quoi au juste ?

— J'ai été hostile et virulent envers toi, un vrai ami n'agit pas de la sorte. Moi non plus, je n'ai pas assuré.

Fautif ou pas, il a le don de toujours remettre en cause son comportement.

— Je ne méritais pas ton amitié, alors disons que je ne t'en veux pas.

— Pour être honnête, je n'ai pas réussi à me faire à l'idée que tu nous cachais des choses aussi grosses en ce qui te concernait, je sais que tu as ton jardin secret, mais un tel poids ne doit pas être porté par une seule personne. J'imagine bien que Cody était déjà au courant mais, Jayde, on est une famille, tous les quatre, apprends à compter sur tes coéquipiers.

— J'ai du mal avec le mot famille.

— Pourtant, ça restera toujours ta première fondation. J'étais énervé que tu ne nous dises rien, encore plus quand j'ai vu ce qui est arrivé à Iris. Pour moi, tu n'avais même pas le droit d'ouvrir la bouche, tu l'as cherché toi-même ta décadence, tu méritais de te noyer dedans à cause des conséquences indirectes qui se sont produites, explique-t-il avec une légère pointe d'amertume.

— Ouais, j'avais compris ton point de vue à l'époque.

— Mais tu es un être humain, ça aussi je l'ai oublié. J'ai été exécrable, mais tu es bien plus qu'un dommage collatéral pour moi.

— Alors, c'est OK nous deux ?

D'un pas déterminé, il se poste à quelques mètres de moi avant de lever son auriculaire vers moi.

— Amis ?

Je pousse un long soupir de soulagement puis serre son doigt avec le mien.

— Amis.

Au tour de notre leader texan. Si pour Bryce une bile acide brûlait ma gorge, pour Dustin je suis assailli par l'appréhension. On ne sait jamais ce qu'il pense ni de quel côté il est. Je n'ai pas ressenti de réel soutien venant de lui, comme je n'ai pas éprouvé de rejet de sa part. Non, cette répulsion émanait uniquement du nabot. J'arrive à la réception d'Indy Records et demande si Dustin est là. On m'indique qu'il est seul à notre étage.

Je longe le couloir et le cherche du regard dans chacune des pièces. Le son de la batterie s'élève subitement dans l'air. Je ralentis ma cadence et parviens enfin à le localiser. Il bouge la tête en suivant le mouvement de ses baguettes. Il me remarque et arrête son numéro immédiatement.

— Jayde ?

— Salut.

— Qu'est-ce que tu fais là ? T'as raté Cody, il est parti il n'y a pas très longtemps.

— C'est toi que je voulais voir, admets-je en me faufilant entre les instruments.

— Pourquoi ça ?

— Je te dérange ?

— Non, j'essayais de trouver une nouvelle dynamique pour le refrain de la dernière chanson de Cody et Iris. Et si tu me disais ce que tu veux, poursuit-il en mimant avec son bras que je dois m'asseoir.

— Ton père va bien ? Je n'ai pas été très présent pour toi ces derniers temps…

Ses yeux s'arrondissent et un faible sourire danse sur ses lèvres percées.

— Il va bien, il suit son traitement comme le médecin le lui a indiqué.

— Cool, réponds-je en opinant du chef.

— Warren m'a parlé.

Décidément, les gars sont comme les filles, ils ont le don de faire passer le mot. *Tss.*

— Je savais que tu viendrais, j'ignorais juste à quel moment, dit-il avec fierté.

— Faut bien se rattraper dans la vie, non ?

Il sourit.

— Heureux de l'entendre.

— Je suis désolé.

— Tu es pardonné, Black.

— Tu penses vraiment qu'on peut aller de l'avant après tout ce qui est arrivé ? lui demandé-je, la tête baissée. Je me sens minable après mes agissements.

— Tant que tu te bats pour ce que tu aimes, tu ne seras jamais un minable. T'as fait des erreurs, et moi je les accepte. C'est tout ce que tu dois retenir.

— T'as pas changé visiblement, Dustin le grand manitou.

— Faut bien quelqu'un pour temporiser vos dérives, se moque-t-il. Vous m'avez choisi comme leader, et j'ai été d'accord.

— Personne d'autre n'aurait pu le faire à part toi.

— Tu crois ça ?

— C'est avec la reconnaissance des autres qu'on devient un bon leader, et non l'inverse.

Au tour du dernier.

À cette heure-ci, il doit sûrement être rentré au penthouse. Je gare ma voiture à sa place attitrée, dans le parking extérieur. Avant de traverser l'entrée principale, je lève la tête et remarque mon meilleur ami au dernier étage de la résidence, sur la grande terrasse. J'utilise ma main comme pare-soleil pour mieux l'observer, et je le vois les bras croisés et le visage dirigé vers moi.

— Je t'attendais, dit-il en haussant le ton.

Je prends l'ascenseur et appuie sur le bouton qui mène au *rooftop* pour le retrouver. Les portes s'ouvrent, et je gravis les marches jusqu'au portail qui donne sur la grande estrade. Cody est adossé au rebord, face à moi, un sourire narquois étire ses lèvres.

— Je suis désolé.

Mes mots sont comme les balles d'un revolver. C'est entre ses mains que tout va se jouer. Cody arque un sourcil et fait deux pas en avant.

— Je sais pourquoi tu as fait tout ça, continué-je en ne rompant pas notre échange visuel. Je ne me suis jamais accepté tel que j'étais et il n'y avait qu'à travers tes yeux que je sentais que, peu importe qui j'étais, tu m'accepterais. Seulement, je n'ai jamais cherché à comprendre ce qui clochait, pour moi c'était normal tant que tu étais là, alors je suis désolé de t'avoir infligé un tel poids à porter.

— T'es pas du genre à faire des déclarations de la sorte, je vais commencer à me demander où est passé le véritable Jayde Black, me nargue-t-il en arborant un air faussement choqué.

Je hausse les épaules.

— Il est toujours là, il veut juste faire les choses bien.

Ses yeux bleus arrivent même à me sourire, il pousse un long soupir de soulagement en avançant vers moi.

— Tu m'as manqué, ma poule.

Cody est devant moi. Il enroule ses bras autour de moi et me serre contre lui.

— Tu n'auras jamais besoin de t'excuser avec moi, on prend tous de mauvaises décisions, mais je serai toujours là pour te rattraper dans le vide.

J'opine du chef, pose la main sur son crâne et frotte ses cheveux teintés en bleu nuit.

— Eh, les amoureux !

La voix de Bryce s'élève dans l'air, nous nous retournons vers lui. Dustin et le nabot sont devant le portail et s'approchent de nous, déterminés, un sourire fier au bord des lèvres.

— Jayde Black est de retour, visiblement, déclare Dustin avec un clin d'œil.

— Personne n'est irremplaçable, leur dis-je, mais je suis bien content que vous vouliez encore de moi.

— Personne n'est irremplaçable, certes, mais chacun des membres de ce groupe est irremplaçable, pas de Madness sans l'un de nous ! s'exclame Bryce en passant son bras par-dessus mes épaules.

— Il t'arrive de dire des choses intelligentes, le taquine Cody.

— Alors on peut dire que… Madness fait son *come-back*.

Et c'est dans la plénitude de ce silence que nous adhérons aux paroles de notre leader en admirant l'étendue de la ville à nos pieds.

28. Music Therapy

Iris

Oasis – Stop Crying Your Heart Out

J'étire mes doigts de pied en même temps que mes bras en poussant un très long soupir qui se rapproche plus d'un cri d'éléphant qu'autre chose. Cette journée m'a totalement laminée. J'ai bossé devant mon synthétiseur sans le lâcher une seconde. J'ai séché mon cours de théorie musicale et je ne travaille pas au bar ce soir.

Je ressens ce besoin de rester chez moi afin de mieux canaliser mon inspiration et pouvoir composer dans le calme. L'intention musicale à la clé, j'ai créé diverses harmonies, je cherche le moyen de les arrimer entre elles, mais je crains que ça ne fasse un peu trop brouillon.

Un son de notification m'interrompt dans mes réflexions, je déniche mon téléphone sous la montagne de feuilles que j'ai édifiée. C'est un message de Jayde.

Jayde : Je suis avec les garsons, tu te joint à nous au penthouse ? Je te ferrai découvrir à nouveau mon énoooorme lie[1].

Il y a quelques fautes dans ses messages à cause de sa dyslexie, mais je trouve qu'il s'améliore.

1 Les fautes ont été laissées sciemment dans les textes écrits par Jayde pour la cohérence.

Iris : J'aimerais bien mais pas ce soir, pas trop la force de sortir et je travaille sur mon morceau.

Jayde : Est-ce que sa va ?

Iris : Je suis juste fatiguée. Contente de te savoir avec tes amis, amuse-toi bien.

Je suppose que cette nuit il restera dans son ancien chez-soi. Un faible pincement serre mon cœur, ces deux derniers jours nous les avons passés ensemble comme si être ensemble était la plus simple des symphonies à jouer. C'est très paradoxal vu les obstacles que nous avons affrontés pour construire ce semblant de relation que nous partageons.

Avons-nous réellement une relation selon lui ? C'est risible de songer à de telles sottises à une heure aussi tardive. Pas sûr que ça m'apporte quelque chose de bon. Je pousse un grognement en passant les mains sur mes cheveux mauves décoiffés.

Je suis amoureuse de Jayde et je crains de ne pas représenter grand-chose à ses yeux.

Cette insécurité me vrille les tripes. J'ignorais que j'aurais besoin d'un réconfort pour appuyer mes sentiments. À force d'avoir soufflé le chaud et le froid avec lui, je chancelle sur un terrain inconnu, presque hostile pour mon pauvre cœur à la ramasse.

J'ai envie de vivre cette histoire, mais la fulgurance de mon désir me terrorise. Je suis emportée dans une tempête irrépressible dès qu'il m'effleure du petit doigt, et ce n'est sûrement pas ses yeux noirs ou encore sa voix grave qui risquent de tempérer l'étendue de mes sentiments.

Hier, il m'a avoué qu'il craignait de m'étouffer avec ce qu'il éprouvait, et moi, que pourrais-je dire ? Il est loin de moi ce soir et une impression d'intense solitude me cisaille déjà les entrailles.

La Iris amoureuse est épouvantable, peut-être même inépuisable. J'ai brisé mes propres règles pour l'avoir encore dans ma vie, j'ai succombé à la fièvre de Jayde Black comme une fichue groupie.

— Iris ?

Oh ! mon Dieu !

— Jayde ? m'écrié-je en sursautant sur place.

— Ouais, c'est moi, tu m'ouvres ou bien je dois faire une prière pour entrer ?

Que fait-il ici ? J'accours vers la porte et l'ouvre sur lui. Ses prunelles sombres m'étudient avec minutie, il incline légèrement la tête en m'analysant de haut en bas, s'attardant sur le moindre détail de mon corps vêtu d'un simple sweat à capuche.

— Tu n'as pas froid ? demande-t-il en entrant avant de fermer la porte derrière lui.

— Pas trop, mais qu'est-ce que tu fais là ?

— Bah, t'as dit que tu n'allais pas bien.

Oh.

— Je disais que j'étais fatiguée, mais ce n'était pas une raison pour décommander ta soirée pour moi…

— Hmm, ce n'est pas grave.

Il déambule dans mon appartement de façon lasse, les mains dans les poches de son jean noir.

— C'était vos retrouvailles, non ? C'est plus important que…

— Toi ? termine-t-il en s'installant devant ma fenêtre pour observer l'extérieur.

Je ne sais pas quoi répondre. La tournure de cette conversation me gêne, je doute que je puisse endurer la suite si la discussion venait à être approfondie.

— Je suppose que je voulais être avec toi, ce soir.

Comment pourrais-je lui résister ? Mon cœur ne bat que pour lui et sa candeur, il ne semble pas mesurer que certains de ses mots sous-entendent un romantisme subtil.

— J'ai travaillé toute la journée sur ma partition, lui raconté-je pour changer de sujet.

Qu'est-ce qui me prend ?

— Et tu as bien avancé ? demande-t-il en m'observant par-dessus son épaule.

— Oui, mais ce n'est pas parfait.

— Tu veux me la jouer ?

— Pas ce soir, je ne peux plus l'entendre ! m'exclamé-je, mi-amusée, mi-embarrassée, en me frottant la nuque.

Il se tourne vers moi et me lèche du regard. Mon visage vire au cramoisi et je baisse la tête avant de m'asseoir par terre près de ma table basse. Je pose les coudes dessus et prends une grande inspiration.

— Jayde, murmuré-je, n'osant guère croiser ses abysses oculaires.

Je suis en transe, mes sentiments m'oppressent. Je ne suis plus sûre de pouvoir les contenir sans les lui avouer. J'ai toujours prôné la franchise et que la femme est libre de crier haut et fort le fond de sa pensée. Mais je crains d'admettre la vérité à propos de mon amour pour Jayde.

La distance entre nous se réduit considérablement, il se baisse jusqu'à prendre une position identique à la mienne. Son regard capture le mien, j'admire l'éclat de la lune qui brille dans ses pupilles. Cet astre est l'unique source de lumière dans la pénombre de la pièce. Mais, même si les nuages la masquent, Jayde à lui seul est une constellation d'étoiles. Sa présence embaume ma maison, soulage ma solitude et fait déguerpir mes démons.

Délicatement, il s'empare de mon menton entre son pouce et son index. Ce contact suffit à éveiller mon bas-ventre. Le feu ardent en moi brûle encore plus fort depuis qu'il est là. Ma peau porte constamment en mémoire son toucher. Il me retient prisonnière d'une illusion langoureuse presque tangible. Une illusion aussi savoureuse que douloureuse, qui ne comblera jamais le vide de mon cœur.

Sa façon de m'étudier me fascine, il inspecte les moindres de mes traits.

Cet amour est un désastre, parce que je ne le contrôle pas.

— À quoi penses-tu ? demande-t-il en exerçant une faible pression sur mon menton.

À toi. À moi. À nous en train de nous casser la gueule pour la millième fois.

Le bruit de l'orage gronde à l'horizon, le reflet de la lune dans ses pupilles se transforme en une lumière violette. Je détourne le regard et observe le déluge à l'extérieur. Il pleut des cordes et le vent frappe tout ce qu'il touche.

— Tu n'as pas froid ? s'exclame-t-il en lâchant mon visage avant de pincer ma cuisse.

— Non, c'est vrai que c'est peu chauffé ici, mais c'est supportable.

— J'aimerais te demander quelque chose, déclare-t-il en croisant les bras sur la table alors qu'il est assis en tailleur sur le sol.

— Oui ?

— J'ai écrit deux chansons quand j'ai été écarté du groupe.

— Et toi qui craignais de perdre la passion, le taquiné-je en calant mon visage sur ma paume.

— Je ne les ai pas montrées aux garçons, je veux que tu les voies avant.

J'acquiesce en lui offrant un sourire sincère. Il sort de la poche de sa veste deux feuilles pliées en quatre et les étale sur la table.

— Il y a sûrement des erreurs, ne sois pas gênée de me les indiquer, souffle-t-il en levant les yeux au ciel.

— Ne t'en fais pas pour ça, je ne me gênerai pas, plaisanté-je en saisissant mon stylo sur la table.

Lost souls deserve peace.

J'ai eré pendant des annés comme une ame en peine. La spiral de la folie m'a englouti sans pitié.

Facile de parler de rédenption alors que c'est l'horeur qui m'attent de pied ferme.

Facile d'éprouvé de la joie quand tout est superficielle.

Renaître de ses sendres ou pourir sous les déconbres.

Mème un vétéran fini par pleurer à cause de la guerre.

Personne n'entend mes prières, pourtant je cris à la paie de venir me chercher pour me laisser enfin respirer.

Il ni a pas de méchant dans l'histoire, notre perdission nous met tous au même niveau.

Et les ames perdus méritent de trouver la paie dans l'obscure clarté de la vérité.

Je lis les paroles, et mon cœur est pris d'une succession de soubresauts. Quelque chose de particulier apparaît à l'intérieur de moi. De l'exaltation. Cette sensation provoque une nuée de papillons au creux de mon ventre. Son talent pour les mots est authentique, beaucoup savent manier cet art, mais le sien suscite un écho de complaisance inouï en moi.

En poursuivant ma lecture, je repère quelques petites erreurs et les lui corrige au fur et à mesure alors que ma peau me brûle sous l'effet de son regard braqué sur moi.

— C'est magnifique.

— Évidemment, j'en suis l'auteur, déclare-t-il avec un sourire narquois.

— Tu ne pouvais pas profiter de cette occasion pour dire un simple merci, le réprimandé-je en pointant mon stylo sur lui à l'instar d'une arme.

— Bah voyons, laisse-moi me réjouir de la situation, j'ai perdu le goût d'écrire, ça méritait bien de nourrir mon ego ?

Je roule les yeux puis ris doucement.

— Je suis sûre qu'ils l'approuveront, poursuis-je en faisant glisser la seconde feuille vers moi pour l'inspecter, mais il n'y a que quelques lignes dessus.

Une mention en grand et en gras est inscrite en haut de la page presque vierge.

CHANSON SANS TITRE.

— Tu ne t'es pas trompé de feuille par hasard ? Sur celle-ci, il n'y a pas grand-chose.

— Celle-là je veux l'écrire avec toi.

J'écarquille les yeux en le fixant, étonnée.

— Avec moi ?

— Ouais, en souvenir du bon vieux temps, à moins que tu sois trop fatiguée ce soir ?

Notre lien se solidifie dès qu'il s'agit d'écrire. Mais il ne se résume aucunement à *ça*. Longtemps, j'ai imaginé que notre alchimie ne prenait sens que lorsque nous étions dans notre bulle d'écriture, où la musique est maîtresse de nos maux pour pouvoir mieux les dompter et les accepter. Mais je m'étais trompée. Lui et moi, nous sommes plus que ça. Plus qu'une simple *music therapy,* plus qu'une belle mélodie.

À deux, nous sommes la tempête, l'enfer, l'orage, la rédemption.

— Non non, je veux bien !

Dissimuler ma joie de partager cet instant avec lui est une mission vouée à l'échec. Jayde m'offre un sourire sincère, puis me prend le stylo des mains pour le diriger vers le papier. Son air détendu me ravit. Auparavant, la douleur lui donnait les traits tirés et cela accentuait son masque d'indifférence.

Près de moi, je le sens se craqueler, si bien que j'entrevois davantage le vrai Jayde. Dans le fond, quelles que soient les nuances de son obscurité, je sais que je finirai par les aimer.

— Cette chanson est pour toi, la vipère.

Il brise le silence au bout d'une heure, j'écris ce qu'il dicte à haute voix et il apporte ses modifications personnelles au fur et à mesure. Je cherche des rimes à ce qu'il a rédigé ou bien je transforme certains des verbes qu'il utilise. Seulement, je n'ai pas appréhendé l'intention de ses paroles, il mène la danse et moi je passe derrière. C'est lui qui tient les rênes.

— Pardon ?

— *The viper of roses.*

— T'es pas sérieux ? Ça ne veut presque rien dire.

— Et alors ? Moi, je sais ce que cela signifie.

— Et quoi donc au juste ?

Il ne répond pas cette fois-ci, comme si tout ce qui sortait de ma bouche n'était que des bagatelles. Je rumine et lui arrache la feuille des mains pour relire ce qu'il a changé.

Gare à la vipère des roses !

Celle qui te prendra par le bras et qui te mordra.

Notre rencontre, pleine de haine, de rage et d'explosion, comme si je n'étais que du kérosène et qu'une pluie de vodka s'abattait sur la flaque derrière moi.

Mensonge par mensonge, tromperie par tromperie, pour qu'au final un donnant-donnant prenne vie.

J'ai pactisé avec l'ennemi, et me voilà piqué par toutes ses épines.

Le venin sort de sa bouche alors que des roses fleurissent sur sa peau.

Dents tranchantes, échardes mordantes.

Vipère ou encore serpent à sonnette, elle me hurle à l'oreille de commettre le péché originel.

Je cède à la tentation en dépit de mes principes faits de béton.

L'amour m'a laissé des balafres et mon serpent des roses adore ça.

L'amour m'a effleuré comme un pétale porté dans le vent.

L'amour m'a mordu de toutes ses dents et son venin m'a liquéfié avec un trop-plein d'émotion.

La vipère des roses n'était qu'un ange qui cherchait la passion d'un homme.

…

Le sens caché de la chanson s'installe lentement dans mon esprit. L'air sature mes poumons et mon visage vire peu à peu au cramoisi. Je suis prise en flagrant délit, un petit rire se déploie de sa gorge. Rien ne passe inaperçu avec lui, il a les yeux d'un faucon qui parcourt les cieux en quête d'une proie pour le dîner, et moi il m'a déjà dévorée.

— Ma vipère a perdu sa langue ce soir, j'ai l'impression.

Ma vipère.

— Je peux te poser une question ? demandé-je en jouant avec mes doigts sur la surface de la table.

— Ouais, répond-il en changeant de position, il s'adosse au canapé, toujours assis sur le sol, les jambes relevées et légèrement écartées.

— Pourquoi avoir modifié le nom de ton album ?

— Tu n'aimes pas le nouveau ? me taquine-t-il en ravalant un rire.

— C'est que… *J. Black* était censé représenter la résurrection d'un rocker à la dérive. Pourquoi avoir mis… *Iris* ?

Mon prénom. Mon putain de prénom.

— Peut-être parce que c'est *toi* ma rédemption.

Sa phrase résonne dans mon esprit. Éberluée, je le scrute en me demandant s'il plaisante, mais rien ne sonne faux en lui. Mon cœur boit ses paroles avant que mon cerveau réagisse ou se montre méfiant.

La tension est à son comble, je m'approche de lui et m'assois entre ses jambes, les mains posées sur ses genoux pour un peu plus les écarter et me laisser plus de place.

— Quand tu n'es pas là, c'est à toi que je pense, murmuré-je sans rompre notre lien visuel.

Les gouttes de pluie s'abattent contre la vitre de ma fenêtre, mais c'est reposant et contraste étonnamment bien avec le fracas des émotions à l'intérieur de moi. J'ai besoin de lui, besoin de lui dire que pour moi ce ne sera que lui et personne d'autre, je ne veux plus jamais voir ce doute permanent planer au fond de ses iris, ni cette crainte qu'il ne soit rien aux yeux du monde.

— T'essaies de me faire passer un message subliminal avec cette façon de me regarder, la vipère ?

Son ton empli de malice déclenche en moi une vague de sensations enivrantes. Je souris et secoue la tête de gauche à droite avant de l'incliner comme pour mieux l'observer.

— Et je te regarde comment ?

— D'une façon à vouloir me tailler une pipe.

C'est dur de retenir notre fou rire. Je me laisse tomber sur lui, contre son torse, et il m'enveloppe de ses bras pour me réchauffer de sa présence.

— Tu devrais te calmer sur les déclarations, Iris, je vais finir par croire que tu es folle de moi.

— Moi ? Folle de toi ? Pfff, ne prends pas tes rêves pour une réalité.

Vilaine menteuse.

— Hmm, à d'autres, ma vipère, je te connais comme ma poche.

Et il a raison.

29. Toi, moi… Apocalypse

Jayde

Cigarettes after Sex – Apocalypse

— Qu'en pensez-vous ?

J'attends le verdict, de la part de Braden et mes amis. Tour à tour, ils analysent mes chansons : *Dark Rose, Lost Souls Deserve Peace* et *The Viper of Roses*. Je patiente sur ma chaise alors qu'ils sont en face de moi, alignés comme des juges pour traiter mon dossier juridique.

— Elles sont géniales, déclare Braden fièrement. S'il y a un an on m'avait dit que tu avais écrit de telles paroles empreintes de passion amoureuse et de mélancolie, je n'y aurais pas cru. Elles sont plus que validées.

— J'adore ! s'extasie Bryce. Pour la deuxième, j'ai déjà une idée de musique.

— Super, alors ! On devrait se mettre au boulot, dit Dustin en tapant dans ses mains.

— On a eu beaucoup de retard, explique Braden, mais maintenant que tu es là faudra bosser deux fois plus pour tout rattraper. Seulement deux chansons ont été bouclées et durant ton absence les garçons ont travaillé sur la rythmique des autres musiques. Je compte sur ton sérieux pour qu'on finisse dans les temps.

Je me frotte nerveusement le menton.

— C'est quoi le programme ?

— Ce mois-ci sera chargé. Tu as des interviews et des shootings, l'équipe a mis ça sur ton planning normalement. À la fin de la semaine, on décolle pour L.A. pour un talk-show où vous chanterez *Bipolar.* À la fin du mois toutes les anciennes chansons doivent être enregistrées et, pour ce qui est des nouvelles, on doit travailler sur les accords.

— Putain, c'est chaud, marmonne Bryce en nous regardant un à un, inquiet.

— Fallait se préparer à ça, déclare Braden en croisant les bras. Jayde, tu vas dans le studio pour enregistrer ton solo sur *Broken Dream,* ensuite tu passeras à *Smoke and Mirrors,* l'équipe t'attend. Cody, tu l'accompagnes. Dustin et Bryce, vous devez peaufiner la dernière chanson que Cody a écrite avec Iris. Je vais le faire avec vous dans l'autre salle d'enregistrement, on va voir ce que ça donne avec les améliorations que Dustin a proposées.

— Bon, bah, les gars, je crois qu'on va crever d'ici la fin du mois ! s'exclame Bryce sur un ton ironique.

— C'est le cas de le dire, le nabot, réplique Braden en esquissant un sourire, l'album *Iris* doit sortir et on a pris trop de temps pour le faire éclore, tâchez de faire du bon boulot. Cet album peut tout changer pour vos carrières.

En effet, tout peut changer avec *Iris.*

La journée était éreintante. Je suis avachi sur un pouf dans la salle de musique, toujours à Indy Records, avec les garçons et Braden. Pour la millième fois, Bryce répète sur sa guitare le refrain d'une des chansons que j'ai écrites, attendant de connaître l'avis de notre producteur sur sa nouvelle formulation.

— Celle-ci est pas mal, réplique ce dernier.

Il est presque 20 heures, et nous n'avons pas arrêté aujourd'hui. J'ai les cordes vocales nouées à force de chanter, je ne suis plus sûr de pouvoir ouvrir la gueule dans les prochaines vingt-quatre heures, même pas pour lancer des railleries aux autres membres du groupe.

— Demain je compte rester toute la nuit pour faire le montage de la musique avec un des techniciens, donc vous avez intérêt à commencer les répétitions pour le talk-show de la semaine prochaine.

— Au fait, pour la pochette d'album tu as une idée ? demande Cody en me scrutant.

— Hmm, pourquoi pas juste notre logo peint d'une nuance améthyste, le titre de l'album et un iris qui le souligne par le bas, proposé-je.

— Tu ne trouves pas ça un peu trop simpliste ? reprend mon meilleur ami en me regardant.

— J'imaginais un montage assez épuré, pourquoi pas notre logo enchevêtré d'iris ?

— C'est pas mal ça, j'ai une réunion demain avec l'équipe marketing, je leur en parlerai, puis on avisera avec les infographistes, répond Braden en opinant.

Notre logo est un amas de losanges superposés avec la lettre M en rouge dessus. Si pour la pochette de cet album des iris venaient fleurir entre les formes géométriques, ce serait intéressant, ça apporterait un renouveau comme le printemps.

Dustin me sourit.

— J'aime beaucoup l'idée. Le premier album s'appelle *Chaos Theory*, j'aime bien qu'après ça on parte sur une douce langueur avec des iris. C'est poétique et nos chansons collent parfaitement avec le thème.

— D'après le langage des fleurs, les iris sont un symbole d'espoir et de courage, mais aussi de sagesse et confiance, raconte le nabot en lisant ses recherches sur Google. Tu le savais, Jayde ?

— Bien sûr, gros nigaud. Tu crois que je vais changer le nom d'un album comme ça ? Sans réflexion derrière ?

— Jayde voit la vie en violet, me taquine Cody avec un clin d'œil. Évidemment, tu t'es renseigné sur ça dès que ton cœur s'est mis à battre pour une certaine personne.

— La ferme.

— C'est bon, Jayde, t'es cramé depuis le début, plaisante mon producteur en se levant de sa chaise pour m'ébouriffer les cheveux avant de s'en aller. À demain, les gars, ne tardez pas trop.

— J'ai trop hâte que les pizzas qu'on a commandées arrivent, lance Bryce joyeusement. Je meurs de faim.

— Oui, vas-y et on termine la chanson, réplique Dustin.

— Oh non, je n'en peux plus de travailler, pleurniche le nabot avec un ton suppliant.

— Je te remplace pour la guitare, ne t'en fais pas, le rassure Cody en ramassant l'instrument.

Pendant qu'ils discutent, j'envoie un texto à ma vipère pour savoir ce qu'elle fait.

Iris : Je suis passée au Dream Club pour répéter au piano, là je vais rentrer chez moi à pied.

Jayde : Vien à Indi Records.

Iris : Pourquoi ?

Jayde : On est tous la et je veut te voir.

À la fin de semaine, je décolle pour L.A., je considère ça comme un compte à rebours avant mon départ alors que je reviendrai quatre jours plus tard. Si pour si peu je réagis ainsi, comment serai-je le jour de son départ à New York ?

Iris : D'accord, on me laissera entrer à une heure pareille ?

Jayde : T'inquiète, bébé, je préviendré l'équipe de nuit de ta venu.

— « Bébé » ? Bah dis donc, t'es plus qu'accro, marmonne Bryce au-dessus de mon épaule.

Je sursaute et le pousse violemment pour qu'il s'écrase au sol.

— On ne t'a jamais appris à ne pas lire les conversations des autres ? maugréé-je, en colère.

— Oh ça va, on sait tous que c'est ta nana, t'es pas discret, rétorque-t-il en se mettant debout.

— Tu lui as dit de venir ? m'interroge mon meilleur ami en tournant la tête vers moi alors qu'il était concentré sur Dustin.

— Ouais, ça vous dérange ?

— Si ça nous dérange ? C'est mon idole cette fille, réplique le nabot en se retenant de rire.

— C'est comment vous deux ? demande Dustin avec une curiosité bienveillante.

— C'est…

— Chaud bouillant, m'interrompt Bryce, hilare.

— Spécial, bredouillé-je en le fusillant du regard.

— C'est-à-dire ? insiste Cody rien que pour me mettre dans l'embarras.

— C'est bon, Cody, protesté-je, gêné, en détournant les yeux.

— Mais c'est qu'il est timide mon Jaydounet quand il s'agit de sa bien-aimée, se marre Bryce en me sautant dessus pour m'écraser de son poids.

Je lui donne un coup de pied.

— Dégage !

Il fait des grimaces.

— Allez, accouche, sale fleur bleue !

— J'ai rien à dire, elle est spéciale et j'aime ce qu'on partage, point barre !

— T'as pensé à officialiser ta relation ?

— Pardon ?

— Bah, si t'es avec elle, les médias vont s'intéresser à elle, t'es un peu le tombeur de Boston avec cette réputation qui te précède, tu crois vraiment qu'ils ne vont pas enquêter sur elle et ne pas chercher à déterrer ton passé pour entraver ta relation, explique Bryce sérieusement. Je veux préserver mon amie des vautours, donc songes-y.

— On est discrets, et puis ce n'est pas comme si j'intéressais plus que ça les tabloïds.

— Tu veux rire ? On nous a harcelés pour savoir si tu n'étais plus dans le groupe, on n'a rien dit, mais là les choses sont différentes, il s'agit d'une femme, et on pourrait l'approcher.

— Personne ne la touchera.

— Qu'est-ce qui te fait penser ça ?

— Tant que je serai là, personne ne la touchera, articulé-je en le regardant sérieusement.

Il me sourit en appuyant la main sur mon épaule.

— Wow, tu pues l'amour, cette odeur te va bien.

Son téléphone sonne, il décroche et saute de joie lorsqu'il apprend que ce sont nos pizzas qui sont là. Il s'en va les chercher, nous laissant tous les trois.

— Réfléchis à ce que Bryce t'a dit, reprend Dustin. Tu devrais en parler à Iris, pour la prévenir que sa vie pourrait connaître un autre tournant si elle te côtoie. Les médias savent qu'on collabore avec une compositrice, l'information est anodine pour eux, mais s'ils sont au courant que tu es en couple avec elle ça change tout. Tout ce qui touche aux relations les intéresse, d'ailleurs ça ne m'étonnerait pas qu'ils réduisent votre relation à de la simple baise.

Dans le passé, quand je me rapprochais d'elle, je l'ai préservée des paparazzis, par exemple lorsqu'ils se sont pointés au bas de mon label, mais là les choses sont différentes. J'ai des contacts dans le milieu et je peux protéger ce que je partage avec elle, mais je n'ai pas la garantie que ça ne soit pas exposé au grand jour.

— C'est bien plus que de la baise, rétorqué-je en serrant les poings. Je ne laisserai personne lui faire du mal.

— On est là aussi, t'en fais pas.

J'acquiesce, ravi de savoir que je peux compter sur eux en ce qui concerne cette affaire. Ils n'ont pas tort, on n'est jamais trop prudent. Je dois faire gaffe, à mes déplacements et à mes activités à l'extérieur. Lorsque l'album sortira, je serai sur le devant de la scène et mes galères avec.

— Regardez qui j'ai croisé en bas !

Je chasse ces pensées amères et détourne les yeux pour tomber sur elle.

— Iris ! s'exclament en chœur Cody et Dustin en se levant pour lui faire une accolade amicale.

Bas les pattes !

— Salut, les gars, vous allez bien ? lance-t-elle, toute gênée d'être le centre de l'attention.

Bryce dépose les quatre cartons de pizza sur la table et les ouvre un à un.

— Je meurs de faim ! Iris, viens manger avant que je ne finisse tout.

Je n'ai pas bougé d'un iota et la regarde entre mes amis. Ils l'adorent, ça c'est clair, mais sont-ils obligés de la toucher ? *Agh !*

Je pousse un long soupir pour me ressaisir et m'assois sur une des chaises près de la table. Ce n'est que lorsque Iris passe devant moi que je saisis son poignet et la place sur mes genoux, devant mes amis ébahis. Mes lèvres effleurent son cou, et j'embrasse cette partie de sa peau lascivement, j'en profite pour m'imprégner de son parfum au jasmin.

— Manque plus que tu me pisses dessus pour marquer ton territoire, rechigne-t-elle en roulant les yeux face à mon comportement.

— Je ne suis pas fan des *golden showers,* la vipère.

— Jayde, on mange, putain ! marmonne Dustin, ennuyé que je parle de sexe.

— J'ai déjà fait une *golden shower,* la meuf m'y a obligé, raconte Bryce en s'enfilant une part de pizza.

— Et tu parles de ça comme si c'était normal ? rétorque Cody, dégoûté, en reposant sa cannette de Fanta pomme.

La couleur qui gâche tout.

— Je vous jure elle m'a supplié de le faire.

— Tu t'es fait plaisir, quoi, me moqué-je en prenant une tranche à mon tour.

— Bryce, je ne te verrai plus de la même façon, réplique Iris en se retenant de rire.

— Oh là là, c'est la nature ! Vous me jugez, je suis vexé, mes chers amis.

— On te juge fort, oui, approuve notre leader en soupirant.

— Et vous alors ? Pire expérience sexuelle ? nous questionne le nabot en nous regardant innocemment. Les dames d'abord.

Je sens les muscles de ma rose noire se raidir dans mes bras, je fusille le nabot du regard et approche mes lèvres de l'oreille d'Iris. Avant que je ne dise quoi que ce soit, elle ouvre la bouche :

— Je n'en ai pas.

— Même pas avec Jayde ? insiste lourdement Bryce, juste pour m'agacer.

— Non, fait-elle en riant. Quoique, au départ, j'étais un peu déçue, le python a été mal vendu.

Éclat de rire général, sauf pour moi, je pince sa taille fortement, et elle sursaute sur mes cuisses en poussant un cri de surprise.

— Tu ne disais pas ça hier quand il était dans ta bouche, la nargué-je en susurrant ces mots salaces au creux de son oreille.

Elle frissonne et détourne la tête pour mieux me voir avant de me tirer la langue de façon infantile. Bizarrement, cette grimace me donne davantage envie de l'embrasser.

— Tu me régales, Iris, rigole Bryce en prenant sa cannette de Coca. T'es la meilleure, putain !

Après le dîner, nous restons dans la salle, à travailler tous ensemble sur la composition de la dernière chanson que j'ai écrite.

À 22 heures, les gars s'en vont, me laissant seul avec Iris, j'ai prétexté vouloir répéter encore un peu et que sa présence m'était indispensable.

— Tu as vraiment envie de répéter ? demande-t-elle, les bras croisés, une fois nos amis partis.

— Hmm, peut-être bien, réponds-je lentement en l'approchant de moi.

Je la coince contre la table, mes doigts ancrés sur ses hanches, et je la soulève pour poser son joli petit cul dessus.

Ses mains à elle serrent le rebord tandis que ses jambes s'écartent un peu, son regard pétille et ses lèvres pulpeuses s'étirent en un sourire qui m'inspire la débauche. Elle m'excite comme un fou.

Iris incline son visage, mettant en valeur la courbe gracieuse de son cou, qui porte mes marques. J'émets un faible rire avant de tirer de ma poche une cigarette et son Zippo.

— Il était chez toi ? ? ?

Ses yeux s'écarquillent de stupeur, j'agite mollement le briquet pour le lui montrer.

Try a little tenderness.

— Ouais, tu l'avais oublié chez moi, soufflé-je en coinçant ma clope entre mes lèvres.

— Je n'ai pas fumé depuis longtemps, admet-elle.

— Tu cherchais à arrêter, non ?

J'allume ma cigarette et laisse la nicotine envahir mes poumons et mon sang.

— Oui, mais il m'arrive d'en tirer une de temps en temps.

Je la fixe avec intensité. La vipère me sonde de ses yeux azur, ceux dans lesquels je me noie jusqu'à me remplir d'elle. J'inspire une bouffée, puis souffle ma fumée en tournant ma tête sur le côté.

— Tu es nerveux ? susurre-t-elle en se penchant vers moi.

Ce mouvement met en valeur sa poitrine comprimée dans ce décolleté. Je la toise en arquant un sourcil.

— Pourquoi le serais-je ?

Ma cigarette enflammée retrouve sa place dans ma bouche, et je m'en abreuve comme un animal assoiffé.

— Tu fumes.

Je tire une autre bouffée, et cette fois-ci je la souffle vers le plafond. La fumée nous retombe dessus et j'arbore un air narquois.

— Observatrice, la vipère.

Elle me rend nerveux, ou plutôt ce qu'elle provoque en moi me rend nerveux. L'effondrement de mes barrières, cela met en exergue mon cœur écorché et mon âme d'artiste dépravée.

Elle roule les yeux et je me cale entre ses cuisses. Cette fois-ci, avant d'avaler mon poison, je la scrute avec plus d'attention. J'étudie ses traits fins, et mon index trace une ligne de la rondeur de ses lèvres jusqu'à la limite de son décolleté.

Je traverse son cou, sa clavicule et dessine la calligraphie de son tatouage entre ses seins voluptueux. Plus j'avance, plus je sens son cœur battre. La tension est à son paroxysme, l'atmosphère s'alourdit avec la débauche qui suinte de moi ainsi que la fumée que je souffle.

Elle frissonne à mon contact et mordille sa lèvre inférieure.

— Je n'ai pas oublié.

La chaleur de ma cigarette flirte avec sa peau, je l'effleure et elle inspire profondément.

— Oh non, je n'ai pas oublié.

Je n'ai pas oublié quand elle m'a enfoncé une cigarette sur le torse, me laissant une vilaine trace de notre haine passée, qui n'était que le voile de notre attirance.

— Donnant-donnant, ma rose.

De la cendre tombe contre la vallée de ses mamelons, déjà sensible à ce que je leur fais, elle ne sursaute pas, tremble juste un peu. Elle me voit contrôler la température de son corps à ma guise par le seul biais de ma clope entamée.

Je ne la brûle pas mais l'exalte. Ses yeux suivent ma cigarette qui flirte avec l'indécence de son serpent enroulé autour du sceptre d'Hadès, le roi des enfers.

— Ouvre la bouche.

Iris fait ce que je lui demande, et je souffle ma fumée dans sa bouche, la polluant de mon chaos intérieur. Elle se mord les lèvres et rejette sans me quitter du regard mon vent de démence.

Je souris à travers la brume et je me penche vers elle.

— Tu crois en la rédemption d'un cœur écorché ?

Je lui murmure ces paroles en frôlant sa bouche sensuellement, je ne l'embrasse pas, mais ça suffit à la faire pousser un soupir de plaisir.

— Non, je n'y crois pas, répond-elle en enroulant ses cuisses autour de mes hanches.

Mes mains sont sur le rebord, la cigarette bloquée sous mes doigts. Son buste est penché vers l'arrière et elle renverse la tête.

Sa peau laiteuse est mon aphrodisiaque, je mordille sa clavicule, elle se cambre et s'agrippe à mes poignets.

— Pourquoi ? lui demandé-je en semant des baisers incandescents au creux de son cou.

Elle gémit.

— Les cicatrices restent, murmure-t-elle.

Je souris, puis je m'approche dangereusement de la vallée de ses seins, ma langue lèche son tatouage.

— Hum… Jayde…

— Je suis une de tes cicatrices, ma rose ?

Son bassin se soulève et son emprise sur moi se resserre. Ses gémissements sont d'une jouissance inouïe, ma mélodie préférée. Je jette ma cigarette au sol et l'écrase vivement avant d'empoigner les cheveux violets de celle qui me fait complètement vriller.

— Oui, tu es ma cicatrice préférée sur le cœur, souffle-t-elle de plaisir quand mes doigts baissent son haut et libèrent son sein.

Je l'allonge sur la table sans stopper mes flatteries sur sa poitrine. Je lape sa pointe, joue avec jusqu'à ce que ses cris résonnent. J'aime quand sa langue délie mon nom de façon incessante, j'aime quand je lui ôte ses chaînes, putain j'aime la prendre et qu'elle prenne son pied à chaque fois. J'aime être le seul à lui faire vivre ça.

— Tu sais, bébé, murmuré-je sans arrêter de bouffer sa poitrine.

— Mmm.

— Moi non plus, je n'y crois pas.

Je remonte vers son visage pour qu'elle puisse me voir. Les manches de son pull sont baissées et ses seins totalement à l'air. Cette vision a une répercussion directe sur mes testicules.

— Ah oui, dit-elle en me regardant.

Sa peau de porcelaine a rougi sous mes effets, ses taches de rousseur contrastent avec cette nouvelle couleur de peau qui me donne envie de la croquer.

— Un cœur blessé, c'est comme un rêve brisé.

Je me penche vers son visage, et joue dangereusement avec sa bouche. Elle halète et une faible lueur de frustration s'installe dans ses prunelles.

— Comment ça ?

— Les deux permettent d'avancer, mais rien ne peut les effacer, chuchoté-je en embrassant lentement la commissure de ses lèvres pour la faire enrager.

— C'est moi ton rêve brisé ? susurre-t-elle.

Je ricane, ne lui réponds pas tout de suite et poursuis mon jeu sensuel en étalant mes marques sur son cou.

— Jayde…, gémit-elle alors que ma main prend son sein.

Tu

Es

Ma

Démence.

Celle qui me fait découvrir tout ce que je n'aurais jamais cru avoir.

— Tu es mon fantasme et ma réalité. L'un dans l'autre, l'un et l'autre. Tu es tout.

J'écrase fiévreusement ma bouche contre la sienne, elle tressaille dans mes bras.

— Je suis tout ? répète-t-elle d'une voix suave.

Mon désir pour elle ne pourra jamais disparaître. Je l'ai dans la peau, comme un tatouage encré à tout jamais.

— Oui, tu es tout.

Mon tout.

30. Tu es à moi

Iris

Nessa Barrett – i wanna die

— T'as vu ça, Iris ?

Darren me tend son téléphone, l'écran affiche un article sur Jayde. Je fronce les sourcils. Je suis déjà tombée dessus il y a plusieurs semaines, mais étant donné ma situation avec Jayde je ressens un profond mécontentement.

Une femme affirme avoir passé la nuit avec Jayde Black et qu'elle serait enceinte de lui.

Agh ! Je sais très bien que c'est faux, mais tout ce qui tourne à son sujet, ce sont les liens étroits avec les femmes qu'il a pu avoir par le passé. Je rumine dans mon coin en prenant mes commandes au Dream Club.

— Iris, ce sont des articles insipides ! s'exclame Darren en me suivant.

— Je sais bien mais…

Je suis jalouse.

Rien qu'à cette pensée je sens le rouge me monter aux joues. Je déambule entre les tables, discute avec certains amis de Lenny en les servant, puis retrouve ma place derrière le comptoir, seule. Je prends mon téléphone et tape son nom dans la barre de recherche pour voir ce qui se dit à son sujet.

Article 1 :

Qui est cette Iris ?

Le chanteur Jayde Black a annoncé lors d'une interview qu'Iris, le nom de son album, était « une fille ». Est-elle sa femme ? Sa petite amie ? Ou juste un moyen purement marketing ?

Article 2 :

Le passé de Jayde Black

Déboires, drogue, alcool et différentes frasques avec la police de Boston. Jayde Black a été suspecté du meurtre d'un dealer, mais a été innocenté, et l'enquête a été classée non élucidée.

Article 3 :

Le type de femme qu'aime Jayde Black

« Du moment que ça a une chatte et une belle gueule, je me fous du reste. » Ce sont les mots exacts de Singer Killer lors d'une interview. Un véritable homme à femmes !

Les tabloïds ressassent de vieilles informations pour faire cliquer le public. En les faisant défiler à l'écran, je tombe sur plein de clichés de Jayde avec des femmes célèbres, comme des mannequins ou encore des chanteuses, et vu leur proximité… on se doute bien de la suite des événements.

Pourquoi moi ?

Le dégoût me balaie comme une bourrasque, j'ai une envie frénétique de vomir. Une tension désagréable crispe mon estomac. Il peut tout avoir, pourquoi je suis celle qui a suscité son intérêt ?

Putain de merde ! Iris, tu t'entends ?

Jayde est connu, pas autant qu'il le voudrait, mais sa notoriété est bien présente. Il s'est peut-être retiré du milieu durant son pseudo-exil, mais bientôt les projecteurs reviendront vers lui. Pour l'instant, la situation est plus ou moins gérable, surtout que Madness sort peu à peu de sa cachette pour faire un *come-back* mémorable avec un nouvel album.

Iris.

Peut-être que c'est toi ma rédemption.

Ces mots m'enivrent encore… je les ressasse et les laisse caresser chaque recoin de mon esprit désabusé.

J'ignore où ma relation avec Jayde nous mènera, mais je n'arrive pas à anticiper ma réaction face aux vagues médiatiques, surtout celles qui ont pour but de l'enfoncer six pieds sous terre ou celles qui affichent ses vieilles conquêtes.

— Tu vas bien, ma fleur ? me demande Lenny avec un sourire chaleureux.

Il s'accoude au comptoir et me scrute avec un regard bienveillant. Je m'efforce de lui répondre positivement et de ne pas paraître troublée par ce que je me suis infligé moi-même comme une idiote.

— Amber n'est pas venue ? questionne-t-il en balayant le bar d'un vif coup d'œil.

— Non, elle a un dîner de famille, il n'y a que Darren.

— Il est où ?

— En train de discuter avec tes potes de la pétanque, le taquiné-je en lui montrant du doigt mon ami.

— Ah, il a vraiment sympathisé avec eux dans ce cas, ricane-t-il en se servant un verre de scotch.

J'acquiesce, amusée, puis mes yeux se bloquent sur l'entrée. Madness est là. Tous les quatre, comme le premier jour.

— Tes amis de la musique sont là, réplique Lenny sur le même ton avant de me laisser.

Ce soir, dans leurs déguisements, ils passent parfaitement inaperçus. Cody porte une perruque brune avec des lentilles de contact ambrées, il est méconnaissable. Bryce cache ses cheveux blonds avec une perruque noire, il a des lunettes et des lentilles bleues. Dustin arbore une casquette par-dessus ses cheveux ramassés en une queue-de-cheval et des lentilles émeraude. Jayde a un bonnet, des lunettes, et une capuche lui recouvre le crâne.

Ils s'approchent tous les quatre de moi et mes yeux ne sont dirigés que vers mon Singer Killer. Il s'accoude au comptoir et me sonde avec une intensité chauffée à blanc.

— Salut, ma fleur ! s'exclame Bryce en tapant de sa main sur le bar.

Je leur souris.

— Je suis contente de vous voir. Allez vous installer, je viendrai prendre votre commande.

Les trois acquiescent et prennent place à une table dans le fond,

Jayde est toujours là à me mater ouvertement. Je détourne mon visage vers lui, amusée.

— Tu ne les rejoins pas ?

— Ce que je veux boire est déjà là, déclare-t-il, l'air lubrique, en me lorgnant de haut en bas.

Je m'empourpre.

— Va t'asseoir, articulé-je, embarrassée à l'idée que quelqu'un l'ait entendu.

Il ricane et va retrouver ses amis. Je souffle et passe la main dans mes cheveux. Il est… si intense. Il me donne chaud avec un simple coup d'œil. Je l'observe de loin. Il discute avec le groupe, l'air sérieux, et un sillon se trace entre ses sourcils.

Mon cœur bat la chamade quand il est dans les parages, ma paume se dépose contre ma poitrine.

Bam. Bam. Bam.

Je ressens chaque battement et chacun d'entre eux pourrait dire : *Jayde. Jayde. Jayde.*

Avant que je prenne mon calepin pour aller les rejoindre, j'assiste à une scène qui me noue le ventre. Quatre jeunes filles s'invitent à la table du groupe, l'air béat et déterminé à finir la nuit avec eux. Mais celle qui colle un peu trop Jayde m'arrache un soupir de dégoût.

Reste cordiale.

— Que désirez-vous ? dis-je en les observant chacun rapidement.

Cette table a beau comporter huit personnes, je ne suis concentrée que sur deux. La meuf qui pose la main sur le biceps de Jayde l'admire avec des yeux énamourés, je resserre mon emprise sur mon petit cahier et lance un regard noir à Jayde. Cet enfoiré ose passer son bras par-dessus la chaise de la nana.

Pétasse.

Ce sera son nom. Pétasse est maquillée comme une voiture volée, c'est-à-dire que cela fait office de masque de Halloween. Bon, ma mauvaise langue accentue ma vision de sorcière. Je ne veux juste pas avouer qu'elle est canon dans sa robe pistache moulante qui met en valeur sa taille de guêpe, ses cheveux blonds relevés en queue-de-cheval et son visage de poupée. Des yeux verts, un nez trop fin pour être vrai et une bouche injectée d'acide hyaluronique.

Pétasse est plutôt jolie. *Très jolie.*

Je vois rouge. Je détourne le regard, mais j'ai pu détecter cette lueur machiavélique dans ses pupilles et ce rictus arrogant.

Je prends la commande de chacun et, au moment où je pivote vers les deux derniers, Pétasse déclare :

— Alors pour moi ce sera…

— Ce sera tout ? la coupé-je avec un faux sourire.

— Oh non, je veux…

— Très bien, ce sera tout, dis-je rapidement avant de m'éclipser.

Dans ta gueule, connard.

Je reviens derrière le comptoir, le cœur qui bat aussi vite que les ailes d'un colibri. Piquée par une possessivité que je ne me connais pas, je suis déstabilisée. Une fureur indomptable crépite au fond de mon ventre.

J'observe leur table et Jayde a la tête penchée en arrière pour me contempler tandis que Pétasse lui parle.

Mes yeux pourraient lui lancer des éclairs pour le calciner sur place. Il a saisi l'étincelle de jalousie en moi, et ça l'amuse. Il m'adresse un clin d'œil.

— On est en train de te piquer ton homme ! s'exclame Darren en s'asseyant sur un des tabourets du comptoir.

— Ce n'est pas mon homme, marmonné-je en préparant les verres que sa table a commandés.

Je m'évertue à ne pas les observer, mais ma peau me picote, je me sens épiée par son regard incandescent. Je demande à une des serveuses d'apporter le plateau à leur table, je crains de ne pas pouvoir maîtriser mon impulsivité et de déverser toutes les boissons sur eux sous un coup de démence amoureuse.

Mais… Jayde se ramène, avec Pétasse.

Elle lui tient le bras. Putain, ce n'est pas une béquille !

— Vous n'avez pas pris notre commande, déclare-t-elle d'une voix douce en se tortillant à côté de lui.

Je l'évalue en arquant un sourcil avant de remarquer qu'elle repère son tatouage révélé par sa manche retroussée. Jayde ne réagit pas à ses caresses, je suis l'unique centre de son attention à travers les verres de ses lunettes.

— Oh ! il est magnifique, dit-elle subitement en laissant ses doigts traîner sur sa peau découverte.

Trop. C'est trop.

J'agrippe avec force le col du pull de Jayde, l'approche brutalement de moi et j'écrase ma bouche contre la sienne. Ma langue le cherche, le titille et je retrouve presque un intime réconfort en déployant ce besoin qui me tailladait le cœur. Ses lèvres frémissent à mon contact et ses doigts remontent le long de mon cou avant de maintenir mon menton.

Je libère un faible gémissement en rompant ce baiser ardent. Le feu dans ses opales sombres me fait chavirer, je chancelle presque et me soutiens contre le bar.

— C'est moi sa commande, dis-je amèrement en jetant un regard noir à Pétasse.

Elle a les yeux aussi ronds que des billes, sa gêne devient rapidement la mienne quand je réalise que tout le monde a été spectateur de la scène. Je n'ai jamais montré un tel élan d'affection, encore moins de possessivité, devant autant de personnes. Les habitués me toisent, éberlués comme si c'était un mirage, les quelques jeunes ricanent et d'autres chuchotent sur mon scandale conjugal.

Je m'empourpre et me précipite dans les vestiaires pour fuir toute cette attention. Qu'est-ce qui m'a pris de faire ça ? Putain, c'est sa faute !

À peine la porte se ferme derrière moi que Jayde fait son entrée en la claquant.

— Tu m'as provoqué ! l'accusé-je en me tournant vers lui, furieuse.

Je le pointe du doigt, mécontente de ce qu'il m'a poussée à faire.

— Ouais, et j'ai adoré ça, se moque-t-il en retirant son bonnet et ses lunettes.

— Et ça t'amuse ?

— Bien sûr, te voir jalouse comme ça, putain, trop sexy… j'ai même bandé.

Je le harponne d'un regard tandis qu'il avale la distance entre nous. Je recule et me retrouve contre les casiers du personnel.

— Tu t'es brûlée, susurre-t-il tout près.

Ses doigts glacés flirtent avec ma joue et son front s'arrime au mien.

— Tu l'as fait exprès, soufflé-je alors que son autre main est contre l'acier des casiers près de ma tête.

— Je voulais voir jusqu'où tu étais prête à aller, dit-il doucement en louchant sur mes lèvres.

— Tu préfères les filles comme elles ?

Il hausse les épaules.

— Ce n'est qu'un corps parmi tant d'autres.

— Il y a beaucoup d'articles de blog qui évoquent tes conquêtes passées... et c'était avec ce genre que tu t'envoyais en l'air, admets-je, une pointe de tristesse dans la voix.

Nerveuse de mon aveu, je me concentre sur son col, où mes doigts s'amusent à jouer avec les deux ficelles de sa capuche.

— Tu crains vraiment que j'aille voir ailleurs ? demande-t-il, intrigué.

— Pas que... sérieusement, Jayde, pourquoi moi ? Je ne ressemble pas du tout à tes autres conquêtes.

Je craque, je ne peux pas retenir ce flot d'incertitude qui plane dans mon esprit.

— Tu ne crois pas que je pourrais te retourner la question, ricane-t-il comme si ce que je disais était surfait.

— Quoi ? dis-je, perdue.

— Pourquoi moi, Iris ? Tu as eu plein d'occasions où des mecs différents de moi se sont présentés à toi. Pourtant, c'est toujours vers moi que tu reviens.

Je me tais. Les mots se cadenassent dans ma gorge et je baisse la tête vers le sol.

— Pourquoi moi ? répète-t-il en se penchant plus vers moi.

— Je... je ne sais pas.

Son souffle me fouette la peau, ma respiration devient rapide. Les battements de mon cœur sont si puissants qu'il doit sûrement les entendre.

— Moi, je vais te dire pourquoi.

Mes épaules se relâchent, et je pousse un long soupir avant de redresser le visage et plonger mes yeux dans les siens.

Il saisit mon menton et il est si proche que l'odeur de son eau de

Cologne envahit mes narines au même titre que sa présence envahit mon espace.

Jayde m'envahit.

— Il n'y a que nous pour comprendre notre chaos, nous sommes deux putains d'aimants irrémédiablement attirés l'un par l'autre. Et quand ils se retrouvent…

Ses yeux noirs me sondent avec cette intensité qui fait voler des milliers de papillons dans mon ventre.

— Toi et moi, c'est l'apocalypse.

Apocalypse. C'est bien le mot. L'amour que j'ai pour lui s'apparente à une explosion divine qui me galvanise. *Une douce apocalypse.* Ses lèvres se pressent contre les miennes dans une tendresse incandescente. Ce baiser est différent des autres. Il fait écho à une promesse. Je me sens chavirer, Jayde pourrait faire de moi ce qu'il veut, mon corps ne répond qu'à lui, ne se soumet qu'au feu dans ses yeux.

— Jayde, murmuré-je, une fois le baiser rompu.

Sa main est sur ma joue, je perçois à travers ses pupilles une lueur d'exaltation qui me noue le ventre. Il analyse mes traits minutieusement, émet un faible rire rauque puis esquisse un sourire avant… de se mettre à genoux devant moi.

— Qu'est-ce que tu fais ? m'exclamé-je, tremblante, en sentant son souffle chaud contre mon entrejambe.

Il me fixe de sa position basse, toujours avec cette flamme dans ses iris.

— Je ne me suis jamais mis à genoux devant une fille, jamais, mais disons que ce soir tu seras mon exception.

Son exception. Sa démence.

J'ai brisé une de mes règles pour lui.

Il est aussi mon exception.

— J'aime ton corps, mais c'est pour ton âme que je tombe, déclare-t-il.

Moi aussi, je tombe pour lui, pour son âme, pour son cœur, pour son corps, pour tout.

Ses doigts ouvrent le bouton de mon pantalon et baissent ma braguette dans un mouvement lent et sensuel, sans jamais qu'il rompe notre échange visuel intense. Il me déshabille de mon bas et une fine brise fait courir la chair de poule le long de mes jambes. Je suis à découvert. Mes cicatrices, mes vergetures. Ma confiance se tarit, mais l'étincelle dans son regard me réconforte, il m'admire comme si j'étais la plus belle chose au monde. Cet éclat de lubricité au fond de ses yeux est une invitation au laisser-aller sans retour possible, ma respiration se fait saccadée et ma tête tombe à la renverse, se heurtant à la façade glacée des casiers.

— Tu ne vas pas faire ça ici, si ? dis-je, légèrement inquiète, en posant les mains sur ses épaules.

— J'ai fermé la porte à clé, souffle-t-il contre le tissu de ma culotte.

Je me sens humide face à ce contact, il baisse mon sous-vêtement en coton et tombe nez à nez avec mon intimité. Il écarte un peu plus mes jambes et appuie un doigt contre ma fente. Je ravale un gémissement et pousse un petit cri de surprise dès que ses lèvres touchent mon bouton de chair.

— Je t'ai déjà dit que…

Sa voix grave et sensuelle me fait chavirer, il marque une pause. Sa langue caresse mon sexe et me fait soupirer de plaisir.

— … tu avais le meilleur des goûts.

Je chancelle légèrement face à une telle déclaration, mes mains vont jusqu'à ses cheveux de jais, que je maintiens par poignées. Jayde soulève délicatement ma jambe droite et la pose sur son épaule. Sa langue torture mon clitoris, il le suce et le relâche. Je resserre mon emprise sur son cuir chevelu et ondule des hanches sur sa bouche alors que la mienne ne gémit que son nom.

— Jayde, Jayde… oui, merde…

Sa langue s'enfonce plus en profondeur et ses doigts prennent appui sur ma cuisse en s'ancrant dans ma chair.

— Bordel, soufflé-je d'une voix rauque.

Sa cadence ne faiblit pas, il accélère les mouvements circulaires. Mon bassin s'arc-boute et le plaisir écrasant va me faire basculer dans une luxure inouïe.

Sa bouche me torture avec ses prouesses. Mon sexe palpite et je ferme les yeux, sentant l'orgasme monter en moi. Une décharge électrique me pousse à lâcher prise.

— Lâche-toi, bébé, me souffle Jayde, la voix grave.

Il glisse directement deux doigts dans ma fente, accentuant la secousse de plaisir qui saisit violemment mon corps. Incapable de me retenir davantage, je cède au pouvoir de la jouissance et crie son nom.

— Jayde, Jayde… Oh…

— Oui, c'est moi, le seul à te faire tout ça, ricane-t-il en embrassant le bas de mon ventre.

Je laisse le dernier frisson de désir me traverser avant de retrouver une miette de ma clairvoyance. Il a grillé tous mes neurones.

— Mon Dieu…

Jayde enlève ma jambe de son épaule et se relève avec un rictus insolent. Je reprends doucement mon souffle.

— Je devrais me rhabiller, dis-je d'un coup en ramassant mon bas.

Je me dirige vers mon casier et l'ouvre pour me voir dans le miroir que j'ai mis dans le fond. Mes cheveux sont en bataille et ma peau est rougie par le désir. Mon cœur palpite encore, mais je ressens un certain soulagement.

Les pas de Jayde résonnent tandis que j'aplatis mes cheveux, il se poste juste derrière moi, son reflet près du mien.

— Qui t'a dit que j'avais fini ?

Son intensité me tue et ravive mon feu intérieur pour se consumer avec le sien. Je le vois à travers le miroir, l'amplitude de ses envies brûle dans son regard.

— Penche-toi en avant et agrippe le rebord de ton casier.

J'écarquille les yeux de stupeur face à sa demande avec ce ton exigeant. J'ai chaud, terriblement chaud. Un rictus carnassier étire ses lèvres et son torse se colle contre mon dos, je ressens sa longueur imposante. Il me surplombe et cet air de vilain garçon m'émoustille davantage.

Sans lâcher mon reflet du regard, il se penche vers mon cou, le lèche et le mord. Je gémis et halète quand il prend mon sein par-dessus mon haut.

L'observer me faire tout ça… devant le miroir me fait mouiller. Je n'ai jamais été aussi excitée.

Sa bouche remonte sensuellement jusqu'à mon oreille, qu'il lèche avant de mordiller mon lobe. Son pouce enflamme mon téton et son autre main descend vers mon intimité trempée. Il grogne dès qu'il me touche et ma tête tombe contre son torse.

C'est si bon.

— Jayde… et si quelqu'un entrait, soufflé-je en sentant mes forces céder sous ses prouesses.

Je halète, et il plonge un doigt en moi. Un soubresaut secoue mon corps, je me redresse brusquement, faisant face de nouveau au miroir, et il le retire immédiatement. Ma respiration est saccadée et la frustration s'insinue en moi.

Il me donne une fessée.

— Maintenant, Iris.

J'obéis et m'accroche au rebord de mon casier, encore plus excitée que je ne le voudrais. Il baisse son pantalon, faisant résonner la boucle de sa ceinture en cuir. J'inspire avant de sentir son sexe durci contre ma fente.

— Je t'interdis de détourner le regard, souffle-t-il près de mon oreille.

Je tressaille et hoche mollement la tête devant le miroir, face à cette vision de nous deux prêts à sombrer dans le désir.

Lentement, son membre entre en moi, centimètre par centimètre, et je pousse un gémissement puissant impossible à contenir plus longtemps. Jayde est en moi, ses mains saisissent mes hanches, et il commence à me pilonner avec des va-et-vient rapides et profonds.

— J'ai toujours rêvé de te prendre comme ça, et de regarder ton visage ! s'exclame-t-il en allant plus vite.

Son rythme devient plus acharné, et je me sens défaillir avec cette montée de chaleur qui m'envahit. Je m'agrippe comme je peux, mais mon corps tremble entièrement sous ses assauts.

— Oh… Oh ! mon Dieu…

Je suis totalement sous son emprise et lui ne va pas tarder à céder à la jouissance. Nous sommes dans notre bulle tandis que des rires et des voix résonnent de l'autre côté de la porte, comme un bruit de fond lointain.

Jayde me pénètre de toute sa longueur et me contrôle. Je pousse des cris de plus en plus forts, j'approche du plaisir ultime et le regarde lui aussi dans le même état que moi. L'intensité de notre lien visuel m'excite davantage et elle a le même effet sur lui.

Jayde domine, Jayde est possessif et Jayde me prend comme si je n'étais qu'à lui.

— Ah… Jayde…

Ses mains s'arriment férocement à mes hanches avec plus d'ardeur. Il stabilise mon corps, je me sens groggy, au bord du renversement charnel.

Mes paupières s'alourdissent et je ferme les yeux alors que l'orgasme vient. Il presse ses doigts sur ma peau, y laissant sûrement un bleu à trop exercer sa force.

— Je veux que tu me voies, ordonne-t-il, la voix tremblante.

Je fais ce qu'il me dit et, comme une décharge électrique, une jouissance puissante me traverse. Derrière moi, Jayde se tend et dans ses yeux je discerne quand il atteint sa délivrance, quelques secondes après moi.

Son bras enlace ma taille et il me colle contre son torse. Les battements de son cœur sont frénétiques, ils vibrent contre mon dos. Sa tête se pose contre moi, il reprend une respiration régulière tandis que son sexe est toujours en moi, liant nos deux corps jusqu'à la fin.

La chaleur de son souffle chatouille ma nuque, et je frissonne de plaisir. Ma main se place sur son bras et le caresse affectueusement.

— Je n'ai jamais connu ça, chuchote-t-il contre ma peau.

Moi non plus, je n'ai jamais connu *ça*… C'est si bon d'éprouver tout ce que je ressens à cet instant. Il m'embrasse avant de me relâcher.

Ma tête se repose contre son torse tandis que je calme ma respiration. Notre reflet projette une image presque affectueuse, on ne peut voir que le haut de nos corps enlacés. Je lève les yeux vers lui, il reporte son attention sur moi et esquisse un sourire. Je ris, réalisant ce qui vient de se passer.

— Tu m'as corrompue.

Un éclat de rire se déploie de sa gorge et il me relâche avant de remonter son jean. Je fais de même en remettant ma culotte et mon pantalon.

— J'aime bien te corrompre, réplique-t-il en m'attrapant par la nuque.

Il m'embrasse et j'enroule mes bras autour de son cou. Il joue avec ma langue et mes doigts tirent sur ses cheveux.

— Je devrais y retourner, susurré-je en m'écartant de lui.

— Ouais…

Je m'éloigne de lui, ressentant une pression dans ma poitrine et des sensations étranges qui courent partout sur ma peau.

— Au fait, me rappelé-je en posant la main sur la poignée avant de lui lancer un regard par-dessus mon épaule. Je refuse que tu me provoques à nouveau comme ce soir.

L'air de défi que j'arbore le fait doucement sourire.

— Sinon quoi ? me contre-t-il.

— Je ferai pareil, le menacé-je en pivotant vers lui, les bras croisés.

— C'est de bonne guerre, ricane-t-il. Mais pour être plus sérieux…

Comme un prédateur, Jayde s'approche de moi.

— … si je vois un mec te tourner autour, je le casse en deux.

— Ah, et pourquoi ça ? demandé-je avec défi.

Il se penche en avant et ses mains se posent contre la porte, me coinçant entre son corps et le bois. Son visage frôle le mien et ses lèvres murmurent :

— Je te l'ai déjà dit, ma rose, tu es à moi.

31. Abandon émotionnel

Jayde

Lukas Graham – 7 Years

— Tu ne t'es pas montré depuis un moment ! s'exclame Tate tristement.

Je me frotte la cuisse en ravalant difficilement la boule que j'ai dans la gorge. D'un côté, je m'en veux de n'avoir pas été là pour lui dès que ma mère a refait surface, mais ce sont des souvenirs de malheur qui ont été ravivés dans ma tête et m'ont poussé à m'écarter des Black, y compris mon aîné.

— Je sais, mais j'avais besoin de temps, admets-je.

À quoi bon lui mentir ? Je ne voulais voir personne du même sang que moi.

— Elle t'a parlé ? demande-t-il en pianotant avec ses doigts sur la table nerveusement.

— Elle m'a invité à déjeuner.

Ce matin, à mon arrivée au studio, elle m'a appelé au téléphone – j'ignore comment elle a eu mon numéro –, elle m'a proposé de manger avec elle, mais ce soir je décolle pour L.A. avec le groupe, alors elle a insisté pour qu'à mon retour on se rencontre. Pour discuter.

J'ai accepté.

— Tu vas faire quoi ?

— Je vais m'y rendre dès mon retour de mon voyage.

— Je ne comprends plus rien, murmure-t-il, perdu. Elle réapparaît comme si de rien n'était.

— Tu aimerais avoir des réponses ? l'interrogé-je d'une voix faible.

— J'ai peur de la vérité. Secrètement j'ai rêvé toute ma vie qu'elle passerait la porte d'entrée de la maison, nous disant qu'elle était rentrée. Cette façon de revenir est si brusque après sept ans.

Oui… moi aussi, j'en ai rêvé, un nombre incalculable de fois. Dans cette situation, c'est l'impuissance qui m'envahit. Ma mère ne semble pas réaliser ce que ça me coûte psychologiquement de me confronter à elle, des séquelles qu'elle a semées après son départ. Je revis en permanence la douleur de son abandon, un trou béant dans ma poitrine s'est creusé dès que j'ai su que je ne la verrais plus.

Une atmosphère âcre s'est mise à flotter entre les murs de notre maison. Je ne parvenais plus à respirer correctement et le comportement contraignant de mon père n'arrangeait en rien les choses. À cette période, j'ignorais si c'était la culpabilité qui le poussait à de telles actions mais, à sa façon de ramper à mes pieds pour que je lui accorde mon pardon, je me rends compte comme la nature humaine est complexe.

Ma mère nous a tous les trois blessés, les trois hommes de sa vie. Elle a quitté son mari et ses deux fils, sans se soucier une seconde de ce que Tate et moi pourrions ressentir.

Devant elle, c'est comme si mon masque d'indifférence ne tenait plus, il s'étiole et se fissure.

Cette douleur, cette angoisse… je suis tétanisé de la revoir dans quelques jours. L'emprise qu'elle détient sur moi fait courir des frissons d'effroi sur ma peau. Je me sens vulnérable, je me sens comme… un enfant.

Un enfant qui a perdu sa maman. J'ai un corps d'adulte avec le cœur d'un gosse.

Je souris à mon frère, confiant.

— Ça ira, Tate.

Je ne peux pas le laisser déceler cette faiblesse, je refuse qu'elle soit visible aux yeux de n'importe qui.

J'ai toujours cru que, si un jour ma mère revenait, je serais furieux au point de lui jeter à la gueule ce que je pensais d'elle, mais rien de cela ne s'est produit.

Je me suis vu m'écrouler tout en bas d'une falaise.

Et c'est *sa* main qui m'a rattrapé.

Iris m'a tendu la main avant de panser mes plaies à vif. Je ne pouvais me résoudre à me montrer indifférent devant elle, il fallait que le mal logé au creux de mon cœur s'extirpe de moi.

— Ça a l'air d'aller mieux de ton côté, déduit mon frère aîné en me regardant attentivement.

— Oui, ça peut aller, réponds-je, l'esprit ailleurs.

Elle accapare tout en moi, ses fins doigts de pianiste ont un prolongement lié à mon cerveau, j'en suis certain. Elle me commande comme un pantin et envahit la moindre parcelle de mon être.

— Je suis content que tes amis et toi ayez renoué, mais avec elle ?

— Ça se passe plutôt bien.

— Vraiment ? Malgré…

— Oui. Ne parlons plus de ça, le coupé-je en calant mon menton sur ma paume.

— Très bien. Papa m'a dit qu'il voulait te contacter, mais il a dit qu'il préférait te laisser du temps.

Je n'ai pas revu mon paternel depuis l'esclandre que j'ai tapé ici devant tout le monde, déversant toute ma rage sur lui sans aucun remords. Il a tenté de me joindre ces derniers jours, mais j'ai ignoré ses appels. Walter est résilient, il cherche encore à me rencontrer après tout ce que je lui ai crié à la gueule.

— Je ne peux pas gérer deux parents à la fois, marmonné-je, agacé.

Tate a les yeux perdus dans le vague, ses épaules sont relâchées, sa tête est baissée.

— Dis… Jayde, tu crois qu'il y a un espoir pour nous ?

— Nous ?

— Qu'un jour je sorte d'ici et que toi tu ailles mieux.

— Un jour tu sortiras d'ici, tu t'es délivré de ta rechute, tu as lutté pour ça, ne détruis pas tes efforts. Dans le fond, tu te sens comment ?

— Honteux.

— Honteux ?

— Vis-à-vis de toi. Je n'arrête pas de me dire que je ne mérite pas ta sollicitude et encore moins ton pardon.

— Je t'interdis de voir mon pardon comme ta rédemption, grondé-je furieusement.

Ses yeux s'arrondissent telles des soucoupes et il évite soigneusement mon regard dur.

— C'est toi que tu dois pardonner sans rien attendre de moi.

— Mais Jayde… comment je pourrais me pardonner alors que tout dépend de toi ?

— Dans la mesure où tu reconnais tes torts, tu peux avancer sans crainte. C'est en se pardonnant et en s'acceptant tel que l'on est qu'on avance. Ta sérénité ne viendra jamais de moi.

Mes mots sont comme des balles de revolver, il les endure difficilement sans oser une seconde m'observer. Je ramasse mon téléphone et mon portefeuille sur la table puis me lève de ma place.

Je passe devant lui et pose la main sur son crâne, alors qu'il demeure rigide, probablement à cause de la douleur que je lui ai causée. Celle qui laisse entrevoir ses remords et ses regrets à l'idée que je ne lui pardonnerai jamais.

— Et toi ? Est-ce que tu arrives parfois à t'accepter ?

Prévisible, ce contrecoup. À savoir qu'il délie sa langue pour me provoquer ou pour me faire comprendre l'hypocrite que je suis. Je suis différent, je ne suis plus celui qui s'abaisse et se plie en quatre pour me soumettre à lui en dépit de son instabilité parfois étudiée. Le problème avec Tate c'est que la manipulation est un art chez lui, il l'utilise comme Michel-Ange son pinceau. Il décortique et emmagasine tout ce qu'on dit, prépare ses répliques et les énonce dès que c'est la bonne occasion.

C'est ce que je déteste le plus chez lui.

Et c'est ce qui m'empêche de lui pardonner.

Lui et moi ne jouons pas sur le même terrain, loin de là. Sa psyché déviante sera l'épitaphe sur sa tombe. Quant à moi, ce sont mes complexes qui ont fait de moi ce que je suis, mes complexes et les dégâts qu'ils ont causés.

Mais peu importe comment je régis ma vie et mes émotions, Tate ne pourra jamais comprendre ce que je ressens vraiment.

Je n'ai jamais fait face à mes propres démons et j'ai fini par réaliser que, si je ne les affrontais pas, c'est chez les autres que je les verrais.

— J'arrive à m'accepter à travers ses yeux à *elle*.

Iris.

Pas besoin d'en dire plus. Je le laisse ruminer en espérant que cela le fera réfléchir. J'ai appris à lui tenir tête sans tirer profit de sa vulnérabilité mentale ou de sa culpabilité dévorante.

Tate existe aux yeux de tous, sauf les siens.

Je peux autant le mépriser que l'adorer, mais il reste mon frère, je l'accepterai toujours auprès de moi dans la mesure où il brisera lui-même les chaînes du passé pour pouvoir avancer.

La semaine s'est rapidement écoulée. Notre présentation au talk-show a été un franc succès, nous avons chanté *Bipolar* et discuté avec les spectateurs en répondant à leurs questions en ce qui concerne notre nouvel album.

Une curiosité évidente tourne autour du titre. À la sortie, ils verront le nom et prénom d'Iris à l'arrière de la pochette comme compositrice, tout le monde comprendra.

La vague qui risque de s'abattre sur elle à ce moment-là sera incontrôlable. Je serai son garde-fou s'il le faut, mais d'ici là notre idylle secrète n'est étalée nulle part dans les médias.

Tic-tac, tic-tac…

Ma conscience me prévient sans arrêt. Une étrange nervosité me démange dès que j'y songe et cette difficulté à juguler cette montée d'angoisse me flingue le moral.

Je dois prévenir Iris qu'elle n'est pas à l'abri. J'ose espérer qu'avec ce break d'une semaine entre nous j'ai pu orienter l'attention des journalistes sur mon histoire avec le groupe et non sur ma vie personnelle.

Braden m'a conseillé de ne plus me rendre au Dream Club, l'idée ne m'enchante pas tant que ça, mais il n'a pas tort. Limiter mes déplacements en dehors de mes heures de travail est devenu ma mission. De toute façon, je suis très pris. Iris et moi ne nous sommes pas vus depuis notre baise dans les vestiaires du bar.

Quelques textos échangés, et c'est tout.

Je devrais bientôt l'initier aux sextos.

Hmm, oui, bonne idée.

Je chasse mes pensées obscènes. Installé sur une chaise d'un restaurant italien, j'attends que ma mère daigne me rejoindre. À peine rentré de L.A., je me retrouve ici.

Jayde : Je sui rentré mais la je dîne avec ma mère.

Iris : Oh ! tu ne m'avais pas dit, tu te sens comment ?

Jayde : Épuisé. Qu'est ce que tu fait, toi ?

Iris : Une soirée chez Darren avec Amber, je passe la nuit sur place. Tu as besoin de moi ?

Putain, oui ! Mais je ne peux pas lui dire.

Jayde : Profite bien, on se vera peu être demain.

— Bonsoir, Jayde.

La voix douce de ma mère m'extirpe de ma rêverie couleur améthyste. Je cligne des yeux et la fixe, presque apeuré. Son visage fin est tiré par les rides, je décèle dans ses prunelles une lueur d'espoir. Elle est vêtue d'un col roulé gris et d'une jupe longue, et je cherche en elle les sept erreurs entre ce soir et il y a sept ans. Cecilia est connue pour être féminine et coquette, elle a toujours été bien apprêtée et tirée à quatre épingles. Ses cheveux teints en marron foncé adoucissent la fatigue sur ses traits.

Tout le long du dîner, mes yeux sont rivés sur mon assiette de raviolis. L'impuissance me piétine violemment, elle m'agresse et me déstabilise.

— Je n'étais pas heureuse.

J'assimile cette affirmation horripilante, redresse la tête et lui lance un regard plein d'incompréhension. Pourtant, je connais une partie de la vérité, mon père m'avait confié qu'il n'était pas le bon mari qu'il prétendait être, mais la version de ma mère m'importe bien plus.

— Ton père m'étouffait, il m'empêchait de vivre. Walter était sans cesse sur mon dos, à épier le moindre de mes faits et gestes. J'avais l'impression d'être prisonnière de ce mariage, Jayde. Pendant des années, j'ai subi un calvaire psychologique, où je ne pouvais plus faire ce que j'aimais…

Je ne suis plus sûr de comprendre, alors je reste silencieux et la laisse continuer.

— J'étais malheureuse… je n'en pouvais plus…

Les hypothèses se bousculent dans mon crâne.

— Est-ce qu'il t'a frappée ? dis-je, la mâchoire serrée.

Elle écarquille les yeux et secoue la tête activement pour dire non. *Un non qui me rassure dans le fond.*

— Il était toxique.

— Pourquoi je n'ai rien vu ?

— Parce que c'était impensable pour moi de te montrer mon malheur.

— Pourquoi tu es partie sans nous ? Tu nous as laissés avec lui, alors que ton sort à ses côtés était déjà scellé.

— Je n'ai jamais cessé de vous aimer, ton frère et toi, mais si je vous avais pris avec moi rien n'aurait été pareil. Votre vie serait différente, Walter est un bon père mais pas un bon mari. Je n'allais pas vous priver du confort pour mon bien-être personnel.

— Est-ce que tu te rends compte de ce que tu dis ? persiflé-je rageusement.

Elle me regarde, l'air perdu, tandis que j'arbore une fureur apparente.

— Tu es partie pour un plaisir purement égoïste, tu n'avais qu'à le quitter en demandant un divorce en bonne et due forme. Au lieu de ça, tu as pris la fuite et laissé deux gosses derrière toi. Tu te rends compte de ce que tu as engendré ? Tate a sombré dans la folie et papa s'est acharné sur moi parce que tes derniers moments avec nous tu étais proche de moi.

— Tu ne peux pas comprendre, Jayde…

— Comprendre quoi ? Ne me parle pas de souffrances en me traitant d'ignorant. Je me suis suffi à moi-même pour réussir. Toi, tu as préféré fuir plutôt que d'affronter le problème, tu n'es qu'une lâche, dis-je en donnant un coup à plat sur la table.

— Jayde… tu voulais la vérité, la voici. Chacun perçoit la peine différemment. Si je n'ai pas eu les couilles de vous affronter ton père, ton frère et toi, c'est parce que j'avais peur, je ne suis pas courageuse…

je ne l'ai jamais été, mais j'ai fait ce qui m'a semblé être bon pour mes enfants ! s'exclame-t-elle en me tenant tête, une lueur de tristesse dans les yeux.

— Et tu crois que je vais avoir pitié de toi ?

— Je reconnais mes erreurs, Jayde. Si tu n'acceptes pas ce que je te raconte, je le comprends.

En l'espace de quelques mois, j'ai vécu le mea-culpa des parents Black. Je ne sais pas quoi faire avec ce qu'ils me donnent. Mon père fait des efforts, voit même une psychologue pour creuser dans ses problèmes, et ma mère revient avec la réalité entre les mains.

— Je préfère m'en aller, ne tente plus de me contacter, lui ordonné-je en me relevant.

— Quand tu seras prêt, je répondrai présente.

— Fallait être présente il y a sept ans, la taclé-je avant de partir.

Je serre le volant. La rage bouillonne dans mes veines. L'enfant en moi vient de prendre au moins dix gifles verbales. Pourquoi je perds mon temps à essayer de comprendre ma famille alors que visiblement elle n'a rien à foutre de ce que je ressens ? Quelque chose dans mon ventre se tord et cette douleur poignante se loge dans ma poitrine.

Je veux vomir. Vomir tout ce que j'ai assimilé avec ses aveux dégoûtants.

Comment une mère peut-elle agir de la sorte ? Comment a-t-elle pu songer une seconde qu'après sept ans d'absence je tolérerais ses excuses bidon ?

Des éclats de mon cœur se fracassent sur le socle qui me maintient sur mes deux jambes, je conduis à toute vitesse, comme si cela allait me permettre d'anesthésier le mal qui me ronge jusqu'à la moelle.

Et j'ai l'intime conviction que ce soir la langueur se diffusera dans mon sang comme une drogue dure et que le *bad trip* sera éternel.

Je n'arrête pas de me casser la gueule.

Iris

Mon estomac est crispé par la tension et je suis assaillie par un trop-plein d'anxiété difficile à refréner. Je m'évertue à garder mon calme tandis que mes doigts valsent sur les touches du piano. Mes nuits ont été courtes cette semaine, cadencées par le grain de folie de ma musique. Je m'efforçais d'achever ma partition, jusqu'à ce que je tombe dans cette spirale où seule la caresse de l'art pouvait exhumer le capharnaüm de mes émotions déchaînées.

À mes yeux, j'ai tenté de créer un hymne à l'amour, celui qui dévaste, celui qui fait mal, mais aussi celui qui soulage et remodèle un cœur brisé par la vie.

Hier, j'ai répété mon morceau jusqu'au lever du jour. À chaque fois que je jouais ce leitmotiv à l'amour, dans mon esprit, Jayde apparaissait. Il est là même quand il n'y est pas.

Depuis ce qui s'est passé dans les vestiaires du Dream Club, nous ne nous sommes plus trop rencontrés, par manque de temps. Une charge de travail lui est tombée dessus avec son nouvel album et, moi, je devais rendre ma partition à Cooper pour qu'on puisse la revoir ensemble avant le concours.

Jayde est en ce moment à Los Angeles, j'ignore quand il rentre exactement, mais son absence creuse un vide en moi. Cet amour grandissant provoque une foulée de frissons et une envolée de papillons hyperactifs dans mon ventre.

Mon morceau s'achève et mon cœur fait des saltos arrière engendrés par cette obsession pour Singer Killer. Légèrement inquiète, j'observe mon professeur avec l'espoir qu'il a pu capter ce que je souhaite divulguer à travers mes notes.

Ses doigts s'attardent sur mon menton, ses yeux sont plissés, il me contemple d'un air dubitatif. Il excelle dans l'art du suspense insoutenable. Je fais des appels de phare avec mon regard durant cette tirade silencieuse, le suppliant presque de parler, même pour dire n'importe quoi.

— C'est très beau, me félicite-t-il en applaudissant. Revois juste l'accord sur ton dernier couplet, je le ferai avec toi et on envisagera peut-être des modifications.

Soulagement.

— Vous êtes sérieux ? Vous aimez vraiment !

— Ton intention musicale est bien présente, de façon linéaire, mais sous plein de nuances différentes, c'était magnifique, Iris, c'est probablement la plus belle chose que tu aies composée.

La joie me submerge tant que le carcan de mes bonnes manières se volatilise en un claquement de doigts, je lui saute dessus et le serre dans mes bras. Puis je réalise ce que je fais.

— Oh ! mon Dieu, pardon, pardon, monsieur !

Mon visage est cramoisi et j'utilise mes mains comme bouclier pour amortir mon embarras.

— Ce n'est rien, ma fille, me taquine-t-il en posant la paume sur mon épaule.

— Je ne me suis jamais autant investie dans un morceau que dans celui-ci, lui confié-je.

— Je suis sûr qu'il fera sensation à New York. Et si nous travaillions maintenant sur ce que je t'ai dit ?

— Oui, je veux bien !

— J'ai invité Mme Allen à se joindre à nous, elle pourra peut-être aussi te donner des conseils avisés.

Prête pour un second round !

Pour la première fois depuis longtemps, je m'accorde un repos après une semaine de travail intense avec mes deux professeurs préférés. Mon existence prend un tournant que je ne suis même plus sûre de contrôler, la joie se mêle avec cette sérénité tant recherchée, je respire enfin.

Chris, j'aurais tant aimé partager mes réussites avec toi.

Mes espérances gonflent mon cœur d'un bonheur indescriptible, l'émotion me saisit dès que je suis près de mon instrument favori. Toute ma vie, je me suis retenue d'exprimer celle que j'étais vraiment, celle que j'aspirais à devenir. Le chemin parcouru, en dépit de ces obstacles, me mène vers le bout du tunnel, j'y décèle le fin faisceau de la rédemption.

Ma rédemption.

Je respire un peu plus chaque jour. L'oxygène désertait souvent mes poumons, je m'asphyxiais par le passé, et me voir éclore, enfin aux yeux d'autres personnes, me comble.

Éprouver cette fierté, me sentir exister… toutes ces choses, j'en ai rêvé, même si je le nierais de vive voix devant autrui.

Dans le fond, je reste la même personne, anxieuse, nerveuse de ne pas mériter ce qui lui arrive, et je continue de le penser. Parfois se distille en moi un trouble qui me hurle que je ne vaux rien et que tout ce que j'obtiens finira par m'être arraché.

J'ai le dos courbé par toutes ces idées qui pèsent sur ma psyché, mais dès que j'entrevois la possibilité de réaliser mes rêves je m'y accroche. On pourrait croire que j'agis de façon infantile, mais les rêves, c'est tout ce que la vie m'a donné.

Un rêve brisé ou un rêve réalisé est un rêve qui fait briller.

Avant, mon existence n'était qu'une partition de musique sans clé de sol pour me guider, alors que depuis le début j'étais ma propre clé.

Toutes ces pensées provoquent une multitude de frissons sur ma peau, je me frotte les deux bras à la fois et finis par sortir de ma torpeur. Amber et Darren reviennent dans la chambre de ce dernier avec les pop-corns et les chocolats. Ce soir, la diète n'est pas au rendez-vous et quelques sucreries ne me feront pas de mal.

L'enquête de la police n'a pas réuni assez de preuves pour démontrer la responsabilité de Mikey et de son clan dans l'agression de Darren. Ce n'est pas étonnant, certains membres des forces de l'ordre sont connus pour avoir des liens étroits avec ces bikers. Par contre, Darren a demandé et obtenu auprès d'un juge une injonction d'éloignement qui vise son ex et ses acolytes. Ils n'ont plus le droit de l'approcher. De ce fait, ils ne peuvent traîner autour du Dream Club. Quoi qu'il en soit, Darren se sent mieux, c'est l'essentiel à mes yeux. Il méritait qu'on lui rende justice, je suis la première indignée que ce ne soit pas arrivé, mais c'est ainsi, on ne peut rien y changer.

— Iris, tu t'es affaiblie, me fait remarquer Amber en me jetant un paquet de cochonneries.

— Ce n'est pas ça qui va me donner de l'énergie, me moqué-je en laissant fondre sur ma langue un caramel enrobé de chocolat au lait.

Amber hausse les épaules avant de ramasser ses cheveux frisés en un chignon lâche. Darren, quant à lui, saute sur son lit et dispose le bol de pop-corn sur son ventre en prenant une bouchée.

— Iris, ton rocker t'a abandonnée cette semaine, lance-t-il. Ce soir c'est soirée confidences, et on va te cuisiner un peu, poursuit-il avec un air plein de sous-entendus.

Je remonte mes jambes contre ma poitrine avant de les entourer de mes bras.

— Tu t'adresses à la pire personne pour faire des confidences, dis-je en riant.

— C'est grave sérieux vous deux, commente Amber en s'allongeant sur le lit près de notre ami.

— Je-je ne sais pas, on reste ensemble, on discute…

— Vous êtes un couple ?

— Euh… non, enfin, je ne sais pas… on n'en a jamais parlé.

— Comment ça ?

— Nous deux, on le sent que c'est spécial, que c'est naturel.

— Tu devrais faire un peu gaffe, il est connu et on pourrait vite découvrir qu'il fréquente une femme. Avec ses antécédents auprès de la gent féminine, la Toile sera affolée.

— Tu penses vraiment que je n'y ai pas songé ?

Cette perspective m'obnubile. Je ne peux prévoir la réputation dont on m'affublera dans les tabloïds, mais je passerai sans doute pour la personne qui veut tirer profit de cette pseudo-relation.

Hors de question que cela arrive.

Une femme fréquentant un homme connu sera toujours liée à lui aux yeux du public. Il sera la cause de sa notoriété et son talent n'existera plus. Plein de femmes qui ont contribué à l'histoire sont reconnues uniquement par leur relation avec des hommes célèbres.

Une ombre fade et sans intérêt, voilà ce que je pourrais devenir.

— Jayde et moi ne parlons jamais de ce *nous*. Et j'ignore s'il a pensé à ce risque.

— Il n'est pas bête ! s'exclame Amber en m'observant sérieusement. La façon dont il te regarde, Iris… j'en suis presque jalouse, il est amoureux de toi. Oh ! non, complètement fou de toi !

— Ne me dis pas ça ! m'écrié-je en virant au cramoisi.

— Tu devrais le savoir quand même, c'est ton prénom le titre de son album. Il t'a écrit deux chansons d'amour ! Tu doutes énormément alors que c'est aussi évident que le nez au milieu de la figure.

— Ma référence de l'humain se limite à Voldemort, dis-je alors qu'un sourire innocent étire mes lèvres.

Tous deux s'esclaffent et une pluie de pop-corns s'abat sur moi.

Darren roule les yeux.

— La reine pour détourner l'attention d'elle, celle-là, maugrée-t-il.

Durant la soirée, j'échange quelques messages avec Jayde et, quand je découvre qu'il revoit sa mère pour dîner, une boule de stress s'installe en moi. La dernière fois qu'il l'a croisée, il a fini en pleurs dans mes bras.

Je sais qu'il est perdu, que des sentiments ambivalents le cisaillent intérieurement. Je discerne tout ce qu'il se refuse à exprimer. Il a beau avoir versé des torrents de larmes, cela ne représente qu'une infime partie de ce que sa mère a pu engendrer en lui.

Jayde est dévasté par le passé. Il y a des enfants qui n'ont jamais connu leurs parents, ils auront toujours un vide à combler. Jayde lui s'est vu arracher sa mère sans explications, en plus au moment de sa vie où il en avait le plus besoin.

La solitude est devenue un poids lourd enchevêtré à ses chevilles. Il a appris à vivre avec, pas parce qu'il appréciait ça forcément, mais parce que c'était sa seule garantie de ne plus être brisé.

Aimer quelqu'un, c'est céder à cette personne un pistolet rivé au centre de votre front, c'est lui donner l'opportunité de vous blesser, à tout instant.

Trop de souffrances endurées, quelle cruelle injustice pour une personne qui voulait simplement exister pour son art et l'inscrire dans la durée.

Sa vie est devenue un calvaire avec ses complexes et le regard pesant des gens.

Si sa mère avait été là, les choses auraient-elles été différentes ?

— Iris, t'as l'air perturbée d'un coup, tu ne suis même pas le film. Keanu Reaves ne t'intéresse pas ? Je vais douter de ta sexualité.

Nous visionnons *Entre deux rives,* un des films préférés d'Amber, qui met en scène le ténébreux Keanu Reeves et Sandra Bullock. Nous avions décidé de regarder un de nos films favoris chacun. Mais ma tête est ailleurs, et cela ne passe pas inaperçu aux yeux de mes amis, qui me toisent, attendant une réponse de ma part.

— Je… j'ai eu des messages de Jayde et il ne m'a pas semblé bien, admets-je en resserrant mon téléphone dans ma main.

— Va le rejoindre ! s'exclame Amber, sérieuse.

— Mais c'est notre soirée…

Darren me sourit en m'enlaçant tendrement.

— S'il a besoin de toi, vas-y. En plus, ça fait un moment que vous ne vous êtes pas vus. On pourra toujours reprogrammer cette soirée à trois, on ne t'en voudra pas. On sait que c'est nouveau pour toi.

— Cours rejoindre ton homme, Iris ! ajoute Amber.

Darren me fait signe de la main de déguerpir.

— Cours, Iris, cours.

Et c'est ce que je fais.

— Qu'est-ce que tu fais là ?

La surprise sur son visage absorbe la tristesse de ses traits. Je décèle un voile de soulagement au fond de son regard.

Il est habillé d'une chemise et d'un pantalon noirs, toujours, comme s'il était la réincarnation de cette couleur. Je suis arrivée avant lui, Cody m'a ouvert la porte et m'a invitée à entrer. Au bout d'un moment j'ai fini par patienter dans la chambre de Jayde, juste avant qu'il ne se montre.

— Je ne voulais pas te laisser seul, ce soir, admets-je en jouant avec mes doigts alors que le rouge me monte aux joues.

Un faible sourire danse sur ses lèvres, il retire sa veste et la met délicatement sur son fauteuil. Ses cheveux d'ébène ont sûrement été ébouriffés par le vent, il pousse un long soupir avant de poser les mains sur son visage, comme un garde-fou à la douleur qui durcit ses traits.

— Eh, je suis là, murmuré-je en m'approchant de lui.

J'attrape sa chemise, comme si j'avais besoin de m'agripper à lui pour porter nos souffrances communes sans qu'elles me courbent l'échine. Avec lui, c'est plus fort que moi, je deviens l'éponge qui souhaite absorber son chagrin.

— Ta soirée avec tes amis, souffle-t-il en reprenant ses esprits.

Il me scrute d'un regard intense qui me fait un effet de dingue, de mon crâne jusqu'à la pointe de mes orteils. Avec désinvolture, je hausse les épaules avant de laisser mes doigts courir sur les boutons de sa chemise, les ouvrant un par un.

— Tu n'aurais pas dû décommander pour moi, ça n'en valait pas la peine.

— Et si tu me disais la vérité, le défié-je de façon malicieuse.

Ses yeux s'écarquillent tandis que je continue à lui retirer son haut. Il me fait signe d'arrêter. D'un coup, il me soulève et me jette sur son lit comme un rien. J'atterris sur son matelas et le scrute avec une mine interrogative. Un sourire coquin danse sur les lèvres de Singer Killer alors qu'il se change pour enfiler un bas de pyjama gris uniquement.

De son dressing, il tire un T-shirt, en fait une boule et me le lance au visage.

— Mets-le, dit-il d'une voix presque autoritaire.

— Sinon quoi ?

— Ah, si t'es partante pour dormir nue, ça me dérange absoluuuument pas, me provoque-t-il d'un rictus sournois.

Je roule les yeux et passe rapidement ce qu'il m'a donné après m'être déshabillée. Jayde s'étale sur son matelas et ouvre son bras. Avec naturel, je m'imbrique dans la position parfaite contre son corps et il me serre contre lui.

— Ouais, je voulais que tu sois là.

Son aveu me fait doucement sourire, et mes lèvres traînent sur son pectoral, y déposant un baiser.

— Elle est partie parce qu'elle n'était pas heureuse, déclare-t-il avec détachement.

Je suppose que cette raison ne doit pas le satisfaire.

— Tu te rends compte ? Elle est partie sous prétexte que mon père l'étouffait, qu'elle n'en pouvait plus de cette vie, et elle nous a laissés, elle a prétendu que Tate et moi n'aurions pas pu nous en sortir à ses côtés.

Dans sa voix, je perçois une brèche, une déchirure. La déception doit lui vriller les tripes, les non-dits flottaient dans la maison des Black. Quand il a découvert qu'au final tout se réduisait au bonheur personnel de sa mère, le bon sens a dû déserter l'esprit de Jayde.

J'arrive à visualiser les rouages qui surchauffent dans son cerveau et les idées qui s'entrechoquent dans les recoins de sa tête. Cette vérité, il ne peut l'accepter, il considère qu'elle a fait preuve d'un cruel égoïsme. Il ne se l'avouera jamais, mais je suis persuadée qu'il a toujours conservé l'espoir qu'elle reviendrait avec les mots salvateurs qui l'extirperaient de sa part sombre. Mais cela s'est écroulé comme un château de cartes maintenant.

Je ne peux pas donner raison à son jugement, ce qui est sûr c'est qu'il en sera prisonnier. Une cage en fer l'enfermera avec la perspective que sa mère n'est qu'une lâche qui a abandonné ses fils.

— Je peux te donner mon avis ? lui dis-je doucement en caressant son bras.

— Je t'écoute, la vipère.

— Je comprends que pour toi ce qu'elle a fait est égoïste, mais elle vous a laissés avec votre père en sachant qu'avec lui vous ne manqueriez de rien. Tu devrais peut-être voir les choses ainsi. Si elle n'était pas heureuse, elle a suivi son instinct. Tout le monde veut se délivrer de ses chaînes et faire le grand plongeon. Elle a pris le risque de vous perdre pour son propre bien, mais elle a fait en sorte de préserver le vôtre.

Il ne dit rien, mais son étreinte autour de moi se resserre, tandis que je sens qu'il se raidit.

— Je ne veux plus parler d'elle, Iris.

Je crois que j'ai franchi la ligne de trop. Parfois j'oublie que certaines frontières ne sont pas à dépasser. Même si nous avons cette habitude de nous confier, il y a toujours cette douleur qui obstrue continuellement notre gorge quand il s'agit de notre passé.

— Excuse-moi, je n'aurais peut-être pas dû, je te demande seulement d'y réfléchir quand tu t'autoriseras à le faire.

Il pousse un long soupir.

— Tu ne parles jamais de tes parents.

Je ne sais pas pourquoi, mais je sentais cette question venir. Le sang bat dans mes tempes, rien que quand je me remémore le chaos que ma famille représentait.

— Il n'y a pas grand-chose à dire, pour être honnête. Mon père… tu connais le type de relation que nous avons eu et ma mère… je n'étais pas très proche d'elle, elle travaillait pour que notre vie s'améliore, j'admirais ses sacrifices, mais nous n'avions pas cette relation fusionnelle mère-fille. On s'entendait bien, mais ça s'arrêtait là. Elle ne s'en est pas sortie, elle a commencé à consommer de la drogue, et une overdose a eu raison d'elle. Elle n'était pas suffisamment courageuse pour gérer deux enfants, tout m'est tombé dessus. Je ne lui en veux pas… ça ne sert à rien de toute façon.

— Tu sembles insensible à tout ça vu comment tu en parles.

— J'ai déjà tout perdu, à quoi bon le ressasser ? Je n'ai jamais été proche d'elle. Si sa mort m'a affectée ? Oui. Mais je ne crois pas que j'aie eu le temps de faire mon deuil. Chris était le plus important pour moi.

Le décès de ma mère n'a été qu'une piqûre de rappel : je ne valais pas la peine qu'on se batte pour moi. Voilà pourquoi j'ai tout donné pour Chris, je refusais qu'il éprouve ce sentiment de ne rien valoir.

— Donc il n'y a que ton frère, à tes yeux ?

— On était très proches et surtout on partageait tout. On avait vite compris qu'on ne pourrait compter que l'un sur l'autre. C'était mon tout.

Parler de Chris me pince toujours le cœur. C'est un bouleversement constant, une douleur lancinante qui ondoie dans mon corps.

— Tu sais… sans lui, je n'en serais jamais là, ajouté-je en un faible murmure.

Je me blottis contre lui.

— Pourquoi ça ? susurre-t-il en embrassant ma tempe.

— C'est lui qui m'a appris à me battre pour ce que je voulais, sans lui j'aurais moisi dans ce vieux club de strip-tease.

— Dans ce cas, oublie le chagrin de sa mort et garde le chaleureux souvenir qu'il représente ce qui t'aura permis d'être celle que tu es.

— Il ne serait sans doute pas ravi de savoir que j'ai fini dans le lit d'un rocker qui déjoue les codes, plaisanté-je en pinçant son pec.

Je l'entends doucement rire et sa main caresse mes cheveux.

— Toi et moi, ça devait arriver, la vipère.

Le désir et la chaleur se mêlent dans l'atmosphère. La tension est palpable.

— C'était écrit, tu penses ? demandé-je, amusée, alors que mes doigts remontent sur son épaule robuste.

— C'est *moi* qui l'ai écrit, en chanson.

Mon cœur explose dans sa cage thoracique. Je relève légèrement mon visage vers lui pour le contempler, il baisse ses opales sombres vers moi et me soutire un sourire timide.

— C'est quand que je te vois en blonde ?

— Arrête avec ça, maugréé-je en lui donnant une tape sur la joue.

— J'ai toujours préféré les blondes en plus.

— Et c'est censé vouloir dire quoi ça ?

— Hmm, rien, plaisante-t-il en me pinçant discrètement les fesses.

— Eh !

— Ce cul est à moi.

Il ponctue ses mots en empoignant avec plus de ferveur cette partie de mon corps.

— Je ne l'ai pas décidé, le réprimandé-je en frappant sa main trop baladeuse.

— Parce que tu crois que tu décides un truc pareil ? se moque-t-il en se tournant vers moi tandis que je suis prisonnière de ses bras.

Ennuyée, je roule les yeux et recouvre les siens de ma paume. Je réduis la distance entre nos lèvres et dépose un tendre baiser sur les siennes.

— Je serai à toi quand tu pourras enfin t'appartenir à toi-même, lui susurré-je en frottant nos nez.

Avec la célébrité, on finit toujours par céder une part de nous au public. Il ne s'appartient plus. Et parfois je me demande s'il peut m'appartenir.

Un élan de tendresse me submerge. Cette douceur dont nous avons été dépourvus n'existe que quand nos corps se réunissent dans notre bulle secrète.

Il est mon rocker aux ténèbres insoutenables, mon rocker écorché salement par un passé impitoyable. Ses fêlures me touchent au plus profond de mon âme. Si avant nous ne marchions que dans le donnant-donnant, à présent je veux tout lui offrir.

— Tu *essaies un peu de tendresse* avec moi ? s'exclame-t-il avec un sourire malin.

Je retire ma main et la fais courir sur sa joue avant de glisser mon pouce jusqu'à sa bouche. Ses mots en référence à ma chanson préférée me font sourire. Il entrouvre les lèvres, aspire mon doigt lascivement.

Je hausse les épaules.

— Peut-être bien, dis-je.

Il me sonde d'un regard intense, si intense que mon bas-ventre s'embrase.

Mon corps se retrouve propulsé contre le sien, je suis le mouvement et finis à califourchon sur lui, son dos sur la tête de lit. Ses doigts glacés traînent sur mes cuisses nues alors que ses yeux sombres m'aspirent dans leur tourmente. Une montée de chaleur dévale sur ma peau. Ce feu ardent indomptable me consume. Parfois, j'ai l'impression que Jayde est une simple allumette et, moi, je suis la cire dévorée par la flamme qu'il avive.

Ses mains sur le haut de mes jambes provoquent des frissons sur mon épine dorsale. Et comme toujours, dès qu'il s'attarde un peu trop sur mes cicatrices et mes vergetures, j'interromps son périple en saisissant ses poignets.

Il déclare d'une voix rauque qui me noue les entrailles :

— Il n'y a pas que ton cul qui m'appartient.

— Arrête de les faire exister en les touchant sans arrêt, le réprimandé-je.

Je voulais paraître menaçante, mais je suis bien trop complexée pour durcir mon ton.

— Tu as pu libérer ton corps, le faire s'épanouir dans toute sa splendeur comme une fleur, ces petites traces blanches ne sont rien d'autre qu'une pierre à l'édifice de ma muse.

— Ta muse ? répété-je en lâchant ses poignets.

Un vent dément me percute le cœur, et ses doigts glacés entrent en contact avec la peau de mon ventre. Sa main s'est infiltrée sous mon haut, comme un malfrat qui cherche sa malle au trésor.

Le contraste entre cette fraîcheur et mes bouffées de chaleur fait grésiller mes terminaisons nerveuses. Je le sens approcher de mon sein gauche, ma respiration se bloque quand je songe au traitement qui l'attend, mais sa paume se cale contre mon cœur. Ses opales sombres sont rivées sur cette zone qu'il touche avec passion.

C'est mon cœur qu'il convoite.

Et pourtant… il est à lui depuis si longtemps.

J'ai toujours pensé que je n'étais pas faite pour être aimée, mais lorsque je le vois, avec ce feu au fond de ses iris, je veux bien croire que pour une fois… j'en vaux la peine.

Nous deux, ça en vaut la peine.

L'intimité de cet instant fait flotter dans l'atmosphère une sérénité que nous n'avions jamais connue. Ce silence est paisible malgré le trop-plein de non-dits sur la nature de nos sentiments. Je suis heureuse d'être là, avec lui, ce soir, j'avais besoin de sa présence. Mon front s'arrime au sien tandis que sa paume absorbe encore les battements frénétiques de mon cœur.

— J'ai envie de me faire percer les tétons, dis-je soudain.

Un rire lui échappe, il ôte sa main de ma poitrine et saisit mon menton, relevant mon visage.

— Me sortir ça dans un moment pareil, c'est pour me tuer ?

Je décèle dans son regard une lueur d'excitation qui accentue l'envolée des papillons dans mon ventre.

— J'aime te provoquer sur ton terrain de jeu favori, réponds-je innocemment.

— J'aime la luxure et je t'y entraînerai pour de bon.

— Tu me fais couler dans ce qui m'a le plus effrayée, lui chuchoté-je en l'effleurant avec mon nez.

La luxure. Le plaisir. Le sexe. Le désir. Avant lui, je n'en connaissais rien, mon corps ne réagissait à rien. J'étais cassée, brisée, sans savoir que faire pour que la femme en moi puisse éclore. Jayde est arrivé et a fait voler en éclats mes craintes en apprenant à me faire découvrir ce que j'ai tant redouté pendant des années : le lâcher-prise.

— Je coulerai avec toi pour que tu ne sois jamais seule avec tes peurs.

Sa bouche s'écrase sur la mienne et j'enroule mes bras autour de son cou, mais il rompt notre baiser aussitôt.

— J'aimerais te parler de quelque chose, déclare-t-il sérieusement en se frottant le devant des cheveux.

Ses mèches bouclées retombent sur son front, et je passe la main dedans pour lui dégager les yeux. Il me scrute avec attention, le moindre de mes mouvements est comme photographié par ses pupilles, même le plus banal des battements de cils.

— Quand l'album sortira, les choses seront différentes.

— Comment ça ?

— Ton prénom est le titre et tu seras aussi inscrite sur l'album comme compositrice, ça va prendre une certaine ampleur… surtout que certaines agences de journalisme s'interrogent déjà sur qui est cette Iris à cause de mon interview en début d'année.

— Où veux-tu en venir ?

— Nous deux, c'est spécial et je ne veux personne comme spectateur.

— Moi non plus, je veux que ça reste secret, murmuré-je en jouant avec sa main.

— Je ne permettrai pas qu'un flash t'atteigne, mais je ne pourrai pas tout voir, hélas, et surtout pas après la sortie de l'album.

— Je ne suis pas une demoiselle en détresse, dis-je avec un rire amer. Je peux me protéger, tu sais ? N'oublie pas que je serai toujours plus forte que toi.

— J'accepte de te laisser dans tes illusions pour cette fois, souffle-t-il en me mordillant le lobe de mon oreille.

Il m'attrape par les épaules et me redresse pour que je capte son air sérieux.

— Iris, je ne plaisante pas. Comme tu fréquentes Madness, les flashs des appareils photo vont te faire des coups de soleil.

— Ton monde est terrifiant, mais évoluer dans ce milieu aura été mon choix dès le départ. Je m'en fous des coups de soleil, même les feux de l'enfer ne m'effraient pas, quitte à me calciner les os !

— Le seul feu qui te brûlera, bébé, c'est celui que j'éveillerai quand je serai en toi.

32. Accepter le plus dur

Iris

Otis Redding – Try a Little Tenderness

New York.

Bientôt je serai à New York.

Tu entends ça, Chris ?

Je vais me rendre dans la ville de tes rêves. C'est là-bas qu'on m'avait acceptée, à Juilliard. Mais j'ai finalement renoncé à m'y inscrire, j'étais tétanisée de m'y retrouver sans toi, car c'était notre rêve d'y aller ensemble. Mais cette fois-ci les choses sont différentes. Moi, j'ai changé.

Non, j'ai évolué. Ça sonne tellement mieux.

C'est le printemps, mais la grisaille ternit encore quelquefois le ciel avec des nuages gonflés de pluie. De grosses gouttelettes me tombent sur la tête alors que je cours pour rentrer chez moi après avoir passé ma journée avec Mme Allen, ma professeure de musique classique. Cooper était absent, et c'est elle qui m'a exclusivement encadrée aujourd'hui.

Ma dernière année se termine, les autres étudiants préparent tous leur bouquet final avant l'obtention du diplôme qui nous propulsera là où le vent nous guidera. Plusieurs concerts sont prévus, mais je ne fais pas partie du programme, vu que j'ai déjà été repérée.

Tout le monde a le droit de briller sur scène. J'ai eu ma chance, c'est au tour des autres de cueillir les opportunités que peut leur offrir leur talent.

Cette année aura marqué le tournant de mon existence sur terre. Je pense que si je revenais à Memphis et racontais tout ce qui m'est arrivé... personne ne me croirait, même la Iris de seize ans n'en croirait pas un mot.

Iris, nous l'avons fait. Nous l'avons vraiment fait.

Dans une dizaine de jours, je foulerai le sol de Times Square. Je frôlerai la rampe de Broadway et j'admirerai la statue de la Liberté.

Je n'ai jamais réellement voyagé. D'ailleurs, je n'ai jamais pris l'avion. Devant les autres candidats, je ferai sûrement tache, eux qui ont sans doute eu l'occasion d'apprendre les rues de New York par cœur, alors que moi je serai encore émerveillée par la grandeur du Rockefeller Center.

Pathétique.

Je dois me calmer ! Suis-je vraiment en train d'avoir honte de ce que je suis ? De mon passé ?

L'eau frappe mon visage de plein fouet, je lève la tête vers le ciel et garde les paupières closes. Je sens chaque petite gouttelette courir sur ma peau. Bizarrement, la bile acide dans ma gorge se dissipe. Le son de la pluie a un étrange pouvoir sur moi, il me caresse les tympans, m'enferme dans une boîte à musique où seuls les murmures des vagues résonnent. Je suis trempée jusqu'aux os, pourtant, quand je prends une profonde inspiration, l'eau nettoie mes pensées amères.

Peu importe ce que je suis ou encore d'où je viens, j'ai les épaules pour soulever des montagnes et supporter tous les obstacles.

C'est ça être fier de soi ?

Croire en moi, j'ai feint de le faire tellement de fois. Faire semblant d'avoir confiance en moi pour déployer une certaine prestance, une sorte de bouclier en fer pour m'éviter tout contact avec autrui.

Montrer aux yeux des autres que j'étais inaccessible et intimidante à la fois pour que jamais ils ne puissent se servir de mes faiblesses contre moi.

Dans le fond, j'ai une panoplie de complexes. Je suis hantée par la disparition de mon frère cadet, rongée par la culpabilité de ne pas l'avoir protégé. Je trimballe l'ombre d'un passé qu'une part de moi n'a jamais assumé, un passé où je me trémoussais devant des pervers pour quelques billets. Un passé où j'avais des frictions avec un père absent, qui revenait seulement pour m'effrayer. Comment pouvais-je accorder ma confiance alors que depuis le début de ma vie on ne voulait pas me voir heureuse ?

Iris Santana Conner ou Iris Lance.

Je suis passée d'une identité à une autre, mais dans le fond est-ce que je ne suis pas les deux à la fois ?

Une fille un peu craintive qui fait peur aux autres pour ne jamais laisser quiconque apercevoir l'horreur de ma vérité.

J'ai fleuri et je me suis fanée, à chaque victoire, à chaque défaite. Ce cycle est interminable, mais au final c'est ce que représente une vie humaine, s'étioler face à l'adversité, puis s'épanouir à l'orée d'un nouveau printemps.

J'ai toujours conservé mes racines. Le Tennessee n'est pas aussi désastreux que ça. Le trou paumé d'où je viens, le foyer où j'ai grandi seront à jamais mon talon d'Achille. Me les remémorer ne cessera d'être une souffrance.

Si le phénix renaît de ses cendres, alors moi je pourrai éclore au-delà des décombres. Après tout, c'est ce que fait un iris, *pas vrai* ?

J'arrive enfin chez moi. J'envoie un message sur le groupe qui nous réunit, Darren, Amber et moi, leur annonçant que je préfère rester ici ce soir et annuler le cinéma prévu. Ils ne m'en veulent même plus, s'y attendant venant de moi. Je sors au moins une fois par semaine avec eux, mais mon côté casanier prend l'ascendant très souvent. J'aime être à la maison, me cuisiner un bon plat et me refaire les épisodes d'*Une nounou d'enfer*, c'est-à-dire la série la plus drôle au monde.

Mes pensées sur le chemin du retour m'ont rendue triste. Ce n'est pas la tristesse qui pousse aux flots de larmes, mais plutôt cette douce mélancolie qui nous pousse à nous remémorer le passé.

Mes cheveux sont humides. Je les sèche en les frottant activement contre une serviette qui traîne sur mon canapé, et je troque mes fringues trempées contre un pyjama en pilou bien douillet.

— Que pourrais-je manger ce soir ?

Je me rends compte que ça fait un petit moment que je ne me suis pas retrouvée chez moi pour ne rien faire. D'habitude quand je rentre, je me jette sur mon synthétiseur pour retravailler ce qu'Allen ou Cooper m'a recommandé.

Et je suis seule ce soir, Jayde n'est pas là.

Hier il était à Washington pour un événement caritatif, le groupe y était invité. De plus, il y a quelques jours, ils étaient en plein tournage du clip *Bipolar*. Braden a recruté un agent pour avoir une meilleure gestion de l'emploi du temps.

C'est vrai qu'autrefois Madness en avait un, mais les problèmes de Jayde l'ont fait démissionner. Braden a décidé de s'occuper de tout jusqu'à ce que l'étau autour de ses protégés disparaisse, et visiblement ce jour est arrivé.

Jayde est plus malléable, moins renfrogné, il reste comme toujours exigeant avec les autres, mais encore plus avec lui-même. Il sait qu'il est attendu au tournant. Cela dit, sa désinvolture et son indifférence envers les autres n'ont pas changé.

Sauf avec moi.

Notre fil de communication, ce sont les messages. On ne s'est pas vus depuis quelques jours et je dois dire que son odeur virile dans mes draps me rappelle uniquement son absence.

Il est toujours à Washington, DC, et il me semble qu'aujourd'hui il a enchaîné les interviews. Je ne lui ai envoyé aucun SMS pour ne pas l'importuner.

Je finis par me décider sur le dîner : des *mac and cheese* ! ! ! Simple, efficace et bien gras, parfait pour ma soirée avec Franny et M. Sheffield. Pendant que mon plat réchauffe au micro-ondes, je me positionne devant mon miroir sur le meuble de l'entrée, celui avec mon vinyle d'Otis Redding et ma rose noire éternelle.

J'incline la tête et fixe mon reflet. Mes yeux bleu vif sont marqués de petits vaisseaux et des cernes soulignent mon regard fatigué. Je manque de sommeil, ça c'est clair. Mes cheveux ont poussé, ils m'arrivent aux épaules, et le mauve se ternit de jour en jour.

Je n'ai jamais été coquette. C'est la première fois que je m'attarde sur ce que mon visage légèrement émacié peut dégager comme beauté. Mes lèvres sont sèches et gercées à cause du froid de l'extérieur.

Quelle image je renvoie à Jayde ? Me trouve-t-il jolie ?

Putain… à quel moment j'en suis arrivée à laisser des questionnements pareils émerger dans ma tête ?

Je remonte mon haut et observe mon ventre avec ce petit bourrelet sous le nombril. Je crois qu'au fil des années j'étais tellement obnubilée par la discipline que je devais acquérir pour réussir que j'ai négligé sur plein de plans la femme que j'étais. Mon propre regard sur mon apparence s'est estompé au point de ne plus exister. J'opte toujours pour des vêtements sexy pour gonfler cette fausse estime de moi. J'ai conscience qu'on observe souvent mon décolleté, que mes jambes moulées dans un jean serré ne laissent en général pas de marbre, mais m'habiller de la sorte me permet de booster ma confiance. Fatale, *badass,* c'est ce que je deviens en mettant ce genre de tenues.

Je ramasse mes cheveux en une queue-de-cheval et pousse un long soupir.

— Iris, tu es folle.

Je prends mon bol de pâtes et m'affale sur mon canapé en étalant mes jambes sur ma table. Je déguste chaque bouchée en savourant en même temps l'humour cocasse de la fantasque Miss Fine !

Mon téléphone vibre, je tapote entre les coussins à sa recherche et le trouve.

C'est un message de Jayde.

Jayde : Je m'ennui, et Bryce me force a visionné un animée qui parle de titans.

J'imagine l'enthousiasme du nabot contrastant à merveille avec la gêne de Singer Killer.

Iris : Je l'ai vu avec lui, ta soirée sera mouvementée à ses côtés, haha.

Jayde : Il chante en japonai, o secours ! ! !

Iris : Arrête de m'embêter, je regarde Franny, moi.

Jayde : ENCORE !

Iris : Oui, ça me fait du bien.

Jayde : Hmm, si j'avait été là, je t'aurai aussi fait du bien.

Iris : Mais tu n'es pas là :p

Jayde : Je te manque ?

Iris : Absolument pas.

Jayde : Menteuse, je te manques et tu m'adore.

Iris : Je ne mens jamais, ducon.

Jayde : Ouais, ouais, à d'autre, la vipère. Aller, pour que je pardone ton affront, un p'tit nude nous ferais un énorme plaisir a moi et Jayde Juniore.

Iris : Je n'envoie jamais de nudes avant le 9e rendez-vous.

Jayde : Y en a 0 à nôtre actif.

Je me rends compte qu'il a raison. Nous n'avons jamais eu de vrai rendez-vous. Oh ! mon Dieu ! Il va interpréter mes mots comme un message subliminal ! ! !

Et comme s'il lisait dans mes pensées je reçois un nouveau SMS.

Jayde : On a réellemant besoin de rendez-vous, toi et moi ?

Si je suis honnête, avec lui ça ne m'avait jamais traversé l'esprit.

Iris : Je n'en ressens pas le besoin.

Jayde : Pourquoi ?

Iris : Parce que ça ne nous ressemblerait pas.

Jayde : On a cramée toute les étapes, la vipère.

Iris : Et c'était très bon, Rocky.

Je pose mon téléphone sur mon ventre et finis mon repas, je repense à mon introspection devant la glace. Dans un élan inattendu, je rédige un message à Jayde.

Iris : Est-ce que tu me trouves jolie ?

Aussitôt envoyé, aussitôt regretté.

Jayde : Plus belle que le titan de l'animé qui viens de dévorer la mère du prodagoniste en tout cas.

Je roule les yeux et tape sur le clavier ma réponse, mais il me précède avec un nouvel envoi.

Jayde : T'es diablement magnifique mais tu gagne la médail des question débiles.

Cette fois-ci je souris. La chair de poule remonte le long de mes bras, je les croise contre ma poitrine et de nouvelles réflexions accaparent ma matière grise.

Ma série projetée sur l'écran devient un simple bruit de fond. Je rembobine ma journée et me rappelle qu'Allen m'a suggéré de donner un titre à mon morceau. Un titre représentatif de l'intention musicale qui m'a guidée.

Je relis le dernier message de Jayde et fixe avec insistance son prénom comme s'il allait m'aider.

C'est ça l'amour ?

Le cœur qui bat vite.

Le cœur qui se brise.

Le cœur qui aime et qui se perd.

Aimer dans la lumière et dans les ténèbres.

Aimer dans la clarté et dans l'obscurité.

Tout ça, pour une seule personne. Ma personne.

L'évidence me frappe comme un raz-de-marée. Une énergie nouvelle me galvanise et crépite jusqu'à mon ventre. L'émotion me saisit quand je me remémore mon état d'esprit en composant ma musique. Je ne pensais qu'à lui. À notre intimité, à notre relation tumultueuse et cet amour qui m'a rongée de douleur.

Ce morceau, il est pour moi, mais aussi pour lui.

Love in Black.

Jayde

En revenant à Boston, j'ai demandé à M. Johnson, mon chauffeur, de me déposer au centre de soins psychiatriques de Tate. Avec mes déplacements et mon agenda chargé, pas le temps de souffler. Les répétitions s'enchaînent, comme tout le reste d'ailleurs. Nous avons un nouvel agent, Chad Reyes. Et comment vous dire qu'il est sans arrêt sur mon dos. Insupportable. Il inonde ma messagerie et me rappelle toutes les cinq minutes que je ne dois pas dire telle ou telle chose susceptible de me nuire.

Il a de la chance qu'un crochet n'ait pas foncé sur sa joue. L'autre jour, Chad a débarqué dans la loge en me sommant d'arrêter de prendre une clope, je l'ai attrapé par le col de sa chemise en le harponnant avec un coup d'œil empli de rage et l'ai jeté hors de la pièce.

Je voulais être seul dans cette loge à fumer. À ce moment-là, l'envie d'allumer une cigarette me démangeait. Je voulais que la nicotine ruine mes idées sombres. Je voulais un court instant d'oubli salvateur et me plonger dans la torpeur.

Les mots de ma mère me hantent atrocement. Ils tournicotent et cognent contre chaque recoin de ma tête. La plus grande craquelure de mon cœur, mais surtout la plus profonde, restera son abandon.

Sa réalité est un pieu enfoncé violemment dans ma poitrine, et tout espoir s'est effondré avec la crédulité du petit garçon qui sommeille en moi.

La démence me guette, et ce n'est pas comme si je ne plongeais pas déjà dans les prémices de la folie. Je reviens inéluctablement vers ce chemin sinueux et tortueux, celui où l'équilibre ne tient qu'à un fil.

— Monsieur Black, nous sommes arrivés.

Mon chauffeur interrompt le cours de mes pensées, je secoue la tête et ramène mes cheveux en arrière, mes mèches bouclées tombent sur mon front et parfois me barrent la vision. Un coup de ciseaux pour raccourcir tout ça ne me ferait pas de mal, je vais finir par ressembler à la version gothique de Heath Ledger dans le film *10 bonnes raisons de te larguer.*

Je descends de la voiture et contemple les aiguilles de la montre autour de mon poignet. J'ai dix minutes de retard, mais normalement ça devrait aller. Une appréhension maladive me tourmente. Si Tate a quémandé ma présence, c'est qu'il y a une raison. Un Black ne cherche jamais après quelqu'un à part s'il en a besoin.

Tate est installé sur le banc de notre première entrevue ici, dans un jardin à l'arrière du centre. Je devine la détresse dans son regard sombre. Mon écharpe est autour de son cou, pourtant ce n'est pas la saison. Elle cache la moitié de son visage, mais il la baisse aussitôt jusqu'à son menton.

— Je voulais te parler, déclare-t-il en se mettant debout, droit comme un pic.

— Bonjour déjà, réponds-je, perplexe devant tant de confusion en lui.

— J'ai beaucoup réfléchi à ce que tu m'as dit et tu as raison, je ne pourrai jamais avancer, aller mieux et sortir d'ici si je me mens à moi-même quand je fais semblant d'accepter celui que je suis vraiment.

Il se tait, déglutit et s'efforce de me sonder dans le blanc des yeux.

— Je ne peux pas me permettre d'attendre ton autorisation ou encore ton pardon pour pouvoir enfin connaître la rédemption. Le retour de maman m'a poussé dans mes retranchements et m'a fait comprendre que cette brèche qu'elle a causée il y a sept ans est mon pire trauma. Je veux surmonter ça, j'ai commis un meurtre et j'ai agressé une personne innocente qui n'a rien demandé. Qui sait ce que j'ai pu faire d'autre sans en avoir conscience ? Ou encore dans un accès de folie ? Mon cerveau est fragmenté de démence, de blessures internes et existentielles. J'ai gardé trop de choses en moi et je refuse de leur faire face. Je me sens redevable envers toi et papa, mais je suis devenu tout ce que je n'aime pas, je suis dépendant de vous, sur tous les plans. Je n'ai jamais accepté ma bipolarité, pourtant je la laisse me guider dans la décadence, et pour la contrer je dois le faire seul.

— Tate…

— Je sais que tu ne me pardonneras jamais, Jayde. Je l'ai su à la seconde où tu as vu les policiers m'embarquer. Ton regard ce jour-là… je ne l'oublierai jamais, il m'a liquéfié, m'a fait comprendre que l'océan avait débordé. J'ai toujours subtilisé l'attention qui était sur toi, tu étais dans mon ombre et tu ne l'as jamais supporté, tu croyais que tes handicaps te rendaient moins intéressant que moi, que ça faisait de toi un loser, et je t'ai pris l'unique lueur d'espoir que tu as accepté d'avoir dans ta vie. Jayde, faut que tu saches que c'est moi le loser et que tu vaux tellement plus que ce que les gens ont pu dire sur toi. Tu es exceptionnel, et même si tu ne me pardonnes pas cela me conviendra. Mais je dois faire ce chemin seul, c'est la dernière fois qu'on se voit avant sans doute un bon moment, j'ai discuté avec papa pour lui faire comprendre de ne plus me rendre visite, et j'ai fait la même chose avec maman, surtout après ce qu'elle m'a dit.

— Elle te l'a dit alors…

— Ouais, je n'en pense rien. Après tout, la vie est imprévisible dans sa cruauté, mais je préfère conserver l'espoir de ma guérison pour mon avenir. Le passé est derrière nous, à quoi bon lui chercher des excuses maintenant ?

— Ne fais pas semblant, marmonné-je en enfonçant les mains dans les poches de ma veste en cuir.

— J'ai eu toute la nuit pour pleurer, admet-il. J'y repenserai encore dans les mois à venir, mais il faut que je m'entretienne seul avec ma conscience, sans vous sur mon dos.

— Donc, tu ne veux plus nous voir ? Plus de visite jusqu'à nouvel ordre ?

— Oui. Plus de contact.

— Et comment saurai-je si tu as besoin de quoi que ce soit ?

— Cette fois j'apprendrai à me débrouiller seul, comme un grand.

— Je préfère que t'apprennes à te débrouiller comme un homme, le corrigé-je en avançant vers lui d'un pas désinvolte. Et tu n'es pas un loser, Tate.

— Tu acceptes ma décision alors ?

— Ai-je le choix ?

— Un Black se démène toujours pour avoir ce qu'il veut, non ?

— Navré de ne pas te dire ce que tu souhaites entendre.

Il sourit, confiant.

— Ce serait bien trop facile, tu sais que je préfère les routes pleines d'embûches.

Ouais, j'étais au courant, l'obscurité t'attire comme un papillon est attiré par une flamme.

— Prends soin de toi alors, dis-je en m'éloignant de lui.

Je préfère me retirer, ne pas montrer le maelstrom d'émotions qui se diffuse lentement comme un poison dans mes vaisseaux.

— Jayde ?

Sa voix arrête ma pitoyable fuite.

— J'espère qu'un jour tu te rendras compte que malgré tous nos différends je t'aimerai toujours.

Pour unique réponse, mes lèvres s'étirent en un sourire qui dissimule la tristesse que j'éprouve pour lui.

À bientôt, grand frère.

Dans l'habitacle de la voiture, je mets la tête contre le siège, les yeux fermés, et j'assimile toute notre conversation.

Je n'ai jamais accepté ma bipolarité, pourtant je la laisse me guider dans la décadence, et pour la contrer je dois le faire seul.

Il se retrouve isolé avec le revers sombre de sa personnalité. Son état s'est stabilisé certes, mais dans le fond c'est d'un détachement total qu'il a besoin.

Sa dépendance, elle n'était pas qu'envers les drogues qui affolaient ses humeurs ingérables et explosives. Il était dépendant du secours que je pouvais lui fournir, dépendant de la garantie que mon père le sortirait de situations difficiles.

Au final, Tate n'est plus au sommet, Tate ne m'occulte plus comme une éclipse, Tate ne fait que survivre.

Nous ne sommes pas si différents que ça.

La vibration de mon téléphone dans ma poche m'extirpe de ma léthargie. L'écran affiche un message de mon paternel.

Papa : Tate t'a parlé ?

Je ne me vois pas ne pas lui répondre cette fois-ci. Des semaines se sont écoulées depuis que nous nous sommes rencontrés lui et moi. Je ne peux pas l'ignorer encore longtemps, surtout que je ne ressens aucune animosité de son côté, en dépit de mes rejets constants, en dépit de tout ce que je lui ai dit à la gueule.

Il revient toujours.

Jayde : Ouai, pourquoi ?

Papa : Sa décision m'attriste, mais j'essaie d'y faire face.

Jayde : Accepte-la, c'est ce que je fait.

Papa : Je l'accepte… mais pour être honnête, si je t'envoie un message, c'est pour d'autres raisons.

Jayde : Lesquels, Walter ?

Papa : J'aimerais que tu rentres à la maison, enfin je veux dire notre maison, pour la soirée.

Électrochoc.

Jayde : Pourquoi ?

Papa : Eh bien… ce sera mon anniversaire vendredi…

Oh.

Jayde : Tu veut que je viene à l'occasion de ton anniversaire ? ? ? Déjà, depuis quand tu utilise la fonxion messages pour me parler ?

Papa : Pour ne pas que tu me raccroches au nez.

Jayde : Je viendrais.

Papa : J'aimerais te présenter quelqu'un.

Oh ! putain.

Jayde : D'accord.

Ce week-end s'annonce… le mot m'échappe. Une gêne me refroidit, je ressens un malaise intense. L'étau de ma gorge se resserre et ma main appuie sur mon thymus pour freiner net cette crise d'angoisse.

Mon père va me présenter une femme.

Il a quelqu'un dans sa vie.

Putain… je me sens patraque. Aujourd'hui, c'est la valse de la vulnérabilité émotionnelle. Tate, puis mon père, et la cerise sur le gâteau : les paroles de ma mère pesant sur ma psyché déséquilibrée.

J'ai besoin… d'entendre *sa* voix. J'obéis à mon envie sans réfléchir et l'appelle immédiatement alors que l'oxygène déserte mes poumons.

— Jayde ?

La douceur de ses décibels caresse déjà mon oreille.

— J-je te dérange ?

Je suis pris d'un faible soubresaut.

— Je vais entrer dans un cours de production musicale, pourquoi ?

Je ne sais pas quoi dire.

— Rocky… je ne te sens pas bien, tu peux tout me dire.

Je déglutis et laisse la tendresse de ses paroles m'apaiser, me protéger de la voracité de ce flot d'angoisse.

— Mon père veut que je lui rende visite, avoué-je en serrant mon téléphone dans ma main.

— Tu veux que je t'accompagne ?

— Toi, tu le veux ?

— Tu n'as pas répondu à ma question d'abord.

Je devine qu'elle sourit.

— Oui, je veux que tu sois là.

— Je serai là, affirme-t-elle tendrement.

Iris vient de m'exorciser au simple son de sa voix, j'ai beau me couper contre ses épines acérées, ses pétales finissent toujours par m'envelopper.

Un cocktail de contradictions m'assomme l'esprit dès qu'elle se faufile entre les rouages usés de mon cerveau. Iris est à la fois l'antidote de mes démons et le poison que je meurs d'envie de boire pour sombrer dans une douce folie ingérable et exquise.

Une démence spéciale m'habite dès qu'elle est tout près de moi, le genre de démence qui met en exergue vos pires côtés pour garder auprès de vous ce que vous convoitez. Ma part de détraqué n'imagine que son corps pour mes jeux les plus malsains, les plus délicieux.

Iris… que m'as-tu fait ?

Je fonce droit dans un mur et me pète les dents contre le béton quand je comprends que je ne la possède pas entièrement. Pur caprice, pur égoïsme. Iris est ma fleur favorite. L'épine qui m'écorche, la vipère qui me mord.

Entre nous, c'est fondé. Même plus proches que jamais, on continue de se provoquer. C'est clair que nous deux ça devait arriver et peu importe la finalité de cette histoire, peu importe où cela nous mènera.

Je ne pense pas que je serai capable de laisser ramper la vipère bien trop loin de moi.

Et pourtant…

Je sais qu'elle s'en ira.

New York et peut-être l'Europe. Pourquoi je dis peut-être ? Putain, c'est la femme la plus talentueuse qui existe, elle atteindra les sommets, c'est une évidence. Quand le monde la découvrira, plus rien ne sera pareil.

Iris est une véritable œuvre d'art, que je sonde sous toutes les coutures, et rien ne me ferait plus souffrir que de voir d'autres yeux se poser sur elle pour entrevoir en un instant ce que moi j'ai mis tant de temps à découvrir.

33. Love in Black

Iris

Lana Del Rey – Religion

— Jayde, je te présente Leslie.

Walter Black est imposant, presque intimidant. Il est une version de Tate plus mûre, avec des cheveux poivre et sel, mais je devine en lui certains traits que Jayde a hérités. Son froncement de sourcils de contrariété, son air indifférent comme bouclier pour camoufler les hontes et les faiblesses qui le rongent.

La dénommée Leslie sourit.

— Enchantée, Jayde.

Elle est la nouvelle petite amie de son père depuis trois mois, et ça ne fait que trois jours que Jayde le sait. Ses yeux sont d'un vert émeraude tout droit sorti d'un trésor, des pattes-d'oie étirent son regard quand elle sourit, mais ça la rend plus chaleureuse. Cette femme a beaucoup de charme et le père de Jayde en est terriblement épris à la façon dont il la contemple.

Discrètement, j'épie la crispation du visage de Jayde, j'y devine de la douleur avec un soupçon d'incompréhension envers cette situation.

Jayde est pris au dépourvu, il ne pensait pas que son père pourrait refaire sa vie et en parler ouvertement depuis que sa mère est de retour. Un concours de circonstances plus que déplaisant.

— Je te présente Iris, réplique-t-il, l'air perdu.

— Bonjour, monsieur Black, je suis une amie de Jayde, lui expliqué-je en lui serrant la main.

— Enchanté, Iris, je ne m'attendais pas à ce que mon fils me présente une fille ! s'exclame Walter en m'observant avec perplexité.

— Je suis ravie que vous soyez là, dit Leslie en nous regardant tour à tour. Jayde, ton père m'a énormément parlé de toi.

— En mal, je suppose, commente-t-il en roulant les yeux avant d'avancer vers le salon.

Nous étions dans le hall d'entrée. La devanture de la maison des Black est magnifique, et l'intérieur est moderne, avec des toiles accrochées au mur de façon parfaitement étudiée, au millimètre près. J'imagine que le rangement aiguisé est un trait de famille chez les Black.

Tout est épuré et immaculé, le sol en marbre est aussi éclatant que le soleil. Par ailleurs, la décoration est simple, et un escalier mène aux étages supérieurs.

Timidement, je suis Jayde pour entrer dans le grand salon. Un sourire danse sur mes lèvres quand je remarque que les meubles en bois portent des cadres des deux fils Black. Je n'ai pas l'occasion d'analyser les clichés qu'une main chaude enveloppe la mienne et des frissons me parcourent les bras. Mon pouls s'accélère et, lorsque sa bouche frôle sensuellement la mienne, il chuchote :

— J'en ai déjà marre.

Je n'ai pas le temps de répondre que son père nous invite à prendre place à table. Mes prunelles sondent une dernière fois le regard vide de Jayde avant qu'il détourne le visage vers le repas posé sur la nappe.

Gentiment, je le pousse à aller s'installer. Je suis surprise qu'il soit malléable, Jayde se laisse faire et s'assoit sans piper un mot.

— Mon fils ne m'avait pas dit qu'il fréquentait quelqu'un ! s'exclame son père en épiant les moindres de ses mouvements.

— Je l'ignorais aussi en ce qui te concerne, marmonne-t-il en fixant Leslie.

Cette dernière baisse les yeux, embarrassée par le regard noir que lance Jayde. Walter rattrape la situation et dépose sa main sur celle de sa petite amie étalée sur la table.

— C'est récent, fiston, j'attendais le bon moment pour te le dire.

— Je n'imaginais pas que tu serais capable de refaire ta vie, grogne mon partenaire.

— Je pourrais en dire autant pour toi.

J'ai l'impression d'assister à un combat de coqs. Cette animosité pèse, Jayde est immobile, mais je devine que ses pensées se heurtent férocement et surchauffent son crâne.

— Je suis la compositrice de Madness, je travaille avec eux, expliqué-je pour détendre l'atmosphère.

Il sourit.

— Oh ! vous êtes dans le milieu musical, je comprends mieux que vous ayez presque le même look tous les deux. C'est une tendance ?

Je hausse les épaules.

— Disons que nous aimons bien exprimer notre excentricité avec ces tatouages et la musique.

— La collaboration devait être un sacré coup de foudre pour que mon fils s'intéresse à vous, le taquine gentiment Walter.

Jayde ne change aucunement de mine, renfrogné à souhait, et je commence à comprendre pourquoi.

— Je ne sais pas, réponds-je en sentant mon visage virer au cramoisi.

— Jayde, j'ai entendu dire que ton second album sortait bientôt, intervient Leslie pour m'extirper de mon embarras. J'ai adoré ton premier album, il est génial !

— Vous faites quoi dans la vie ? demande-t-il en ignorant son compliment.

— Je suis médecin, dit-elle, visiblement heureuse qu'il s'intéresse à elle.

— Hmm, je vois, lâche-t-il avec nonchalance en prenant une bouchée de riz.

Il installe un froid fulgurant. Son père se décide à lancer la conversation pour animer le dîner. J'y participe pour pallier le fait que Jayde ne dit rien de la soirée. À un moment, Walter et Leslie se lèvent de table pour aller chercher le gâteau d'anniversaire. Un long soupir m'échappe, je tourne la tête vers lui et le scrute. J'analyse sa posture et arrive à lire à travers la rigidité de ses muscles.

— Jayde.

Mes doigts se déposent sur sa joue et je détourne son visage vers moi afin qu'il noie la tourmente de son regard dans le mien.

— Ça va aller, lui dis-je doucement.

Ses sourcils sont froncés par l'agacement. Brusquement il se retire de mon étreinte et souffle. Cette soirée est pour lui un véritable supplice. Walter et Leslie reviennent, l'un porte des petites assiettes avec les fourchettes et l'autre un fraisier avec quelques bougies allumées sur le dessus.

— Je suis heureux que tu sois là ! s'exclame Walter, reprenant sa place. Est-ce que tu veux passer la nuit ici ? Ta chambre est intacte.

Oh ! mon Dieu. Jayde va sans doute péter un câble.

— D'accord.

Attends… quoi ?

Outrée, je jette un œil choqué à Jayde, qui joue les indifférents durant toute la partie du gâteau, où il se contente de répondre de manière brève et concise aux questions de Leslie. D'un coup, il saisit mon poignet et m'oblige à le suivre.

— Bonne nuit, dit-il sèchement.

Et c'est comme ça que je me retrouve dans la chambre de Jayde Black ado.

Des posters punk recouvrent les murs du bas jusqu'à la lisière du plafond, je n'arrive même pas à en distinguer la couleur. Cela dit, je reconnais le côté méticuleux du rangement de chaque objet dans cette pièce. Jayde est fidèle à lui-même depuis toujours. Sur le vieux bureau blanc il y a une photo de lui avec Tate. Ils doivent avoir dans les dix-sept/dix-neuf ans. Tate a un sourire rayonnant et il prend dans ses bras Jayde comme si c'était un enfant. Ce dernier a les yeux levés vers le ciel, exprimant presque un dégoût envers cet élan d'affection, mais je décèle l'ombre du rictus qui danse sur ses lèvres.

— C'était deux ans après le départ de maman, Tate avait remporté un concours de *break dance* dans le quartier, j'ai fini troisième.

— Vous deviez être doués pour avoir un si bon classement, constaté-je.

— C'est Tate qui m'a tout appris, mais il était plus fort que les autres.

— J'ai eu l'occasion de voir ça, toi en train de te remuer, le taquiné-je en me tournant vers lui et me remémorant la fois où il était éméché et où il s'était mis à chanter *Happy* de Pharrell Williams.

— Il m'arrive de disjoncter ! s'exclame-t-il en se moquant de lui-même.

D'un pas hésitant, je décide de réduire la distance entre nous en continuant de le fixer. Une boule dans la gorge m'empêche de parler de ce que j'ai pensé de son comportement ce soir. J'entrouvre les lèvres et halète presque avant de ravaler mes mots. Une ombre traverse son regard et un pli barre son front.

— C'est bon, pas la peine de te constiper avec ton point de vue, souffle-t-il en enfonçant les mains dans ses poches.

— Agh, grogné-je en roulant les yeux, exaspérée. J'ignore comment te parler quand il s'agit de ton père. Et tu ne m'as même pas prévenue qu'on passerait la nuit ici !

— Je sais, mais pas le choix, rétorque-t-il en s'écartant de moi pour aller vers sa fenêtre.

— Attends… tu avais prévu le coup ?

Il m'observe par-dessus son épaule. Je ne parviens pas à déchiffrer ce que projettent ses pupilles. Je triture l'ourlet de mon pull en maille alors que des milliers de sensations me chatouillent le fond du ventre. Ce remue-ménage me déstabilise, et ne pas savoir ce qu'il pense et ressent fragilise une part de moi que je ne cesse de refouler ces derniers jours.

— Qu'est-ce qu'il y a, Iris ?

Merde ! J'ai baissé ma garde, mon trouble est aussi distinct que le nez au milieu de la figure.

Mes remparts ont cédé, Jayde a pris une place considérable dans mon cœur et dans mon âme. Comme un prédateur, il s'approche de moi dangereusement. Je me donne l'impression d'être une biche aux abois, terrifiée par son bourreau au point que ses jambes flageolent.

— Tu es bizarre, dis-je prudemment en reculant d'un pas.

— Non, je ne suis pas bizarre.

— Alors pourquoi tu ne m'as pas prévenue ? Pourquoi tu rejettes les tentatives de ton père ? Il veut renouer avec toi, c'est évident.

Il plisse les yeux et réduit considérablement la mince distance entre nous. Mon cœur caracole dans sa cage thoracique, et je retiens ma respiration alors que l'atmosphère devient tendue entre nous.

— Pour qu'il sache ce que ça fait d'être rejeté, lâche-t-il.

Une colère enfouie dilate ses pupilles, et d'un coup mon corps se retrouve plaqué contre le mur, ses mains exercent une force sur mes hanches, et lentement il commence à s'appuyer contre moi.

— Qu'est-ce que tu es en train de me faire ? dis-je en ne bougeant pas d'un iota, les yeux concentrés sur lui.

— Toi. Toi, qu'est-ce que tu es en train de me faire, Iris ?

Sa voix rauque me fait frissonner. Jayde attrape l'ourlet de mon pull et l'élève suffisamment pour dévoiler mon ventre, un fin courant d'air frais caresse ma chair et je tremble.

— Ici, c'est mon enfer et les flammes m'attendent au tournant.

— Je brûlerai avec toi.

— Pourquoi tu prendrais un tel risque ? Pourquoi moi ?

Le fond de sa pensée devient de plus en plus lisible au fil de ses mots empreints de désespoir. Son cœur n'a jamais été hermétique à la moindre émotion, bien trop de craintes l'accaparent et le handicapent.

— Je ne te rendrai jamais heureuse, Iris. Un jour, tu partiras toi aussi, et je n'arrive pas à prédire comment je réagirai.

— Qu'est-ce que tu ressens pour moi ? murmuré-je en frôlant ses lèvres sensuellement.

Timidement, ma main trouve sa place sur son cœur qui bat la chamade, je retiens mon souffle.

— Des sentiments indomptables.

— Je ressens la même chose, Jayde.

Nos sentiments sont comme une bombe à retardement.

— Mais pourquoi moi ?

Je décèle dans son regard une lueur de doute liée à ses antécédents, à son complexe d'infériorité et cette fâcheuse tendance à sous-estimer l'importance qu'il peut avoir aux yeux des autres.

— Il n'y a pas de raison particulière, admets-je honnêtement. C'est juste toi, il m'aura fallu vingt-deux ans pour avoir cette sensation-là, murmuré-je en plaçant la main sur mon cœur.

— Peu importe ce que je ferai, Iris, dans un futur proche, est-ce que ce sera toujours moi ?

— Tu es si inquiet que je jette mon dévolu sur quelqu'un d'autre ? le taquiné-je en me blottissant contre son torse, la tête nichée au creux de son épaule.

— Je suis plutôt du genre à aboyer si on touche ce que je veux.

— Et c'est moi que tu veux ? soufflé-je en effleurant vite fait son entrejambe, comme un avant-goût à ce qui pourrait se passer.

— La vipère, tu ne serais pas en train de me chauffer là ?

Je deviens audacieuse dès que l'étincelle s'avive entre nous.

— Si je dis oui, tu vas me punir ? le titillé-je avec un sourire malicieux.

— J'aimais bien ton côté prude, mais ce côté imprudent va me tuer.

— Pauvre chou, le provoqué-je en le poussant loin de moi pour m'avancer vers le lit.

— J'ai trouvé la clé de ton point G, c'est bon, t'es en roue libre ? J'achète !

J'éclate de rire, puis sa main écrase ma bouche pour étouffer ma voix. Son torse s'imbrique contre mon dos et ses lèvres flirtent de façon sensuelle près de mon oreille.

— T'es devenue celle qui me fait vriller, susurre-t-il avant de mordiller mon lobe.

Sa paume asphyxie mon gémissement, son autre main prend mon sein, le caresse langoureusement à travers mon pull, et sa pointe durcit.

— Qu'est-ce que je pourrais bien faire de toi, ma rose noire ?

Sa main se retire lentement, et je lui souffle des mots que je n'aurais jamais cru dire auparavant :

— Fais de moi ce que tu veux, mais fais quelque chose, je t'en supplie.

— Putain, bébé… tu tentes le diable là. Redemande-moi ça à genoux pour voir.

— Dans tes rêves, le taclé-je en ôtant sa main de ma poitrine avant de me tourner.

— Pourtant, dans mon rêve hier, tu étais toute mignonne dans ta nuisette au sol, les fesses à l'air, prête à accueillir le python.

— Ir-ré-cu-pé-ra-ble, articulé-je, exaspérée, en levant les yeux au ciel.

Subitement je me retrouve projetée sur le lit et il me chevauche en plaquant mes bras au-dessus de ma tête.

— T'es pas croyable ! s'exclame-t-il en effleurant mon visage avec ses lèvres avides de me goûter.

— Et toi ingérable !

— Ce n'est pas comme si tu n'aimais pas ça, susurre-t-il en coinçant avec une main mes deux poignets.

— Tu as envie de moi à quel point ?

— Au point de réduire tes fringues en miettes et de m'enfouir en toi pour te faire crier jusqu'à ce que tu perdes ta voix.

Je me retiens de rire.

— Ton père va nous virer.

— On est dans ma chambre ici, il n'y a jamais été invité, murmure-t-il en embrassant la courbe de mon cou. Et puis… sa chambre est à l'étage, bien loin de la mienne, il n'entendra rien.

— Tu es sûr ?

— Putain, oui, me demande pas de faire vœu d'abstinence, tu m'as chauffé, tu vas devoir assumer, ma vieille.

— Oh ! mon Dieu ! Jayde Black va me prendre dans sa chambre d'ado, la groupie en moi fond comme une glace au soleil, dis-je en adoptant une voix de jeune fille prépubère devant son idole.

— Ma bite vient de se ramollir face à ta médiocre imitation, ne refais plus jamais ça.

J'aspire mes lèvres pour étouffer un autre éclat de rire, mais c'est plus fort que moi, je jette la tête en arrière en m'esclaffant. Je me calme peu à peu et finis par constater qu'il ne fait que m'observer. Il affiche un sourire qu'il n'a jamais eu auparavant.

— Quoi ? dis-je, toujours sous son emprise.

— Quoi, quoi ?

— Pourquoi tu me regardes comme ça ?

— Et je te regarde comment ?

Comme si tu m'aimais.

Un bruit sourd nous parvient et nous fait sursauter, on aurait dit des assiettes qui se brisent contre le marbre. Une lueur d'inquiétude survole les iris de Jayde. Il me lâche et se lève, je l'imite et lui attrape la main pour le retenir.

— Je reviens, bébé, je vais juste voir ce qui se passe.

— D'accord, mais si tu tardes je descends, le préviens-je, caressant son pouce timidement.

Jayde

— Leslie ? prononcé-je en entrant dans la cuisine.

Affolée par le vacarme qu'elle a fait, elle récupère les morceaux de verre machinalement sans se soucier de se couper.

— Désolée de t'avoir dérangé avec le bruit, elles m'ont glissé des mains.

Je m'abaisse à son niveau et ramasse avec elle.

— Tu n'es pas obligé de le faire.

— Vous aidez mon père, je peux bien nettoyer de malheureuses assiettes brisées. En plus, je déteste le désordre.

— Ton père n'a pas besoin d'aide, il a juste besoin d'être écouté.

— Et je suppose que vous le faites très bien vu que vous êtes sa psy.

Ses yeux s'arrondissent comme des billes, elle m'observe, éberluée que j'aie découvert leur secret.

— Comment tu…

— Je l'ai compris directement, mon instinct m'a mené à cette déduction et vous venez de me le confirmer. Ce n'est pas interdit de flirter avec ses patients durant une séance ?

— Je t'assure que je n'ai jamais rien fait de compromettant, je suis vraiment tombée amoureuse de ton père.

— Pourquoi ? Parce qu'il accepte de voir la vérité en face, qu'il a foiré son mariage et sa relation avec ses fils ?

— Tu ne trouves pas ça bien d'assumer ses erreurs et de les accepter pour enfin se pardonner ?

— Parce qu'il s'est pardonné ?

— Pas totalement, cela fait six mois qu'il travaille sur ça, mais il est sincère quand il tente de t'approcher, il cherche ton approbation pour avoir une vraie place dans ta vie. Ça compte bien plus que tu ne le crois.

— Est-ce qu'il vous a parlé de ma mère ?

— Oui…

— Et qu'est-ce qu'il vous a dit ?

— Je suis tenue par le secret professionnel, se défend-elle en balayant les morceaux de verre qui traînent encore.

— Pas si professionnel que ça, vu que vous lui avez permis de vous raccompagner le soir et de vous faire je ne sais quoi.

— Je l'aime si c'est ce que tu veux savoir, c'est récent certes, mais je l'aime vraiment.

J'accuse le coup. Visiblement, il n'a pas réduit ses neurones en charpie par l'art de la manipulation.

— Jayde, intervient une voix derrière moi.

Mon père apparaît et demande à Leslie de nous laisser seuls, il embrasse sa tempe et elle me souhaite bonne nuit avant de franchir la porte.

— Tu te tapes ta psy maintenant !

Mon ton est sec, mais rien ne le fait cligner des yeux, il croise les bras avant de prendre une profonde inspiration.

— J'aimerais que tu m'accordes cinq minutes.

J'imite sa posture, bombe mon torse et pousse un long soupir.

— Je suis désolé pour tout. Tout ce que je t'ai fait, tout ce que je t'ai dit. Ta mère, je sais qu'elle t'a parlé, mais je veux t'assurer que je ne lui ai jamais fait de mal, je n'ai jamais levé la main sur elle si c'est ce que tu as imaginé. Je n'étais pas un bon mari et je l'ai compris après son départ. J'étais en colère contre le monde entier, cette situation me faisait terriblement souffrir, la culpabilité me rongeait jusqu'à la moelle. Et tu en as été le dommage collatéral.

Il marque une pause pour reprendre son souffle. Quant à moi, je le sonde de façon à dénicher la sincérité dans ses yeux noirs.

— Jayde, tu n'as pas cessé de me rejeter toute ton existence et, quand tu t'es persuadé que tu serais une grande rockstar, je n'avais pas envie que tu sois au fond du trou si les choses ne marchaient pas à cause de… tes handicaps.

— Tu n'as jamais cru en moi, murmuré-je alors qu'un vide énorme se creuse dans ma poitrine à cause de la tournure de cette conversation.

— Je ne vais pas te mentir. Non, je n'ai pas cru que tu pourrais concrétiser ce projet, et même maintenant j'ai du mal à comprendre tes choix de vie, mais… j'ai vu tous tes concerts en vidéo et j'ai réalisé à quel point tu étais heureux sur scène. C'est tout ce que je te souhaite, d'être heureux.

— C'est toi, avoué-je en libérant pour la première fois les mots enfouis en moi.

Un pli se dessine sur son front, marquant son visage d'incompréhension.

— C'est toi qui m'as fait découvrir cet univers-là. Sur mon lit d'hôpital, quand j'étais malade, tu me faisais écouter du Nirvana, c'est toi qui m'as fait découvrir tout ça.

— Papa…

Des points noirs troublent ma vue, j'ai terriblement mal. Mon père serre fort ma main dès qu'il réalise que je reprends conscience alors qu'un bruit de fond chatouille seulement une de mes oreilles.

— Est-ce que tu m'entends ? demande-t-il d'un ton inquiet en approchant son visage de moi.

La voix d'un chanteur que je ne connais pas proclame des paroles dont je ne comprends pas tout à fait le sens.

— Oui, je t'entends… mais pas très bien, j'ai mal, dis-je honteusement devant lui.

Il me sourit en caressant mes cheveux.

— Ce n'est rien, ça ira mieux, fiston, tu verras.

Le son ne passe pas très bien à travers mes oreilles, j'écarquille les yeux et me retiens d'expliquer ce que je viens de découvrir. Il ne va pas me croire si je lui dis, il va penser que je fais exprès pour sécher l'école demain, à cause des autres qui rient parce que je ne lis pas aussi bien qu'eux.

— Jayde, écoute-moi, tu es tombé très malade, on était morts d'inquiétude. Ta mère est rentrée avec Tate pour s'occuper de lui, mais elle ne va pas tarder à revenir.

— Alors c'est normal si je n'entends pas très bien ? demandé-je d'une petite voix.

— Oui, c'est normal.

— Ça se répare comment une oreille ?

— Chéri… ça ne se réparera pas.

— Mais pourquoi ? Je n'ai pas fait de bêtises ! Papa, je te jure que je suis resté sage.

Il me sourit tristement en tapotant ma tête.

— *Je le sais bien, mais il y a des choses qui arrivent comme ça, sans qu'on s'y attende.*

— *Papa, comment je vais faire ?*

Mes yeux me brûlent si fort qu'ils me font mal. Je ne veux pas pleurer, il m'a souvent crié dessus pour que je ne pleure jamais devant les autres quand ils se moquaient de moi, parce que j'étais incapable de lire. Je me retiens comme je peux. Je veux maman… devant maman, je pourrai pleurer.

Mon père pousse un long soupir de désarroi, puis je le vois monter le son de la musique à travers son téléphone.

— *C'est ma chanson préférée, le chanteur s'appelle Kurt Cobain et tu sais ce qu'il a raconté une fois ?*

— *Non…*

— *Il a insinué que ça l'arrangeait d'être différent et qu'il se moquait des autres, parce qu'ils se ressemblent tous. Dans sa chanson, il dit qu'il faut être comme on est et c'est ce que tu vas faire.*

— *Mais je veux être un petit garçon normal, papa.*

Je retiens mes sanglots parce que je sais que plus rien ne sera comme avant.

— *Tu ne seras jamais normal et c'est parce que tu ne seras pas normal que tu seras le meilleur et que je serai fier de toi.*

Je crois que ce souvenir je l'ai enfermé dans une boîte de Pandore cadenassée afin de le préserver. Cette image qu'il m'a renvoyée ce jour-là… m'a tellement inspiré. C'est la première fois que Walter Black s'est montré compatissant, lui qui d'habitude ne sort jamais des rails de l'antipathie.

Le message communiqué dans cette chambre d'hôpital a été ma révélation, il m'a rassuré de la meilleure façon. C'est tellement rare de vivre un instant comme celui-là, où c'est la foudre de l'évidence qui vous frappe.

À partir de ce jour, je savais que tout allait changer, que je ne serais plus jamais la même personne.

Et sans lui cette transition aurait pu ne jamais arriver.

Ce que j'ai ressenti en écoutant *Come as You Are* cette première fois… c'est insensé toutes les sensations qui m'ont traversé. Je me suis senti compris et c'est ce que j'ai aimé dans le pouvoir de la musique.

Ne jamais avoir l'impression d'être seul dans ma misère émotionnelle. J'ai été pris dans un élan d'inspiration fulgurant. Plus rien ne comptait à part mes aspirations.

Je voulais être comme Kurt Cobain.

Et c'est mon père qui a été ma ligne directrice, inconsciemment. Cruelle ironie quand on sait tous les stratagèmes qu'il a pu établir pour me faire changer de route afin que je finisse comme lui.

— Je l'ignorais, dit-il, étonné.

— Maintenant, tu es au courant. Tu disais que j'étais différent et pourtant tu as fait partie de ceux qui reniaient cette différence.

Il baisse la tête.

— Je n'ai pas assuré.

— Tu as toujours préféré Tate. Il correspondait plus à tes idéaux, mais bon… rien ne s'est passé comme prévu pour toi, on dirait.

— Et si tu vidais ton sac pour m'expliquer tout ce que tu me reproches ? s'exclame-t-il en s'adossant au frigo derrière lui.

— Tu auras besoin d'une thérapie après ça, le taclé-je.

— Ce n'est pas grave.

— Papa, je vais être honnête. Sans toute cette rage cumulée, je n'aurais jamais pu écrire la moitié de mes chansons. J'ai appris à accepter notre situation, ta façon de toujours mettre en avant Tate et me faire culpabiliser à cause du départ de maman. J'ai accepté ces choses en dépit du mal que ça me causait. Mon inspiration, je l'ai puisée toute ma vie dans les crasses psychologiques qu'on m'a faites. Toi le premier et…

Durant ma tirade, je ne reprends pas mon souffle une seule seconde, un dédale d'émotions paradoxales flotte dans mon ventre. Ce qui m'arrête en revanche, c'est le fait que mon père s'approche de moi.

Éberlué, je le fixe et cligne des yeux, m'efforçant de lire ce que cache son regard. Sa main se dépose sur mon crâne et il aplatit mes cheveux.

— Je suis fier de toi.

Quoi ?

Ma déstabilisation est évidente, même l'indifférence ne rivalise pas.

— Tu aurais pu nous abandonner, Tate et moi, mais tu ne l'as jamais fait, peu importe la nature de notre relation après ça, tu resteras mon fils. J'ai réalisé plein de choses et je ne veux plus manquer ton ascension vers le sommet.

Je ne dis plus rien. Le choc émotionnel me poignarde la poitrine. Cette soudaine proximité avec lui me prend au dépourvu, j'ai toujours su gérer la distance, mais ce contact imprévu me démunit de mes remparts.

— Est-ce que tu es heureux avec Leslie ? demandé-je.

— Oui, vraiment heureux. Je considère cette relation comme une seconde chance et j'aimerais que la nôtre soit pareille. Tu penses que tu peux abaisser un peu le pont-levis pour moi ?

Je hausse les épaules.

— On verra avec le temps.

Il me sourit en appuyant cette fois sa main sur mon bras.

— C'est déjà une victoire.

Je roule les yeux et fais mine d'être désintéressé face à son enthousiasme. L'air désagréable de cette maison se transforme en une source d'oxygène respirable et supportable.

— D'ailleurs, pour Iris… je suis content de constater qu'entre vous deux tout se passe bien depuis l'incident.

Il a compris qui elle était. Je ne réponds pas et il me souhaite une bonne nuit avant de partir.

Si tu savais combien j'ai galéré pour qu'elle me revienne…

Je gravis les marches des escaliers puis me dirige directement vers ma chambre. À peine j'ouvre la porte que je trouve Iris faisant les cent pas en se rongeant le pouce et tout ça vêtue uniquement d'un vieux pull à moi au logo de Pink Floyd. Elle accourt vers moi. J'attrape ses poignets pour la plaquer contre moi et j'écrase ma bouche sur la sienne.

Cette pulsion me démangeait et je l'ai assouvie.

— Excuse-moi, je voulais rester cette nuit ici pour…

— Je sais, me coupe-t-elle en me faisant taire avec deux doigts sur les lèvres.

Elle sait.

Iris

Mon front est contre le sien, et je lui répète que je sais pourquoi il a fait tout ça.

S'assurer que Leslie ne vivait pas ce que sa mère a vécu. S'assurer que son père avait vraiment changé.

Sa sérénité me fait chavirer, ses bras enlacent ma taille alors que ses lèvres effleurent les miennes pour me titiller. Subitement il attrape mon menton, m'obligeant à me noyer dans ses abysses oculaires.

— Embrasse-moi, ordonne-t-il.

Et c'est ce que je fais.

Je fonds sur sa bouche et laisse sa langue jouer avec la mienne. La température monte et une étincelle crépite en moi. Ses mains empoignent brusquement mes fesses, et il m'appuie davantage contre son corps brûlant. Je gémis dès que sa bosse rencontre mon ventre et accroît mon désir pour lui.

Ses doigts se fraient un passage sous mon haut et il les faufile sous la dentelle de ma culotte, qu'il baisse ; je la fais glisser entre mes jambes jusqu'à ce qu'elle atteigne le sol.

Merde. Merde. Merde.

Je sens déjà mon intimité s'humidifier, je retiens un cri de surprise quand Jayde se met à terre pour être face à face avec mon sexe.

— Un entretien avec ma chatte s'impose, déclare-t-il, la voix éraillée.

Mes jambes tressaillent sous les assauts de sa bouche. Le lit derrière moi, je me laisse tomber et écarte les cuisses, lui permettant de savourer ce que je lui offre sur un plateau d'argent. Je mords la peau de mon bras alors que la langue de Jayde s'insère en moi.

— Ah…

Mon bassin se soulève alors que ses coups de langue se poursuivent.

— Jayde…

Un faible rire vibre entre mes cuisses avant que ses dents ne mordillent ma chair. Mes doigts s'enfoncent dans ses cheveux, je les agrippe avec la force de l'excitation qu'il fait rythmer en moi comme un instrument. Puis il trace une ligne de baisers mouillés sur mon ventre alors qu'il est encore à genoux sur le sol.

— Je te veux là, l'imploré-je en tirant sur le tissu qui recouvre son épaule.

Je veux qu'il m'embrasse jusqu'à ce que je ne puisse plus respirer, jusqu'à ce que ça soit lui qui devienne mon oxygène.

L'air chargé en tension et en non-dits nous fait vriller. Nous sommes ivres l'un de l'autre, comme un besoin primitif.

— Iris, souffle-t-il quand il revient contre mes lèvres tandis qu'une de ses mains caresse mon intimité.

— Oh oui…

Sa bouche s'écrase sur la mienne. Et je distingue mon goût. Je m'arc-boute contre sa paume alors qu'il fait subir les pires sévices à mon bouton de chair.

— Tu es à ma merci pour ce soir et pour toujours, susurre-t-il en léchant mon cou.

Tout ce qu'il dit, je l'enregistre dans mon esprit embrumé de luxure. Mon corps lui appartient et je perds le contrôle. Des frissons dévalent mon épine dorsale lorsque Jayde, encore sur moi, retire son pull et défait habilement la boucle de sa ceinture. Une vague de souvenirs me revient de quand il m'a attaché les poignets la dernière fois.

Ma respiration saccadée fait monter et descendre ma poitrine, Jayde est captivé par ce mouvement, un sourire sournois et empli de promesses étire ses lèvres et je retiens mon souffle.

— Dis-moi, Iris…

Oh non…

— Si tu perdais le contrôle, est-ce que tu me le laisserais totalement ?

Je le savais.

— Je le perds déjà avec toi, réussis-je à dire alors que ses mains remontent avec une lenteur insoutenable mon T-shirt.

— Tu le perds comment ? lâche-t-il en flattant mon sein droit d'un baiser brûlant.

Il passe au second sein et le lèche en aspirant ma pointe sombre.

— Tu le perds beaucoup, ou…

Sa langue joue avec mon téton, qu'il taquine à sa guise.

— … juste un peu.

Je m'arc-boute contre son corps, lui offrant ma chair sans hésitation.

J'étouffe mes gémissements en plaçant mes paumes sur ma bouche. Mes paupières se ferment et je savoure ce qu'il m'inflige.

Brusquement, ses mains saisissent les miennes et les plaquent au-dessus de ma tête, son expression m'indique qu'il veut une réponse.

— Beaucoup, murmuré-je, essoufflée.

Fier, il affiche un sourire de vainqueur. Avant qu'il ne tente quoi que ce soit d'autre, je le pousse à la renverse et le chevauche immédiatement. Mon haut retombe sur mes hanches, recouvrant à nouveau mon buste. Ses yeux s'arrondissent, il ne s'attendait guère à ce que je prenne le dessus.

— Et toi ? Tu me laisserais le contrôle ? demandé-je en attrapant son visage en coupe.

Je veux une réponse, j'en ai besoin. Ça m'est complètement égal de paraître faible ou encore pathétique face à cette nécessité de me rassurer quant à ce que je représente pour lui.

— Ne vois-tu pas que tu l'as déjà ? déclare-t-il avec un sourire carnassier. C'est moi qui t'ai appris à me chevaucher, ma petite.

— Je ne parle pas de ça, articulé-je en accentuant la pression de mes doigts sur ses joues.

Mon brin de folie et mon obstination font qu'il est désemparé. Sans rien dire, il agrippe un de mes poignets et embrasse l'intérieur avant de le repousser. Sa main chaude se faufile sous mon haut et remonte de la même façon que la dernière fois, quand je l'ai repêché de l'angoisse que sa mère lui avait causée. Sa main est contre mon cœur, sa paume épouse les battements effrénés de ce foutu organe qui s'est épris de cet homme.

Une lueur étrange plane au fond de ses iris, une lueur qui rime avec convoitise et mélancolie. Il effleure cette partie de moi comme s'il avait peur de la cueillir comme une fleur. Peur de la toucher, peur de la froisser. Il a peur de me briser. Jayde craint de faner mes pétales alors que l'amour que je lui porte coule dans mes racines.

— Il t'appartient.

Son regard dévie vers moi, mes doigts caressent son visage comme s'il était une œuvre d'art. Il est tellement beau, cruellement beau, et il pourrait me réduire en cendres après tant de passion.

— Mon cœur t'appartient.

Il écarquille les yeux. Une nuée de papillons revit de nouveau dans mon ventre, toute la luxure qu'il a semée en moi s'est muée en des émotions indomptables.

Le trouble dans son regard ne faiblit pas, il poignarde ma poitrine. Sa douleur s'harmonise à la mienne. Nos démons… ils sont faits l'un pour l'autre.

Je ne peux plus tenir. Ces mots m'étouffent, m'asphyxient… et c'est mon cœur qui implose.

— Je t'aime, Jayde.

Ébahi, il m'observe comme si j'étais une hallucination devant lui, un songe qui venait de lui avouer être amoureux de lui. Mais j'anticipe toujours mes coups, mon index et mon majeur se fraient un chemin jusqu'à ses lèvres tandis que je le scrute.

— Ne dis rien, que tu ne sois pas prêt à l'entendre ou à le dire, ça m'est égal. Je voulais juste que tu saches que je t'appartiens entièrement, peu importe ce que tu me donnes.

C'est ça l'amour ? Être désintéressé de ce qu'on peut recevoir en retour ? Mon cœur explose dans ma poitrine alors qu'il retire sa main de la zone qui ne bat que pour lui. Il emprisonne ma nuque et arrime mon front au sien. Nos souffles se mêlent dans un ouragan, je renais inexorablement comme une flamme sous la cendre. Ses doigts exercent une pression insolite. Ses lèvres s'entrouvrent et susurrent :

— Ma vipère, tu as toujours été à moi.

Et ça me suffit. Amplement.

34. New York, les rêves prennent vie et les cœurs deviennent meurtris

Jayde

Victoria Monét – Moment

Le travail est presque bouclé.

Bipolar.

Smoke and Mirrors.

Broken Dream.

Not That Good.

Love Is a Curse.

Monster.

Dark Rose.

Lost Souls Deserve Peace.

The Viper of Roses.

Ces dix derniers jours m'ont harassé. J'essuie les gouttes de sueur qui perlent sur mon front alors que je suis avachi sur le sol de la salle de musique d'Indy Records. Dustin est en train d'enregistrer sa batterie avec la basse de Bryce pour le duo rythmique qu'ils ont pour le final de la chanson *Monster,* écrite par Iris et Cody.

Je répète depuis une heure seul, j'ai échauffé ma voix en entonnant le refrain de ma chanson préférée de U2, *I Still Haven't Found What I'm Looking For.* Ces paroles sont intelligentes, ce son est mythique, ce titre pousse à une myriade de questionnements. C'est un hymne qui célèbre un manque, encourage à poursuivre son chemin quitte à ramper au sol et escalader des montagnes.

Je me retrouve dans ce même cas. Je n'ai toujours pas trouvé ce que je cherche, et c'est en moi que ça se passe.

Iris est à New York, et si elle gagne elle pourrait ne jamais revenir. *Me revenir.* Son absence n'est qu'un cruel amuse-gueule avant que l'inévitable se produise.

Le poison de cette possibilité se distille dans mes veines et noircit mon cœur petit à petit. Je serre les dents puis les poings. Cette histoire me touche plus que je ne l'admets. Je m'accroupis contre le mur puis étale mes jambes au sol.

Putain.

Je me casse la gueule.

Encore et encore.

— Jayde ?

Cody entre dans la pièce et la position dans laquelle il me trouve le laisse perplexe. Il m'imite en s'asseyant à mes côtés.

— Qu'est-ce que tu as ? demande-t-il en tournant la tête vers moi.

Je pousse un long soupir.

— Je pensais à un tas de trucs.

Iris.

— Ton tas de trucs, ce ne serait pas plutôt une femme magnifique aux cheveux mauves ?

Il ricane face au regard noir que je lui lance.

— T'es content de toi ? grogné-je en lui frappant la jambe.

— Tu t'inquiètes pour son concours ? Je suis sûr qu'elle va assurer, c'est la meilleure, son morceau va les éblouir !

Love in Black.

C'est moi qui suis ébloui par tout ce qu'elle ressent pour moi. Ce qu'elle s'autorise à dévoiler après avoir été captive dans son mutisme sentimental.

— Elle va réussir.

Puis partir en Europe et ne jamais revenir.

Je me suis forcé toute mon existence à endurcir mon cœur, l'entretenir loin de tout ce qui pourrait lui nuire, mais Iris a trouvé la manœuvre pour me le faire ouvrir. Et savoir qu'un jour elle s'en ira… laisse résonner en moi un chant de désespoir.

— Je suis content que tu aies quelqu'un comme elle dans ta vie, confesse-t-il en m'offrant un sourire sincère. Elle t'apaise et j'aime te voir comme ça.

— Ne sois pas jaloux, le nargué-je.

— Jaloux ? J'en pouvais plus de te ramasser, c'est bien la seule personne à qui je pourrais te confier !

Je fronce les sourcils.

— Je ne suis pas un gosse pour que tu parles de moi comme ça.

— T'es pire qu'un môme, fait-il en riant et en me donnant un coup du coude. Iris, c'est elle qu'il te fallait.

Je t'aime, Jayde.

Elle m'aime. Putain. Elle m'aime moi, le rocker à la dérive, le chanteur instable et celui qui s'est tapé le « vagin de Boston » !

— Tu sais… il n'y a jamais vraiment eu une quelconque officialisation entre nous, lui raconté-je, embarrassé.

Je ne suis pas capable de souffler des mots romantiques, du moins de vive voix et sans rythme. Je conserve l'espoir que malgré mes silences elle lit en moi l'étendue de mes sentiments. J'ignore comment montrer ce que je ressens, bien trop habitué à la chaleur de mon manteau d'indifférence.

Mais elle… j'y suis accro, je vénère son corps, sa voix et tout ce qu'elle peut me dire, c'est encore mieux si c'est quelque chose de vache qui me fait rire.

On se tacle et on baise mais, putain, qu'est-ce que c'est bon.

Iris tempère mes mauvaises humeurs, je peux me déchaîner devant elle, elle trouvera toujours le moyen de calmer la tempête. Il y a des moments dans la vie où j'ai pu souffrir à un point tel que j'étais prêt à me faire du mal à moi-même. Je ne voyais en moi que l'incapable dont les autres se moquaient. Pas assez bien, pas assez intelligent, pas assez de ce je ne sais quoi pour parvenir à mes fins.

Puis j'ai compris. J'ai compris que si je me soumettais à ces idées en me convainquant que je méritais ce châtiment je ne réussirais jamais.

J'ai rejeté ces perceptions et je me suis armé de suffisamment de force et de persévérance pour m'élever vers les sommets.

Viser la lune et, en cas de ratage, je tomberai sur une étoile.

Cette même force, Iris l'attise sans mal.

Noyé dans mon malheur, je la considérais comme un rêve que je ne pourrais jamais atteindre. Un rêve brisé, en mille morceaux. Un rêve parti en fumée.

Iris était mon rêve brisé, avant de devenir ma réalité.

— Pas besoin d'officialiser étant donné comment tu la dévores des yeux et aussi en voyant ton regard de tueur dès qu'un gars de l'équipe audio la mate.

La veille de son départ, elle est passée au studio pour dire au revoir aux garçons (j'ai passé la nuit avec elle, ce soir-là) et un des mecs au mixage ne s'est pas gêné pour la reluquer ouvertement. Je l'ai fusillé du regard avant de fondre sur la bouche de ma vipère, elle était sonnée par ce baiser fougueux et ne s'est même pas rendu compte de la situation.

— Cody ?

Mon meilleur ami ignore tant de choses sur mes démons intérieurs. Sa gentillesse et sa bienveillance finiront sans doute par causer sa perte. Il est trop bon pour ce monde, surtout trop bon pour moi.

— Hmm ? lâche-t-il, les yeux dans le vague.

Je l'observe alors que lui fixe un point devant lui. Une boule obstrue ma gorge, les mots veulent mourir pour ne jamais sortir, mais j'en ai marre de lutter. De manipuler les gens. De faire semblant.

Alors je crache :

— Je suis sourd d'une oreille.

Il ne réagit pas.

— Et je suis dyslexique.

Un sourire malin s'ébauche sur ses lèvres, il ferme les yeux puis baisse la tête, les mèches cobalt de ses cheveux retombent sur son front.

— Oui, je le savais.

Quoi ?

Un rebondissement fulgurant. J'ai manœuvré pour qu'on ne découvre jamais mes secrets. J'ai toujours pris mes distances dans les circonstances qui auraient pu me mettre mal à l'aise. J'ai tout calculé et cette mascarade m'épuise profondément. Je me suis habitué à cohabiter avec un défaut dans ma lecture et me limiter à une oreille.

Mais au final il est déjà au courant.

— Depuis quand ?

— La dyslexie, je l'ai réalisée à la fac, et pour ta surdité j'ai vu une fois que tu avais des appareils auditifs dans un tiroir de ta table de nuit dans notre chambre universitaire.

Presque six ans qu'il sait tout de moi et je ne m'en suis jamais rendu compte. Je suis abasourdi, le sang bat dans mes tempes et mon cœur palpite.

— Tu fouillais dans mes affaires ?

— Non, je cherchais une capote, Mr Python.

— Pourquoi tu ne me l'as jamais dit ?

— Pour la capote ? me taquine-t-il avec un air joueur.

Je roule les yeux et croise les bras en regardant devant moi.

— Je ne te l'ai jamais dit pour pas que tu te sentes embarrassé avec moi, j'attendais que tu le fasses de ton plein gré.

— T'as dû être déçu de voir que j'ai mis autant de temps à te l'avouer, déduis-je en l'observant avec perplexité.

— Non, je l'ai accepté, c'est tout. Et puis ça ne change rien pour moi, que tu sois aveugle ou bien paraplégique, tu resteras toujours Jayde Black, le plus gros rageux du monde.

Je ne renie pas cette appellation, elle est tellement vraie. La rage pullule dans mon sang.

— Merci, Cody.

— Pour ?

— Pour tout.

— Arrête, tu vas me faire pleurer, dit-il alors qu'il mime le fait d'essuyer des larmes imaginaires sur ses joues. Bryce et Dustin ont eu des doutes, je n'ai jamais rien dit, mais ça ne les surprendrait pas si tu leur avouais la vérité.

Il serait peut-être temps de tirer la carte de l'honnêteté, après tout.

— Toi, t'es heureux ? demandé-je en le scrutant attentivement. Cela fait bien longtemps que tu ne m'as pas confié un quelconque problème.

— Depuis quand on parle comme ça toi et moi ? T'as changé, putain !

Je ricane et appuie mes doigts contre mes paupières. Je commence à être fatigué.

— Ça n'a pas été facile sans toi, y avait beaucoup de tension entre nous trois. Bryce n'arrêtait pas de répéter que tu nous faisais perdre beaucoup de temps et Dustin se faisait un sang d'encre pour son père malade. Je ne me suis jamais autant disputé avec Bryce que durant cette période. Je ne supportais pas qu'il fasse comme si tout allait bien quand tu n'étais plus là, surtout qu'il le rabâchait sans cesse, mais tu le connais, il parle beaucoup de ce qui le touche le plus.

— Tu t'es rapproché d'Iris, aussi.

— Oui, c'est vers elle que je me tournais quand j'étais dépassé.

— C'est rare les fois où tu éprouves ce sentiment où tout t'échappe, lui fais-je remarquer.

— À vrai dire, trop de choses m'échappent, Jayde. J'ai tout le temps peur de ne pas être à la hauteur, avec le froid qu'il y a eu dans Madness, je me sentais pour la première fois depuis longtemps… seul et impuissant.

— Je suis désolé de t'avoir causé tout ça. Tu as le droit d'exprimer tes frustrations et ta rage, ne laisse personne te l'interdire.

— C'est vrai que tu es un très bon exemple pour ça, se moque-t-il.

— C'est inépuisable chez moi. J'ai besoin de tragédie pour mon art.

— Quelle *drama queen* ! s'exclame-t-il.

J'appuie ma main sur son épaule afin de lui communiquer mon soutien.

— Relâche la pression. Je suis là maintenant.

— Ouais, ce n'est pas trop tôt.

— Parfois j'ai l'impression que je me repose sur toi plus que l'inverse, comme si c'était une garantie, et que, peu importe ce que je fais, tu seras toujours là. Quand c'est toi qui as exigé mon départ, je me suis senti… trahi, mais tes raisons, je les comprenais mieux que personne.

— Je t'avais dit que, même si t'avais la sensation que je n'étais pas de ton côté, ce serait toujours dans ton intérêt.

Dans le fond, celui qui ne m'a jamais lâché, c'est bien Cody. Il affiche un air nostalgique.

— Et tu as toujours été là pour moi, je n'ai jamais oublié tout ce que tu m'as apporté.

— J'ai du mal à voir ce que j'ai pu t'apporter, confessé-je.

— Avant de te rencontrer, je n'étais pas aussi positif et confiant. Chacun a sa part d'ombre, je ne t'apprends rien, mais en te côtoyant j'ai remarqué qu'une force implacable irradiait de toi, tu me donnais envie d'être comme toi. Avoir ce sentiment que, malgré les obstacles, je pourrais les franchir si je m'en donnais les moyens. T'es comme ça toi, peu importe ce que les autres disent, tu fais tout pour leur prouver le contraire en faisant deux fois plus ce que tu aimes.

Sa part d'ombre, elle est bien présente, mais ensevelie sous tout cet optimisme qu'il déploie. Cody est un fervent du dicton « le positif attire le positif ». Mais parfois se forcer à sourire ne fait qu'accentuer le creusement du précipice sous nos pieds. Je crains qu'un jour Cody ne finisse par craquer, mais même si son âme se brise, si son cœur se fracasse, je serai toujours là pour ramasser les morceaux.

— Allez, mon vieux, marmonne-t-il alors qu'il se lève en me tendant la main pour m'aider à me redresser. On a du boulot.

Un élan de reconnaissance m'envahit. Je prends Cody dans mes bras. Ses muscles deviennent rigides à cause de son étonnement.

— Tu es la personne la plus importante pour moi, lui avoué-je en le relâchant pour qu'il imprime bien ces paroles dans sa tête.

Un sourire danse sur ses lèvres, et il me tend son poing pour que je le cogne avec le mien.

— Toi aussi, ma poule.

Iris

New York est magnifique.

De la verdure de Central Park jusqu'aux lumières de Times Square, je suis éblouie, des étoiles plein les yeux et l'adrénaline coulant à flots dans mes veines.

J'ai l'impression d'avoir bénéficié d'une bonne fée et que la magie a fini par opérer sur moi. Je pensais qu'en foulant la *5th Avenue* je serais assaillie par la tristesse en songeant à mon défunt frère. Mais je le sentais en moi, je sentais son esprit flotter avec le mien, comme si je lui permettais de voir à travers mes yeux le lieu où il était destiné à vivre.

Ma journée n'a été que de la marche. J'ai exploré la ville malgré le temps qui m'était compté. J'ignorais quand j'aurais la chance de revenir ici et je voulais profiter du paysage. Je suis passé devant Juilliard, l'école qui m'avait acceptée il y a plus de trois ans maintenant, celle où je n'ai pas osé partir sans Chris.

Est-ce que je le regrette ? Absolument pas.

Mais nous y voilà, la raison de ma venue : le concours qui me révélera à tout le pays.

Et ce soir, en dépit de la beauté de la ville, je suis rongée par l'angoisse.

Je suis terrifiée à l'idée de me présenter demain après-midi. Je crois même que le mot est faible. Je suis seule dans ma chambre d'hôtel et j'ai cette sensation que peu à peu l'oxygène déserte la pièce. Je me sens à l'étroit entre ces quatre murs.

Recroquevillée sur le sol, contre le lit, je me concentre sur ma respiration erratique. J'essaie de la réguler, mais je n'y arrive pas. Je n'y arrive plus.

Le stress est à son paroxysme. Mon cœur bat vite. Mes tempes bourdonnent et je tremble. L'étau de ma gorge se resserre, et j'ai l'impression d'être totalement déshydratée.

Respire. Respire. Respire.

Demain c'est ton moment, ma vieille. Pas le temps de flancher !

Cette crainte de n'arriver à rien dans la vie… elle m'assassine le corps et l'esprit. Une peur pernicieuse se répand dangereusement dans mon sang et me paralyse davantage.

Je repense à Memphis. Je repense aux critiques. Je repense à tous mes doutes.

Les critiques.

Chaque putain de mot me tombe dessus comme une balle de fusil. Chaque mot me cisaille. Et si demain c'était pire ? Si demain on se moquait encore plus de moi ?

Je suis assaillie par mon manque de confiance en moi. Je ne vois que mes phobies, que l'obscurité dans laquelle mes démons me tirent pour l'atteindre.

Démence. Démence. Démence.

Mon esprit de contradiction me démange. Je m'emmêle les pinceaux dans mes propres pensées. Tantôt intrépide, tantôt craintive. Je me perds moi-même. Je me suis juré de ne plus songer aux critiques qu'on a pu faire sur mon art, mais la veille de ma prestation je retombe dans le précipice. Je me tire une balle dans le pied. Je m'autosabote et je trouve ça horrible de me comporter ainsi si près du but.

Ton art est pourri. Ton art est nul. Ton art ne vaut rien, exactement comme tu ne vaux rien.

Mes yeux s'embuent de larmes.

— Je ne suis personne, chuchoté-je, accablée.

Mon téléphone sonne, et de surprise je sursaute.

C'est lui.

— Ici Rocky à la vipère, je suis tout à toi pour la soirée, l'entends-je dire au bout du fil.

Je devine qu'il sourit. Je ne réponds pas tout de suite, mais écouter sa voix atténue mon abattement.

— Iris ? reprend-il, apparemment soucieux que je reste silencieuse.

J'essuie mes larmes.

— Oui, dis-je doucement.

Je le mets en haut-parleur sur le lit, tandis que j'ai toujours les fesses sur le sol, les bras autour de mes genoux.

— Est-ce que ça va ?

— Oui, et toi ?

Ma voix tremble et trahit mes émotions. Je crois qu'il s'en est rendu compte.

— Tu pleures.

Touché.

— Je... je suis terrifiée.

— C'est normal, mais ne te laisse pas engloutir par ce stress. Ton morceau est génial, et quel que soit le résultat demain tu vas éblouir tout le monde.

— Je n'arrête pas de songer aux critiques que j'ai eues sur ma dernière prestation publique, lui avoué-je tristement.

— Tu ne m'en as jamais parlé ! s'exclame-t-il, la voix grave.

Je ressens comme une pointe de frustration.

— Ce n'est pas important. Au départ ça me touchait, puis par la suite j'ai compris que m'en soucier ne serait qu'un frein pour moi, mais… je ne sais pas pourquoi ce soir j'y pense aussi fort.

— C'est humain. Ça m'arrive de repenser aux choses horribles qu'on dit sur moi avant de monter sur scène, je me sens coupable comme si je n'étais pas légitime d'avoir ma place.

C'est exactement ce que je ressens.

— Mais ils auront beau dire ce qu'ils veulent, ils ne détermineront jamais qui tu es. Ce sont des imbéciles qui piaillent derrière leur écran comme protection.

— Tu as raison, chuchoté-je.

— Bien sûr que j'ai raison, me taquine-t-il en riant. Plein d'articles ont dit du mal sur moi, je n'ai pas été épargné par la Toile. Ils se comportent comme si je leur appartenais et, hélas… je ne pourrai jamais enrayer ça.

Mon cœur se resserre à sa confession. Il leur appartient… ça me déchire la poitrine.

Il leur appartient plus qu'à moi.

— Toi, ils la boucleront une fois pour toutes demain, et ceux qui n'aiment pas on va considérer qu'ils sont soit sourds, soit dépourvus de QI, d'accord ?

Je souris face à ses mots réconfortants. Je me sens un peu plus calme qu'il y a quelques minutes.

— Est-ce que tu regrettes cette vie ? demandé-je doucement.

— Je ne sais pas, la rançon du succès nous rattrape toujours, même si j'aurais voulu qu'elle ne soit pas causée par mes déboires passés. Parfois je me dis qu'on ne m'a connu que pour ça.

Je discerne la pointe de chagrin dans sa voix.

— Peut-être que tout arrive pour une raison, et qu'avec votre deuxième album les choses évolueront.

— Peu importe, la vipère, ce qui est fait est fait. Je ne pourrai pas changer la façon de penser des gens. J'ai accepté mon sort.

— Ce sera différent, j'en suis certaine, lui dis-je avec assurance.

— Hmm, cet élan de confiance te vient parce que cet album a ton nom ?

— Quoi ? Mais non ! Et puis, pour ta gouverne, à mes yeux l'album s'appelle toujours *J. Black.*

— Hmm, intéressant.

— Je n'arrive pas à m'y habituer. Tu ne le regretteras pas ?

— Pourquoi je regretterais une telle chose ?

— Parce que ce n'est que moi…

Nous ne savons pas de quoi est fait demain, si tout va continuer ou tout s'arrêter. Rien qu'à cette pensée, mon cœur s'étiole. Songer au fait qu'il ne soit plus dans ma vie me fait mal.

— Justement, c'est parce que c'est *toi.*

Cette douce affirmation a raison de moi. Elle m'enivre, je suis accro à lui. Beaucoup trop attachée, beaucoup trop éprise.

— Tu vas mieux ? me relance-t-il aussitôt.

— Oui, beaucoup mieux, grâce à toi.

— En effet, je suis toujours l'homme de la situation.

Oui, c'est vrai, et c'est *mon homme.*

Respire.

Respire.

C'est ton moment.

Je fais craquer mes doigts et prends une profonde inspiration avant d'effleurer le somptueux piano à queue noir devant moi. Doucement, les premières notes s'élèvent à travers l'instrument. Dès que le son caresse mes oreilles, je ferme les yeux, me plongeant dans le souvenir de mon processus d'écriture.

Le cœur qui bat vite.

Le cœur qui se brise.

Le cœur qui aime et qui se perd.

Aimer dans la lumière et dans les ténèbres.

Aimer dans la clarté et dans l'obscurité.

Mon leitmotiv à l'amour résonne dans ce gigantesque amphithéâtre. Tous les regards sont sur mon corps vêtu de cette longue robe rouge qui moule mes courbes féminines. Je peinais à y croire quand M. Ellis, mon accompagnateur, m'a proposé de la porter. Je n'aurais jamais pu m'offrir une tenue aussi magnifique que celle-ci. Mes cheveux sont relevés, dégageant ainsi mon cou et mon visage peinturluré d'un maquillage simple.

Mon cœur palpite alors que ma partition défile. Mes paupières closes me projettent son image. Je le vois *lui*. Même quand il n'est pas présent, il est en moi.

Jayde. Mon rêve brisé qui devient réalité. Mon fantasme dans ma réalité. *Ma réalité.*

Mes sentiments pour lui déversent de l'adrénaline dans mon sang. Je joue mon morceau de façon juste sans aucune fausse note. Je me tiens droite, mettant en évidence mes épaules, dans une posture qui montre que j'ai confiance en mon art, et qu'il me représente.

Art mélancolique, art de douceur, art d'amour passionné.

Je sens que la tristesse modifie mes traits, que l'émotion qui découle de mon instrument atteint le public et le jury. L'esprit de l'artiste est un paradoxe parfait. À partir de ma peine, j'ai essayé de créer la beauté de ce morceau.

Love in Black.

La beauté de mon amour entachée par la couleur des mensonges de Jayde Black, autrefois.

Et maintenant…

La beauté de mon amour mêlée aux nuances claires et sombres de Jayde Black.

En lui, j'ai trouvé tout ce dont j'avais besoin. Sa voix est devenue un bruit de fond dans mon esprit, me poussant à aller de l'avant. Parfois ses sarcasmes résonnent ainsi que ses blagues salaces et ils finissent toujours par me soutirer un sourire.

Je me suis trouvée, ce soir, j'ai l'impression que mon corps m'appartient, que je vaux quelque chose. Le résultat m'importe peu, la distance parcourue gonfle ma poitrine de fierté. Je me sens libre.

Je suis libre. J'inspire. J'expire. Puis je plonge avec lui.

J'ouvre les yeux tandis que mes mains flottent encore sur le clavier. Je tape faiblement le sol de mon talon, faisant bouger ma jambe en rythme. Mes lèvres rouges s'ourlent en un petit sourire et j'oublie tout.

J'oublie mon passé, les critiques, toute la peine endurée. J'achève mon morceau et des sensations indescriptibles courent sur ma peau.

Plus rien ne compte.

Juste cet instant.

Et lui.

35. La peur derrière l'égoïsme

Iris

Nirvana – Heart-Shaped Box

— BIENVENUE CHEZ TOI !

Je cours directement vers les bras de Lenny, il me serre contre lui et me souffle au creux de l'oreille combien il est fier de moi.

— Je savais que tu y arriverais, dit-il, heureux, en me prenant par les épaules avec un large sourire.

Sa main frotte ma chevelure et mon cœur se gonfle de joie. Au Dream Club, les serveurs m'accueillent et me félicitent un par un pour ma sélection. Une énorme affiche recouvre le mur avec une caricature représentative de ce que je suis : des tatouages de serpents, de roses et des cheveux améthyste.

Darren et Amber sortent de la cuisine avec un gros gâteau au chocolat où est inscrit avec de la crème : Félicitations, Iris.

— Merci, leur murmuré-je, émue.

Je souffle sur la bougie, et les applaudissements fusent. Une reconnaissance inouïe me galvanise. Lenny m'a permis de faire un break avec le Dream Club pour que, ce mois-ci, je me consacre totalement à ma musique.

— Bon retour parmi nous, dit Amber avant de m'enlacer et de m'embrasser la joue. Tu es exceptionnelle !

— Tu le mérites, continue Darren en me serrant dans ses bras à son tour.

Lenny, Amber, Darren et moi prenons une table pour discuter, l'ouverture du bar est retardée cet après-midi. Je leur raconte le peu de choses que j'ai pu voir durant ce court voyage, cette douce euphorie qui m'a assaillie, en dépit des mauvais souvenirs pesants.

— On avait invité les garçons à venir, me dit Amber, mais ils avaient des trucs à faire.

— L'album est presque fini, ils doivent être plus occupés que d'habitude ! s'exclame Darren, les bras croisés.

— Un album au nom de ma fleur, intervient Lenny en m'adressant un clin d'œil.

— Tu risques de ne pas beaucoup voir Jayde, souligne mon amie, surtout maintenant que tu vas aller tout droit en Autriche.

La distance d'un océan. Cette relation, j'ignore où elle nous mènera. J'ignore ce qu'il adviendra de nous une fois que nous serons séparés. Loin des yeux, loin du cœur, non ? Depuis qu'il a repris ses activités avec le groupe, il a consacré tout son temps aux dernières préparations de l'album. Les quelques fois où on se parlait par messages, je voyais combien il était fatigué.

— Je lui ai envoyé un SMS pour lui indiquer que j'étais rentrée, et après les délibérations il m'a appelée pour le résultat.

— Votre relation évolue beaucoup, comment vous gérerez la distance d'après toi ?

— Je n'en sais rien…

— Tu sais ce qu'il te reste à faire, déclare Lenny en me regardant, confiant.

Ma venue ici est impromptue, je devais rentrer chez moi et Jayde m'avait dit qu'il me retrouverait plus tard, mais je ne pouvais pas attendre. J'ai envie de le voir.

Les portes de l'ascenseur s'ouvrent sur le couloir de leur étage. J'entends des rires dans le fond et foule le marbre avec mes Dr. Martens jusqu'à la salle d'enregistrement. Braden et le groupe Madness trinquent avec l'équipe du montage et d'autres gars que je n'ai jamais rencontrés sont là.

— Iris ! s'écrie Bryce en me voyant avant de me sauter au cou.

Tout le monde a les yeux sur moi, mais je ne trouve pas le regard de Jayde. Cody me présente en tant que la compositrice attitrée de

Madness à ceux qui me sont inconnus. Chaotic Harmony, un groupe de rock avec lequel Jayde a eu quelques frictions.

Au moment où je compte serrer la main de Warren, une brûlure se loge dans la chute de mes reins avant qu'on agrippe mon haut et me tire vers l'arrière.

— On a peut-être fait la paix toi et moi, mais n'abuse pas, le met en garde Jayde en un souffle qui me réchauffe la peau.

La chair de poule court sur mes bras et mon cœur est piétiné par les sabots de mes sentiments amoureux.

— Ouah, Jayde, j'ignorais que tu étais du genre…

Il ne finit pas sa phrase tandis que Jayde plaque mon dos contre lui avant de m'embrasser l'oreille. Warren le fixe, éberlué devant une telle scène, c'est toujours bizarre de voir Jayde Black donner de l'attention à quelqu'un d'autre, je le lui accorde.

— Du genre quoi ? répète-t-il d'une voix dure avec un regard inquisiteur.

— Non… rien, se dégonfle Warren en fuyant les mitraillettes qui servent d'yeux à celui qui m'enlace.

Je savoure sa présence arrimée à mon corps, tandis que tout le monde trinque à la fin de l'enregistrement des chansons de Madness.

— Suis-moi, me susurre-t-il avant d'attraper ma main et de m'extirper de la pièce.

Il me guide vers le fond de l'étage, dans la salle de musique, un des endroits où nous avons connu nos moments les plus chaotiques durant nos débuts.

— J'en avais marre d'être là-bas, confie-t-il en me lâchant avant de s'adosser au piano.

— Quand y a du monde, t'en as toujours marre, un comble pour un chanteur qui se met à nu devant des millions de personnes, le taquiné-je.

Jayde esquisse un sourire, avant de croiser les bras. Je ne peux m'empêcher de le trouver beau dans ses vêtements sombres.

— Tu sais très bien que je me sens seul même quand des gens sont autour de moi.

— Même quand je suis là ? Tu te sens seul ?

— Non, t'es le genre de fille qu'on voudrait quand on veut être seul.

J'éclos sous le soleil de ces mots. Les ailes des papillons dans mon ventre battent à toute allure tandis que mon cœur caracole derrière ma poitrine.

— Je ne pouvais pas attendre que tu me rejoignes, ce soir, lui avoué-je en avançant vers lui.

— Ton impatience me plaît, dit-il avec un air lubrique. Ça prouve que tu as très envie de moi et j'adore ça.

Je roule les yeux.

— Ton arrogance te perdra.

— J'ai beau être narcissique, même si j'adore mon corps, je préférerais être dans le tien.

— Oh mon Dieu, Jayde, faut te calmer, m'esclaffé-je en jetant la tête en arrière.

Il attrape mes poignets et me tire brusquement vers lui, me faisant ravaler mon éclat de rire. Ses yeux obscurcis par un désir brûlant épient mes traits comme s'il imprimait dans sa mémoire mon visage.

— Tu t'appelles vipère, c'est ça ? me taquine-t-il avec un rictus narquois.

— Et toi, ducon, le provoqué-je.

— Non, mais tu peux m'appeler « maître » quand je serai en toi.

Je suis prête à rétorquer, le contact de ses mains ruine mes ambitions, elles remontent vers les miennes et nos doigts s'entremêlent.

— Alors comme ça j'ai devant moi la future Beethoven ? demande-t-il en arborant un air impressionné.

— Je préfère Chopin, mais tu vas un peu trop loin dans tes comparaisons.

— Hmm, Chopin, c'est vrai, tu es sur sa lignée avec ton style.

J'incline la tête sur le côté tandis qu'un petit sourire étire mes lèvres.

— Je suis flattée.

Son regard exprime une curiosité évidente à mon sujet. Parfois il m'est impossible de décrire les ombres qui transpercent ses opales. Peut-être parce qu'il s'est tellement formaté pour ne rien dévoiler que l'indifférence a fini par avoir l'ascendant. Des fois j'arrive à y percevoir une lueur d'espoir. Elle est minime mais bien présente. Je repense à toutes ces choses qu'il a vécues et me rappelle qu'il est une force de la nature implacable. Je l'aime dans sa clarté mais aussi dans son obscurité.

— Dis-moi quelque chose que je ne sais pas, lui murmuré-je en levant le menton vers lui pour que nos lèvres se rapprochent.

— T'es incroyable, mais tu le sais déjà, non ?

— Je l'ignorais.

C'est si bon, si apaisant. Dans notre bulle, loin des autres, c'est presque romantique.

— Je dois te dire quelque chose, déclare-t-il en rompant notre lien.

Il me relâche en s'éloignant de moi et frotte ses mains l'une contre l'autre. Intriguée, je le fixe.

— Ce matin, j'avais une interview et on m'a posé plusieurs questions sur la fameuse compositrice avec qui j'ai pu écrire. Du coup, je leur ai annoncé que nous allons faire un duo. Toi et moi, on va chanter ensemble.

Quoi ?

— Vu que tu as remporté ton concours, je me suis dit que ça t'apporterait un plus.

Je reste silencieuse, choquée. Comme ça il prend une décision à ma place ? Et l'enjeu n'est pas n'importe lequel, il me force à chanter devant des tas de personnes, alors qu'il sait que j'ai horreur d'utiliser ma voix !

— Tu évolues dans le milieu de la scène, rien de mieux qu'un coup de boost quand tu seras à Vienne.

Il continue de parler de façon décontractée comme si son acte était minime.

— C'est une blague ? m'exclamé-je enfin.

Il fronce les sourcils, perplexe.

— Euh, non ?

— Tu as annoncé ça sans mon accord ? Tu prends une décision à ma place ? Alors que tu sais pertinemment que c'est un non catégorique.

Il arbore un air sérieux.

— Justement, tu devrais t'ouvrir à d'autres horizons au lieu de rester sur tes positions.

Je jugule tant bien que mal la colère qui commence à monter.

— Je crois que tu es très mal placé pour dire ça, tu as mis un temps fou pour t'habituer à la musique que je faisais.

— Tu en connais les raisons, maugrée-t-il.

Je le pointe du doigt.

— Parce que tes raisons valent plus que les miennes ? Je n'aime pas ma voix. Je ne me suis jamais identifiée à une personne qui exprime sa musique par sa voix !

Jayde joue encore les indifférents. Cela m'exaspère au plus haut point !

— C'est bon, Iris, t'enflamme pas, je croyais bien faire.

— Non, tu ne croyais pas bien faire, tu m'as mise devant le fait accompli. Tu forces les choses sans mon consentement. Dans le fond, tu restes persuadé que je vais céder pour que tu n'aies pas à revenir sur ta parole devant le public.

— Je voulais te rendre service, tu n'acceptes jamais l'aide des autres, t'es bornée dans tes principes et tes règles, tu ne prends jamais de risques, m'accuse-t-il en s'énervant à son tour.

— Pardon ? Tu t'entends parler ?

— Je te dis ce que je pense.

Ses muscles sont crispés par la tension entre nous.

Je serre les poings.

— Pourquoi tu détruis tout ?

— Quoi ?

— Pourquoi, dès que tout semble aller bien, tu détruis ce qu'on a. Ce n'est pas la première fois.

— C'est toi qui vas tout détruire, annonce-t-il froidement.

Éberluée, je cligne des yeux, ne comprenant aucunement où il veut en venir. Il avale la distance entre nous. Cette proximité n'est pas comme d'habitude, il n'y a pas cette chaleur enivrante ou cette attraction indéniable. Cette proximité est un vent polaire qui me glace le sang.

— Tu vas partir. C'est toi qui vas tout détruire.

Je ne m'attendais pas à ce qu'il me dise ça.

— Tu es égoïste, craché-je, furieuse. Tu me mets sur le dos une séparation qui n'est même pas encore arrivée. Je croyais que nous allions en parler comme deux adultes.

— Tu ne comprends rien, souffle-t-il en détournant le visage.

— Tu dis que je détruis tout, mais n'oublie pas que c'est toi qui m'as anéantie en premier.

Lui rappeler le chaos qui s'est abattu sur nous le pousse dans ses retranchements. Je vois son masque d'indifférence se fissurer à mesure que mes mots ravivent ses souvenirs.

— Va-t'en, Iris.

La dureté de ses paroles est un crochet du droit.

— Alors c'est ça, déduis-je, déçue de lui.

Il ne répond pas et me fixe avec ce sillon entre ses sourcils.

— C'est ce que tu fais quand tu manques d'arguments, ajouté-je. *Tu fuis.*

— Je ne suis pas en manque d'arguments.

— Tu es étudié jusqu'à la moelle, Jayde. Je ne peux pas être avec une personne qui laisse ses craintes diriger sa vie de la sorte.

Sa peur de l'abandon n'aura jamais été aussi perceptible que maintenant. Je ne peux pas être insensible à ce déchirement, mais ses actions me dégoûtent. Il a fait tout ce que je n'aimais pas, pour ses propres intérêts.

— Je te le répète, dégage de mon studio, crache-t-il en grinçant des dents.

— Tu me vires parce que je suis la seule à te dire la vérité en face. Contrairement au monde entier à qui tu te dévoiles en chanson en te mettant à nu, moi, je lis entre les lignes de chaque parole, je te vois tel que tu es, sans ta carapace et ton masque. Tu luttes à l'aide de ton dernier rempart et visiblement je ne peux pas rivaliser avec tant que tu ne l'auras pas décidé.

Je m'écarte de lui et il continue de se taire.

— Imagine que je te dise de dévoiler au monde entier ton secret, sans te prévenir, qu'est-ce que tu ferais ? ajouté-je avant d'ouvrir la porte en lui tournant le dos.

Je jette un dernier coup d'œil par-dessus mon épaule. Il demeure stoïque et ne réplique toujours pas.

Une réponse suffisamment éloquente.

— C'est bien ce que je pensais.

Et je m'en vais, sans me retourner.

Jayde

Putain de merde.

Je la déteste de si bien me connaître.

Je la déteste de s'en aller.

Et je la déteste d'avoir vu juste dans mes actions.

Une peur terrible derrière un égoïsme imprévisible. Je voulais garder un reflet de notre histoire, le graver en quelque chose que tout le monde pourrait savoir.

Chanter avec Iris aurait été l'apothéose.

Mais je me suis cassé la gueule encore une fois, et par ma faute en plus. Je fonce droit dans un mur dès qu'il s'agit de sentiments. Iris perd l'équilibre face à mon cœur hermétique et elle en a marre à présent.

Iris va partir.

Et je suis tout sauf insensible à ça.

Graver dans la durée notre duo aurait été une façon de hurler au monde qu'elle était à moi.

Pour mon propre intérêt.

Comme d'habitude.

Je n'ai pas eu de ses nouvelles depuis deux jours, elle m'évite comme la peste. Retour à la case départ. Quand je toque à la porte de chez elle, personne ne répond et c'est pareil sur son téléphone. Elle a dû bloquer mon numéro. Je comptais me rendre ce soir au Dream Club dans l'espoir de la retrouver, pour qu'on puisse parler de ce qui s'est passé, mais Bryce m'a donné le numéro de Darren.

— Allô ? demande-t-il, intrigué.

— Bonjour, Darren, c'est Jayde.

— Ah, Jayde…

— Où est Iris ? Je dois la voir, c'est important.

— Tu n'es pas au courant ?

Il a l'air étonné, et un mauvais pressentiment m'étreint la gorge.

— Elle est à Memphis, son père est décédé.

36. Back to Tennessee

Iris

The Neighbourhood – Daddy Issues

Il est mort.

Je prends une profonde respiration et signe l'acte de décès de Joe Conner. Il m'avait raconté qu'il était malade, et j'ai cru qu'il mentait, que c'était un argument pour me forcer à être de nouveau sous sa coupe… sauf qu'il disait la vérité. Il a poussé son dernier souffle chez lui. Les médecins m'ont expliqué que ses jours étaient comptés, Joe Conner s'était préparé à mourir. Il avait un mélanome au niveau du dos et ça a dégénéré sous forme de métastases qui ont attaqué ses organes. Il s'est présenté à moi à Boston, car il voulait que je sois là. Je suis le seul membre de sa famille à être venu, personne d'autre n'a réclamé son corps. Personne. Il n'avait pas d'amis, que des partenaires de jeu, et visiblement ce lien ne suffisait pas pour laisser place à l'affection.

Joe Conner est mort dans son lit, il n'a pas voulu rester à l'hôpital. Était-il réveillé ? A-t-il souffert ? Les questions se bousculent pour ne faire germer aucune émotion en moi. Je ne souhaite pas savoir ce que j'éprouve ni creuser ce cataclysme qui me secoue intérieurement. J'ignore si je regrette, j'ignore si je m'en veux de ne pas avoir partagé ses derniers instants. Je me sens mal, vide, je n'arrive pas à comprendre pourquoi.

Demain il sera enterré, pas besoin de faire des funérailles, rien de tout cela ne lui ressemble. Je ne pense pas que quelqu'un le pleurera, en plus je n'ai pas envie que des personnes viennent me présenter leurs condoléances.

Je suis fatiguée. Je n'aurais jamais cru revenir à Memphis. Les murs et les rues n'ont pas changé, à vrai dire… rien n'a changé de l'émotion qui m'habite quand je suis ici.

Les mains enfoncées dans les poches de ma veste en cuir, je parcours la ville. Une faible averse secoue le ciel et le vent fouette gentiment mes cheveux, me procurant un effet rassurant.

Vide. Je me sens vide et en même temps submergée par des sentiments ambivalents.

Je n'étais pas si proche de lui, aucun de mes souvenirs à ses côtés ne peut être enjolivé. Chris ne l'aimait pas, et j'étais le bouclier qui l'empêchait de s'en prendre à lui.

Putain…

Qu'est-ce qui ne tourne pas rond chez moi ?

Plus je marche, plus je m'approche du quartier où j'ai grandi. Je passe devant mon ancien lycée et secoue la tête comme pour évacuer les flash-back liés à cet endroit qui se matérialisent dans mon esprit. Je m'arrête net devant le magasin qui me vendait mes CD. Il est toujours ouvert, mais avec l'avancée de la technologie les affaires doivent être mauvaises. Je pousse la porte et fais tinter la clochette à l'entrée.

C'est exactement comme dans mes souvenirs. Les étagères blindées de vinyles de collection et des CD divers de toutes les générations et dans divers genres. Mes doigts effleurent les titres et je souris en repérant un vinyle d'Otis Redding.

— Iris ?

Je sursaute et me retourne en tombant sur Mme Lopez, mon ancienne professeure de musique, celle qui m'a encouragée à suivre cette voie.

— Madame Lopez…

La vieillesse marque son visage de quelques rides. Elle m'offre un sourire sincère et des pattes-d'oie se dessinent au coin de ses yeux verts rieurs.

— Oh ! Iris, ça fait si longtemps, qu'es-tu devenue ? J'ai entendu dire que tu avais filé pour Boston, c'est vrai ?

Cet espoir inédit dans sa voix m'enveloppe l'âme comme d'un édredon de plume. Je lui raconte brièvement mon parcours au sein de Berklee ainsi que ma sélection pour les concours et la représentation à Vienne.

— Je savais que tu irais aussi loin ! s'exclame-t-elle, émue, alors que ses prunelles s'embuent de larmes.

Je croise mes bras devant moi.

— Je suis revenue pour l'enterrement de mon père.

— Je suis navrée pour toi, ma belle, ça ne doit pas être simple.

— Merci… Vous enseignez toujours au lycée ?

— Oui, mais je vais bientôt prendre ma retraite, je suis passée ici pour chercher un son qui pourrait accaparer l'attention des élèves. J'ai pensé à ça, qu'en dis-tu ?

Sa main soulève le premier album de Madness, *Chaos Theory*. Mon cœur s'écroule, et je me contente de lui souffler que c'est un bon choix et que ses élèves adoreront. Mme Lopez s'en va, et je me retrouve seule entre les rayons des stars de la country. L'album de Billy Ray Cyrus attire mon attention.

Back to Tennessee.

Les paroles du refrain de la chanson se mettent à défiler dans ma tête.

I'm on the road now

(Je suis sur la route maintenant)

I know just what I need

(Je sais exactement ce dont j'ai besoin)

To find my way back to Tennessee[1]

(Trouver comment retourner au Tennessee)

Billy et moi ne sommes pas dans le même état d'esprit quand nous parlons de nos racines. Penser au Tennessee n'est qu'une piqûre de rappel de tout ce que j'ai perdu. Memphis était mon enfer sur terre et l'ancien club de strip où je travaillais la boucle temporelle d'un cauchemar interminable.

Je déambule entre les rayons, ma main traînant entre les CD, jusqu'à ce que je m'arrête sur celui du groupe Madness. Le tenir est une drôle de sensation, peut-être parce que je connais l'auteur de ces chansons.

Chaos Theory parle de destruction, je l'ai écouté toute la nuit, la veille de mon premier jour à Indy Records. Le temps est passé tellement vite que je ne m'en suis même pas aperçue. Mon existence a pris un

1 Extrait de la chanson écrite par Billy Cyrus, Matthew Wilder et Tamara Dunn.

tournant auquel je ne m'attendais pas. Un tournant qui s'est avéré être un obstacle à franchir, un mur où je me suis fracassée, mais aussi l'épaule robuste où j'ai pu pleurer.

Jayde Black.

L'imprévisible Jayde Black qui ne pense qu'à lui. Ses démons le terrassent si fort que toutes ses actions sont régies par la tourmente.

Je fixe la pochette du disque. Simple, noire, avec le logo qui les représente.

Après la perte de Chris, la démence mêlée de méfiance s'est installée en moi pernicieusement. Cette folie de réussir quitte à fermer mes portes face aux autres. Ce procédé aurait pu me détruire au final si je n'avais pas accepté d'éclore aux yeux du monde.

— Offert par la maison.

La nostalgie m'envahit. Je lève la tête et tombe sur M. Hawkins, le gérant de la boutique.

Je lui souris, heureuse de le revoir.

— Monsieur Hawkins.

Comme cet endroit, lui aussi a vieilli, son corps est soutenu par une canne en bois. Il s'approche de moi et appuie sa main sur mon épaule. Son dos est courbé et ses yeux bleus me scrutent tendrement.

— Tu as grandi, ma petite.

— Je suis contente de vous voir ! m'exclamé-je en recouvrant sa main sur mon épaule.

— Moi aussi, ma fleur. J'espérais te revoir un jour, admet-il.

— Oh ! vraiment ?

— Évidemment, ton frère et toi étiez mes clients préférés, vous veniez tout le temps après les cours pour vérifier si je n'avais pas de nouveautés.

— Oh oui, c'est vrai.

— Toutes mes condoléances pour ton père, dit-il tristement.

— Oui, c'est pour ça que je suis revenue, lui murmuré-je en baissant la tête.

Il me fait un signe du menton pour désigner le CD.

— Tu peux le prendre.

— Oh non… je ne peux pas, vous m'avez trop donné de choses gratuites par le passé. Je dois vous rembourser.

— Quoi ? Mais non… ne dis pas ça, cet endroit va disparaître, gardes-en un souvenir.

— Disparaître ?

— Oui, mon fils va le rénover en un café, mais l'esprit musical restera présent, c'est pour me faire honneur comme il dit, raconte-t-il, amusé.

Cette émotion qu'exprime son regard me porte un coup au cœur. Affligeante et poignante.

— Les vinyles seront à vendre, mais je doute que les CD intéressent, alors permets-moi de t'offrir celui-là, tu as l'air de bien l'aimer et, pour être honnête, j'ai beaucoup aimé aussi.

— Vous l'avez écouté ? le taquiné-je.

— Tu me prends pour qui ? Je suis resté jeune dans ma tête, moi, j'écoute même du Justin Biebly.

— Bieber ! m'esclaffé-je devant sa mine sérieuse.

— Ah oui… j'ai du mal avec leur nom, il y en a un qui s'appelle week-end, j'aurais tout entendu dans ma vie.

— Vous n'avez pas changé, le complimenté-je en le remerciant pour son présent.

— Qui sait, peut-être qu'un jour, dans ce futur café, ce sera une de tes compositions que je ferai passer ?

— Si ça arrive, vous me le direz ?

— Compte sur moi, je ferai des prières pour vivre plus longtemps juste pour que je puisse connaître ce moment, déclare-t-il en prenant ma main dans la sienne.

— Merci pour votre soutien, monsieur Hawkins.

Le Ray Motel est l'endroit où je séjourne depuis que je suis revenue à Memphis, je n'ai pas eu le courage d'aller dans mon ancienne maison, même si je dois y retourner pour décider de qu'en faire et, je suppose, récupérer des affaires à moi.

Je resserre le CD contre ma poitrine en pénétrant dans le motel. Je salue la réceptionniste puis me rends à ma chambre. J'ignore si c'est l'épuisement ou la tristesse qui affecte mon corps, un froid insaisissable diffuse un malaise en moi. Avant d'insérer la clé, je me rends compte que quelqu'un est entré, ma fatigue est rapidement remplacée par de l'appréhension.

La porte s'ouvre et je découvre Jayde assis sur le lit, les bras calés sur ses genoux et les mains jointes.

— J-Jayde ?

Je suis abasourdie et bouleversée à la fois de le retrouver ici.

Jusqu'à présent pour moi, cette pièce ne reflétait que la complexité de mes émotions nébuleuses, celles que je n'arrive plus à déchiffrer depuis l'annonce du décès de mon paternel. Et de Jayde émane une force implacable, son assurance se mêle à mon manque de confiance en moi, et je me sens de moins en moins sereine.

— Qu'est-ce que tu fais ici ? demandé-je d'une petite voix en baissant la tête.

Cette sensation que les murs vont se refermer sur moi m'oppresse la poitrine. Dès qu'il est là… je suis poussée dans mes retranchements.

— Je veux être là pour toi, déclare-t-il en avalant la distance entre nous.

— Tu n'étais pas obligé de venir, murmuré-je en fixant nos pieds sur le sol.

— À ce que je sache, je suis libre de faire ce que je veux.

— Ne t'en fais pas, je l'ai très bien compris, après le sale coup que tu m'as fait, dis-je, le ton plein d'amertume, en m'écartant.

Je pose mon sac et le CD sur la table, puis m'assois sur le lit, les mains sur mon visage comme bouclier pour me protéger de lui.

— Je n'aurais pas dû faire ça, oui, je l'admets mais… j'en ressentais le besoin. Ce n'est pas le sujet, l'essentiel, c'est toi, on parlera de ça plus tard, Iris.

— Je ne veux parler de rien, dis-je durement.

— Tes mots ne me feront pas partir.

Je pousse un profond soupir.

— Et ce sont tes actions qui me feront partir.

— Iris, ne discutons pas de ça, tu…

Je me lève brusquement, lui faisant face.

— Je quoi ? J'ai besoin de faire mon deuil ? Mais un deuil de quoi,

Jayde ? Je n'arrive pas à me situer avec tout ça, c'est trop difficile de se dire qu'on perd quelqu'un qui est censé être la personne qui vous aime le plus, sans comprendre pourquoi il ne l'a jamais fait !

Je crie, et un flot de larmes dévale sur mes joues.

— J'en ai plus qu'assez de voir tout le monde mourir !

Jayde me tire vers lui et me plaque contre son torse, ses bras robustes m'enlacent et ses lèvres se trouvent au-dessus de mon crâne, là où il dépose un doux baiser. Je tressaille, mes sanglots font vibrer toute cette tristesse enfouie en moi. Mes doigts fins s'accrochent à son pull gris.

Il caresse tendrement mes cheveux.

— Tu as le droit de le pleurer.

Une douleur explose dans ma poitrine.

— Pourquoi ? dis-je d'une petite voix. Tu penses que c'est normal que je pleure pour lui, après tout ce que j'ai vécu et tout ce qu'il n'a pas fait pour Chris et moi ?

J'ose croiser son regard. Ses doigts glacés courent sur mes joues, effaçant mes larmes.

— Tu es juste humaine, ne t'en veux pas de pleurer sa mort.

— Il était vraiment malade.

Je marque une pause et renifle contre son torse.

— Il ne me mentait pas quand il est venu me chercher. Sa dernière volonté était que je reste avec lui jusqu'à la fin, je ne l'ai pas fait.

Cette remontée de remords me laisse un goût acide sur la langue. Ce sentiment diffuse une énergie désagréable qui me tord les boyaux.

— Je t'en prie… ne culpabilise pas. Tu avais tous les droits de ne pas le croire.

Son étreinte se resserre autour de moi. Je me sens tellement mal de l'avoir abandonné à son triste sort.

— Je m'en veux… tellement mais tellement.

Je pleure dans ses bras. Cette douleur me vrille les entrailles. J'ai vu tout le monde mourir. Ma mère, mon frère et maintenant Joe, mon père.

— Iris, tu n'y es pour rien, les choses n'auraient pas changé.

— Je me croyais plus résiliente que ça, susurré-je en calant mon front contre son torse.

Je suis résignée à vivre avec cette boule dans le ventre et cette réflexion dans l'esprit : et si j'avais été là pour lui ?

Je n'arrive pas à m'en foutre. Je n'y parviens pas. Ou bien… le chagrin me pousse à de tels questionnements.

— Tu es indestructible, personne ne peut te briser.

— Il n'y a que toi qui peux me briser, me réduire en cendres avec tout cet amour que tu fais brûler en moi, déclaré-je avec de l'amertume dans la voix.

— Alors, consumons-nous ensemble, jusqu'à ce que nous ne formions qu'une seule et même cendre.

Il me soulève et m'allonge convenablement sur le lit. Puis il se joint à moi en m'ouvrant ses bras pour que je m'y réfugie, là où est ma place. Les minutes s'écoulent et ce silence rythmé par nos battements de cœurs m'apaise définitivement. Mon trop-plein d'émotions s'échappe toujours à travers mes larmes. La main de Jayde est au bas de mon dos et me caresse de façon à me communiquer sa présence rassurante. Ma tête est cachée contre ses pectoraux et je continue de serrer son haut dans ma paume, c'est mon ancrage pour ce soir.

— Je n'arrive pas à croire que tu sois là, murmuré-je d'une voix éraillée par les sanglots.

— Pourquoi ça ?

— Tu n'étais pas censé avoir un concert de présentation ?

— Si, mais ce n'est pas important, j'ai pris le premier avion dès qu'on m'a appris pour ton père.

Je plonge mes yeux dans ses abysses oculaires.

— Si, ton concert est important. C'est le début d'une nouvelle ère, la rédemption de Jayde Black après toutes ces fausses rumeurs.

— C'est toi ma rédemption, je te l'ai déjà dit, admet-il, presque ennuyé que je doute de ça.

— Alors pourquoi tu gâches tout ?

Il reste silencieux.

— J'ai deviné tes intentions, Jayde. Je n'ai pas supporté le fait que tu ne sois pas honnête avec moi.

Il pousse un long soupir avant de me répondre :

— Je sais qu'un jour tu partiras, cette chanson interprétée en duo avec toi serait comme une preuve que notre histoire a bel et bien existé.

Je l'avais compris, mais cette crainte doit être effacée. Ce qu'il voulait créer, c'était une empreinte dans le temps.

— Pourquoi tu as besoin de ça ? demandé-je doucement.

— Je l'ignore… peut-être parce que tu m'as tellement apporté. Tu m'as ouvert les yeux et le cœur, pour moi cela méritait d'être gravé dans la durée, comme une légende musicale. Toi et moi, ça perdurerait à travers des générations.

Je caresse sa joue mal rasée.

— Tu n'as pas besoin de faire tout ça.

— Je suis égoïste, mais je ne peux pas t'empêcher de partir pour réaliser tes rêves, je serais un sacré hypocrite en étant un frein à ça, alors que toute ma vie j'ai dû enjamber les obstacles pour atteindre mes objectifs.

— Je sais que tu ne ferais pas ça.

Son front s'arrime au mien, et il me serre plus fort contre lui. Mes yeux sont clos, et je respire son eau de Cologne qui me fait chavirer.

— Tu ignores encore ce dont je suis capable, souffle-t-il.

— Avec moi, tu sais que tu perdras, murmuré-je en déposant mes lèvres contre son menton.

— Tu es l'adversaire de taille que j'ai attendu toute ma vie, ricane-t-il en embrassant mon front.

Ce dernier contact suffit à me bercer avant que je sombre dans le sommeil et que je me consume dans mes sentiments pour lui.

JOE CONNER.

AU DERNIER LIEN DE SANG QUE J'AVAIS.

Mon regard est bloqué sur l'épitaphe inscrite sur la tombe. Mon cœur est pris d'assaut par des secousses et l'angoisse vrille mes entrailles. Sa main chaude saisit la mienne, et nos doigts s'entremêlent avant qu'il me tire doucement contre son torse. J'apprécie le fait qu'il ne dise rien, son aura est plus éloquente que des mots, sa présence irradie et sa lueur pénètre le moindre de mes pores.

J'approche près de la tombe et pose la paume dessus, effleurant de l'index la gravure. Le visage de mon père m'apparaît un bref instant, et je me masse les tempes.

Je ne saurais jamais si les choses auraient changé si j'étais revenue avec lui comme il le souhaitait. Je n'aurais jamais de réponse et je dois apprendre à vivre avec ce petit trou dans le cœur. L'unique souvenir qu'il me reste de lui.

— Je veux partir, dis-je à l'intention de Jayde sans le regarder.

Cette fois-ci, mes pas m'ont menée ici sans que je le décide. Une vieille maison qui tombe légèrement en ruine. La façade s'effrite et n'est pas entretenue, le blanc n'est plus blanc, elle a une couleur sale. Une boule de honte se loge dans mon ventre, je ne veux pas que Jayde découvre ce fragment de mon passé, cette maison que j'ai tant détestée auparavant.

— Tu devrais…

— N'y pense même pas, la vipère, je rentre avec toi, déclare-t-il en me devançant pour se diriger vers l'entrée.

Je grogne intérieurement et le rattrape avant d'ouvrir la porte, qui pousse un grincement digne des films d'horreur. Tout est sombre et lugubre, l'air irrespirable, je tire les rideaux et ouvre les fenêtres pour éclairer et aérer la pièce.

Le salon est toujours pareil, deux vieux canapés délavés qui n'inspirent aucun confort. Les murs sont troués de partout, avec des taches d'alcool et de sang, la table est recouverte d'un plaid.

Je pousse un profond soupir.

— Rien n'a changé.

Quelque chose de bizarre émerge en moi, je me revois adolescente assise dans ce même fauteuil avec Chris, devant notre vieux téléviseur, à visionner les clips de nos idoles de jeunesse, avant que notre père rentre.

Le tapis vert près de la télé n'a pas bougé d'un iota non plus, il sert de cache-misère à cette zone sur le parquet, un trou que mon père n'a jamais daigné réparer.

— Je voulais revenir pour récupérer des affaires, admets-je alors que mon pied décale le tapis pour observer le trou où sont entassées des clopes usagées.

Je gravis les marches, suivie de Jayde. L'état des murs est de plus en plus déplorable. Dans cette maison, rien n'est chaleureux, tout est moche et repoussant. J'entre d'abord dans la chambre de Chris et un vent de poussière me fait éternuer.

— Putain ! s'exclame Jayde en s'empressant d'ouvrir la fenêtre.

— Tout est à l'abandon ici.

La moisissure prolifère du sol au plafond et infecte les rideaux lilas défraîchis. Ils ont beau être recouverts de posters, les murs sont délabrés. Il n'y a plus son lit ni son bureau, il ne reste qu'une vieille commode avec dessus un cadre de Chris et moi réunis. Une photo qui remonte à notre enfance, nous avions dix et huit ans. Il était sur mes genoux, et je le serrais contre moi comme si j'avais peur qu'il ne m'échappe. Si j'avais su… j'aurais serré encore plus fort.

Nous n'avons pas beaucoup de clichés de notre famille, je crois même que c'est le seul. Rien n'a immortalisé les Conner sur terre. Nous étions bien trop pauvres pour nous permettre d'avoir des appareils photo, ou bien mon père ne pensait jamais à débourser un centime pour ce genre de choses, inutiles selon lui.

La poussière envahit le cadre, et c'est Jayde qui le dérobe en premier. Éberluée, je le fixe en clignant des yeux alors qu'il tire un mouchoir de la poche de son pantalon noir pour le nettoyer.

— Pour une fois que je te vois blonde, je ne veux pas en rater une miette, déclare-t-il, concentré sur sa tâche.

Je l'observe, captivée. Ses mèches ébène bouclées retombent sur son front, mais je discerne ses beaux yeux dans lesquels j'aime me noyer.

— Pas mal ma vipère en blonde, même si tu n'es qu'une enfant ici ! s'exclame-t-il, l'air taquin.

Je l'aime comme une folle, je plonge dans une démence amoureuse impossible à enrayer tant elle est fulgurante.

— J'avais dix ans, lui dis-je en attrapant le cadre de ses mains. Mon petit ange…

Chris, tu me manques tellement.

— Tu veux prendre cette photo à Boston ?

— Oui et…

Je marque une pause, ouvre le dernier tiroir et un nuage de poussière s'envole et me fait tousser, je tire un carnet dont je connaissais la cachette.

— C'est quoi ? demande Jayde en se penchant pour voir ce que je tiens en main.

Je lui souris en l'ouvrant.

— C'est un herbier.

Des iris, plein d'iris… et encore des iris.

— Il me l'avait fait, mais n'a pas voulu me le donner jusqu'à ce que toutes les pages soient remplies d'iris.

— C'est un beau cadeau, me dit Jayde en passant ses doigts dans mes cheveux lâchés.

Je pousse un long soupir et serre le cahier contre ma poitrine.

— Bon, sortons d'ici, déclaré-je alors qu'un soubresaut fait tressaillir mes épaules.

— Tu veux voir ta chambre ?

— Au point où on en est…

Ma chambre était plus petite que celle de Chris, je n'avais pas de lit et encore moins de bureau. Juste un matelas sur le sol gorgé d'acariens et de puces sans doute. Mes murs peints d'un mauve clair sont troués à cause de tous les posters que j'ai accrochés avec des punaises. Le soir où j'ai dû donner mon corps à un homme infâme au club où je travaillais, je suis rentrée en larmes et j'ai tout arraché et déchiré pour expulser la douleur qui m'habitait.

— C'est hideux, n'est-ce pas ? m'exclamé-je, honteuse que Jayde voie l'endroit dans lequel je passais le plus clair de mon temps.

Il s'attarde sur la vieille coiffeuse où des bibelots traînent.

— Non, répond-il. C'est à toi, ça ?

Je fronce les sourcils, et il tire de derrière le miroir contre le mur un vinyle des Beatles.

— Quoi ? Mais mon père l'avait jeté à la poubelle…

— Il doit être neuf alors, déduit-il en l'inspectant.

— Il en a acheté un nouveau ? demandé-je, abasourdie.

Il hausse les épaules.

— Visiblement.

Je le prends et observe attentivement la pochette qui a pour titre *Abbey Road,* celle où le groupe marche sur un passage piéton.

— Tu crois qu'il l'a acheté après mon départ ? dis-je d'une voix timide.

Cette pensée me taraude l'esprit. Est-ce qu'il l'a acheté à cause d'une poussée de remords ? Un maelstrom d'émotions m'inonde le sang, mon pouls s'accélère et je jette un regard suppliant à Jayde.

— Je trouve ça tellement étrange d'être autant affectée par sa mort alors que lui n'a même pas pleuré celle de Chris. Pourquoi je me sens si mal en réalisant que je suis vraiment sans famille ? avoué-je, les yeux embués de larmes, en faisant tomber au sol le carnet de mon petit frère ainsi que le vinyle.

— Eh.

Jayde prend mon visage en coupe. Ses traits montrent une force, une dureté, que j'envie avec violence. Son regard sombre me sonde intensément et me laboure le cerveau, comme s'il voulait le débarrasser de chaque neurone infecté par mon chagrin.

— C'est moi ta famille, articule-t-il avec sérieux.

Mon cœur fait un looping face à cette affirmation. Les larmes coulent sur mes joues et il les efface. Il ne se rend pas compte que ses mots sont l'antidote de mes maux, il ne se rend pas compte combien j'ai rêvé qu'on me souffle de telles paroles.

Dans ses bras je me sens chez moi.

— Moi, je serai tout ce que tu voudras, susurre-t-il tendrement.

Ses yeux sont obscurcis par un sentiment que je ne lui connais pas. Ses mains puissantes me procurent une sensation inouïe alors que le sol est à deux doigts de se dérober sous mes pieds.

— Je ne te laisserai plus jamais seule, ma vipère. Empoisonne-moi tant que tu veux avec ton venin, il restera mon carburant pour te garder avec moi.

Nous n'aimons pas une personne pour son apparence ou encore sa réputation, mais pour cette chanson que lui seul peut chanter et que moi seule je peux entendre. Cette chanson résonne en moi et je sais qu'elle résonne en lui avec la même tonalité.

— Moi non plus, je ne te laisserai plus jamais seul, chuchoté-je amoureusement.

Ma famille.

Un sourire espiègle étire ses lèvres avant qu'elles ne fondent vers ma bouche avide de la sienne.

37. Madness

Jayde

Imagine Dragons – Radioactive

Ce soir a sans doute lieu le concert le plus important de notre carrière. Il a été programmé pour mettre en avant *Iris*, qui sort le mois prochain. Nous allons interpréter des chansons de l'album *Chaos Theory*, mais aussi *Bipolar* et *Dark Rose*, pour donner un avant-goût aux fans.

Le stress monte en flèche, l'atmosphère de la salle dans laquelle nous nous trouvons est chargée d'angoisse et de cette passion que nous partageons.

— Les gars, si on se chantait un petit truc ici, en hommage au bon vieux temps ? lance Dustin en se levant du canapé en cuir sur lequel il est avachi.

Bryce se frotte la main.

— On s'échauffe la voix, c'est ça ?

— Je m'occupe du rythme, réplique Cody fièrement en ramassant sa guitare.

— Quelle chanson ? demandé-je.

— *Radioactive* ?

Nous fixons tous notre leader et nous acquiesçons face à sa proposition. Et en même temps nous entonnons directement le refrain, version acoustique avec Cody qui joue de la guitare.

I'm waking up, I feel it in my bones
(Je me réveille, je le sens dans mes os)
Enough to make my systems blow
(Assez pour faire exploser mon système)

Welcome to the new age, to the new age
(Bienvenue dans la nouvelle ère, la nouvelle ère)
I'm radioactive, radioactive[1]
(Je suis radioactif, radioactif)

Notre rage est implacable. C'est notre légende qui va s'édifier, on nous attend au tournant et ce sera notre moment, celui où on doit briller aussi fort qu'une étoile, jusqu'à imploser en supernova.

Cette chanson nous définit si bien, tant de choses nous ont révoltés, nous ont rongé jusqu'à contaminer nos liens, provoquer une déchirure entre nous. Madness frôlait la destruction. Ma haine s'est propagée au même titre que la radioactivité, flétrissant ainsi tout ce qui m'entourait.

Et maintenant…

C'est notre révolution. *Ma révolution.*

Welcome to the new age.

— Je vous aime, les gars, déclare Bryce en nous prenant dans ses bras. Allez, un petit câlin de groupe avant de détruire émotionnellement nos fans avec nos chansons joyeuses, plaisante-t-il avec ironie.

— C'est peut-être le début d'une nouvelle ère, poursuit Cody en passant son bras par-dessus l'épaule de Bryce et la mienne.

À quatre, on se fait une accolade. On baisse nos têtes vers le bas et c'est dans ce moment que je leur dis :

— Merci pour tout, les gars.

— Toi, depuis que t'es amoureux, tu commences sérieusement à me faire peur, rétorque Bryce en mettant les mains devant lui comme un bouclier par crainte de mes représailles.

— Il n'a pas changé d'un iota, se moque Dustin en aplatissant mes cheveux.

— Ça suffit, grogné-je. On nous attend dehors.

— Ta femme n'est pas là ? surenchérit le nabot en prenant des mimiques affreusement embarrassantes, envoyant des bisous invisibles comme dans les dessins animés.

— Je vais te flanquer une raclée si tu ne sors pas d'ici, le menacé-je, la mâchoire contractée.

1 Extrait de la chanson écrite par Alexander Junior Grant, Benjamin Arthur McKee, Daniel Coulter Reynolds, Wayne Sermon et Joshua Francis Mosser.

— Ouais… t'as raison, Dustin, il n'a pas changé. Force à Iris, elle doit souffrir avec.

Il ponctue ses mots en se tapant un sprint pour éviter toute offensive de ma part. *Il a bien fait.*

Le concert se passe en extérieur, plus j'approche de la plate-forme plus les acclamations du public me parviennent. Cette euphorie qui flotte dans l'air fait monter crescendo mon excitation.

— On va assurer, me souffle Cody en m'attrapant par l'épaule.

Je lui souris, confiant.

— Je veux bien y croire.

— Je te reconnais, ma star, dit-il d'un ton imprégné de son optimisme légendaire, celui qui s'était estompé pendant un moment.

— Et je retrouve mon idole, visiblement, lui fais-je comprendre.

— C'est un peu trop mignon ce qui se passe ici, intervient Dustin en posant les mains sur chacun de nos crânes.

Je l'écarte de moi avec un coup de coude.

— Tu entres le premier pour faire une petite intro à la batterie ?

Il tape ses baguettes l'une contre l'autre.

— Hmm, pourquoi pas.

— Eh ! ça fait des plans sans moi ? s'interpose Bryce en sautillant sur le dos de Cody. Laissez-moi hurler « *Kamé Hamé Ha* » pour rendre hommage au dieu Vegeta qui m'a guidé toute ma vie !

— Même dans tes rêves je ne te laisserai pas faire ça, marmonné-je en prenant le micro en main.

— Les gars, c'est à vous ! crie Braden. Montrez-leur que la folie de Madness n'est pas près de s'achever.

Je ne te le fais pas dire.

Dustin fait honneur à notre proposition et chauffe la salle sous les cris d'admiration des gens. Un par un nous faisons notre entrée et, une fois que c'est mon tour, j'entonne le premier couplet de la chanson *Hate You*, issue de l'album qui nous a fait connaître. Mon chant déborde d'émotion. La révolte, la haine, la rancœur. Tout ce qui a pu me hanter durant le processus de son écriture est un retour de manivelle. Une gifle verbale qui me fait ressusciter.

Le chagrin persiste, perdure dans une vie, sans forcément détruire, il est là pour nous rappeler nos racines. Je puise sans relâche dans ma souffrance, elle est une de mes muses, mais cette fois-ci je sais que je peux aller de l'avant. Mes erreurs resteront gravées dans ma tête et celle des autres mais, tant que j'aurai cette force de voir la réalité en face, l'espoir du renouveau sera toujours là.

Je hurle dans le micro avec violence. Une effervescence inouïe me consume les veines, plus les paroles s'enchaînent, plus j'entre dans une désinhibition totale qui me purge l'esprit.

Madness. Madness. Madness.

La démence a dirigé mes décisions. La démence qu'engendre le regard des autres, qui provoque les remises en question, qui suscite mes complexes irréfutables. Mais la démence m'a ouvert les yeux, elle m'a fait comprendre que tout le monde est dingue dans ce monde.

Une douce folie rapidement devenue pernicieuse dès que la jalousie a émergé dans mon cœur.

J'ai pété les plombs. J'ai menti sur qui j'étais vraiment. Et j'ai repoussé tous ceux qui se sont efforcés de me tendre la main.

Mes cordes vocales expulsent le flot de paroles qui a longtemps conservé mes tourments.

La connexion avec le public me foudroie, il chante avec moi, hurle la douleur en chœur avec moi. Leurs échos réchauffent mon cœur, ce que je ressens est unique, authentique.

Ça me rappelle cet instant où mon père m'a fait écouter pour la première fois Kurt Cobain.

Oh ! comme j'aimerais apporter au monde ce que ce chanteur m'a offert par le biais de ses paroles.

Ma plus belle victoire c'est de voir mon public s'affoler devant mon texte déchirant rythmé par la passion de mes amis. Faire vivre ma musique dans la durée, être reconnu comme chanteur-compositeur et non comme un simple rocker, faire comprendre aux plus malheureux qu'ils ne seront jamais seuls.

C'est ça mon putain de rêve.

Essoufflé, je fixe les spectateurs qui quémandent encore et encore alors que je viens de chanter quatre morceaux. Je lève mon pouce, signe que je fais une petite pause, et me retourne vers mes compères, avant que Dustin m'indique de regarder sur le côté. Braden a une mine dépitée et hausse les épaules, légèrement attristé.

Je saisis ce que cela signifie.

— Nous n'avons pas été sélectionnés dans le top 4 des chansons rock de l'année pour les Billboard Music Awards, déclaré-je dans le micro subitement.

Le public montre son mécontentement et je me frotte le front, où perle la sueur.

— TU ES LE MEILLEUR, JAYDE !

— VOUS ÊTES DÉJÀ LES NUMÉROS 1 !

— DUSTIN, JE T'AIME !

Je jette un coup d'œil curieux à mes amis pour connaître leur réaction, mais visiblement ça ne leur fait rien, et tous les trois en même temps ont un sourire très expressif sur les lèvres.

— Pour être honnête, au début on aurait aimé être sélectionnés et peut-être gagner, mais avec l'année que nous avons passée on a compris que ce n'était pas le plus important, admets-je.

Je foule la scène jusqu'à l'extrémité et m'assois. Les regards dirigés vers moi sont tous ahuris, personne ne s'attendait à ce que le concert prenne une telle tournure.

— Vous méritez de gagner ! hurle un jeune homme. Vos chansons déchirent !

Je lui fais un signe de tête en guise de remerciement puis je sens la présence de mes amis derrière moi.

— On fera mieux l'année prochaine ! s'exclame Bryce en s'installant à ma droite dans la même position.

— BRYCE, FAIS-MOI UN ENFANT ! s'égosille une hystérique en sautillant.

— Mais je suis trop jeune pour ça, réplique-t-il, l'air dramatique.

— Merci à ceux qui ont voté pour nous ! lance Dustin en plaçant sa paume sur son cœur. On tâchera de ne pas vous décevoir avec notre nouvel album.

— On espère que vous l'aimerez, ça n'a pas été évident, confesse Cody en croisant les bras. Et peut-être que cette fois-ci on gagnera, qui sait ?

Tout le monde applaudit, et je lève la main pour demander la parole. Les mots que j'ai toujours cadenassés dans ma gorge pour me préserver peuvent enfin en sortir.

Je me sens… prêt.

— J'aimerais vous avouer quelque chose, dis-je subitement en restant confiant.

La foule se tait dans un silence de cathédrale, comme si j'étais dans un confessionnal sur le point d'admettre mes péchés au seigneur. Le regard soucieux de mes amis sur moi me déstabilise légèrement, mais j'oublie vite cet inconfort. Pour la première fois, je n'ai pas honte de celui que je suis.

— Je pense que si j'avais gagné un quelconque prix c'est ce que je dirais, mais pourquoi attendre ?

Le poids de mes secrets m'a longtemps pesé, l'appréhension coule à flots dans mes veines, mais je serre les poings comme si ça allait refréner mes doutes.

— Toute ma vie on m'a dit que je ne pourrais jamais monter sur scène, déclaré-je en faisant craquer mes doigts.

Devant le public, je prends une profonde inspiration. La peur m'envahit, mais il est temps de l'affronter pour qu'elle n'ait plus d'emprise sur moi.

— J'ai toujours été guidé par mes envies et mes rêves. Mais personne ne misait sur moi, vraiment personne. Je…

Je me tais et déglutis.

— Je suis dyslexique et je suis sourd d'une oreille, c'est-à-dire que je n'entends qu'à moitié ce que les gens disent et je fixe leurs lèvres pour déchiffrer leurs paroles. Et ma difficulté à écrire et me relire pose un réel problème dans mon quotidien. Je fais tout au ralenti et ça prend un temps fou pour se concrétiser à chaque fois.

L'avouer aux yeux du monde n'est pas une délivrance, c'est un sentiment étrange qui s'installe à l'intérieur de moi. Je fixe un point devant moi en débitant mes confidences, sans me soucier de leurs réactions.

— Peu importe ce que les gens vous diront, laissez couler. Si j'avais écouté tout ce qu'on me disait, je ne serais jamais là devant vous. On sera toujours critiqué, alors autant être critiqué pour faire ce qu'on aime. Venez comme vous êtes, comme l'a chanté mon idole.

Kurt Cobain.

Les applaudissements fusent et déclenchent un maelstrom d'émotions en moi. Je me sens léger et presque compris quand je rive mes yeux à mon public. Je fais une pseudo-révérence devant eux puis observe mon meilleur ami, qui est debout derrière moi, affichant un sourire fier.

— N'ayez pas peur d'oser sous prétexte que le regard des autres pèse sur vous. Ce ne sont pas les rêves brisés qui nous détruisent, mais ceux que nous n'avons pas eu l'audace de rêver.

Je souris également et me fais à l'idée que mon secret n'en est plus un.

— Je ne crois pas que tous les rêves deviennent réalité, mais avoir tout tenté pour que ce soit le cas peut être réconfortant, ajouté-je.

— Pas de regret ? crie une voix au deuxième rang.

Son regard d'un bleu givré me sonde, je me noie dans cet océan et imprime chaque parcelle de sa présence dans ma tête.

— Aucun, réponds-je en lui lançant un clin d'œil.

Iris me sourit puis mime un éventail avec sa main, comme si ma sollicitude envers elle spécialement lui donnait chaud. Je réprime un rire devant son jeu d'actrice.

— Vu que c'est le moment des confessions, je suis hyperactif et je crois que, si je n'avais pas appris la guitare, j'aurais été au fond du gouffre, déclare Bryce sérieusement.

— Bryce, ça se voit que tu as la bougeotte ! s'exclame fort un gars au premier rang.

Nos rires se joignent à ceux du public. La confiance qui règne dans l'atmosphère est lénifiante, j'abandonne ces chaînes rouillées qui m'ont maintenu si longtemps sous leur emprise.

— Je tiens à clarifier une chose, déclare Dustin. Je n'ai jamais été un délinquant, certes je viens d'un milieu très modeste, mais je travaille dur pour ma famille.

Une seconde salve d'applaudissements éclate, et j'aperçois une personne que je n'attendais pas ici.

Mon père.

Dès que nos regards se croisent, il lève le poing en l'air et je roule les yeux avant de faire de même. Leslie est à ses côtés et m'offre un sourire empli de remerciement.

— Et toi, Cody ? implore une femme dans le fond. Pas de secret ?

— Moi ? dit-il, amusé, en se pointant du doigt. Je suis le plus sain d'esprit dans cette assemblée, croyez-moi, poursuit-il en nous désignant tous les trois.

Bryce grimace.

— Ouais, bien sûr.

— Pour être franc, je veux juste insister sur ce que mon meilleur ami a dit, peu importe les obstacles, donnez-vous les moyens d'y arriver. À cœur vaillant, rien n'est impossible. Vous avez devant vous trois personnes qui ont toujours lutté pour ce qu'elles voulaient. Trois forces de la nature et je suis très fier de partager la scène avec ces modèles de persévérance et de travail acharné.

Une entente silencieuse court entre nous quatre. Je me redresse, suivi de Bryce, et nous remercions tous notre public pour cet instant intime.

— On va vous chanter *Bipolar* et une chanson inédite de notre nouvel album intitulé *Iris*, déclaré-je en levant en l'air mon micro.

— JAYDE, POURQUOI IRIS ? ON VEUT DES NOUVELLES CONFESSIONS !

C'est connu, les gens n'en ont jamais assez des secrets, l'ivresse brille dans leurs yeux.

Et les miens c'est dans son regard qu'ils choisissent de se perdre. Sa tête est inclinée et ses traits fins sont étirés en une mine interrogative qui lui ressemble bien.

À quoi penses-tu ? semble-t-elle me murmurer.

À toi, je ne pense qu'à toi, ma rose noire.

— Une personne un jour m'a dit que je ne devais pas avoir honte de ce que je suis, je voulais lui faire honneur.

Son visage vire au cramoisi, ce qui me dérobe un faible rire.

— Je préfère garder ma muse secrète, ajouté-je fièrement avant de lancer un regard plein de sous-entendus à mes amis pour que la musique reprenne. Pour l'heure, je vais faire ce que je sais faire le mieux.

Me libérer de mes chaînes en chantant mon art.

Mon inspiration devient mon héritage.

Finalement, la musique ne m'a jamais abandonné, je n'ai juste pas su la faire vivre comme il fallait.

Je ne suis pas personne.

Je suis quelqu'un.

Je suis Jayde Black.

38. Notre fin n'existe pas

Jayde

Panic ! at the Disco – House of Memories

Demain Iris part.

J'ai enchaîné les concerts ces trois derniers jours et, depuis mes confessions publiques, les tabloïds ne parlent que de nous et de notre futur album qui sort très bientôt. Les paparazzis me suivent partout où je vais et j'ai bien peur que mon déguisement ne soit plus efficace très longtemps. J'ai fait diversion pour pouvoir rejoindre Iris chez elle ce soir. Mais avant... je dois me rendre chez Tate.

Il m'a appelé après mes aveux au monde entier, pour me voir.

C'est bizarre, étant donné qu'il a demandé à ce qu'on coupe les ponts un moment. J'arrive à la réception, me présente puis me dirige vers le jardin où je sais pertinemment que je le trouverai. Avec étonnement, je découvre ma mère assise à la place habituelle de Tate.

— Jayde, souffle-t-elle en se levant dès qu'elle me voit.

— Il t'a appelée ?

— Oui.

Tss, quel merdeux celui-là !

— Écoute, j'espérais te croiser, admet-elle en tirant la manche de sa veste.

— Laisse-moi parler, peu importe ce que tu as fait par le passé, ou encore les raisons qui t'ont poussée à agir ainsi, je l'accepte.

Ses yeux s'arrondissent et sa main recouvre sa bouche.

— Je ne te pardonne pas, j'ignore si je le pourrai, mais j'accepte que tu te sois sentie à l'étroit dans cette vie et que tu n'aies fait que déployer ton instinct de survie.

— J'ai vu ce que tu as fait sur scène, admet-elle tristement. Je savais que ces handicaps te rongeaient, mais ne pense pas qu'ils ont pu affaiblir l'amour que je t'ai porté durant tout ce temps, tu n'as jamais été une charge à mes yeux.

— Vraiment ?

— Oui, je savais que tu accomplirais de grandes choses. Tu n'as rien à envier à personne. Je suis fière de toi, Jayde.

La sincérité qui s'écoule de sa voix ne me laisse pas de marbre, je me contente de hocher de tête en guise de remerciement.

Plus de non-dits entre les Black, c'est une première.

— Cecilia, intervient quelqu'un derrière moi. Jayde.

Je me retourne et fais face à mon père.

— Tu as été grandiose l'autre soir, déclare-t-il. Je voulais te joindre, mais je me suis dit que tu serais occupé avec toutes les interviews, les soirées… enfin tu vois, continue-t-il, embarrassé, en se frottant la nuque.

— Tu aurais pu appeler, je t'aurais répondu.

Surpris, il me fixe comme si ce que je venais d'affirmer était irréel. Ce fin lien établi entre nous se solidifie, et pour une fois je veux lui laisser une chance d'exister.

— Merci, fiston.

Nous trois réunis au même endroit, je n'y aurais jamais cru. Mes parents se regardent timidement avant de fuir cet échange. Je pousse un profond soupir et lève le visage vers le ciel.

Je me sens bien.

— Vous êtes là ! Désolé de vous avoir fait attendre.

Tate apparaît dans l'embrasure de la baie vitrée. Mon écharpe noire toujours au cou, il s'avance vers nous alors que ses mains sont enfoncées dans son jean bleu.

— Tout va bien, mon chéri ? demande notre mère.

— Tout va bien, ne t'inquiète pas. Je sais que je vous ai dit qu'il serait mieux que vous m'abandonniez un moment, mais j'avais envie de vous voir ensemble.

— Comment ça ? dis-je, perplexe.

— Eh bien, tu vas partir en tournée en fin d'année, maman, j'ignore combien de temps elle restera, et puis papa, tu as sans doute beaucoup de travail. J'avais juste envie d'immortaliser ce moment, avant que chacun ne prenne sa route.

Je roule les yeux.

— Tu m'as fait venir pour ça…

— Oui, mon petit, se moque-t-il. Ne fais pas la gueule, c'est bon, en plus, je te félicite pour ton *coming out.*

Et c'est reparti !

Il s'esclaffe, et j'entends mon père rire doucement derrière moi.

— T'as été incroyable, dit-il plus sérieusement. La réceptionniste m'a montré la vidéo de tes confessions sur le Net, j'ai été épaté et je ne doute pas une seconde que tu as pu aider plein de personnes, y compris moi.

— Toi ?

— J'ai du mal à m'accepter, mais je ne me suis pas rendu compte que toi et moi avons vécu des choses similaires, souffrir d'une différence qu'on ne peut pas contrôler et la laisser nous commander pour ne jamais plonger. Alors merci, Jayde. Et merci à toi, papa, de m'avoir soutenu en dépit des malheurs que j'ai pu causer. Maman, j'admire ton courage même si tu connais mon avis sur tout ça.

Elle acquiesce tristement.

— Oui, Tate.

— On sera toujours là pour toi, réplique notre père.

Les non-dits se sont évanouis, mais tout reprendre à zéro ne sera jamais permis. Le positif de cette situation, c'est que chacun de nous arrive à percevoir le point de vue de l'autre, le comprendre et surtout accepter la vérité de chacun.

Iris

Ma valise est bouclée.

Prostrée sur mon canapé, les bras autour des jambes, je regarde sans réellement broncher l'épisode d'*Une nounou d'enfer* que j'ai mis à la télé. La mélancolie est bien trop forte pour disparaître avec les blagues de la série.

Demain je décolle pour Paris pour rejoindre M. Ellis puis prendre un second vol qui me mènera à Vienne. Six mois là-bas, d'entraînement, de préparations, de concerts, mais je dois aussi prouver que j'ai ma place au sein des concours les plus importants.

Je suis terrorisée. Cela me noue la gorge. J'ai passé ma journée avec M. Cooper et Mme Allen pour me briefer sur la période à venir, ensuite j'irai voir Amber et Darren, qui ont insisté pour que je m'achète de nouvelles fringues pour mon périple, puis je suis allée remercier Lenny pour tout ce qu'il avait fait pour moi.

Et maintenant j'attends Jayde.

Les garçons de Madness m'ont proposé de les accompagner à une soirée, mais j'ai décliné afin de préparer dans le calme mes affaires, ranger mon appartement pour le rendre à son propriétaire et accepter la fatalité de ma peur de me retrouver là-bas.

Quand j'ai fui Memphis, seule ma survie comptait, et à présent les circonstances sont aux antipodes. Je vais à Vienne parce que j'ai prouvé ma valeur ici.

Le syndrome de l'imposteur me guette depuis quelques jours, c'est comme s'il enroulait ses longs doigts autour de mon cou pour m'asphyxier.

Mon père a perdu la vie il y a plus d'une semaine et, moi, je commence une nouvelle existence sur un autre continent.

Les traces que m'ont laissées sa mort subsistent encore, j'éprouve un élan de compassion pour lui et l'étrange sensation d'être définitivement seule au monde me laboure le cerveau.

Le bruit de la serrure m'extirpe de mes réflexions, je n'ai pas besoin de lever la tête pour savoir qui c'est. J'ai donné un double à Jayde pour qu'il me rejoigne au cas où je me serais endormie et ne l'aurais pas entendu frapper.

— Eh ! pourquoi tu es dans cette position de dépressive ? s'exclame-t-il en fermant derrière lui.

— Je pensais à toi, le taquiné-je.

— Si je t'inspire réellement la dépression, laisse-moi devenir la pilule que tu suces pour t'en défaire, déclare-t-il en s'asseyant à côté de moi.

— Tu te fais sucer par un millier de personnes sur les réseaux, ne compte pas sur moi, maugréé-je en faisant la grimace.

— Hmm, ta vilaine bouche sera toujours celle que je préférerais autour de ma queue, bébé.

Exaspérée, je lève les yeux au ciel et m'approche de lui tel un aimant.

— Ça s'est bien passé avec ta famille ?

— Oui, plutôt bien. Tu as fait ta valise ?

— Oui et, au cas où tu ne l'aurais pas remarqué, tout est rangé, monsieur Propre.

— Hmm, je me demandais bien pourquoi je n'avais pas trébuché en arrivant jusqu'au canapé.

— Agh, tais-toi !

Je lui donne un coup sur le torse puis il dépose sa main sur mon crâne. Il arbore un air presque inquiet à mon égard.

— Tu te sens vraiment bien, Iris ?

Il a dû détecter mon trouble.

— J'ai peur.

Il arque un sourcil perplexe face à mon aveu puis me tire contre lui. Ma tête se niche au creux de son cou et il m'embrasse la tempe.

— Peur ? Tu es indestructible, déclare-t-il avec évidence.

— Tu le penses réellement ?

— Oui, t'es le genre de femme qu'on ne peut pas abattre.

Je me redresse pour l'observer d'un regard inquisiteur. Il me sonde comme s'il tentait de déchiffrer ce qui passe au travers de mon esprit.

Je sens le rouge me monter aux joues.

— C'est tellement bizarre que tu me lâches des compliments de ce genre.

— Tu as besoin de savoir ce que je pense de toi ? De notre histoire ? se moque-t-il en croisant les bras.

J'opine lentement en le scrutant, la bouche entrouverte. Je suis tiraillée entre la crainte de ce qu'il va me dire et une exaltation incandescente.

— Je vois en toi tout ce que j'attendais.

Mon cœur fait des saltos arrière dans ma poitrine. Il me parle, son regard perdu dans le mien.

— Je n'ai jamais pensé à écrire une chanson pour quelqu'un d'autre que moi, auparavant. Je t'ai dans la peau, putain, t'es une sorcière, la vipère. Qu'est-ce que tu m'as fait ?

Je rougis.

— J'ai suscité ton intérêt, lui susurré-je, amusée, en penchant mon visage vers lui.

— Tu as fait bien plus que ça… j'ai l'impression que quelque part tout ce qui m'est arrivé c'était pour me mener vers toi.

J'écarquille les yeux, et l'intimité de cet instant me prend de court.

— Tu es la seule femme qui a réussi à creuser ma carapace. Jamais quelqu'un n'a osé se confronter à tout ce que je pouvais déployer pour éloigner le monde autour de moi.

Mes lèvres s'entrouvrent, mais son pouce se place sur la rondeur de ma bouche pour me faire taire.

Ses yeux m'indiquent qu'il n'a pas fini, et je le vois virer les derniers remparts de sa réserve, avant de plonger pour de bon.

— Tu es devenue ma confidente, en dépit de ce putain de donnant-donnant. J'ai connu la paix à travers toi, le monde aurait pu s'écrouler autour de nous, je n'en aurais rien eu à foutre, parce que tu es là avec moi.

Ses doigts glacés épousent ma joue, et doucement il rapproche mon visage du sien.

— Je crois… que c'est ça l'amour, non ?

J'émets un faible rire et laisse ma main se poser sur son torse, sur son cœur, chacun de ses battements vibre sous ma paume avec force.

— Oui, je crois que c'est ça, lui murmuré-je timidement.

— Alors, toi et moi, c'est de l'amour ? me taquine-t-il en collant son front contre le mien.

— Qu'est-ce que ça pourrait être d'autre, idiot !

Il ricane avant que ses lèvres n'effleurent les miennes.

— Tu ne penses pas qu'on mérite un mot plus original que ça ? Plus évolué ? À notre image ravagée mais incroyable.

Je ris en écartant mon visage du sien et je prends sa main dans la mienne. Il est détendu, son sourire apaisé me fait chavirer. Il me sonde d'un regard comme si je le fascinais. *Comme si j'étais sa muse.*

— Je peux réclamer un dernier donnant-donnant ? demande-t-il avec une lueur de malice dans les yeux.

— Je sais que ce ne sera pas le dernier, mais oui, vas-y.

— C'est un secret, chuchote-t-il.

— Je sais les garder, soufflé-je sur le même ton en me penchant vers son visage.

Surtout les tiens.

— Je suis tombé amoureux de toi, Iris.

Tomber amoureux, quelle drôle de façon d'aimer. Mais oui tomber est le mot juste, tomber pour une personne et être prêt à tout pour elle.

Mon cœur martèle ma cage thoracique et je pousse un long soupir de soulagement. Ce qu'il me raconte me réconforte et rime avec une promesse que, malgré tout, il y aura toujours un nous.

— Tu te souviens chez toi, murmuré-je en traçant des arabesques avec mes doigts sur le tissu de sa chemise, une fois je t'ai dit que je n'avais pas trouvé ma place et que c'était important pour moi d'avoir ce sentiment d'être chez soi…

— Oui ? m'interroge-t-il en plongeant la main dans mes cheveux.

— C'est toi, mon chez-moi. Tu me donnes ce sentiment d'appartenir à quelque chose de puissant. Toute ma vie, je me suis demandé où était ma place…

Il écarquille les yeux, ne s'attendant pas à cette déclaration.

— Ma place dans ce monde, c'est toi, Jayde.

Jayde se penche vers moi, colle son front contre le mien et me murmure :

— Tu as été à moi à la seconde où j'ai posé les doigts sur tes épines.

— Les épines t'ont fait mal ? le taquiné-je.

— On ne peut pas désirer une rose sans toucher ses épines. Est-ce que les miennes t'ont fait mal ? surenchérit-il avec un sourire malicieux.

— Moi, je t'aime que ça soit dans la plus terrifiante des obscurités ou dans la plus lumineuse des clartés. Je t'aime tel que tu es.

Je n'ai pas peur de lui avouer que je l'aime. Je veux l'aimer, je me l'autorise parce que ce qu'il y a entre nous est épique, unique.

— On m'a toujours dit que, quand on aimait quelqu'un, il devenait notre moitié. Tu n'es pas ma moitié, Iris, ce mot est trop insipide, tu es mon tout.

Je mordille ma lèvre inférieure face à sa déclaration. Je me sens revivre dans son regard et c'est si bon.

— Putain, Iris, viens là.

Avec férocité il me tire vers lui, me soulève dans ses bras, m'embarque jusqu'à ma chambre et m'allonge sur mon lit en me tombant dessus. La température grimpe et l'atmosphère se charge en amour et en sexe.

Jayde est en moi, il m'embrasse langoureusement tandis que nos doigts s'entremêlent au-dessus de ma tête. Chaque coup de reins me rapproche du précipice de la luxure. Il me mord le cou, le lèche puis le suce avant de revenir à mes lèvres avides des siennes.

— Il n'y aura jamais d'au revoir entre nous, déclare-t-il, son front contre le mien.

Mon cœur loupe un battement et des larmes perlent à mes yeux sous le coup de l'émotion de son aveu.

— Jamais d'au revoir ?

Je gémis son nom, et il ralentit la cadence de ses va-et-vient, alors que mes hanches remontent pour que je le sente davantage.

— Entre nous, jamais, ma vipère.

— Tu me le promets, Rocky ?

Je veux encore l'entendre, j'en ai besoin comme s'il me fournissait de l'air à respirer. Cette fin… je n'en veux pas, cette séparation me déchire. Mais, quelle que soit notre place dans le monde, j'ai la certitude qu'on se retrouvera. Cette certitude flotte dans son regard et c'est chaotiquement réconfortant de savoir qu'une part de lui refuse que je sois loin de lui.

Nous avons des rêves. Et chacun de nous a l'autre.

J'ai toujours cru que je n'étais pas le genre de femme qu'on pourrait aimer, que je ne suffirais jamais, qu'on ne pourrait jamais m'accepter.

Puis il est arrivé.

L'emprise de sa main sur la mienne se resserre et il lève un peu la tête pour mieux me regarder. Sur son torse parfait coule de la sueur et ses muscles suivent le rythme de sa respiration saccadée, faisant danser lascivement ses tatouages sur son corps.

— Je te le promets, ma rose noire.

L'épilogue

Dix mois plus tard
Iris

Aux rêves brisés, qui ont eu le mérite d'exister.

J'inscris sur le mur cette phrase qu'une personne très importante pour moi m'a soufflée un jour. M. Ellis, mon mentor, m'a suggéré de graver quelque chose sur le mur des artistes américains venus ici. Dans cette loge, à Vienne en Autriche.

— Bon, dans dix minutes c'est ton tour, ne stresse pas, tout ira bien, me rassure-t-il en posant ses mains sur mes épaules.

J'opine puis il me laisse seule dans la pièce. Je prends une profonde inspiration et me poste devant le miroir.

Mes cheveux sont blonds, comme dans mon adolescence, c'est tellement bizarre de me revoir avec ma couleur naturelle. Néanmoins, et parce que cela m'importait, j'ai coloré une de mes mèches de devant en violet, comme un iris.

Pour cette soirée, mes cheveux sont relevés en un chignon qui met en valeur mon visage et mes yeux bleus, mon teint est lumineux et mes lèvres recouvertes d'un rose de velours envoûtant.

Je me trouve belle. Vraiment belle.

Ouah, c'est moi qui ai dit ça ?

Je souris toute seule comme une idiote et pose les mains sur mes joues, toujours le regard rivé sur mon reflet.

Je porte une robe nacarat avec de fines bretelles, le bas est légèrement évasé et une mince fente s'ouvre sur le côté et remonte jusqu'à mon genou. J'aime sa simplicité avec ce petit côté sexy qui me ressemble.

Les tatouages sur mes bras sont voyants, mais peu importe, l'encre ne représente que la composition florale qui recouvre cette partie de mon corps.

Mes doigts tremblent, je les fixe et mime que je joue du piano pour me calmer. Mon cœur palpite et je sens de l'acide brûler mon ventre. Ma boule d'angoisse se loge un peu partout dans mon organisme et je sais que je ne pourrai pas l'extraire.

J'ai appris à faire avec.

— Tu vas y arriver, dis-je à mon reflet avec conviction.

Je hoche la tête et émets un faible rire lorsque je réalise que je me parle à moi-même.

La porte s'ouvre à nouveau sur M. Ellis, qui revient avec une rose enveloppée dans son papier transparent.

Une rose rouge très foncé, presque noire.

Dark rose.

Il me sourit en me tendant la fleur.

— Iris, on m'a demandé de te donner ça.

Mon pouls s'accélère et je retiens mon souffle. Délicatement, je la prends et laisse mon index effleurer ses pétales sombres jusqu'à ses épines, où je me fais piquer volontairement. Une petite carte se trouve coincée et je la tire.

Pour ma réalité,

Espérons que cette rose te fera oublier,

ton anxiété qui ne sent pas la rose ;)

J.

Un sourire fend mes lèvres. Instinctivement, je porte la fleur à mon nez et renifle son odeur.

Ma rose noire. Il m'appelle souvent comme ça, mais la vipère est le surnom qu'il utilise le plus pour m'interpeller.

Voilà plusieurs mois que nous ne nous sommes pas vus. Après mon départ pour Vienne, la sortie de son album a été imminente et un succès fulgurant a frappé le groupe. Personne ne s'y attendait, mais toutes les chansons ont reçu les éloges du public, pour la plus grande joie d'Indy Records.

Pour Madness, c'est la rédemption, après les scandales qui les ont taclés au début de leur carrière. Jayde a eu sa revanche, sa résurrection. Mon nom figure sur l'album et le lien avec le titre de ce dernier a été remarqué par les journalistes. Certes, leurs conclusions hâtives en ce qui concerne Jayde à la dérive et la dénommée Iris (c'est-à-dire moi) sont justes, mais comme j'ai quitté le pays rien n'a été divulgué à mon sujet.

Je suis la copine d'une rockstar.

Je crois que ça vient tout juste de me frapper.

Cette relation à distance n'aura pas été évidente, Jayde a enchaîné les concerts les premiers temps tandis que moi je me familiarisais à la vie européenne. On ne se parlait pas souvent, voire jamais.

Mais la relation que nous avons est du genre : on ne peut pas discuter tous les jours mais, quand ça arrive, c'est comme si on ne s'était jamais quittés. Cela fonctionne ainsi.

Dès qu'il pouvait, il m'appelait le soir pour me raconter ses concerts, l'excitation dans sa voix me chavirait, je sentais son bonheur d'avoir accompli ses rêves comme si c'était les miens qui devenaient réalité. Parfois nous parlons pendant des heures et il m'a initiée au sexe par téléphone… Jayde Black m'a corrompue. Et il adore savoir que je sombre dans le désir charnel avec lui.

Je suis accro à lui. À tout ce qu'il peut m'offrir.

Mais parfois la distance entre nous me tailladait la poitrine. C'était dur de l'accepter, encore plus quand le doute s'instillait en moi comme un poison venimeux. Trop d'articles sont tombés, le groupe a été assailli par les paparazzis, pas une seconde de répit, et ça le met de mauvais poil même quand nous en parlons.

Mon tempérament de feu mêlé au sien fait de sacrées étincelles, mais je tente parfois de calmer mes ardeurs pour pouvoir tempérer ses mauvaises humeurs.

Je crois que la distance a créé une sorte de frustration, qu'aucun de nous ne veut avouer à l'autre.

Malgré son absence, je le sens avec moi ce soir.

Mon tour est venu.

Le stress se mélange à la béatitude de l'instant. J'inspire profondément avant le grand plongeon, ce à quoi j'ai travaillé ces derniers mois. Mes doigts agrippent délicatement le bas de ma robe longue, pour la relever du sol quand je monte les marches qui me mènent sur la scène. Les applaudissements encouragent mes pas jusqu'au piano à queue au centre de l'estrade. Mes yeux sont rivés sur l'instrument, alors que la lumière des projecteurs me brûle la peau.

Je prends place sur mon tabouret en lissant le bas de ma robe, et cette fois-ci je prends la dernière grande inspiration de ce périple.

Puis je plonge dans ma symphonie.

Dream On[1].

J'ai pensé à Chris, c'est à lui que je la dédie. En la composant, je me suis rendu compte de l'ampleur de tous les obstacles qui se sont dressés devant moi pour m'empêcher d'atteindre mes aspirations. Les freins émotionnels sont largement plus durs à surmonter que les gens qui font en sorte que vous ne brilliez pas.

Je m'autosabotais, me persuadais que je n'avais pas le droit d'y arriver, qu'avec mon passé c'était déjà le début de la fin. Un *game over* en gras ornait mon front, dans mon subconscient.

Puis j'ai compris que, si je me terrais dans ces perceptions, je n'y parviendrais jamais. Discipline est devenu mon maître-mot et rêve celui qui tire les ficelles.

Chris m'a inspirée, ses combats, ses désirs. Chez lui, je vois cet ange déchu qui n'a pas trouvé sa place tout de suite, qui se taisait et observait sans se soucier du jugement d'autrui. J'ai toujours été contre les injustices et je savais que, si je renonçais à ce que je voulais dans la vie, c'est comme si je lui faisais une injustice à lui.

Avant de défendre la cause des autres, c'est la mienne pour laquelle je devais me battre, et parfois cela m'échappait.

La symphonie enchante mes oreilles, elle me prodigue cet effet salvateur qui fait se déployer les ailes d'un papillon. Je sors de ma chrysalide, je me laisse m'épanouir comme une fleur, en acceptant enfin de m'ouvrir aux autres.

1 « Continue de rêver. »

Iris Lance ou encore Iris Santana Conner, je reste Iris. Je suis les deux facettes de la pièce. Indissociables, comme l'amour et la haine.

Je suis le centre de l'attention, tout le monde écoute la mélodie qui a toujours fait battre mon cœur.

Rêve. Rêve. Rêve.

Je me sens victorieuse, sans même recevoir mon classement, d'ailleurs peu importe si je gagne ou je perds. Je me suis extirpée du trou paumé d'où je venais et, en l'espace de quelques années, je fais mes preuves devant un jury de prestige, à Vienne, berceau de la musique classique.

Mes doigts flottent sur les touches, je joue vite et exerce un tempo entraînant qui me fait bouger la tête doucement. Un maelstrom d'émotions me submerge et mon cœur caracole dans ma poitrine. L'anxiété décampe avec mes idées sombres, les vagues d'angoisse qui m'ont longtemps saisie sont un lointain souvenir en cet instant magique.

Je ne suis pas personne. Je suis quelqu'un. Je m'appartiens et toutes les oreilles ici présentes sont sous l'emprise de mon instrument.

J'achève mon morceau et c'est un flot d'applaudissements qui réchauffe la salle, je me redresse, droite et fière. Une révérence en guise de remerciement, et lorsque je lève la tête je croise son regard sur-le-champ.

Jayde est là.

La rangée du milieu, au centre.

Debout, un sourire étirant ses lèvres, il tape dans ses mains.

Cette surprise fait déferler l'adrénaline comme une avalanche dans mon sang. Je m'efforce de ne pas courir vers lui et lui sauter dans les bras. En plus, je risque de tomber avec ma robe longue et la funeste hauteur de mes talons.

Ça attendra, Rocky.

J'ai fini quatrième, je ne suis pas retenue.

Les gagnants reçoivent leur prix et patientent pour les directives pour la suite de l'aventure. Quant à moi, je foule le sol en marbre et contemple l'endroit. Le plafond est fait de mosaïques et d'arabesques somptueuses. C'est probablement historique, tout est si beau et chic que j'ai peur de laisser mes mains traîner sur les rambardes d'escalier qui mènent à la sortie de cet amphithéâtre.

À l'extérieur je retrouve M. Ellis, dans son costume de luxe avec son écharpe rouge autour du cou.

— Ma chérie, je suis navré que tu ne sois pas sélectionnée.

Il semble triste pour moi, cela dit je suis loin de l'être. Je lui souris.

— Merci, monsieur Ellis, mais ça ira pour moi.

Je sens soudain une présence derrière moi. Elle irradie dans mon dos en une chaleur familière. Son parfum viril inonde mes narines et, à voir le sourire de mon tuteur, je n'ai plus besoin qu'on me confirme de qui il s'agit. Ellis s'éclipse, et sa main se faufile sur ma taille avant que Jayde m'enlace.

— Tu es vraiment là, murmuré-je en me pressant contre son torse.

— Tss, je ne suis pas le fantôme de l'opéra, ricane-t-il.

Sa voix rauque me fait frissonner, la chair de poule court sur mes bras nus. Ses lèvres flirtent contre mon oreille avant qu'il l'embrasse. Je me retourne enfin vers lui et entoure sa taille.

— Tu es le fantôme du rock, le taquiné-je en plongeant mon regard dans le sien.

Ses cheveux ébène sont coiffés en arrière, retenus par une fine couche de gel. Quelques mèches retombent sur son front. Il porte un costume qui épouse parfaitement sa musculature. Il n'a pas changé.

Dix mois qu'on ne s'est pas vus, je suis assaillie par le bonheur.

— Putain, je n'arrive pas à croire que tu aies assisté à ma prestation, dis-je, affolée, en m'écartant de lui, les mains sur mes joues.

Il rit avant de saisir brusquement mon poignet et me coller contre lui pour presser mes lèvres sur les siennes. Ce contact incandescent m'a tant manqué. Ma bouche le réclamait, ma peau l'implorait dans le silence.

Je frémis et mes jambes chancellent presque face à l'émerveillement qui captive mes sens. La distance a décuplé mes sentiments et le revoir, être dans ses bras, n'est que l'explosion du volcan.

Il rompt notre baiser et la lueur d'excitation ne faiblit pas dans son regard sombre. Sa bouche émet un léger rire avant qu'il prenne ma main pour nous sortir d'ici.

— Je suis dégoûté que tu n'aies pas remporté le titre, confesse-t-il en enchevêtrant nos doigts.

Je n'ai pas perdu, j'ai gagné beaucoup trop de choses, et bien plus importantes que ce titre.

— Ce n'est pas grave, lui dis-je avec sincérité en posant un baiser sur sa joue.

Le froid de février me mord la peau. En dépit de mon long manteau, je n'échappe pas à la fraîcheur de l'hiver. Jayde hèle un taxi et je lui donne mon adresse pour qu'on puisse rentrer dans mon appartement pas loin du centre-ville. À l'arrière du véhicule, nous ne pouvons nous empêcher de nous tripoter comme deux ados qui découvrent la joie du contact physique. Le chauffeur n'arrête pas de nous réprimander, mais Jayde finit par le faire taire en lui tendant un billet supplémentaire.

Une fois devant mon bâtiment, j'insère le code pour qu'on puisse entrer.

— Tu as loué une chambre d'hôtel ? demandé-je en appelant l'ascenseur.

— Oui, je suis arrivé tout à l'heure, j'étais à Londres pour le concert et j'ai décidé de faire escale ici pour te voir et te faire une surprise, me souffle-t-il avec un clin d'œil.

— C'est la plus belle des surprises, ris-je en faisant glisser ma main sur sa chemise noire.

La tension entre nous est palpable. Une chaleur émane de nos deux corps et s'entrechoque dans l'atmosphère. Il me regarde avec insistance comme s'il voulait me dévorer toute crue dans ma tenue. Je vois bien qu'elle ne le laisse pas indifférent, rien qu'avec le début de renflement dans son pantalon.

Nous pénétrons dans la cabine. Seuls. À peine j'appuie sur le bouton du huitième étage qu'il me plaque contre les parois.

— J'étais à deux doigts de te prendre dans le taxi, confesse-t-il en m'enfermant entre ses bras.

— Tu aurais pu le faire, dis-je d'une voix suave en caressant son visage.

Son air lubrique m'inspire un tas de promesses que j'espère qu'il tiendra quand nous serons chez moi.

— Le blond te va à ravir, ma vipère.

Sa bouche effleure mon cou, parsème ma peau de baisers langoureux, et sa main trouve sa place dans la fente de ma robe. Sa réflexion sur ma couleur de cheveux m'extirpe un faible rire, rapidement transformé en gémissement quand ses lèvres parcourent la vallée de mes seins.

— T'es magnifique et tu sais ce qui est encore plus magnifique ?

Il baisse le haut de ma robe et me lèche la poitrine. Mes mamelons durcissent de plaisir et ses doigts remontent sensuellement ma robe jusqu'à trouver mon entrejambe.

— Toi, toute nue, répond-il à sa question en pressant fougueusement sa bouche contre la mienne.

Les préliminaires dans l'ascenseur n'ont été qu'un prélude à ce qui s'est passé dans mon appartement. C'est la première fois qu'il venait ici et pour lui la meilleure visite possible était de baptiser chaque recoin de nos ébats.

Et c'est ce qu'on a fait.

Toute la nuit.

— Putain, je ne sais pas si on a rattrapé dix mois de sexe, mais je n'ai jamais été aussi comblé, lâche-t-il en se laissant tomber sur le lit.

J'émets un faible rire, avant de me blottir contre son corps nu. Il enroule ses bras autour de moi et je trace les lignes de ses tatouages avec mes doigts. Les premières lueurs du jour filtrent à travers mes volets.

Je me sens renaître de mes cendres. Jayde m'insuffle l'inspiration et l'amour. Nos retrouvailles ont une saveur exquise de passion démesurée.

— Ce sera quoi la suite après tout ça ? demandé-je contre sa peau.

Mes lèvres flirtent avec son pec ciselé, je mordille cette zone en y laissant ma marque. Un gémissement rauque s'échappe de sa bouche, et d'un coup il me fait monter sur lui. Nos corps sont superposés l'un sur l'autre comme deux parfaites pièces d'un puzzle.

— Je vais enchaîner les concerts, dit-il en caressant tendrement mes cheveux. Demain je retourne en Angleterre, pour Manchester cette fois.

— Ta tournée va durer encore combien de temps ?

— Un mois, on a deux concerts en France puis on se rend en Espagne et pour finir au Portugal. C'est ma première tournée, ça pourrait paraître fatigant, mais je ne me suis jamais senti aussi vivant.

La joie dans sa voix me fait frémir.

— Les garçons vont bien ?

— Oui, y avait une soirée qui était prévue, où on devait chanter mais, bon, tu as compris que je me suis éclipsé pour être ici.

— Oui, évidemment, quel copain exemplaire tu fais, me moqué-je de lui.

Comme je suis sur son torse, les pulsations de son cœur vibrent sur ma peau, je ressens son pouls, chaque battement, comme s'il jouait pour moi sa mélodie. Mes lèvres embrassent gentiment son cou et ma main saisit la sienne. J'ai beau avoir de longs doigts, les siens sont plus imposants, calleux, et s'enchevêtrent avec les miens.

— Tu reviendras un jour à Boston ?

Sa question me prend de court. Ce soir j'ai perdu, mais bien trop d'opportunités se sont présentées durant mon séjour ici. On m'a offert un poste de professeure de solfège et de piano dans une école, et on m'a même demandé de rejoindre une enseigne qui propose des musiciens pour tous types d'événements.

Je pourrais m'installer ici, vivre tranquillement sans jamais me soucier de problèmes d'argent. Je serais payée pour faire quelque chose que j'aime.

Cette nouvelle ne me réjouit pas autant qu'elle aurait comblé la Iris d'il y a trois ans.

— Tu veux que je revienne ?

— Je ne sais pas… tu es ici depuis presque un an et tu ne m'as toujours pas parlé de tes aspirations futures, tu n'as peut-être pas été sélectionnée ce soir, mais je sais que bien trop d'agences espèrent travailler avec toi, que ça soit ici ou ailleurs.

Il pense à moi, en dépit de ce qu'il désire vraiment.

— Tu as ton mot à dire, tu en as conscience ?

Je l'entends doucement rire, ma réplique doit lui rappeler bien des souvenirs. Jayde a encore du mal à lâcher totalement prise, le temps ne fait pas forcément son œuvre pour ce qui est des séquelles du passé. Leur goût amer perdure autant que leurs brûlures.

— Je veux que tu reviennes, déclare-t-il.

— Ce ne sera pas pour tout de suite, mais je veux revenir aussi.

— Vraiment ?

Sa voix s'éclaircit et je relève mon visage pour sonder les émotions qui miroitent dans son regard ténébreux. L'étonnement dilate ses pupilles et je lui embrasse le nez.

— Redemande-moi de revenir à ta façon maintenant, le nargué-je.

Il s'esclaffe. Je l'observe et ne peux m'empêcher de me joindre à son éclat de rire. Je me blottis au creux de son cou et sème des petits baisers sur sa peau, ses doigts s'enroulent autour de mes cheveux blonds et sa bouche effleure mon oreille.

— Je veux que tu rentres à la maison.

Mon cœur loupe un battement. Alors que je suis submergée par l'émotion, des larmes silencieuses perlent à mes yeux. Quel que soit l'endroit où nous nous trouvons, tant qu'il sera là, je serai à la maison.

C'est lui, mon chez-moi. Où qu'il soit, ce sera ainsi.

— Je suis déjà à la maison.

L'épilogue de l'épilogue

Deux mois plus tard
Jayde

J'ai retenu une chose. Quand la déception est souvent trop grande, c'est difficile de donner une seconde chance, même si parfois il y a certaines exceptions. Cette règle-là, je ne peux pas la briser lorsqu'il s'agit de ma mère.

J'ai accepté son point de vue, son ressenti et son histoire. J'ai pris du recul pour mieux assimiler le pourquoi du comment. Sa vérité est dure à avaler, elle obstrue encore ma gorge et m'empêche de lui parler.

Même si j'éprouve un certain détachement, l'enfant abandonné reprend les rênes avec ses rancœurs et ses tristesses. Cette épreuve m'a laissé un bleu sur le cœur, et je doute que la cicatrice s'en aille. Exprimer ce que je ressens vraiment, sans mon indifférence, devient plus simple quand Iris est là, mais ça ne veut pas dire qu'avec les autres je peux me permettre un tel luxe. Et pour être honnête je n'en ai pas le besoin.

Peu importe ce que les gens pensent, ou s'ils croient avoir raison à mon sujet, je suis le seul qui détient ma réalité.

Le départ de ma mère m'a détruit, dans le fond j'imaginais que son retour allait me reconstruire, mais ce n'est jamais arrivé. Les vestiges de cette relation brisée demeurent dans mon esprit et aiguisent davantage ma lucidité. Je me suis toujours méfié, toujours renfermé. Et j'aurais encore plus sombré si Cody, Dustin et Bryce n'étaient pas entrés dans ma vie.

Ils ont freiné mes envies destructrices, freiné mes pensées obscures. Avec eux, j'ai entretenu l'idée que je méritais d'exister. Pour nous quatre. Pour la musique. Pour Madness.

La musique… la musique m'a guidé comme un phare qui oriente les navires dans la nuit. J'avais beau me noyer dans les ténèbres, je gardais la tête hors de leur noirceur, j'ai appris à respirer en entachant des feuilles vierges de mes démons.

Libérateur certes, mais jamais suffisant. La souffrance est la meilleure des muses, parfois on se demande si ceux qui ont souffert sont les seuls à pouvoir percer dans l'art. La peine est un luxe que les plus malheureux peuvent divulguer dans leur art de façon que les autres le perçoivent.

La peine de l'artiste perdure dans ses œuvres, mais aussi en lui.

J'aurais beau écrire, remuer les tréfonds de mes traumatismes, une part de moi appartiendra toujours au passé, fêlée, brisée, complètement cassée.

Je vis à travers mes maux et mes mots. Chaque piqûre de chagrin est un rappel que j'existe bel et bien.

J'attends Tate, assis sur notre banc habituel. Un an qu'il est ici, un an qu'il m'a dit de ne plus revenir. Puis je le vois, ses cheveux noirs très courts, ses yeux expriment une émotion qui me plaît. Sérénité, joie intérieure de me retrouver. Mon écharpe orne son cou et ses mains sont enfoncées dans son pantalon gris, le pull blanc qu'il porte est étriqué. Il a développé sa carrure, il paraît plus robuste.

Il sourit debout devant moi.

— Salut, petit frère.

— Tu sembles apaisé, fais-je remarquer en l'analysant de haut en bas.

Je ne lui montre pas que je suis heureux de le voir, mais je crois bien que mes traits trahissent ce que j'éprouve.

— Oui, c'est le cas. Je n'ai pas eu de crise depuis sept mois.

Donc il a fait une rechute après nous avoir écartés de sa vie.

— J'ai fait une rechute un soir où je sentais que tout m'échappait, confesse-t-il en s'installant à côté de moi.

— J'ai lu ton bilan médical avant de venir, lui dis-je en frottant mes mains l'une contre l'autre.

Bilan concluant après un an et demi ici, mais pour une éventuelle sortie il devra consulter son psy ici au moins trois fois par semaine, rejoindre un groupe de personnes qui ont les mêmes troubles que lui, animé par un chaperon qui supervisera leurs échanges.

La route est encore longue pour lui avant d'être totalement autonome et revenir dans la vie active.

— Je ne t'ai jamais dit ce qui s'est passé cette nuit-là.

Il parle du meurtre qu'il a commis, celui pour lequel on m'a d'abord considéré comme responsable. L'enquête reste non élucidée, mon père tire toujours les ficelles. Et la raison première pour laquelle Tate s'est retrouvé ici est l'agression d'Iris.

Mon frère inspire profondément et frotte sa jambe nerveusement.

— Mon psy a débloqué mes souvenirs sur ce que je m'évertuais à oublier. Je me rappelle cette soirée. Je voulais de la drogue, mais je n'avais pas de quoi payer.

Tate dépensait tout ce que je lui fournissais comme blé. Évidemment, il a fallu que son organisme développe une tolérance pour les drogues dures, qui le poussait constamment à en réclamer.

— J'ai tenté de voler le dealer.

Je l'entends déglutir et une pointe d'appréhension m'envahit.

— Je n'ai pas supporté qu'il ne veuille pas m'en donner, j'ai insisté, disant que je le paierais plus tard. Je voulais cette putain de came, Jayde, je la voulais plus que tout au monde. Il m'a agressé, je me suis débattu comme je pouvais et tout a dégénéré quand je l'ai poussé beaucoup trop fort pour qu'il puisse amortir sa propre chute. Sa tête a heurté le trottoir et il ne respirait plus.

Je ne réponds pas et expire l'air coincé dans mes poumons alors que je retenais mon souffle. Son manque l'a poussé dans ses retranchements et il n'a pas su contrôler sa force. Je n'avais jamais eu sa version des faits, quand je suis arrivé l'homme était avachi au sol.

— On allait se voir toi et moi ce soir-là, pourquoi tu voulais ta came ? demandé-je en le regardant.

Ses épaules tressaillent et il baisse la tête.

— J'en avais toujours besoin après ton départ, quand je me retrouvais seul.

— Pourquoi tu ne me l'as jamais dit ?

— Tu ne discernes en moi que de la manipulation, et pour être honnête j'ai tellement utilisé cet aspect de moi que je ne sais même plus si je suis sincère avec moi-même.

— J'ai eu beau te détester, je suis toujours retourné vers toi comme un boomerang.

— Oui… je sais. Tu ne m'as jamais abandonné, alors que toute ta vie tu as eu ce ressenti…

J'opine lentement. Tate revient de loin et moi aussi. Ma loyauté semble le toucher plus qu'il ne le pensait, je détecte du chagrin dans ses yeux, il les ferme et renifle en s'essuyant le nez. Il est bien émotif pour un grand gaillard comme lui. Il n'a plus peur de montrer ce qu'il ressent réellement.

Je hausse les épaules.

— Est-ce que selon toi tu as accompli ce que tu voulais ?

Il ne répond pas tout de suite, le temps de se calmer.

— Oui. Je pense vraiment que je suis meilleur.

— Même dans la dérive, tu restes le meilleur de nous tous, le taquiné-je en posant ma main sur son bras.

Tate le premier, Tate le plus génial. Et moi son ombre.

Il me sourit en m'adressant un clin d'œil.

— Je crois que c'est toi que tu décris.

Je réprime un rire et secoue la tête. Je me suis retrouvé souvent face à lui, mais cette fois j'ai l'impression que c'est différent.

— Je suis prêt à sortir, me déclare-t-il fièrement.

— Vraiment ?

— Mais avant j'aimerais que tu donnes ça à Iris, ajoute-t-il en me tendant une feuille pliée en quatre.

Je fixe le bout de papier et soupire en le prenant avant de le ranger dans ma poche.

— Tu n'as pas le droit de le lire, m'avertit-il en plissant les yeux.

Je ne suis pas curieux de nature mais, bon, je peux m'interroger sur ce qu'il dit à ma nana, seulement du Tate d'aujourd'hui émane une confiance sur laquelle je ne pensais jamais me reposer un jour.

— OK, je ne lirai pas, marmonné-je, agacé.

— Je te crois, je te connais. Par contre, tu as parlé à papa ? J'aimerais savoir où en est votre relation, ricane-t-il en se frottant les mains.

Si avec ma mère je ressens toujours un certain malaise, mon père a trouvé une place dans ma vie, j'avoue qu'il s'imposait un peu de lui-même au début mais, petit à petit, je l'ai laissé entrer. Je l'appelle pour prendre de ses nouvelles. J'ai le droit de me rendre parfois dans notre ancienne maison et de regarder un film avec lui. Je lui offre des tickets à mes concerts pour qu'il puisse y assister.

Je comprends mieux d'où me vient le gène de la ténacité, c'est lui qui me l'a légué. À travers les yeux de ma mère, je me suis rendu compte de ce que mon père avait fait, j'étais reclus dans ma chambre à cause de mes complexes, mais Walter Black m'a endurci pour ma vie d'aujourd'hui. Il ne sait pas montrer ce qu'il ressent, et quand il le montre ce n'est pas de la meilleure des façons. Chaque personne a une ligne conductrice en ce qui concerne la normalité, mais ce n'est pas forcément la même pour tout le monde.

J'esquisse un faible sourire, je n'aurais jamais cru qu'une telle chose se produirait.

— Entre nous, ça se passe bien.

Je jette un coup d'œil à ma montre. Je dois me rendre au Dream Club.

— Je dois y aller, soufflé-je en me redressant.

— Tu viendras me voir à ma sortie ? s'enquiert-il, soucieux.

Son regard est transpercé par une lueur d'espoir qui me serre le cœur. Il ne m'a pas demandé si je le pardonnais, il n'a aucunement insisté sur ce sujet-là.

— Je te pardonne.

Mes mots s'extirpent de ma bouche et son visage se déforme sous l'effet de la surprise et de l'émotion. Je détecte son bouleversement et lui offre un dernier sourire avant de me retourner pour partir.

— Tu es mon frère, c'est sûr que je serai là.

Iris

Je peine à croire ce qui se passe. Lenny a affiché un portrait de moi sur les murs du Dream Club. Un portrait de moi entourée d'autres célébrités de la chanson.

— Tu es malade ! m'exclamé-je, émue de me voir à côté d'Otis Redding, mon idole de toujours.

Sur une petite enseigne sont inscrits mes trois titres : *Tenderness, Love in Black* et *Dream On*. Mon cœur se serre, je suis euphorique et excitée.

Il me sourit en me prenant dans ses bras.

— Il fallait te faire honneur, je n'affiche que les artistes talentueux.

Amber et Darren ainsi que M. Cooper sont présents dans le bar, réservé par les soins d'Amber pour cette fête à mon intention. À mon retour à Boston, après un an d'absence. Mes amis m'ont tellement manqué, et chacun de nous trois a atteint un palier de sa vie. Amber a signé chez Indy Records, avec un autre producteur que Braden. Darren est à l'Actors Studio de New York et il a fait exceptionnellement le déplacement pour moi.

M. Cooper était triste que je ne sois pas allée suffisamment loin dans le concours, mais mon classement demeure plus qu'honorable à ses yeux.

— Madness n'a pas pu venir, me dit Amber, attristée, ils sont encore coincés à l'aéroport de Seattle.

Je lui souris.

— Ce n'est pas grave, je les vois demain.

Je le verrai demain.

Je savais qu'ils ne seraient pas là ce soir, Jayde m'a prévenue par téléphone quand je suis rentrée à Boston il y a deux jours. Après mon concours, je suis restée à Vienne un petit moment, j'en ai profité pour voyager dans les pays voisins.

Tandis que tout le monde discute, mes yeux se perdent sur mon portrait accroché sur les murs du Dream Club. C'est une photo de moi trouvée sur Internet, durant mon séjour à Vienne. Avant que je monte sur scène, on avait pris ce cliché de moi pour le garder dans les archives, comme pour prouver que j'étais bel et bien passée par cet endroit.

Je peine à croire tout ce qui m'est arrivé. Mon cœur bat si vite face à la fulgurance de mes pensées.

Des mains recouvrent subitement mon visage.

— Deviiiiiine qui c'est !

La voix excitée de Bryce me chatouille, et je me retiens de rire avant de me retourner vers lui pour le serrer contre moi. Cody et Dustin sont là aussi.

— Mais qu'est-ce que vous faites là ? m'écrié-je alors que Cody me porte dans ses bras pour me soulever.

— Nous assistons à la fête en l'honneur de notre compositrice préférée, ricane Dustin en m'embrassant le front dès que Cody me repose au sol.

— On est trop fiers de toi, me dit ce dernier.

— T'avais trop la classe durant ta prestation, s'extasie Bryce en me montrant sur son téléphone une photo de moi pendant que je jouais ma composition.

— Merci, les garçons, dis-je, touchée, en mettant la main sur mon cœur.

Leur venue m'enchante, mais quelque chose derrière, ou plutôt quelqu'un, attire mon attention. Jayde, assis nonchalamment sur une des chaises du bar, ou plutôt à sa place exacte lorsque nous nous sommes rencontrés. J'arque les sourcils d'étonnement, ne comprenant pas pourquoi ils sont là et non dans l'aéroport de Seattle.

— On voulait te faire une surprise, me chuchote Bryce comme un gamin.

Il me pousse vers l'avant pour que je me dirige vers mon rocker.

Jayde dégage une telle prestance, son aura pourrait me dévorer toute crue et me soumettre à tous ses désirs. Chaque pas qui me rapproche de lui fait battre mon cœur plus fort.

Il est là.

Alors que je suis à quelques mètres de lui, il tire une cigarette, l'allume avec mon Zippo qu'il a gardé puis la coince entre ses lèvres.

— C'est non-fumeurs ici, déclaré-je en m'installant à côté de lui, les bras croisés.

Le souvenir de notre première rencontre est omniprésent. Il émet un faible rire avant de prendre une bouffée et l'extirpe de sa bouche sous forme de fumée.

— Et tu vas faire quoi ? Déverser une bouteille de vodka sur moi ?

Je roule les yeux en essayant de garder mon sérieux, mais visiblement il ne l'entend pas de cette oreille, il tire mon bras et me fait asseoir sur ses genoux.

— C'est tentant, lui réponds-je en arrachant sa cigarette avant de l'écraser dans le cendrier en face de la table.

Une de ses mains se cale sur ma taille et l'autre me tend une feuille pliée en quatre. Je fronce les sourcils et lui lance un regard incrédule.

— Tate t'a écrit ça, je préfère te le donner maintenant avant que je n'oublie.

Je n'ai pas de rancœur envers Tate, du moins je n'en ai plus. Ce n'est pas sa faute, j'ai été un dommage collatéral et je sais que dans le fond il n'aurait jamais pu me faire ça s'il avait été dans son état normal.

Iris,

Je ne suis pas doué pour écrire comme Jayde, mais mes mots sont sincères. Je suis réellement désolé pour tout ce que je t'ai fait subir, physiquement et moralement, la déchirure avec mon frère, j'en suis entièrement responsable.

Je doute qu'on puisse de nouveau avoir une relation tous les deux, mais je voulais te remercier de rendre mon frère aussi heureux, même s'il ne me le montre pas directement.

Merci pour tout. Tu lui apportes la chaleur du foyer que nous n'avons jamais pu lui offrir, mes parents et moi.

Tu m'avais dit que j'étais ton inconnu de la nuit, et à cette époque ce n'est pas le bon frère que tu avais rencontré. Quand je t'ai vue, tu me faisais penser à Jayde.

Il m'a raconté tes exploits et je suis certain que ton défunt frère serait fier de toi.

L'inconnu de la nuit. T

Je prends une profonde inspiration avant de lever mes yeux vers Jayde, qui m'observe avec un regard soucieux. Je hausse les épaules et ravale la boule qui obstrue ma gorge. Tate a suffisamment de remords pour subir la lourdeur de sa culpabilité envers moi. Ces mots m'ont touchée, il admet ses erreurs et rien que pour ça…

— Dis à Tate que je le pardonne.

— Tu n'es pas obligée, ajoute-t-il en resserrant son étreinte.

— Si tu reconnais que je suis la femme de ta vie, lui et moi nous

nous verrons souvent, donc autant faire ce pas maintenant, le taquiné-je en caressant délicatement son visage.

Un rictus sournois étire ses lèvres et il arque un sourcil amusé.

— La femme de ma vie ? Hein ?

— Tu m'as attendue toute ta vie pour pouvoir t'apprendre à écrire des chansons correctement, et tu t'es suffisamment instruit en retour grâce à moi, le taclé-je pour l'embêter.

— T'es pas croyable ! Je me débrouillais très bien avant toi pour remettre les gens à leur place.

— Oui, j'ai vu comment tu procédais, l'obsédé.

— Tu endosses ton rôle de prude à nouveau ? Et moi qui me suis attaché à la dévergondée que tu étais dans le fond.

Je m'esclaffe en jetant la tête en arrière. Puis il saisit ma nuque avant de presser sa bouche sur la mienne.

— Je t'aime, murmure-t-il en me mordillant la lèvre inférieure.

Je laisse mes doigts se perdre dans ses cheveux ébouriffés.

— Moi aussi.

— C'est quoi le plan maintenant ?

— Je vais chercher un nouvel appartement et suivre le conseil de M. Cooper en ouvrant mon propre site, où je proposerai mes services en tant que compositrice et pianiste.

— Hmm, d'ailleurs, j'ai une offre à te faire.

Il se frotte le menton en me fixant, les yeux plissés.

— Oui ?

— Il se peut que je cherche une compositrice talentueuse et très sexy pour mon troisième album, tu n'en connaîtrais pas une par hasard ?

J'aspire mes lèvres pour réprimer un rire face à son faux sérieux. Je hausse les épaules en arborant un air contrit.

— Tu veux une blonde ? Ou une avec des cheveux mauves ?

Mes cheveux sont blonds, et son doigt entortille l'unique mèche violette que j'ai gardée.

— Peu importe si c'est toi, alors, intéressée ? Je pourrais même te trouver un logement, c'est-à-dire chez moi.

— Chez toi ? Avec ta fratrie ? m'esclaffé-je en les pointant du pouce derrière moi tandis qu'ils sont tous les trois morts de rire avec Amber.

— Bien sûr que non, je n'aurais pas le luxe de te voir te balader à poil sinon, comme tu le faisais à Vienne.

— Ça t'a fait effet plus que je ne le pensais, commenté-je, amusée.

— Tu as eu une incidence violente sur mes couilles, ma chère.

— Donc, là, tu me proposes qu'on vive rien que nous deux et en plus qu'on travaille encore une fois ensemble.

— Tu raisonnes bien, lâche-t-il avec un sourire narquois.

L'idée m'enchante pleinement, et puis je ne serai pas forcée de bosser exclusivement pour lui. Je pourrai offrir mes services à plusieurs chanteurs ou encore groupes. Mon nom figure partout depuis la sortie de l'album.

L'idylle entre la rockstar et sa compositrice. Jayde n'a répondu à aucune de leurs questions, mais je suppose, si nous sommes vus à l'extérieur ensemble, que notre relation serait étalée au grand jour.

Mais ça ne me fait pas peur. Tant qu'il est là.

Notre démence amoureuse pourrait inspirer d'autres personnes, qui sait ? Dans notre cas, elle nous inspire déjà.

— J'ai une unique condition, lui dis-je en frôlant ses lèvres.

— Laquelle, ma rose ?

Je l'embrasse tendrement, et frotte mon nez contre le sien. Ma paume est contre son cœur, et je soupire de soulagement en réalisant tout ce qui est en train de se produire.

Je suis heureuse.

— Seulement si c'est donnant-donnant, Rocky.

Il sourit avant de plaquer sa bouche à nouveau contre la mienne dans un prompt baiser.

— Donnant-donnant, ma rose noire.

Remerciements

Incroyable, j'en ai fini avec Jayde et Iris.

Je crois que c'est la première fois que j'écris un livre en un laps de temps aussi court, mais intérieurement j'ai l'impression d'avoir mis des lustres pour le finir. J'ai ressenti une profonde délivrance en l'écrivant, et j'espère qu'il vous a plu.

Tout d'abord, j'aimerais exprimer ma reconnaissance envers toutes les personnes qui ont lu le premier tome et qui ont partagé avec moi leur ressenti, que ça soit sur les plates-formes littéraires ou bien par messages sur les réseaux sociaux. Vous ne réalisez pas la joie que ça m'a procurée et combien cela m'a touchée. Merci infiniment. Même ceux qui n'ont pas aimé, vos mots m'ont inspirée !

J'aimerais remercier Sophie, qui me permet encore de réaliser un de mes rêves, merci d'avoir cru suffisamment en moi pour me donner cette chance. Je tiens à remercier également Florence, mon éditrice, qui m'a permis d'améliorer ce récit avec ses fabuleuses idées.

Merci à ma famille d'être toujours à mes côtés.

Merci à mes meilleures amies, Amel, Kenza et Fifi, qui supportent mes absences durant nos appels quotidiens à cause de l'écriture (désolée, les filles, je me rattraperai (ou pas)).

Merci à Sarah, une de mes plus anciennes amies, qui partage mon amour pour la musique.

Je tiens à remercier mes bêta-lectrices, Emy mon bras droit, ma petite Sadia, la reine de l'interprétation, ainsi que Colyne pour ses précieux conseils.

À une autre Sarah, pour le coup, ma partenaire d'écriture tard le soir, merci d'être là pour moi, ma star !

Merci à mes copines Eugénie et Sandra, qui ont toujours été présentes pour moi. Lou, qui endure mes remises en question, Yousra pour son soutien indéfectible. Et Camille et Lahna, le duo qui veut m'assommer pour mes fins de chapitre. Merci, les filles !

Le dernier remerciement et pas des moindres, toute ma communauté Wattpad, sans vous je n'en serais pas là aujourd'hui et je vous remercie du fond du cœur.

N'hésitez pas à me donner votre avis sur mes réseaux sociaux et à me suivre pour découvrir mes nouveaux projets !

Instagram : lyna.reys

Wattpad : queenofdisaster-l (Lyna Reys)

J'espère bientôt vous retrouver pour de nouvelles histoires, sans sadisme, évidemment.

Vous avez aimé *Dark Rose* ?
Découvrez le préquel où Iris et Jayde
se rencontrent…

&H

Composé et édité par HarperCollins France.

Achevé d'imprimer en mai 2022.

FIRMIN-DIDOT

à Mesnil-sur-l'Estrée (Eure)

Dépôt légal : juin 2022.

Pour limiter l'empreinte environnementale de ses livres, HarperCollins France s'engage à n'utiliser que du papier fabriqué à partir de bois provenant de forêts gérées durablement et de manière responsable.

Imprimé en France